德川家康

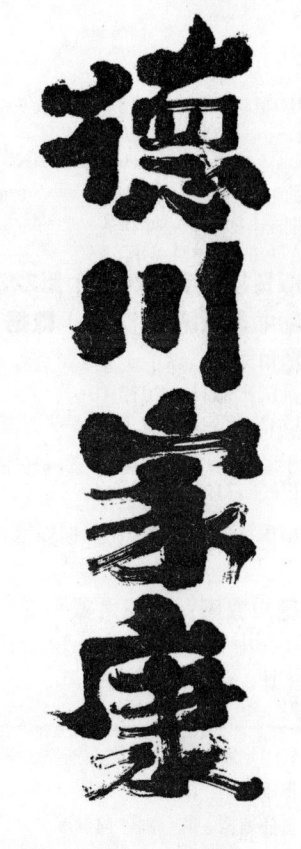

历史·经典·文学 超值典藏本

霸王之家

[日]司马辽太郎 著

重庆出版集团
重庆出版社

HAOU NO IE

Copyright © 1973 by Ryotaro SHIBA
First published in Japan in 1973 by SHINCHOSHA Publishing Co.,Ltd.
Simplified Chinese translation rights arranged with Midori Fukuda
through Japan Foreign–rights centre/Bardon–Chinese Media Agency.
All rights reserved.

版贸核渝字（2013）第223号
图书在版编目（CIP）数据

德川家康：霸王之家/（日）司马辽太郎 著；冯千，沈亚平 译. —重庆：重庆出版社，2013.10
ISBN 978-7-229-07018-2

Ⅰ.①德… Ⅱ.①司…②冯…③沈… Ⅲ.①历史小说—日本—现代 Ⅳ.①I313.45

中国版本图书馆CIP数据核字（2013）第216344号

德川家康：霸王之家
DECHUANJIAKANG BAWANG ZHI JIA

［日］司马辽太郎 著

冯 千 沈亚平 译

策　　划：华章同人
出版监制：陈建军
责任编辑：陈　丽　何彦彦
责任印制：杨　宁
封面插图：夏吉安
装帧设计：主语设计

重庆出版集团
重庆出版社　出版
（重庆市南岸区南滨路162号1幢）

投稿邮箱：bjhztr@vip.163.com

北京盛通印刷股份有限公司　印刷
重庆出版集团图书发行有限公司　发行
邮购电话：010-85869375/76/78转810

重庆出版社天猫旗舰店
cqcbs.tmall.com

全国新华书店经销

开本：787mm×1092mm　1/16　印张：24.25　字数：427千
2013年11月第1版　2022年2月第4次印刷
定价：38.00元

如有印装质量问题，请致电023-61520678

版权所有，侵权必究

◎ 目 录

三河性格 / 001

在尾张人看来，隔壁的三河一大半都是山地，发展滞后，他们嘲笑道："三河的猿猴比人多。"但是，三河人性格质朴、吃苦耐劳、重义轻利的美德，绝非耍小聪明的尾张人所能比拟。

前往三方原 / 018

"敌人踏着我国郊野一路前行，我等却一箭不放，躲在城内，此举绝非男儿所为。"一向做事小心谨慎的男子，面无血色地吐出这番话语，他的家臣也始料未及。家康身上冷静的筹划能力，被同样隐藏在他内心的某种疯狂所打败，尽管这种情形极其罕见。

落荒而走 / 038

信玄部署的阵式名为"鱼鳞"。鱼鳞阵犹如鱼鳞般层层密布，滴水不漏。与此相对，家康摆出了"鹤翼"阵形，犹如白鹤亮翅，一字展开。他们试图用轻薄如绢的两翼接住山上滚下的岩石，不曾想在接住滚石并将其包围之前早已被撕得粉碎。

姻族之争 / 056

尾张的织田家一向以奢侈著称，此次德姬公主出嫁，则带来百万石土地作为陪嫁。筑山夫人的故土与娘家皆已衰败，陪嫁的土地已无从谈起。家康理应赏赐些给她，可家康这人对待妻妾极端吝啬。即使步入晚年，作为"大御所"在骏府养老时，众妾也是多半靠替人传话收取的贿赂或放高利贷给大名来凑齐养老钱。

远州二股城之事 / 074

作为家康十七岁那年所生的长子，信康十分讨家康喜欢，所以信康之死也成为家康终生痛切的记忆。家康年近花甲时，领军参加关原之战，开战的前一日，家康下令部队在雨中前行。

"到这把年纪了还得忍受战争之苦，如果信康在世，则无须老夫亲自出马。"家康回想起二十年前痛失的儿子，泣不成声。

甲州崩溃 / 091

无论守将如何要求，身为大将者都应将生死置之度外，前去救助部下，这样才能深得人心。而胜赖天生缺少大将风度。自尊心才是他行动的动力。当然，胜赖也顾虑过世人对他放弃救援高天神城的评价，不过他的顾虑与众不同："世人一定认为我胜赖的威力不如先前。"

凯风百里 / 110

横渡大井川时，家康的表现无可挑剔。信长是由轿夫抬着过的河，信长的家臣们也由壮工背着渡河，甚至中下等兵士也安排有德川家的人力车负责运送。不仅如此，家康担心信长及其家臣被湍急的水流冲走，动用了数千德川武士在河流的上游筑起人墙，以减缓水的流势。

虎口逃生 / 128

家康终生不忘"穿越伊贺"的经历，他时常提起当时的艰辛：日夜穿梭在没有道路的崇山峻岭之间，好容易到达了伊势海滨，前前后后整整四天四夜，他几乎没有合眼。在这次冒险旅途中，身边的人个个有独门绝活，得益于此，他才能保全性命。

吞灭甲信 / 147

从鸣海返回的途中，酒井忠次曾好几次暗示家康：

"有一件事很奇怪，竟然有两地被弃于一旁，无人过问。"

家康觉得好笑，心想："酒井还自称智者。"

"两地指的是何处？"家康并未反问忠次。其实他先于忠次，早在从京都返回三河的途中便打起甲、信两国的主意，并且已经展开计划。

初花 / 167

家康一味地心急如焚，到底是跟随秀吉还是继续与其断绝来往？这二选一的难题甚至令他急得往墙上撞，却单单忽略了世间最重要的礼仪二字。礼仪原本无益也无害，可在如今难以作出决定之时，礼仪也不失为一种行动。眼下，不如先给秀吉道贺。

一介俗人 / 182

三法师坐在上席，只不过是被抱着，而抱着他的正是羽柴秀吉。诸将依次向上跪拜行礼，这光景表面上看起来着实可笑，实际上却意味深长。诸将叩拜的究竟是三法师，还是抱着三法师的秀吉呢？

指向清洲 / 197

信雄杀死与秀吉勾结的三个家老，表面上激怒了秀吉，但实际上着实让秀吉高兴了一番。一切皆在预料之中。秀吉编写的剧本，演员信雄以百分之百的精准度演绎了出来。

"一百万石，只剩下一个空壳了。"秀吉自言自语道。

第一战 / 214

三河将领熟稔兵书，懂得擒贼先擒王的道理。奥平信昌一过河，就把佩有火枪的数名骑兵叫到他身边，报出要击毙的敌军将领的名字，命令他们说："那个人，给他一枪。"这群神枪手得令后，立刻策马前进，到达最近的距离后，立即一齐下马开枪。

尾击 / 232

秀吉骑马跑上了先前忠兴立书信的那个松林小土包上，下了马，掀起战服，朝着家康的营地大声叫唤："对面的大将，快来舔我的屁股。"

然而这个小土丘，就在家康火枪队的射程之内。

家康听到秀吉的叫嚣，立即命令士兵："那个头戴唐头，身穿孔雀翎外褂的就是秀吉，快开枪射击，别让他跑了。"

安藤直次 / 250

在随后检查首级时，家康身边的内藤正成问："我听说池田纪伊守手拿'赤熊'令旗指挥战斗，为什么没看到他的令旗呢？"内藤正成怀疑这个首级的主人是否真的是池田纪伊守。

"令旗当然有。""那你为什么不带回来？"

直次听到这句话，勃然作色，厉声抱怨道："这个首级是不是敌军大将的，不关我的事。这份美差是你们这群老头子的活儿，你们有空慢慢查吧！"

蜻蛉切 / 270

提到伤疤，家康晚年常说："平八郎这个人不简单，他一生上战场五十七次，竟没负半点伤。"

平八郎也相当自信，认为自己不可能受什么伤。晚年，成为坐拥十万石领地的大名后，平八郎喜欢上了雕刻，一有空就摆弄着刻刀，东雕西琢地忙个不停。病故那一年，平八郎在雕刻时不小心切到了自己的小指，当时他就说："今年我大概要死了！"

石川数正 / 289

秀吉再也不敢说"灭了家康"这种杀气腾腾的大话了。现在，他提起家康，总是先左右顾盼一番，然后拿出一副安闲之态，由衷地赞美道："真是古今之名将啊！"此刻家康俨然成了他最亲密的朋友。

冈崎出奔 / 307

当了秀吉旗下大名的数正，反而没了能耐，权势、地位也大不如前，这令许多人感到意外。有人说："石川伯耆这种人只能在三河发发光，到了大地方连影子都快找不到啦！"

还有些好事者，故意在数正家门前写打油诗："昔日家康旧笤帚，来京不值草芥钱！"以此讽刺、挖苦数正。

城乡物语 / 328

怂恿自家妹妹离异，已足以令人侧目，更何况秀吉是天下的霸主，竟有意将自己的同胞手足送到只是地方土霸王的家康那里做人质，岂不是自降身份？秀吉接着又说："即使这样，家康还是不来的话，我附上大政所（秀吉的母亲）一起送过去。"

家康之死 / 345

"我若死了，天下会变成什么样啊？"

秀忠一边用纸巾擦着汗，一边回答说："我觉得天下可能会大乱！"

听了秀忠的回答，家康断定道："不会的，天下不会乱的！"

家康为人谨慎，他早已将各大名封地的分配方法、姻亲关系、继承者的性格、能力及世人的反应等了解得一清二楚。此外，他还暗中做了不少安排，制定了各种保全措施。

三河性格

登上群山环绕的三河山[1]，沿着山径走到尽头，便来到与世隔绝的松平乡。盛夏炙热的阳光让我终生难忘。

"这，就是德川一族的发祥地？"

想到这里，不禁觉得此处的一草一木也非同寻常。但这里毕竟深山狭路，仔细一看，竟然连一条像样的小溪都没有。缺水的地方无法耕种稻米。德川家族的祖先松平氏以稗子、小米为主食，平日在山中以砍柴谋生，因而个个生得彪悍。这让人想起建立中国元朝的是一支在北亚阿尔泰山麓游牧的民族。

话说某日，樵夫中一位头目将大家组编成士兵。此人正是家康八代前的祖先松平亲氏。亲氏原本四处流浪，后来装扮成化缘的僧人来到这樵夫成群的偏僻山间，自称"德阿弥"。

室町时代[2]，净土宗门下的时宗[3]十分盛行，其信徒都称为"阿弥"。他

---

[1] 三河山：今爱知县东部境内。——译注

[2] 室町时代：指1336年—1573年，足利尊氏在京都的室町开设幕府，故室町时代又称足利时代。——译注

[3] 时宗：日本净土宗的一派，镰仓时代末期（1274年）由僧人一遍创立。主张"一心不乱"专念"阿弥陀佛"的名号，即可往生极乐。——译注

们口中念佛，以化缘为生，周游诸国，也不知道归宿何方。阿弥们通晓诸国的奇闻逸事、风俗人情，能言善道者若与当地长者投缘，还会住上两三个月。偶尔有流浪僧与房东妻子甜言蜜语，或与其女儿私通，当地乡民就很难忽视了。

传说松平亲氏，即德阿弥就是这样一位流浪僧。

当他漂泊在三河一带时，与西三河酒井乡的土豪酒井一家以及山间里的土豪往来，勾搭上这两家的女人——她们分别产下一名男婴。自此，松平、酒井两家的小小势力就联合起来了。德阿弥从此定居松平乡，并使樵夫们归附了自己。他煽动山中的百姓说：

"难道你们要困在深山中，靠稗子、小米拘束地过一辈子不成？"

山下村庄有稻米。德阿弥为了取得稻米的耕作地，不断率领他所联合的部队冒死攻打沿途的山寨和城池。直到第二代头目泰亲时，才好不容易抢占了"中山七名"这一小片梯田，势力扩张到耕种稻米的地盘上。他们这种行动，有如北亚的游牧民族为了得到中原的农耕地，不时对长城发起攻势一样。

此后，直到家康时期，德川一族时旺时衰。但最终他们取得三河国十分之三的土地，当上了冈崎城[1]城主。然而新兴势力毕竟不像大名[2]，尽管德川家族已是三河地方具有代表性的势力，但稍有疏忽或势力衰退，就可能会被其他的土豪所取代。

　　冈崎区区五万石[3]，
　　城里可以开进船。

至今，这短短两句歌谣仍为冈崎人所传诵。歌里吟诵的冈崎城是德川时代的模样，有着富丽堂皇的天守阁[4]。不过，家康幼年时期所居住的冈

1　冈崎城：今爱知县中核市。——译注
2　大名：相当于中国古代的诸侯。——译注
3　石：计量单位，多用于计算谷物产量。——译注
4　天守阁：城堡中央的高楼，瞭望楼。——译注

崎城自然没有天守阁,连箭楼与城门的屋顶都是用茅草苫盖成的。当地虽然出产石材,却没有石砌的城墙,而仅由用泥土垒起来、并种上结缕草的土垣围城。城的西侧陡然凹陷,一条叫做矢作川的河流载着一江河水向南流去,水之要塞阻挡着西侧近邻尾张国[1]的入侵。尾张的新兴大名正是织田氏。

"三河是我一跃而起之地。"

织田信秀(信长之父)常说。他曾数次举兵跨过边界矢作川,攻入三河。每逢此时,居住在草顶城墙内的三河冈崎武士不得不来回穿梭于矢作川流域的野地,奋力抵抗来自尾张的敌军。

"尾张军队的铠甲太过华丽!"

三河人议论纷纷。尾张是一望无垠的平野,自古灌溉技术发达,加上不断填海造田,此时已成为东海地方[2]稻作的头等富饶之地。不仅如此,这里还商业兴旺,街道四通八达。在尾张人看来,隔壁的三河一大半都是山地,发展滞后,他们嘲笑道:"三河的猿猴比人多。"

但是,三河人性格质朴、吃苦耐劳、重义轻利的美德,绝非是喜耍小聪明的尾张人所能比的。连狗都数三河犬最忠诚,人就更是如此。若要三河的武士守城,那是无与伦比的坚强。他们一战到底,决不退缩。在当时就有"三个尾张兵敌不过一个三河兵"的说法。

哪怕尾张派大军攻入,三河冈崎人也常以少数兵力迎战,且能完好地保住城池。他们的防守能力天下无双。最终,这一小集体的品格成为德川家的作风,后来德川家统治日本近三百年,因而对日本民族后天的性情产生了莫大的影响,这不得不让人称奇。

家康小时候的长相下巴宽、眼睛大、喜静,完全不像同龄孩童一样疯闹。他深得妇女们的怜爱。家康的冈崎众家臣,尤其是家臣们的妻子

---

[1] 尾张国:今爱知县西部。——译注
[2] 东海地方:日本南部太平洋沿岸的统称,常指静冈、爱知、三重以及岐阜县的一部分。——译注

常常在手头空闲时流泪谈起这位少年的不幸身世："世上再没有哪位孩童比我们幼君更为可怜的了。"这样的感叹促使在乱世之中建立起的主仆关系，或者说是拥有共同情感的团体愈发地团结。家康三岁那年，生母於大由于一件突如其来的政治事件不得不离开冈崎松平家，从此母子生别。家康六岁时，作为人质被迫离开三河，流寓他国。而少年时期的命运则更具戏剧性。

将三河冈崎民众紧紧团结在一起的，正是这位少年的悲剧人生。三河人性格中的中世[1]情结远比商业发达的尾张人浓厚许多。在冈崎城下飘落秋雨的黄昏时分，家臣们定会在各自家中含泪挂念："幼君过得可好？"

可笑的是，家康六岁那年作为人质本应送到东邻的强国骏河[2]今川家，却在途中遇劫，以好比青钱[3]千贯的贱价卖给了西邻的织田家，悲剧至此只能说是滑稽了。

原来，家康所在的冈崎松平家只是半独立国，正是依仗拥有东邻远州及骏河两国疆土的今川家的武力做后盾，才得以抵御来自西邻尾张织田家的威胁。一旦尾张军队跨过矢作川入侵，冈崎松平家只要能守住城堡十日，定有骏河方面的应援大军赶来解救危急。为了巩固与今川家的从属关系，这才派出六岁的家康前往骏府。

他们沿陆路一路向东，在现今的蒲郡（当时的西郡）登船，横穿三河湾，中途在渥美半岛一个叫做田原的地方上岸。田原的城主户田氏，是与松平氏势力相当的豪族，家康的义母正是出身此豪族，故而有着姻亲关系。田原的城主户田康光出来迎接家康，嘴上说着"甚好，甚好"，却暗中盘算把家康劫去卖给织田家。

户田氏的领地正是渥美半岛，所以拥有大船。家康一行拜访户田氏，正是要向户田氏借大船，经水路到骏府。

"好吧！我把船借给你们。"

---

1 中世：日本史上的镰仓时代、南北朝时代、室町时代、战国时代，称为中世。织田信长建立政权（1568年）以后称为近世。——译注

2 骏河：今静冈县。——译注

3 青钱：1768年即明和五年首次发行的黄铜制宽永通宝。——译注

户田康光让家康一行人上船，船出海后假装向东行驶，中途却忽然调头往西，在尾张热田靠岸，并与织田信秀取得了联络。

"此乃天降喜事！"信秀大为欢喜，给了户田康光一笔钱后，收下家康作为人质。后来的《三河物语》作者大久保彦左卫门如是写道："竹千代少爷（家康）六岁时作为人质来到骏府"，"以永乐钱[1]千贯文买下"。彦左卫门所在的大久保家在德川（松平）家还是樵夫领头时就已跟随其后，世代忠诚，却在德川幕府时期受到冷遇。彦左卫门为此十分气愤，晚年时将一腔怒气写成了《三河物语》。他或许不满曾出卖年幼家康的户田康光一族后来跟随家康夺天下，由户田氏发出的三家（大垣、宇都宫、足利）竟皆成了大名，而自家却遭遇冷落。

家康在尾张一住就是两年。

同时，远在三河冈崎，家康的父亲广忠年仅二十四岁便突然死去，作为人质的家康虽不在本国，却当上了冈崎松平家的一家之主。

之后，由于尾张织田家与骏河今川家有交换人质的协议，于是家康又流落到东方，被骏府今川家换回。城主流离在外，三河冈崎城下的家臣们越发心痛他们的幼主，暗自叹息道："可怜！可怜！"

然而家臣们的处境也很悲惨。此时的今川家不再视松平家为同盟国，而将其视为自己的附属国。

"没有灭掉你们，已经算是客气了！"今川家以蛮横的态度代为"管理"了冈崎城，冈崎便成为今川家攻击尾张的第一要塞。骏府派来的今川武士坐上了代理城主之位。今川武士无疑就是进驻军，三河冈崎武士若路遇今川武士，不得不待其为贵人，让开道路，弓起身子行庶民与武士之礼。更让三河人感到窘困的是，今川家不再发放俸禄。

他们个个怨声载道："今川家太刻薄了。"

有人发牢骚说："今川家最起码应该把旧松平领地里，哪怕是山里的三百贯[2]土地留给我等，我等冈崎人也能养活自己，不至于饿死。"人的残

---

[1] 永乐钱：中国明朝永乐帝于永乐九年（1411年）发行的铜钱永乐通宝，室町时期中期大量流入日本。——译注

[2] 贯：一贯等于二石。——译注

忍之处就在于此。人类群集，一旦某个集团势力强大，对待弱者冷酷与刻薄，就有如理所当然一般。有强大的骏河国做后盾，今川家城主及其家臣掠夺了旧松平领地的几乎所有租税，不曾给被保护者冈崎民众一粒稻米。冈崎人只得变回农夫，在仅有的土地上耕作，勉强果腹。奇怪的是，三河人竟然逆来顺受，认为理当如此。

——骏河武士既然要保护我们，拿走我们的粮食也无可奈何。谁让我们三河松平家的势力弱小呢？

弱势群体处事谨慎而谦恭，这在三河人身上也有所体现。他们平静地忍耐着，若换作邻国尾张人，那肯定截然不同。商业这一改变了人类意识的神奇力量，在尾张的土地上兴风作浪。在此地，仅值一文钱的东西有时能魔术般地卖得百文。生活在如此世界里的人们，视对命运逆来顺受者为商场上的败兵。相反，他们相信自己，信奉事在人为，只是个人自信的程度有别罢了。像信长、秀吉就是典型代表。尾张人自信，倘若他们遭受了三河冈崎松平家家臣的待遇，定会纷纷逃亡邻国，投奔各处大名，另谋生路。

"三河的呆子。"尾张人嘲笑三河庄稼人。然而，三河国国风原本有别于尾张国，三河人无论如何也学不会尾张人的轻松。

此时，支撑着三河冈崎人的正是"奋斗"精神，这在尾张人看来是愚蠢透顶的思想。"奋斗"（指的是在战场上拼命），三河冈崎的第一长者鸟居伊贺（忠吉）不断鼓励年轻人。

顺便提提"骏河武士（今川家）狡猾"之事。每逢他们与尾张织田家作战，定会派三河冈崎武士冲锋在前。前锋是战场的牺牲品，尽管如此，鸟居伊贺仍然坚信"三河人打不死"。

这就是尾张武士眼里的"三河呆子"。事实上，三河冈崎人在战场上十分拼命。某地战场惨不忍睹，有记载说：

"有名之冈崎人，甚至家臣，死伤过半。"

"三河呆子"上战场是得不到分文报酬的。虽听从今川家指挥、为今川家卖命，但是哪怕战死沙场、立了军功，也得不到今川家的任何好处。对于这一切，三河冈崎人默然接受。

"既然我等的主君如今在今川家做人质,为他们卖命也是不得已而为之。"

在追求个人的荣华富贵已成为推动时代发展之动力的乱世,竟还有如此淳朴的武士集团存在于发达的东海地方,这简直称得上是奇迹。

在尾张人眼里,这群怪人的理由实在不可理喻。

"奋斗"一词包含着三河人的愿望:"如此这般为今川家奋斗,今川人不久便会同情我等,信赖我等,进而归还尚处于被监管之中的竹千代(家康)。"他们希望感化今川人,博得同情。狡猾的骏河武士不会为此动摇,但是肩负保护年幼主君之命的三河武士,除了坚定不移地奋斗下去,实在别无他法。在他们心中,这种期待更像是信仰,不,事实上确实是信仰。三河一带盛行佛教,日常会话中不时出现念佛之词。人生即无明长夜,念佛正是这无明长夜中的灯盏。

"竹千代是我等在无明长夜中的灯盏。"

三河人常常将这句话挂在嘴边。竹千代好比是他们生存的意义。

竹千代却身在骏府。

他成长的点滴琐事流传到了三河冈崎城下。每逢消息传来,人们总会聚集在一起,流泪牵挂道:"主君定是仪表堂堂了吧。"

起初的消息多是关于竹千代聪明伶俐的,随着他年龄的增长,优点日益显露。

"主君对部下十分照顾。"

"主君擅长打猎。"

"主君心怀慈悲。"

"主君虽年纪轻轻,却有一股与生俱来的大将之风。"

在日本,自古以来若想成为大将,就必须具备两个条件:一是威武之气,二是关怀之心。若机智过人或英勇善战则最好不过,但也绝非不可或缺。只要辅佐者中有智慧与勇气之人,大将也能为我所用。

要说才智,家康少年时代是在骏府中度过的,无事可做便多少积累了些学问。

不过用"学问"一词未免有些夸张。儒教在日本形成体系(朱子学)

并扎根下来是德川初期以后的事情。战乱时期，仅仅只是居住在京都、镰仓临济五山的禅僧勉强将其传承下来罢了。在偏僻地区，如尾张、三河附近，学问根本一文不值。首要原因在于身处兴亡无常局势之下的武将们根本没有闲暇钻研书中字句。织田信长不懂学问，但有一人极为例外，那就是越后国的上杉谦信，他的汉诗在当时堪称一流。

有传说提到尾张织田家出身的武将前田利家，在丰臣时代末期听了一位当过僧侣的学者——藤原惺窝讲解《论语》。利家感叹道："世上竟有如此好书！"他四处说服其他诸侯来听《论语》讲解。他劝加藤清正说：

"虎之助，你何不也来听惺窝讲解《论语》？"在惺窝看来，并非要对在战国中幸存下来的粗俗实力派劝说学问，只是将《论语》中有益的处世良训以浅显易懂的方式告诉他们。无论如何，像前田利家之辈到了晚年才终于听说了《论语》一书的存在，家康少时在骏府接触到的学问深浅便可想而知。

骏府虽同为东海地方的国都，但与三河的冈崎、尾张的清洲相比，文化水准要高出许多。

今川家为足利家世代的守护大名[1]，是日本国内的头等望族，京都文化很早就在骏府城下扎根。家督今川义元之所以成为武将中罕见的朝廷[2]文化的狂热崇拜者，也是受家风熏陶。再则，义元修建的禅宗大寺院临济寺位于城外安东村，这标志着骏府城成为东海地方禅文化的中心。临济寺的住持脑袋硕大，法号"太原雪斋"。

雪斋不仅精通学问，擅长各种技艺，还能身披战袍现身战场，代替今川义元发号施令。他曾率骏河军屡败敌人。

雪斋虽已出家，但论出家前的关系却是今川义元的叔父。自幼出家是这位军事兼外交天才的一大不幸。他见到侄子义元行为慢条斯理，便说：

"主公，应该这样做。"

---

[1] 守护大名：指被幕府封为守护职的地方武士团首领。进入战国时代以后，大多数守护大名没落了，被新兴的战国大名所取代。——译注

[2] 朝廷：日语原文为"公家"（kuge），原指天皇或朝廷。镰仓时代以后，以武力为朝廷效劳的幕府被称为武家，与此相对，在朝廷奉职的一般贵族被称为公家。——译注

起初他只是插嘴作战计划，后来则代为指挥作战。平日里依然在城外安东村的临济寺法堂讲禅。

传说家康还被唤作乳名竹千代时，曾跟随临济寺雪斋学习。可不幸的是竹千代并未受过如此优待。

身为三河冈崎新兴大名的家康，与其说他与今川家族的身份不同，倒不如说在出身上两者就相差甚远。例如人们称呼今川义元为"主公"，这是对足利幕府的正规大名即"守护"[1]才使用的尊称；而同为大名，被看作是"一步登天"、依靠实力自封大名的松平家，即便回到本国领地三河，人们也只用"老爷"一词称呼他。三河城主被称为老爷，而非殿下。尾张的织田家也是类似的新兴大名。与三河和尾张不同，对拥有骏河、远州两国的守护大名今川家，在武士、家臣、百姓心中都异常崇敬。雪斋既是正式受封的禅师，也是今川一族的代表人物，他高贵的出身绝非竹千代可高攀的。竹千代在今川家时，被今川家人唤作"三河的小子"。

今川家的家臣孕石主人曾训斥过竹千代。竹千代放老鹰捕捉小鸟，捉到的鸟儿常常落入孕石的院内，竹千代为了捡拾鸟儿进入他的院子，却总遭到孕石的嫌弃。甚至还有一次竟当面说道：

"三河的小子，老夫对你忍无可忍。"

家康并未忘记他当时那副嘴脸，地位逆转后报了仇雪了恨。这样看来，受到冷遇的冈崎人质师从雪斋的可能性微乎其微，家康无非是常去雪斋的临济寺听听讲学罢了。要说学问，不过是临摹三体千字文字帖。家康一辈子从未像上杉谦信那样信手拈来即成小诗，更不会附庸风雅、吟风弄月。

在临济寺宽敞的院内，竹千代偶尔会路遇雪斋。在痛斥他的骏河人中，雪斋是鲜有的慈祥温和者。

"啊，这不是三河君吗？"

即使对待尚未行过冠礼的孩童，雪斋也用尊称。

"近来可好？"雪斋总是主动问候家康。

有一次，竹千代独自坐在砖石铺就的讲堂里习字，正巧雪斋进来。

---

[1] 守护：镰仓、室町幕府的官职名称。室町后期称为守护大名。——译注

"练得如何?"

他看了看,又握着竹千代的小手,一笔一画地教他运笔。雪斋的书法自成一体,仿佛剑道的锐利中藏着丰润。但少年竹千代却不以为然,他觉得雪斋的书法仿佛走卒的朝天胡须一般歪歪斜斜,比千字文字帖上的逊色许多。他到底是偏好字帖一类。

"你喜爱模仿?"骏河人说学习是模仿,意指看着字帖临摹。

"是的,喜爱。"

"甚好,所谓智慧就如同临摹千字文一样,是效仿他人长处,积累而成的。"

家康的视线回到纸上,疑惑地看着雪斋写下的文字,仿佛在说"雪斋大人的书法和字帖上的不一样"。雪斋察觉出家康的心思,笑出声来:

"像我这样上了年纪的人自然例外。过了六十岁,只要不是给世人带来麻烦之事,诸如书法一类,有自己的个性也无妨。只是年轻时万万不可。"

——模仿。

世人将独创、创意、机智视为智慧,可这样的智慧犹如刀刃般危险,不久就会使人傲慢而害了自己。不,任性的智慧——尤其在战时——无论作战何等勇猛、战法何等高明,路数无外乎两三类,形成习惯后则难以改变。不论何时开战,战法都一成不变。敌人一旦熟悉了,定能反败为胜。结果是连赢三仗,但最后却以惨败告终,自取了灭亡。

"若走到那一步……"老师雪斋说道。

"领会了学习要领的人,总会模仿古今东西的优秀事例,绝不会陷入致命的坏习惯中。这需要拥有一双能识别好歹的慧眼。眼里只要有自我,就会执着地追求学问。只有彻悟了自己的才智是不值一提的,更多的智慧才能无限地为我吸收。之后,只是在其中挑选最优的罢了。"

年幼的竹千代认为这番话过于狡猾,心想:果真如此吗?

"老师打仗时所用的战法,是否也是模仿他人而来的?"家康问道。

雪斋有些为难,压低声音说:"我,略有不同。"他解释说自己是百年才出的天才。说完,又怕少年认为此话傲慢,他忍住笑补充道:

"所以，只要不是再三催促，我决不会轻易出战。我所通晓的战法仅有一种，很容易形成习惯，被敌人识破。因此，迄今为止，我走出山门带兵作战不过三次而已，小豆坂那次还是第一次。"

小豆坂战役是指天文十七年（1548年）三月十九日[1]，骏河今川军在三河冈崎外位于羽根町字的小豆坂大败尾张织田信秀一战，这次胜仗早被东海地方神化。作战指挥正是雪斋，他披上黑色战袍，身先士卒指挥作战。此战照例由受今川家保护的家康三河冈崎军打头阵，他们个个镇定自若，奋勇战斗。

"攻打安祥城是我指挥的最后一仗。"

雪斋接着说。三河安祥城原本属于松平家。在天文十三年（1544年）家康三岁时，安祥城被当时开始向三河扩张的尾张织田家所占领，成为织田家的领地，并由他们的人代管。到了天文十八年（1549年）十一月，总大将雪斋率领今川家七千名主力军从骏河出发，兵分十二路，照例还是三河冈崎武士作先锋，以踏平城墙之气势再三攻击，最终只剩下本丸[2]没有攻克。此后，高明的雪斋下令暂停攻打，与织田一方开始了外交谈判。此战政、战双收，成为破纪录的攻城战役，甚至在当时也广为世人所知。

这个时期的尾张织田家并不安泰，国内敌对势力众多，一旦外部加压，织田家将面临崩溃的危险。

织田领下的安祥城城主正是织田信广，他是信长的同父异母兄长。今川家黑衣大将雪斋侦察到内情，便派人与信秀交涉：

"我等可保本丸中信广大人的性命，不再进攻，但条件是将在尾张做人质的竹千代归还今川。"

前文也提到，家康当时仍在尾张织田家做人质。

信秀权衡了一番，认为再战下去对自己不利，便欣然接受了交换人质的要求，将竹千代送还今川家。竹千代路过故乡三河却不得入家门，像皮球一样被踢到了骏府，这在前文里也已叙述。

"那次安祥之战是我指挥的最后一仗。"雪斋道，"上了年纪，我就

---

1 三月十九日：原文为八月十日，疑误。——译注
2 本丸：城堡中心部分。——译注

不再率军了。"

照雪斋的说法，天才一生中指挥三次较大的战役足矣，他并不愿做百战百胜的英雄。他还谈到，非天才之人，切忌炫耀自己的才智，而应模仿他人的长处，并努力做到一生中没有疏漏。

家康虽是孩童，却也觉得此话或许就是高人的为人之道，但也不免感觉被雪斋愚弄了。

骏河、远州两地气候温暖，庄稼收成喜人，且为东西交通的枢纽。以此为根据地的今川一族国富力强、势压群雄。

"给三河小子说门亲事吧。"

义元和他的亲信忽然兴起了这个念头，但此时的家康尚不满十四周岁。今川家态度傲慢，自认为是在施舍家康。

大国向来体面，但也有疏漏之时，他们仅仅把家康视为战时外交的战利品，既不做过高期待，也没有一味贬低。让他早些成亲，通过婚姻这层关系，使得今川家对家康的保护色彩更加浓厚。

今川义元略加考虑，便吩咐部下：

"将关口之女许配给他，如何？"

关口家是今川家的臣下，许配家臣的女儿正好与家康的身份相符。但从关口氏的立场来看，自己继承的是今川家血统，享受同门的待遇。

——许配给人质？

他们显然不满。关口家的家督，年迈的关口刑部少辅亲永的门第意识浓厚。无奈女儿的年纪已大。

关口之女时年二十四岁。

"不正好吗？"义元对亲永说道。

当时女子的适婚年龄是十五六岁，一过二十岁便衰老加剧，倘若到了二十四五岁，被称为半老徐娘也不为过。义元认为许配给人质小子是最好不过了。

一切准备就绪，大喜之日来临。家康的婚礼十分奇特，他留着额发，一身孩童打扮。此时的家康尚未行过冠礼，乳名仍用竹千代，在社会上也不被视为成人，更没有资格娶妻。于是，婚礼当天，义元匆忙当上授冠的贵人，即乌帽子亲，为家康举行了元服仪式[1]。关口亲永担任理发役的角色，剪掉童子额发，以示童子长成大人。这天夜里，继而举行了家康的婚礼。

家康的额发刚被剪成半月形[2]，便以一副十足的大人派头就座，与人领首、交杯，落落大方地行完所有礼仪。

那时，女性的地位取决于娘家的家世。若娘家比婆家名声显赫、势力雄厚，妻子便会举止傲慢。结婚时，家康的妻子从娘家带来许多家仆、婢女，远远超过了人质家康的家臣人数。这些家仆、婢女占据了府宅的每个角落，对家康的家臣更是傲慢无礼。此前位于骏府城下少将宫町的家康府内和谐融洽，现在仿佛被骏河人占领了一般。

骏府城下的百姓议论纷纷："住在人质府邸的三河武士个个犹如战败的公鸡。"陪嫁来的家仆、奴婢在府内遇到家康的家臣时，决不主动点头问好，而要求对方先行礼。这或许是理所当然的，骏河人的地位自然在被保护的三河人之上，这在骏府人人皆知。

自然，家康与比他大十岁的妻子之间仿佛是隶属关系。他丝毫不厌恶自己的第一个女人——以他的年纪尚不会评论女人，能满足与生俱来的欲望才更为新奇。他沉溺于与这位带着今川家权势的中年女人（这是当时的普遍想法）的闺房之事。数年后，当他在闺房中游刃有余时，他意识到了事情的本质："女人不该像她那样。"

在态度高傲的正室身上，他丝毫感受不到女人的魅力，这对家康的婚姻生活产生了不可磨灭的影响。以极其异常的形式与正室死别之后，家康不再续弦，而只是纳妾。并且，家康对出身高贵的女子毫无兴趣，只是纳家臣或百姓之女为妾。确切地说，无非是让她们处理身边琐事、夜里侍寝罢了。家康充分利用了女人的实用价值，这与他人质时期的苦涩回忆不无

---

[1] 元服仪式：古代日本男子成人之礼。行礼时由乌帽子亲将乌帽交给元服者，两人之间便建立了义父子关系，元服者会一直受到乌帽子亲的庇护。一般乌帽子亲都是选家中最有权势的人。——译注

[2] 在古代日本，将男子的额发沿头部中央剃成半月形，以示成人。——译注

相关。他的女人观早已被正室高高在上的权威抹杀了。

弘治二年（1556年）正月十五日，家康先后完成授冠与完婚两件大事。

这年初夏，他恳求岳父关口亲永：

"小婿想回一趟冈崎，一来处理好家父未完的法事，二来让家臣们看看小婿成人后的模样。恳请岳父大人恩准。"

此事于情于理都说得过去。岳父亲永大为感动，遂到义元处替家康求情。

"家康正直本分，想必不会一去不返。"

亲永敢这样保证，义元也不得不表示出他的宽宏大量。他允许家康在极其短暂的时间里回乡一次。

家康回乡的队伍踏上了通往三河的道路，初夏的骄阳仿佛要烤焦斗笠。

"这正是三河的阳光！"

家康幼年的记忆逐渐被唤醒。与骏河不同，普照在三河大地上的阳光仿佛弥漫着香气。一进入山里，青草散发的热气扑鼻而来，特有的气味飘散在阳光中。许多百姓屈膝蹲坐在路旁的草丛里，朝家康躬腰敬礼。他们个个颧骨突出，肤色黝黑，牙齿暴于唇外。见惯了骏河人，很难认为他们生得俊秀。所有百姓一看到家康，再也抑制不住内心的感动与悲伤，或想哭泣，或想呼喊。在家康眼里，唯有三河百姓才是世上最为纯朴的人。

家康一路走过，百姓纷纷围追上来急切地询问：

"如今主君能否在冈崎长期住下？"

每次，比家康年长三岁的近侍鸟居彦右卫门元忠（鸟居忠吉之子）都会一面作答一面继续前行：

"总算回到故土了。不过，主君仅做短暂停留。"

现在冈崎高速公路出入口附近流淌着一条名为大平川（男川）的小河。这附近的田园原本是冈崎上级武士的宅邸或封地，可其中的大半后来却被占领冈崎城的今川家官员掠夺瓜分。家康路过时，田园一带正值插秧时节。当时日本国有一个共同的规矩，即插秧时节，纵使路旁有贵人经过，农夫也无须出来行礼。三河也不例外。然而，当插秧的民众意识到路过的是主君家康时，不顾满手泥土，纷纷摘下斗笠，趟过泥田，赶来跪下行礼。不过，有一人例外。

只见此人慌忙转身背对家康，偷偷地向稻草堆逃去。但家康已看清他的容貌。

"躲在稻草堆里的不正是近藤登之助吗？"

被家康喊作近藤登之助的中年农夫只好从草堆中站了起来，神色悲伤。

连近藤登之助也下田插秧？家康想。他在松平家算得上是堂堂的步卒大队长，就算平日外出，身边也总带着十几名佩刀护卫。在战场上更是赫赫有名的猛将，甚至名扬尾张，可如今他的领地被骏河人霸占了，为了活命，他不得不亲自下地耕种。登之助或许是无颜面对家康，或许是不愿让家康看到自己的落魄，才躲到草堆背后的。

登之助用田里的水将手、脸洗净，摘下斗笠走到家康面前。家康道："难为你了！"

听到此话，近藤登之助不禁号啕大哭起来："主君非但不责备，反而安慰下人。"他感动万分。中世的人，无论地位高低，都如同近藤登之助一样感情丰富。可随着时代的变迁，人类与生俱来的丰富情感逐渐淡薄。值得家康庆幸的是，他领地上的三河人在这一点上远远滞后于尾张和骏河两国人。

家康与近藤见面的故事转眼间传遍了冈崎城。武士们也同迈藤一样深受感动，同时更为家康善良的天性感到高兴：主君年纪轻轻，竟如此关怀下属！主君若对家臣没有关怀之心，哪怕是世代跟随的老臣也不会为之赴汤蹈火。家康身上正具有让人典身卖命的重要天赋，这使得冈崎武士愈发对他寄予希望。

此外，冈崎城还流传着这样一个关于"威武之气"的故事。

家康流离在外时，冈崎城的家老鸟居伊贺（这在前文中已有提到）作为留守家老，住在冈崎城的二之丸[1]内，掌管着仅剩的松平领地内的财政与民政。自然，这位鸟居家老的威望不在流寓中的家康之下，若有歹心，

---

[1] 二之丸：外城，外郭。——译注

他甚至可以侵吞整个冈崎城。然而，这位质朴的老人非但没有如此，还挂念着身在骏府的家康少有玩伴、寂寞可怜。数年前，他将自己刚满十三岁的儿子鸟居彦右卫门送往骏府。从法律上讲，彦右卫门也成了今川家的人质。当时诸大名蠢蠢欲动，希望独立，而他们庇护下的老臣（豪族）难得有人能做出如此义举。这样的事大概只会发生在三河吧。

彦右卫门与家康一同居住在骏府城下少将宫町的人质府邸。家康非常喜欢用鹰捕鸟。每次都让彦右卫门陪侍。有一次，家康弄到一只伯劳鸟，他想让伯劳鸟代替老鹰来捕鸟，于是命令年纪稍长的彦右卫门训练它。原本这些鹰匠的工作不该由名门鸟居家的长子来完成，可家康毫不客气地将此事托付给他。这天，彦右卫门调教的伯劳姿势欠佳。

"如此小事也做不了？"

家康一把将彦右卫门从高楼边缘推了下来。

此事如风一般飘到三河冈崎，身为父亲的鸟居伊贺也有所耳闻。老人惊叹：

"大将之才！"

家康本应对鸟居家客气些，尤其应该关照彦右卫门才是，可他却毫不客气将其推倒在地，这种刚毅足以让鸟居老人觉得家康是松平家的最后一线希望。而家康骏府时期的玩伴彦右卫门，与家康生死与共一辈子。关原之战[1]前夕，他主动请战守护伏见城[2]。倘若石田三成趁家康不在时从大坂（今大阪）举兵，必定首先攻打伏见城，城将十有八九是去送死。尽管如此，鸟居彦右卫门毅然出任此位，并浴血奋战至死。

且说家康回到冈崎城。

冈崎城本丸内住着今川家派来的代理城主山田新右卫门。这里作为家康回乡后的住所，本应空置出来，可家康却先差人来说：

"多亏阁下替家康守城，冈崎才得以安宁。家康年纪尚小，又想与故

---

[1] 关原之战：安土桃山时代，庆长五年九月十五日（1600年10月21日），德川家康与石田三成在美浓国不破郡的关原（现岐阜县不破郡关原町）展开的决战，奠定了德川家康称霸日本的基础。——译注

[2] 伏见城：今京都府伏见区内。——译注

老们叙叙旧，还是住在二之丸内为好。"这段谦逊得让人恼火的话语意外地奏了效，并很快传到了骏府今川义元的耳朵里。义元原先对家康回乡多少有些疑虑，现在终于放下心来。

"好一个懂得分寸的少年。"

他感慨道。家康后来的性格与资质在十三四岁时就已定型。他这种斗不过则化敌为友的态度十分巧妙，直到后来他决意灭掉丰臣家。人们丝毫察觉不到话中带有刻意使用的技巧，只会觉得这是家康正直、忠诚本性的自然流露。别说是他人，连家康也慢慢相信自己天性正直、忠诚。反过来讲，他的正直、忠诚绝非真心为之，不过是为了掩盖自己锋芒的处事之术而已。如此想来，像家康这样不可思议的人物无疑是史无前例的。他幼年时身处逆境，少年时在敌国织田家和今川家做人质，生活艰苦，他的双重性格正是在这种残酷的环境中逐渐磨炼而成的。倘若没有这段成长经历，而只是出生在某偏僻农村，长大后成为一名被允许带刀的村官，哪怕将再多的开支花在女人身上，一生也算得上安稳本分了。

家康在冈崎城住了数日。

隐居在田园间的家臣们听到风声，纷纷聚到城下。每天都有一二十人登上二之丸晋见家康。

老臣们感慨地说："主君长得和先祖一模一样。"

家康的祖父名叫松平清康，年仅二十五岁便离世了。

清康在三河是带有传奇色彩的英雄人物。他十三岁继承已经没落的松平家，不到二十岁，不仅恢复了旧领地的勃勃生气，还出兵平定了西三河的大部分地方。他性格豪迈，是位天才军事家，后来却因一件与他毫不相干的事为家臣所害，死得异常蹊跷。他死后，冈崎再次落入别国之手，松平家衰退为弱小的没落土豪。家康的父亲广忠尚未成年，便在如此境遇下继承了家业，辗转各地终于长大成人。为振兴家族，广忠求助于骏河的今川家。义元爽快地答应了他的请求，派大军进入三河，并为广忠收复了冈崎城。自此，冈崎松平家成为今川的保护领地。不过，广忠与清康一样，也死在了突然发疯的家臣刀下。虽说厄运一直纠缠着松平家，却也到此为止。祖父与父亲年纪轻轻便遭遇凶变的不幸经历，使得家康少年老成，年纪轻轻就能明辨事理。

家康居住在冈崎城二之丸期间，一天晚上，鸟居伊贺前来晋见。

"请随我来。"他牵起家康的手，穿过府邸，走到外面。鸟居伊贺此时已年过八旬。老人故意没有掌灯，在黑暗中拽着家康的手一路前行，不多会儿，便来到鸟居位于城内的府邸。二人径直朝内屋粮仓走去。老人轻轻取下门锁，示意家康进去。

家康进来之后老人才点亮火烛，他高举火烛好让家康看个清楚。家康环顾四周，只见仓库里堆满了装米的草袋，一直垒到屋顶。这粮仓哪像贫穷的冈崎城所有？！接着，老人又带他看了堆积如山的钱币。

家康话到嘴边又咽了下去，老人悄声道："这些财物是如此来历……"原来老人避开今川家代理城主的视线，私藏了从旧领地上缴来的地租与贡品，日积月累贮藏了这满屋的稻谷与钱财。

"均为殿下所有。"老人说到此处不禁哽咽起来，"殿下啊，有朝一日获得独立，定将这钱财充作军用，足够聘用众多优秀武士。三河绝不能一蹶不振。"老人由衷地劝说道。而后，鸟居伊贺带领家康走了出来，再次锁上门锁。

同年，当家康返回骏府后不久，鸟居伊贺仿佛了却了心事，寿终正寝。

前往三方原

家康忍耐性强，属于所谓的非攻击型，然而有时却又先人一步主动出击，实在让人捉摸不透。塑造他这种绝非一两种思路能够理解得透彻的复杂性格的，无疑是环境因素。他成长的环境很是奇特，每年，确切地说是每时每刻都在发生变化。家康在战国中最动荡的时期迎来了自己的中年。

元龟三年（1572年），家康年满三十。此时甲斐（山梨县）的武田信玄已近暮年。信玄欲最后一搏，即动用所有兵力远征，实现控制京都的夙愿。为此，他在内政与外交上做了充分的准备，当年十月即刻行动。必经之路三河恐怕会被夷为平地。

东海道[1]上百姓猜测："京都的织田信长怕是早已吓得如同被雨浇透的麻雀一样在家瑟瑟发抖吧。"

的确如此，信长自年轻时起就犹如害怕猛虎一般惧怕信玄，此时信长为抵御信玄的西征绞尽了脑汁，想尽一切办法，只为守住自己的势力范围。信玄的西征犹如海啸般席卷而来。容不得信长怀疑，途中同盟国三河必定在顷刻之间被海啸吞没。信玄此次西征算得上战国时期的头等大事。

十二年前，类似的西征事件曾令东海道诸国惊恐万分。那是骏河之主今川义元声势浩大的西征之战。义元同信玄一样，试图吞掉京都。此时的家康隶属于今川家，他率领着有别于今川家主力军的小队人马独自征战。尾张的信长年仅二十六岁，尚不为世人所熟悉。义元欲一路踏平尾张。信长冒险迎战，殊死一搏，在骤雨中击败义元，一夜之间改变了东海道的势力划分。这正是令他威震四海的桶狭间之战[2]。

此后，义元之子氏真继承了今川家家业，由于氏真愚昧，诸将人心涣散，不久今川家衰败。

桶狭间的奇袭令信长一跃而起，同时也使得家康摆脱了今川氏。

"人生有如负重致远，不可急躁。"

传说这句与英雄、风云人物形象截然相反的话语出自晚年的家康之口，也有人说是臆造的。不过，倘若硬要找出一个词语形容家康的性格与处事之道，恐怕没有比这句更为贴切的了。年轻的家康若具有英雄的豪爽，此刻应与今川家断绝关系，然而他却在三河前面停住了脚步。之所以如此，是由于他的妻儿仍在今川骏府里做人质，家康众家臣的子弟也是如此。如果他与今川家一刀两断，所有人质必将惨死刀下。家康没有莽撞。他出人意料地与敌人织田军的先头部队在三河的最前线对峙起来。

---

[1] 东海道：五畿七道之一，指畿内以东东山道以南的部分，主要沿太平洋岸，包括伊贺、伊势、志摩、尾张、三河、远州、骏河、甲斐、伊豆、相模、武藏、安房、上总、下总以及常陆等十五国。——译注

[2] 桶狭间之战：永禄三年，即1560年，织田信长在桶狭间奇袭今川军，今川义元战死。——译注

"主公太过忠诚！"家臣们愕然。当义元战死桶狭间的消息传来时，今川家的将领无不弃阵逃回了骏府。

慌乱中的家康本可以开进这座祖上留传下来的城池——冈崎。

"万万不可。"这位仿佛有着多个分身的年轻人告诫自己的同时，也告诫自己的手下。虽说冈崎城看似属于家康，可实权一直握在今川家手中，代理城主今川家的武士武田上野介与山田新右卫门长期驻扎在此。

"没有今川大人的允许，绝不能将冈崎城据为己有。"

事到如今，这位年轻人仍毫不动摇。他来到位于冈崎城北面一里开外的鸭田村大树寺，不再向冈崎城方向进发。

让他们感到疑惑的是守护冈崎城的今川武士武田与山田。义元战死后，二人担心自己身处与尾张接壤的边界，惶惶不可终日，甚至有了弃城之念。于是，二人派人找到驻扎在大树寺的家康，劝说道："快快回冈崎来！"

家康佯装对今川家赤诚忠心（实有五分真心），绝不动摇，他一口回绝："并未得到今川大人的允许。"

没过多久，武田和山田实在不堪忍受，弃城逃回了骏府。冈崎城因而成为空城。

"冈崎已为空城，捡拾别人丢弃之物并不为过。"

家康心想，同时派人通告了骏府。这是何等周密的忠心之举！精心排演过的"忠诚"，自然不是普通忠义人士的"忠诚"，而是家康一手导演的忠诚，带着私心的忠诚。家康做事小心谨慎，义元死后他依然惧怕今川家。

——果真死了吗？

家康过于谨慎，好比摇晃了义元的尸体后还在担心其是否会苏醒过来。家康说的苏醒，是指继承今川家家业的氏真倘若非世人所说的那样愚蠢，相反是位深藏不露之才，该如何是好。又或氏真果真如世人所说，只要辅佐他的老臣们尚且健在，今川家就不会轻易衰败。

"三河君（家康）为人诚实正直。"

此次家康进驻冈崎时的态度在骏府多少博得了好评。

甚至在敌国尾张也广为称道。信长在尾张清洲城听说了此事，暗自佩服："三河小子不仅善战，更忠心耿耿得如同呆子。"

这时的信长，势力尚且薄弱，并未完全统一因先父去世变得纷乱的尾张国。取得义元的首级，纯属偶立的奇功，他根本无力趁势东征，入侵今川的势力圈。在信长看来，桶狭间一战的当前意义在于暂时解除了来自东面的威胁，这已足矣。而后，他还不得不退守尾张，治理内政。然而，来自今川氏的威胁并未就此了结。信长想尽量劝诱如今已是冈崎城城主的三河小子，与之结为同盟，让那正直忠诚之人去抵御今川家向西扩张的野心。如此一来，尾张的东面国境不就平安无事了？可见，冈崎的家康已经用自己的正直与忠诚同时征服了西面的织田与东面的今川。像他这种势力弱小的城主，以"守信"二字作为自己的外交政策乃是上上策。家康始终如此，即便后来他统领了日本第二大势力集团，对于在他之上的统治者——秀吉——仍然表现得同绵羊一般温驯，如义犬一般忠实。可等到秀吉一死，他对丰臣家的态度骤变，成为谲诈多端的首领。要看穿家康的诚信实为伪装或者演戏，似乎并不困难，但家康能持续伪装长达五十余年，着实让人匪夷所思。

家康就任冈崎城城主。

在今川家众多势力中，唯有家康不可思议地继续与织田家奋战。他每日来回穿梭于三河的山野，接二连三攻破织田家的城寨。眼下信长采取了退守尾张的策略，毫不吝啬地放弃了那些位于三河境内、修建于他父亲时代的城寨。而家康则毫不留情地将其一一拿下。

"家康仍在为今川大人浴血奋战。"看似在为骏府效劳，其实攻下城寨都归为己有，以此扩张三河的势力。这绝非本分的忠诚人士所为，家康试图将自己趁火打劫的行为正当化，以向世人展现自己的忠心。他差人前往骏府晋见今川氏真：

"我等正为今川氏奋战，主公为何不替先主报仇？恳请主公尽早派兵讨伐织田，我等愿充当前锋，誓死攻打尾张。"

但是今川氏真完全没有此意，仅仅犒劳了家康，继续在骏府寻欢作乐。

谨慎的家康终于对骏府的形势做出了判断。氏真果真是个不折不扣的昏庸主君，连老臣们都纷纷离他而去。家康下定决心独立，并开始琢磨向骏府讨要人质。他的努力再一次换来成功。

在此前后，家康开始回应尾张信长的邀请，与织田家结成了攻守同盟。既然与织田并肩作战，那么势必以今川家为敌。家康绝非一般的忠义之士。

"今后，对今川氏，"家康在缔结同盟协议时诚恳地向信长表态，"我等将尽心尽力做好防御。"

从此，信长拥有了一位得力的同盟者。他将守护尾张东面边境的任务完全交予他人负责，将驻守在东面的防御力量一律撤回，另作他用。事实上，此后信长才得以全力以赴完成西征。

此后八年，信长攻打近邻之凶猛，如恶魔一般。自桶狭间之战算起，八年后，他的势力盖过天下其他任何诸侯。信长攻入京都，召回流亡在外的足利将军，恢复他以前的地位，并借着他的名义平定了近畿[1]。八年来，信长的势力迅速扩张，而身为同盟者的家康，仅仅平定了本国三河。粗略算来，三河约有三十万石土地，仅此而已。究其缘由，尽管多少有些客观原因，但归根结底还是因为家康过于忙着助信长一臂之力，无暇顾及扩张自己的领土。

在信长眼里，家康仿佛是条忠实的看家犬，他的忠义比起对亲人来有过之而无不及。

"三河武士是否都是傻瓜？"织田尾张的众武士背地里议论。家康与他的三河武士为了协助信长的征服事业，无论何时何地，只要信长一声令下，随叫随到，绝对服从。

有一次，某军营里的一位尾张部将看到家康的队伍列队操练，高声喊道：

"快看，三河犬来了！"

家康听后并未发怒，只回敬了一句：

---

[1] 近畿：原指天皇皇居的所在地畿内及其周边地区，今包括京都府、大阪府、滋贺县、兵库县、奈良县、歌山县及三重县。——译注

"此话莫非是在称赞三河犬牙齿锋利?"家康的一句话平息了部下们的愤怒。他唯恐自己的手下与信长一方发生争执,遇事总是劝诫说:

"哪怕尾张武士出言不逊,切莫发怒,充耳不闻便是了。"三河武士谨记家康的训诫。

不过,太过谦逊最终会遭到蔑视。家康并非信长的家臣,却被信长呼来唤去。

信长掌控京都的第二年,有人起兵叛乱。信长称霸中央的行为过于急躁,致使远处的势力强大者得以生存下来。甲斐的武田、越后的上杉、小田原的北条、越前的朝仓、近江的浅井、中国(日本本州中部)的毛利,加上摄津石山本愿寺的势力等,众势力联合成反织田同盟,并试图对身处京都的信长展开包围。各路诸侯中率先采取行动的是朝仓、浅井联合军。元龟元年(1570年),家康二十八岁时,信长与这路联合军在近江姊川决战,几个回合后,信长艰难地击溃敌军。

交战初期,信长不假思索地命令家康:"三河君,向近江出兵!"

当时,家康的国境尚有来自武田势力的威胁,实在难以置本国于不顾而为信长远赴近江。

——信长难道不会灭亡?

三河武士心存疑虑。毕竟信长孤军奋战,抵御的是来自天下的所有武力,而同盟者只有三河家康。家康此时抛弃织田,跟随武田也未尝不可。当时世人对诸国武力的评论,无疑是甲府的信玄远在信长之上。家康倘若只为自己着想,差密使找到信玄,承诺与信长断交,从权谋外交的角度来看无可非议。

然而家康为了信长,出兵参与了姊川决战。相对于信长两万四千人的大部队,他的兵力只有区区五千,实在是相形见绌。家康正为本国的防御之事心急如焚,派出五千兵力已是极限。

朝仓、浅井联合军虽不足两万,但这支来自越前与北近江的队伍早已名声在外,他们个个生得强悍,战场上齐心协力、豁命搏杀。驻扎在姊川左岸的信长主力军不战而栗,尾张武士的懦弱暴露无遗。浅井军朝织田军的主力进攻过来。浅井军连续突击，击溃了织田主力的头阵，并攻破了第二道防线。紧接着第三道防线，继而第四道防线依次遭到瓦解。此时信长的身边无一人护卫，自身性命都危在旦夕。

家康正在别处奋战。他的德川军以六千人马（其中一千是向织田借调而来的）对阵朝仓的一万兵力。历经苦战，德川军最终击退了敌人。家康遥望远处战场，得知盟军陷入危机，无奈自己面临着朝仓大军的威胁，确实爱莫能助。家康马不停蹄地奔跑在战场上，或鼓舞或叱责，他抽调榊原康政的队伍，令其横渡姉川，从背后攻打朝仓大军。这一战法果真奏效，一时间朝仓大军仓皇逃跑，家康的主力军紧随其后，如火焰喷发一般突袭而来。朝仓军大败。这次惨败波及浅井军，织田军的主力这才得以喘息，重振旗鼓并终获胜利。

"没有家康则没有信长东山再起，姉川一战本该信长败北……"

《甲阳军鉴》做了如是评价。顺便说到《甲阳军鉴》这部兵书，传言此书出自武田家大将高坂弹正之手，其实为江户兵学鼻祖小幡堪兵卫景宪假借高坂之名所著。由于它成书于江户初期，对家康的评价自然有所斟酌。但尽管如此，书中的评价仍算得上客观公正。书中描述了尾张武士的软弱无能，大意如下：

"织田军的人数远超浅井军，却被浅井军杀得落花流水，逃出十五町[1]开外。相反，家康以区区五千的三河武力击溃了多出一倍兵力的朝仓大军。"

家康"东海道第一武士"的称号正是得于此次姉川战役。

家康为了抵御武田的威胁，不得不迅速将三河军撤回本国。元龟元年（1570年）姉川之战时，家康已分得东邻的远州（静冈县的西半部），并在滨松[2]筑城。

远州一直以来都是今川的领地。

"老夫愿与阁下共分今川的领地。"托人给家康捎来此话的正是甲斐的武田信玄。姉川战役的前两年晚秋，巨魁信玄首次与二十六岁的家康建

---

[1] 町：一町约一百零九米。——译注
[2] 滨松：今静冈县滨松市。——译注

立起外交关系。今川家固然尚且存在，只是将领们的心思早已远离氏真，盘算着如何瓜分今川的领地。

信玄提议："以大井川为界，西（远州）归于德川阁下，东（骏河）为老夫所得，如何？"

家康欣然接受。当年十二月，两家几乎同时举兵入侵今川，各自分得东、西部分。氏真流亡他乡。家康手里一下子多出远州二十五六万石的疆土，加上本国三河的领土，便能跻身拥有五十多万石的大名行列。他正是凭借此番实力参加姊川战役的。

家康的身价陡增，也不得不面对随之而来的、多于原先数倍的外部压力。与他现今的疆土接壤的正是被誉为天下第一、庞大的信玄势力圈，况且仅仅相隔一条大井川。

信玄拥有比睿山[1]授予的大僧正[2]僧位，他率领大军时，头戴诹访法性[3]之盔，铠甲外还要披上好几层绯红的袈裟，这身奇特的装束早已名扬远州。对手一想到他这副模样，无不胆战心惊，怕得直打哆嗦。

家康的领地与武田势力圈接壤，因而家康心中的恐惧不啻被宣判死刑的囚犯。擅长模仿的家康很是奇怪，他虽然惧怕信玄，却自幼就暗自敬佩对方。家康平日里留心打听信玄的内政、兵法以及战略。后来，当武田家在胜赖一代灭亡时，武田家的牢人[4]哪怕成百上千，首先皆为家康所用。家康从他们那里学习信玄生前制定的法规，研究阵法，甚至下令后来成长为先遣部队的德川家井伊武士改变装束，连铠甲在内一身火色。这支部队被称为"武田赤备军"，家康对信玄的崇拜由此可见一斑。

说起来大概是家康的性情与信玄相似。家康不曾学习信长，他作为信长的同盟者始终跟随其后，连性命也交付给他，却丝毫没有模仿信长的爱好与想法。到了晚年，家康也未留下一句称赞信长的话语，对秀吉更是如

---

1 比睿山：自古被视为镇护王城的灵山，东面山中有着天台宗总寺院的延历寺，也为延历寺的山号。——译注

2 大僧正：僧官的最高级官位。——译注

3 诹访法性："法性"指佛教中所说的万有的法性，"诹访法性"代表诹访明神。——译注

4 牢人：参加过多次战役，被勒令囚禁，贬为庶民的大名、武士们。——译注

此。家康在跟随秀吉的日子里毕恭毕敬，绝无半点不悦。然而在私密场合却总告诫家臣切莫沾染秀吉的奢华之风，茶道便是其一。在信长和秀吉的推崇下，茶道风靡一时。尽管如此，德川家诸将领敬而远之，一概不参加任何茶会。他们谨遵家康教诲，保留着三河质朴的品质。家康与他的众三河武士在当上丰臣时期的大名后，身上依然透着一股农夫气息。在被现代美术史划分为安土桃山时代[1]的年代里，他们没有任何喜好。其余大名对永德[2]、利休[3]、南蛮[4]的稀奇古怪之物十分着迷，唯有家康与他的臣属例外。他们自始至终过着乡村生活，不曾褪去田间本色。

在当时，找不出第二个比德川一族更远离安土桃山时代的势力集团。

家康如此远离同盟信长的爱好，却崇拜敌人信玄。这看似奇怪，但细想起来，对三河人而言，与商人味十足的尾张相比，或许同为农民出身的甲州更显得亲近。

信玄善于执政。疆域扩大后，他将新的领地作为直接行政区，而不分给家臣管理。他担心无知的部下不懂人情事理，傲慢行事，使得民心离反。信玄亲政，赏罚分明，收服了人心。由于三河东部的南、北设乐郡以及东加茂郡，共三郡四万石土地遭到信玄的侵犯，沦为了武田的势力范围，所以家康才对信玄的执政了如指掌。家康得到今川领地远州后，曾效仿信玄的治国方法，成功地收拢了当地民心。

无论是兴趣或爱好，武田信玄都秉承了中世之风。对于当时盛行的茶道，他不屑一顾：

"只有小民才会这样做。"

对宗教也是如此。信长是极端的无神论者，他否定一切神佛。秀吉虽然不像信长那么极端，却也无信仰。唯独家康稍稍不同。他是带有庶民色

---

1 安土桃山时代：1573年—1603年，起于织田信长驱逐将军足利义昭，终于德川家康建立江户幕府，又称织丰时代。安土桃山文化的特征在于大名、豪商等阶层的繁荣奢华，佛教影响力衰弱以及西洋文化开始传播等方面。——译注

2 永德：狩野永德，安土桃山时代的画师。——译注

3 利休：千利休，日本茶道的宗师，人称"茶圣"。——译注

4 南蛮：此处指葡萄牙、西班牙。——译注

彩的净土宗（虽不及一向宗[1]在百姓中普及）的檀度[2]，家康在战场上甚至揭起写有"厌离秽土，欣求净土"的大旗。相比之下，信玄是中世风格的信仰者。在他眼里，甚至连净土宗也属于新兴宗教。他尊崇中世信仰中最具权威却已衰落的比睿山（天台宗）。他为比睿山捐献了大量的钱财。作为回赠，比睿山授予这位未曾出家的凡夫俗子以大僧正之位。授位时，信玄表现出孩童般的欣喜。再有，当听说信长烧掉比睿山、杀死三千僧徒时，他说：

"将比睿山移至甲州。老夫加以保护，恢复其香火。"

可惜如此深情却遭到比睿山的婉言谢绝。

家康既不像信玄那样保守，也不及信长那样开放、现代，相比之下较能认可信玄的风采。

信玄一手带出了武田军团，军团编制与作战能力独一无二，均为他首创。不过其余之事，信玄更倾向于沿用既定的权威。一般来说，此类人物往往具有感伤情怀，而信玄例外。他将自己的权力绝对化，为确立威严，他甚至放逐了自己的生父，即上一代家督信虎。信玄四十多岁时，以企图谋反的罪名逮捕了长子义信，并将他投入大牢。不久，义信被杀。

诸国对信玄的评价不高，认为"信玄乃罕见的忍者"。

所谓忍者，指为达目的不择手段且满不在乎之人。家康并非忍者。

武田信玄出生于守护大名之家，算得上是中世的贵族。他的血统几乎被半神话，受到甲斐民众无比的崇敬。信玄本人出生显贵，故某些气质非同一般。

常言道："高贵之人冷酷无情。"

信玄生来便是如此。而家康出生于乡村头领之家，与庶民同等，所以悲喜之情与家臣无异。他对家臣极富同情心，会真心为部下的不幸遭遇潸然落泪。三河武士正是被他的人格魅力打动，才会死心塌地跟随其后。

1　一向宗：日本佛教新宗派净土真宗（简称"真宗"）的别称。其教理强调人们只要在世俗生活中坚持专修念佛，坚信佛力，就可往生极乐并获得现世幸福，因而获得众多农民的信仰。——译注

2　檀度：六波罗蜜之一，施舍人财宝、善法，以此修行。——译注

后来，性情中人的家康却被信长责令杀死其长子信康。

此时的信康早已长大成人，并能驰骋在战场上勇猛杀敌了。信长认为：

——信康与其生母同武田家串通。

信长手握证据（信康生母的确如此，信康却被冤枉），命令家康杀掉二人。家康若是违令，信长必将讨伐家康，灭掉德川一族。于是，家康思量了三日，最终决定杀死信康。他作出决定时，想："原先武田家大将不也曾杀死他的长子义信吗？"

家康回忆起自己一直敬仰的信玄，以此安抚自己即将麻痹的心灵。家康过于学习信玄，甚至模仿他"忍者"的一面。不过，家康并未成为真正的"忍者"。此后每逢回忆起信康，他总会泪流满面、自言自语。这幅情景吓坏了他的侍从。家康浓郁的人情味深得质朴的三河武士敬佩。

发动俗称"三方原之战"的不是小国家康，而是强大的武田信玄。

信玄并非生来就拥有庞大的国家。他的据点甲斐国位于富士山北面，土地贫瘠。以后世的石高[1]单位计算，不过二十五万石疆土。这里的士卒生得强悍，在信玄的训练下愈发威猛。信玄率领这支军队不断蚕食邻国疆土。尽管有天才将领指挥作战，却仍困难重重。原来，小田原盘踞着人称"老大国"的北条阵营，越后有上杉谦信，后者的领兵能力不在信玄之下。三方势力相互牵制，信玄不敢轻举妄动。他花费了半辈子的时间，最终将百万石土地收入囊中，其中包括信浓、骏河、远州北部、三河东部、上州西部、飞骅北部、越中南部等地。算上本国甲斐，约有一百二十万石。有了如此实力，"是时候西征了"。

谨言慎行的信玄（这一品质深受家康赞赏）决意西征时已年过半百。他尤为高兴的是，自己此时已经拿下濒临大海的骏河国。生长在山里的信玄终于扩张至东海道。只是如今这位处事谨慎的诸侯迈入暮年，人生的太阳已然西斜。他得到骏河之后首次拥有港口，随即设立了一流的水军。信玄的欲望如同19世纪的俄国。俄国一心希望拥有温暖地带的海港，不惜长

---

[1] 石高：日本近世测量土地的一种单位，以稻米产量衡量土地面积。——译注

期作战，在亚洲考虑过南下印度洋，一方面经营远东地区，拥有了沿海州；在欧洲还威胁着土耳其。

话说回来，信玄人到晚年终于得到骏河，费尽心血到达了日本的交通干线——东海道。骏府距离京都仅八十里（一里相当于现在的四公里）。

沿途的强大势力唯有织田一家。

"在下愿去扫清道路！"

信玄的勇将马场美浓守信春在武田家酒宴上大肆扬言。信玄本是出言谨慎之人，此刻，他只是注视着美浓守，并不做声。攻打织田家之前还得除掉一个小小势力，那就是拥有三河和远州的德川家康。

"家康的为人如何？"

信玄问道，他不太了解比自己年轻二十多岁的家康。

原加贺守昌俊回答道：

"胆怯且固执。"

他的话，说对了一半。固执是家康的天性，却并非刚愎自用，若是想要得到某物，家康宁愿委屈自己、隐藏自己，花费大量的精力，最终顺理成章地将其占为己有。确切地形容他的性格，应该说成忠诚、正直才对。

"胆怯者更不容疏忽。"

信玄告诫道。胆怯者多深思熟虑，他们过于惧怕敌人，因而凡事考虑周全，慎之又慎，决不胆大妄为。

或许信玄才是胆怯者。家康势力范围内的三河和远州，对于信玄来说只是必经之路而已，诸将领纷纷表示：

"三河一类，应踏平而过。"

然而信玄派人仔细勘察了远州、三河两国的道路和地形。信玄无论征战何处，事前准备总会做得十分妥当，且细致入微。此次也不例外。

《甲阳军鉴》中关于信玄的这次调查有如下记载：

"始于元龟三年壬申年夏，止于秋。"

以下引用《甲阳军鉴》原文：

"持远州、三河绘图，逐一查找两国险路，或大河小溪之流势，查清一村、一里的渡口数量，或标注深田、蓄水池及其他。"

调查人员主要任用远州、三河的牢人。指挥、汇总调查结果的是两位大将——原隼人昌胤和内藤修理昌丰。二人处理妥当后，书中记载：

"两大将于信玄公御前陈述，再三推敲。"

信玄终于敲定阵式，并令诸将领牢记地图。在三方原之战中，武田军团初来乍到，即使再小的队伍也能自如地在地形错综复杂的三河境内移动，执行任务，这令三河武士佩服不已。

对于武田军踏平三河的行动，家康断然不会坐以待毙。

这位胆小之人为了保全自己，拼命地做着外交上的准备。当他刚刚感受到来自信玄的巨大压迫时，便迅速决定与越后的上杉谦信结为攻守同盟，一同牵制信玄西征。

天底下能阻止信玄脚步的唯有上杉谦信。

——然而，恐怕上杉谦信不曾听说过自己的名字。

家康忐忑不安，他不过是东海上的一股新兴势力。面对谦信这位势力强大、历经沙场的老将，家康觉得胆怯。细想起来，凭借今川家与织田家的势力逐渐壮大起来的年轻男子家康，以自己的名义与大势力进行交涉，这还是第一次。

使者不可或缺。三河武士都是乡下人，家康环顾四周，没能找出一位可出使千里的干将。正巧三河有座供奉山灵的修验道寺庙，名为稻叶山权现堂，寺内住着一位长着鹰钩鼻的修行者叶房净全。叶房自年轻时起周游列国，甚至数次前往佐渡[1]，途经越后时曾滞留多时，与上杉家的好几位重臣有着亲密往来。

"叶房，好吉利的名字。"

家康将骏河之事告知老修行者，并派遣家臣与长老一同前往越后。叶房不负重托，顺利完成了任务。

叶房劝说谦信："东海形势大变，现如今德川大人成为第一武士，北条氏自然不在话下，连甲斐的信玄也惧他三分，加上他为人忠义正直，譬如……"接着叶房描述了一番。

---

1 佐渡：旧国名，日本海最大的岛屿，今属于新潟县。——译注

"信玄若举兵，则南北夹击如何？"

叶房提议，谦信从日本海一侧、家康从太平洋岸一侧同时出击。

对此提议，谦信意外地爽快接受了。他亲自提笔写信，信中洋溢着喜悦之情："恕老夫冒昧……阁下派遣僧人使节，老夫甚欢心。一言为定，不再有异议。"

"谦信写信怎么如同孩童一般？"

家康心想。原来，在外交文章中，哪怕事情对上杉氏再有利，他也该按捺住内心的情感，表述得若无其事。可谦信在信中的表达太过直白。家康一直为信玄狡猾而复杂的性格所吸引，他觉得谦信的爽快与耿直有些肤浅，不足以为其所用。家康只是对谦信抱有好感。当然，甚于好感的是：

——如此一来算是得救了一半。

家康长舒一口气。他对上杉谦信一直心存好感，即使许多年后，当谦信的下一代家督上杉景胜在关原之战前与石田三成共谋讨伐家康时，家康也未大发雷霆。关原之战后，令景胜切腹，使上杉家没落也无可厚非，可家康却饶了景胜一命，仅仅削减封地为米泽[1]的三十万石。家康之所以没有使上杉家绝后，并非完全出于他保守的性格（信长则截然不同），更多的是源自家康首次外交上的成功，以及心里始终不曾挥去的对上杉谦信的好感。

武田信玄得知了家康与上杉谦信结为同盟。"小子想与我为敌？"

信玄在外交上表现出异常的愤怒，却也暗自为能借口此事公然入侵家康的领地而感到高兴。元龟二年二月，他已亲自率军驻扎在位于西骏河的田中城，并将此地作为侵略三河的野战本营。三月，信玄派兵攻入远州，首当其冲的自然是远州高天神城。紧接着，信玄动用其他兵力入侵东三河。四月，他还唆使山里的土匪出没家康的根据地——冈崎城的郊外，四处纵火，扰乱人心。信玄的侵略战术变化多端，让人防不胜防。

家康此刻居住在远州滨松城内。

当初家康离开祖上留下的三河冈崎城，选定远州滨松城作为根据地

---

1 米泽：今山形县米泽市。——译注

时，老臣中无一人赞同。

"疯了吗？"众臣嚷道。

家臣代表酒井忠次和石川数正一起来到家康面前，大声谏止。

"我意已决。"家康坚持道，没有屈服。

远州只是刚刚到手的领土，在三河人看来无非是一块殖民地，而家康却要废弃德川家势力范围的中心之地冈崎城，迁至远州滨松城。况且在滨松城建城存在诸多不便，譬如水资源匮乏：掘井时必须深挖掘才能出来淡水，身份低微的人根本无法负担昂贵的挖井费用。再则，城内也没有水源。

滨松是家康取的地名。此前，这里叫做引间，有座名为引间城的古老城楼。家康扩大了城的规模，在城下划分好家臣们的宅地后，下令：

"所有人等迅速迁入滨松。"

然而，在三河这种当时的落后地区，尚且没有武士们集中居住在城下町[1]的习惯，加上人们留恋世代居住的故土冈崎城，都不愿动身。

家康虽与其他三河人一样具有乡下人的保守性格，却能为了现实利益而偏离自己的意愿。

"滨松距离敌人较近。"

家康这样认为。敌人从东边骏府攻过来，为了防御，能在最前线修建指挥所是最好不过了。

对此，甚至连信长也极力反对。信长一直以自己的利益为重。他对家康和他的三河武士们向来是呼来唤去，他当然希望家康等人离自己近些。若家康继续留在三河冈崎，从尾张只需趟过矢作川便可到达，必要时能随叫随到。可远州滨松却距离尾张很远。

家康此次迁都滨松打乱了信长的算盘，信长特意派重臣佐久间信盛出使滨松，劝说家康。

"阁下突然决意迁至滨松，未曾与我等商议，我等吃惊不已。从尾张到滨松路途遥远，途中险关众多。只恐今后对与织田家协同作战十分不利，还请速速返回冈崎。"

---

[1] 城下町：以封建领主居住的城池为中心的附近发达街道。——译注

家康平日里对信长非常顺从，可这次不同，他丝毫没有让步。

"不曾想家康竟如此顽固。"

信长只得断了此念。可过了不久，家康再次做出让信长提心吊胆之事。

这便是与上杉谦信结为同盟。对信长而言，家康与谦信结为同盟无关紧要，可结果是家康必须与武田信玄断交。如此一来，自己作为家康的同盟者必定成为信玄的敌人，一同被卷入海啸中。

信长惧怕信玄，为了不被信玄视作敌人，他想尽办法遮盖敷衍，多次阻止信玄的进攻。信长认为眼下自己刚刚起步，养精蓄锐，再迈一步之后便可与信玄抗衡，但现在万万不可引虎出山。然而家康擅自行事，已经引出信玄这头猛虎。当然，在家康眼里，形势并非如此。他觉得倒是信玄这头老虎自己要出洞。家康的逢迎外交已到底线，若再讨好下去，恐怕连自己都会被吞掉。现如今是时候孤注一掷、决一死战了。

信长不得已认可了家康制造的新局势，也被迫加入了上杉、德川同盟。但这两件事稍稍改变了信长对家康的看法。以前，家康对于信长来说不过是条守护织田势力东大门的看家犬，而现在，看家犬多少有了自己的主张，并开始独立行事了。虽然如此，家康仍不忘再三提醒信长，这些举动都在"正直忠诚"的范围之内。

"此举对织田家有利。倘若信玄大军压境，家康定将殊死抵御。"

"抵御虽好……"信长对家康采取了类似自己在桶狭间作出的冒险兴动甚感头痛。他觉得对信玄绝不可莽撞行事，否则苦心经营的一切必定化为乌有。

"若武田军逼近滨松，稍作抵御后立刻弃城退回冈崎。在滨松抵御武田军只会是徒劳。"信玄多次派人去说服家康。家康总是唯唯诺诺，或说"言之有理"，或说"此法得当"，尽量平静而有力地点头附和，却回答得相当含糊。家康其实早有打算，他决心一步不退地坚守滨松城，抱着必死的决心搏一次。他谨慎得几乎病态，无论往他身上的何处施压，他都会作出同样不合常理的决定。前文提过家康的性格用一两种思路是解释不清的。按说他的性格只有小心谨慎、舍己从人和功利主义，那么此时转投武田才是明智之举。在那个时代，条件与当时的家康相当或者近似的战国武将不计其数。这些人皆是倒向武田，以摆脱眼前的危急。即使不投靠武田，也会如信长劝说的那样，先弃城逃往冈崎，再投奔尾张，与织田方面的主力会合，以此与武田抗衡。这也不失为良策。家康生性算不上果敢，然而却没有采取上文中提到的任何方案。他意外地选择了近乎自杀的死路，且立刻付诸行动。这正是家康让人费解的地方。倘若家康称得上是英雄，恐怕全靠这些让人捉摸不透的特异性格。

信玄终于来了。

此前他曾一度从骏河的田中城返回甲府整备军力。元龟三年十月三日，信玄率领名震天下的赤备军从甲府出发。这天云层很低，从甲府望去，远处的山峦朦朦胧胧，颜色灰淡。

"这么冷的天气，越后可能下着雪呢。"信玄坐在轿子里，自言自语。信玄选择雪季西征。由于降雪，敌人谦信不到来年春天不能用兵。但为了谨慎起见，信玄还是从三万常备军中抽出一万留守国内，率领其余两万人马以及向同盟国北条氏借调来的两千名士兵出征。

按照用兵的一般原则，信玄另外整编了五千名士兵，下令由大将山县昌景率领沿别路进发，经三河东部向远州进攻。

另一方面，在滨松城的家康陆续收到关于信玄出兵的情报。远在后方的信长也派急使传来口信：

"速速放弃滨松，回冈崎守城。"

前后多名急使来报，仿佛信长在后方连声呼喊一般。家康恭敬地接待使者，并得体地答复：

"家康迟早会撤回冈崎，只是先在滨松抵抗一阵再说。"

使者回去后，家康咬着手指，独自思量了许久，回头望着自己的部将，坚定地说：

"要我放弃滨松城，不如踩断佩刀，告别武门。"这句话成了家康的名言，流传后世。他说此话时非但不是昂然自若，反而是欲哭无泪、喃喃自语。中年的家康身形与少年或老年时全然不同，干瘦得眼睛突出、颧骨高耸，下巴又尖又长。他皱着眉头喃喃自语时，恰巧烛光的阴影映在他脸上，这副模样仿佛恶鬼一般让人生畏。

家康的总兵力有一万名左右，其中四千名被派往前线小城，决战时的人马不过六千名而已。六千名士兵自然敌不过当时日本最强势的信玄两万多名士兵的大军。家康乞求信长增派援军。

"可否借调一万兵力与我？"

家康期盼着。诸将领更是觉得：

"平日里总是我等增援织田家，却从未要求过他们派兵。织田大人理应有所回报。"

众人满怀期待。可眼看武田家大军压境，织田援军这才姗姗前来，而且仅仅三千人。援军由将领佐久间信盛、平手泛秀及泷川一益率领。从信长的战略来讲，在必败无疑的战局下派出大量兵力，不过徒添死伤罢了，自己只要尽到同盟者的义务足矣。因而在三位部将整装待发时，信长再三叮嘱：

"莫要战斗，守城便是。"

信长的战争观如同经商之人，总是按事情的轻重区分行动的缓急。信长吝啬白白损失的兵力，好比商人舍不得钱财。迟到的尾张武士同样如此，且不说三名部将，连步卒也全然没有战斗之意。

信玄大军南下。

十月七日，大军浩浩荡荡地挺进远州，气势之壮观，一直为东海道上的人们所传颂。两万多名兵士步伐整齐，只听见大地震得轰轰响。无人窃窃私语，甚至连最低等的士卒目光中都透出坚毅，全体目不斜视、正视前方。将信玄大军给人的印象形容成猛兽群向前行进，恐怕更为恰当。十月十日，信玄大军如探囊取物般攻下德川的多多罗城与饭田城[1]，然后继续向西挺进。

家康必须侦察清楚敌军进击的情况，仅凭他一贯的忍耐，继续静观局势显然不够，于是他决定派人武力侦察。他挑选平日里自己最器重的三员大将：大久保忠世、本多忠胜（平八郎）以及内藤信成赶赴前线，并下令

---

[1] 饭田城：今长野县饭田市。——译注

大将率领三千兵士即刻从滨松出发直奔三香野（今袋井市附近），担任附近木原、西岛等村落的侦察任务。过了几日，他们终于望见前方田野里有一片红色在移动，原来是甲州军到了。当他们想更接近敌人以确认军情时，却被武田军发现了。眼看着武田大军在街道两侧的田野里一字排开，加快步伐向这边移动过来。

"撤退！"

内藤信成对大久保、本多喊道。如果在此处交战，定会白白损耗原本就兵微将寡的德川军团的决战兵力。部队立刻开始撤退，唯有本多平八郎稳站在原地，他点着了道路上堆积如山的门板、厚草垫和席子之类。顿时，四起的白烟弥漫空中，遮挡住了武田大军的视线。武田军难以辨别德川军撤退的方向。

"三河武士做事新奇。"

信玄远远望去，心中暗自佩服。不久，家康的年轻部将本多平八郎纵火之事传开。

武田大军里有人调侃道：

家康有两件宝，唐头和本多平八。

这首打油诗留在了滨松东郊的一言坂[1]。所谓唐头，指牦牛的尾毛，常用做禅僧的掸子等。在德川家，家康将唐头赐给本多平八郎等七员大将，并令其插在头盔上，以显示威武。

信玄将军队分为两支，一支派去进攻家康的二股城[2]，另外一支令山县昌景率领攻入三河东部，轻松占领了吉田城[3]和伊平要塞。

信玄做事谨慎，此刻并不急于进攻，而将大本营移驻至野部（今天龙区东面）。在红叶时节，信玄大军在此处安营扎寨，他们仅仅攻破了些阻碍自己前进的小城。直到当年岁末的十二月二十日，大军才有些出

1　一言坂：今静冈县磐田郡丰田町一言。——译注
2　二股城：又作"二俣城"，今静冈县滨松市天龙区内。——译注
3　吉田城：今爱知县丰桥市。——译注

发的征兆。

他们的举动立刻传入滨松家康的耳里。二十二日信玄下令出发。

然而令家康他们意外的是，信玄的大军竟然抄近道，沿滨松城以北约二十公里的盘山小路向京都进发。这不明摆着无视滨松的存在吗？

对信玄而言，西征才是此行的目的。与其耽误时间攻打途中的滨松城，不如绕道前行。

这样，信玄率领大军穿行在滨松北面的山间。

关于信玄一举一动的谍报，在他们出发的前日又传到了滨松家康处。家康立刻召集部将，商讨对策。

当然，织田方面三位大将主张德川军趁此良机在滨松按兵不动，佐久间信盛照例再次强调了一番信长的训诫。

德川家诸将领纷纷表示赞同，他们认为只要我方不出兵，敌人便会远去。若出战，不仅死伤无数，也阻止不了武田大军的西征，此举毫无意义。全体将领一致反对出战。

然而，家康突然呼吸急促起来，面如土色，双眼充血，他不停地咬着指甲。

"莫非是疯了？"

此刻家康的一句话令织田家派出的大将泷川一益大惊失色。家康竟然下令：出战！能在这乱世之中安邦定国的大名居然说出如此幼稚的话。

"敌人踏着我国郊野一路前行，我等却一箭不放，躲在城内，此举绝非男儿所为。"

一向做事小心谨慎的男子，面无血色地吐出这番话语，他的家臣也始料未及。家康身上冷静的筹划能力，被同样隐藏在他内心的某种疯狂所打败，尽管这种情形极其罕见。他令全军将领做好出战的准备。这次无异于送死的征战计划结果自然是彻底失败。然而对于他后来的人生，这次败北不如说是一次重要的胜利。

落荒而走

家康率军出了滨松城，向着北面高处奔驰而去。

——疯狂、疯狂起来！

家康仿佛是说给自己的。要摆脱恐惧，令自己疯狂起来恐怕是最好的招数。无论家康或是士卒，如此胆战心惊的出征，此后再也未曾有过。

士兵们不论善饮与否，皆有几杯酒下肚。从前门旁边到大路两侧，沿途摆放着几个斟满浊酒的木桶，士兵通过时或盛入竹筒，或使用舀子，他们必须得借着酒力让自己疯狂起来。

家康晚年时曾说过：

  酒乃提神之物。不论征伐或鹰猎，不善酒者若一杯下肚，亦能精神百倍、勇往无阻。（《中泉古老物语》）

在当时，军队离开前门奔赴沙场时必然以酒饯行。而此时，对于即将挑战武田大军的家康军团，没有酒则根本无法挪步。

——看不出三河武士个个嗜酒善饮。

织田的三千援兵冷笑着。尾张武士与土里土气、寒碜的三河武士不同，装扮华丽许多。

家康并未饮酒，却强令自己疯狂起来。这位像机械技师般操纵自己的男子居然也成功地做到了。他失常的行为一生中只有这一次。

武田大军沿着滨松北面的山路继续向西进发。果然如家康多次接到的密报一样，武田信玄根本不把临海的家康滨松城放在眼里，他不愿浪费时间与兵力。为了早日实现夺取京都的目标，他宁愿采取更有意义的军事行动。

——不愧是甲斐的入道（信玄）。

家康原本敬仰信玄，这次更是钦佩不已。敌人就在眼前，却公然视而不见，看得出信玄胆大心野；为直达目的不做无用之功，则显露出他作为战略家的过人智慧。

信玄的大军顶着腊月的寒风继续向西而行。

两万两千人的大部队于十二月二十二日（公历2月4日）自宿营地野部出发。信玄坐在轿子里：

"三河的小子出兵了吗？"

信玄的脑子里整理着从滨松附近陆续传回的报告，试图判断出家康的举动。

让那小子出兵最好。

在信玄看来，攻陷城池才最为棘手。哪怕再小的城郭，完全拿下至少得花上一二十日。何况远州滨松城是作为家康治理东面的策源地而颇费心力修建而成的大规模城池，攻陷滨松城无论如何也得留出一个月时间。这无疑是浪费。但倘若家康沉不住气，率军出城，那就另当别论了。郊外决战只需数个时辰，信玄求之不得。先在野外杀得家康片甲不留，接着乘势直入尾张或近江，给信长来个措手不及，如此一来西入京都的大道就平坦无阻了。

"家康若是愚笨，则会出来。"

信玄心想，他动用了善于变化的骑兵队袭击城下，烧毁近郊村庄，这些只为引诱家康出兵。

"看来那小子不会出兵了。"

信玄估计道。此前他曾采取各种手段了解了家康的性格。探听敌军将领的为人也是信玄开战之前的必要任务。

多数情报表明，家康尽管年纪尚轻，却谨慎得让人生畏。其中有一则关于鲜桃的传言。

"此乃某年霜月[1]之事。"《故老谈话》中有一段说到，身在京都的织田信长给家康捎来一筐寒冬十一月里"十分稀奇"的鲜桃。三河重臣们无不感到新鲜，纷纷赶来欣赏珍果，皆啧啧称赞。而家康却将鲜桃一个不留地分给了近臣们。

1　霜月：农历十一月。——译注

甲府的武田信玄听了此事,喃喃道:

"看来家康胸怀大志。"

——他能看出不合时令的果实不能食用……

信玄解释说。他猜测家康是由于担心食用反季节水果会中毒或生病,损害身体、误了大事就太不值得了。且不说他有无大志,单是何等谨慎,从一个鲜桃便能明了。家康是史上鲜有的人物,他一生中未在日本史上留下任何开创性的功业。连对一个鲜桃也小心翼翼的性格使他根本无法成为先知。当然,家康一辈子唯有一个前瞻性的功绩,那就是他的卫生保健之道。直到明治维新以后才得以普及的卫生保健观念,在家康的时代几乎无人知晓,即使民间有些流传,也无非是些迷信或巫术,毫无科学依据可言。家康爱好医学,到了中年,他的医学知识已丝毫不比御医逊色。在卫生保健方面,他有许多独到之处。他严格地给自己列出多条禁忌,以明治以后的现代医学眼光来看,这些条款也都值得认可。他唯恐妓女带有梅毒,故而始终不曾与其接触;他不饮生水。令人称奇的是,家康恐怕是日本史上第一个发现运动有益健康的人,他爱好鹰猎也是因为这个。对此,多部史书均有记载。但是,这一切卫生知识仅为他自己所用。尽管后来他一统天下,却从未在政治场合公开过他的想法,从而与原本唾手可得的公共卫生行政先驱之名失之交臂。

不管怎样,在信玄看来,家康虽是三十来岁的少壮男子,却太过谨慎。

"因而家康不会出城。"

信玄猜想。

然而,家康已经出发。

——小子,你想怎么样?

连信玄也替家康捏了一把汗。家康对自己的敬仰之情,信玄早有耳闻。哪怕是世人眼里的忍者(麻木不仁之人),对于崇敬自己的小辈也不会产生恶意。不过上了战场,就另当别论了。再则,此次战役是信玄半生酝酿的"上洛"计划的首战,在天下的传言面前,要赢得痛快、体面。最好能摘下家康年轻的首级,倘若能将其悬于大军之前一路西上,沿途的豪杰、天下的大名只怕都会不战而栗，屈服于信玄。

信玄率领大军浩浩荡荡向西横穿了南北流向的天龙川，当时的天龙川一分为二，两条支流平行地流淌着。人们分别称它们为大天龙、小天龙。

渡河后，大军沿着名为秋叶街道[1]的大路一直顺势南下，南面便是滨松。一时间家康举棋不定。不过信玄在名为有玉[2]之处突然西折，他们途经滨松北面继续向西进发。向西挺进原本就是信玄的计划。

——信玄意不在滨松。

家康此刻得出判断。与此同时，家康离开滨松城，向北进发。

他打算等着信玄。估计信玄会通过三方原台地。在家康派探子严密侦察之时，信玄大军放火烧掉了菩萨村（现今地名为欠下），踏着烟雾朝着三方原挺进。

三方原是滨松北面的小高原，状如覆箕，南北约十二公里，东西约有八公里。这一带挖不出水源，现如今也只有植树造林或用作农耕，在家康的时代里想必只是一片茫茫的草原，其间零星生长着一些老松树。登上山坡只见一片红壤，红得足以让草鞋染色。

家康之所以选定此处阻截信玄，一是由于此处有道路直接通往信玄的必经之路井伊谷，二是此处地形对大军的进退十分有利。到达三方原之前，家康同样思前想后，安排得细致周到。他要求部队缓慢前行（为探明武田军究竟是向西行进还是攻打滨松），在当天正午刚过时到达了三方原南端。此处在当被地称作犀崖，头顶上方是三方原，家康的大军集结于崖下。

此刻，家康再次询问：

"武田的动向如何？"

他时刻盯着信玄的举动。万一武田的大军调头直取滨松，德川的大军也可从犀崖出发，经最短距离迅速回兵守城。在犀崖做好最后的战斗准

---

[1] 秋叶街道：位于南信州境内，自静冈县临海一侧起，夹在南北流向的天龙川与日本南阿尔卑斯山脉中间的道路。——译注

[2] 有玉：今静冈县滨松市内。——译注

备，家康的谨慎性格可见一斑。若换作是上杉谦信，或许会趁其不备，拦腰斩断行进中的武田大军（武田军排成两列纵队在山间蜿蜒前进）。家康处事谨慎。敌军蜿蜒前进，对此置之不理。

信玄胸有成竹。

他从菩萨村登上了三方原西边的上坡路，在台上西行了片刻后遇到了十字路口。信玄立刻下令调整队形，从行军队列变换成战时队列，向左右排开。士兵们斗志昂扬，欲来一个杀一个。马不停蹄的武田军这才停顿下来，草原上仿佛升起一座小山，唯见军旗迎着凛冽的寒风飘扬。

且看家康——

他亲自挑选出几名具有战略眼光的将领到前方侦察敌情。其中鸟居四郎左卫门忠广匆匆回营：

"主公，主公现在何处？"

四郎左卫门拨开人群，冲到家康的马扎前禀报道：

"此战胜算不大。"他补充说，武田的兵力远超过原先的估计（是德川方面的三倍之多），且敌军律令严明、士气高昂，犹如铜墙铁壁。若以少数兵马攻之，必损失惨重，望主公下令撤退。若主公坚持出兵，不妨运用火枪，先观其势，等候时机，待武田大军深入崛田（地名，地形狭窄，大军通过此处必然拥挤）附近再决一死战，或许能有万分之一的胜算。

四郎左卫门一字一句，十分坚定，家康却一反常态，发疯似的踢翻马扎，半站起来，用消瘦的下巴使劲顶住鸟居四郎左卫门，大吼道：

"四郎左卫门！我平日里当你是一名勇武大将，今日你完全变了？心虚胆怯了？"

家康严厉地扫视四周，说道：

"其余人等听好，信玄绝非鬼神！四郎左卫门口口声声称敌人为大军，大军有何惧怕？听着，三河武士畏惧的只能是我的命令！"

家康暴跳如雷，鬓发被风吹得凌乱，此时的他与平日里判若两人。

被家康骂作鼠辈的鸟居四郎左卫门勃然大怒：

"心虚胆怯？主公何出此言？"

他狠狠地瞪着家康，说完，转过身去旁若无人地走出本阵，并往地上吐了一口唾沫。可是回到自己营里，却说：

"看主公的神情便知此战胜利在望。诸位，不要退缩，拼死一战吧！"

决战之日，四郎左卫门策马直趋，一路喊着："冲啊，主公看看，看看下臣是否胆小如鼠。"他奔入武田大军之中，最后不幸战死。

就在武田大军暂缓脚步，整理队列之时，家康还有一次行动。他离开了原先的犀崖，接着下令全军也登上山坡。尽管士兵们畏畏缩缩，却也是在一步步地接近武田军。其间，德川军队前进了四公里。沿途尽是陡坡。走到两侧皆为深渊、路面狭窄之地（左右皆为山谷，名为小豆饼）时，家康以为这正是以寡击众的理想地带。

武田大军的先锋在一千五百米之外斜坡的高处。

这无疑对信玄有利。信玄无形中占据了地势之利。他迅速布好阵形，欲引家康先动手。这是何等的妙计！甚至连谨慎的家康也不曾察觉，待他布阵以后才发现自己处于斜坡下方，处于劣势。家康暗暗叫苦。

信玄部署的阵式名为"鱼鳞"。鱼鳞阵犹如鱼鳞般层层密布，滴水不漏。中间部分突出，形成"人"字形。

与此相对，家康摆出了"鹤翼"阵形。鱼鳞、鹤翼，无论术语本身或是语意，皆出自中国的兵书。当时的将领并非心中装着兵书布阵，而是根据临时的判断或必要性，从几个固有的阵式中挑选其一。在日本长期以来的相互交战中，已有若干阵形被固定并继承下来。鱼鳞阵能让人体会到战争的美感，这种密集的队形有利于突破敌军的中央部分。而家康的鹤翼阵犹如白鹤亮翅，呈一字展开。鹤翼阵行数不多，故中间易被攻破，而两翼却也能迅速包围敌人。四面围住敌军是最容易取胜的阵式。明治后的日本陆军经常采用此阵法。无论是十余人的小分队或是两万人的师团，运动原则相同。家康此后一直偏好鱼鳞阵的密集性，可在这三方原，从当时的条件看来——比如兵力多少等——孤注一掷地选择鹤翼阵，无疑是家康一生中唯一的一次轻率。面对武田的大队人马，仅有敌军三分之一兵力的家康稀稀拉拉地摆出了一个"一"字。他们试图用轻薄如绢的两翼接住山上滚下的岩石，不曾想在接住滚石并将其包围之前两翼早已被撕得粉碎。反过来说，欲以少数兵力舍身一战，家康只得布下此阵。

　　右翼
　　　　酒井忠次、织田援军
　　左翼
　　　　小笠原长忠
　　　　松平家忠
　　　　本多忠胜（平八郎）
　　　　石川数正

　　中央和背后有家康亲率的直属家臣及预备队殿后。
　　武田一方的先锋有小山田信茂、山县昌景、内藤昌丰和小幡信贞四支人马。战斗打响后，首先由这四队兵士如四支犀利尖锐的长矛般，直插敌方心脏。第二阵紧接着上来，此阵人数比先锋多出许多，先是信玄的长子武田胜赖（时年二十八岁）率领的部队，后有武田家最有名望的大将马场美浓守信春的人马，最后才是武田信玄的直属大军压阵。
　　武田、德川两方布好阵形，在斜坡上下严阵以待，此刻已是午后二时。正值昼短夜长的冬季，这一时刻开战未免太晚了。
　　然而双方均未轻举妄动。
　　家康以为武田军居高临下，自己只能静观其变。自下攻上必然是劣势。若等待片刻，武田军势必以人多为傲，先攻下来。奔跑于斜坡之上，武田的队形定会露出破绽，那时，自己找准时机迅速从左右包围夹击，或许能有十分之一的胜算。其余的只能听天由命。
　　但是信玄根本不可能先行攻打。信玄料想：
　　"僵持下去，三河小子一定会送上门来。"
　　武田的无数军旗高矗于上，随风招展。兵士们个个凛然肃立，只等大将一声令下。信玄自然要在斜坡上方等待家康出招。
　　静待正是信玄的战术。斜坡下方的家康观察着偶尔从云层中钻出来的太阳。

"日将西斜。"

家康按捺住心中的焦躁。此刻的家康犹如蹲在虎豹面前的雏兔,丝毫动弹不得。稍有前进,虎豹必将跃起,将其捏成粉碎。

家康再次习惯性地咬起指甲。看他颧骨高耸,双颊消瘦的脸上露出哭丧的表情,居然还啃咬着指甲,丝毫不像赫赫有名的英雄豪杰。

结果两军对峙了两个时辰之久。而令家康不停地咬指甲的,是由于援军尾张武士们的队伍里旗帜摇晃不定,人马嘈杂,一副败北之相。

"织田大人的援军!"

家康及其部将如此称呼这支三千兵马的援军,对其奉如贵宾,款待得无微不至。而现在他们的战斗意志何在?

家康与众将领无不感到万分失望。昔日姊川大战时,家康基于义气,征伐与自己毫无利害冲突的北国大军(北近江的浅井氏与越前的朝仓氏),眼看主力织田大军即将溃败,家康率三河武士坚守一翼,不顾死伤无数,勇猛直前,终于挽回败势。这些义举,信长与众尾张武士是最清楚不过了。然而如今家康有难,信长派来的援军却一副事不关己高高挂起的态度,仿佛是抹不开情面才来,行动迟缓,毫不配合。织田家的佐久间信盛与泷川一益率军出发之前,信长曾如此吩咐过:

"无须过于拼命。"

这一点,家康未能看透。

家康猜想:

"这些人,未免太目中无人了。"家康与信长只有家业大小之分,是地位平等的盟国。但实质上以及事实上,家康无疑是隶属于信长的附庸。这样一来,织田军团的首领,名闻天下的佐久间与泷川两将与家康是同一等级。此次援助家康,二人的心里自然是百般不愿。

"竟要听从滨松城主(家康)的调遣,可笑之极。"

酒井忠次对织田武士的不作为深为不满,他差负责传令的士兵晋见家康:

"请主公下令训诫。"

家康咬着指甲，并未做声。若训斥过重，这批援军难免会愤而撤退，返回岐阜，甚至会在主人信长面前恶语一番。

织田武士的异常举动自然也看在了信玄眼里。信玄传令先锋部队的小山田信茂："应先击溃尾张旗帜。"让先锋部队心里有重点攻打的准备。

时间仍然一分一秒地流逝。信玄见家康一直按兵不动，便决定先撩起战火。信玄的常用战术中有一种为武田方称作"罩罐"的计策，即先派出少数装配简单的轻兵，让敌方误以为武田阵形已乱。敌人因错估而大举进攻时，再出其不意地让隐伏于轻兵后面的大军倾巢而出，一举歼灭敌人。此战法在三河及尾张被叫做"放饵诱敌"——好比用饵料引出野鸟，再将其捕获。信玄与家康对峙了两个时辰。突然，百余名身披红色甲胄的步兵一齐冲下山坡。

啊，家康猛一抬头，发现右前方……

他立刻意识到信玄又在放饵。猛冲下来的步兵不往三河武士这边进攻，而直接冲至右翼尾张武士阵前约五十米处（胆子实在不小）。紧接着，无数石块如暴风骤雨般被投掷过来。

这投石的战术也为信玄所独创，再无第二人使用。平日里信玄训练兵士们投石，开战时，先以一批投石军引起敌阵混乱，继而派出武田家最得意的精锐骑兵展开密集式的攻击。能破解此种战术的人唯有越后国的上杉氏，而小田原的北条氏等人则对此深恶痛绝。

织田信长很早以前对武田的投石部队有所耳闻，不过却嗤之以鼻。织田信长以为：

"若是这样，倒不如训练一批火枪手。"

火枪与投石的有效距离同为百米左右，如同冰雹般袭来的子弹或石头能让敌人无法抬头，趁敌军缩成一团时，动用主力部队一举将其歼灭。信长自继承家业以来，很早便开始购置火枪，并训练火枪队。因此，众多大名中以他的火力装备最为雄厚和强大。

信玄却始终对火枪这种新式武器不感兴趣，他甚至曾说：

"此皆无稽之物！"

他的劲敌上杉谦信也对火枪深表怀疑。上杉与武田两方虽多少备有火枪，但数量好比后来的部队所拥有的大炮般稀少。

家康受织田装备的影响，拥有的火枪数当然比武田方面多，但当初家康却对此没有太多热情，尽管后来他竟主动学过射击。

再说飞石。家康见状，不由得猛地从马扎上站起，高声呼喊：

"要忍耐，忍耐！"

家康说这话仿佛是在祈祷。只要尾张武士能忍住，便无所畏惧。

原本在武田氏的战法里，暴风骤雨般的飞石过后，必定有骑兵队的突袭，而如果尾张武士能够忍耐住飞石的袭击，保持住阵形，恐怕信玄不会有所举动。飞石不过是做给敌人看的诱饵而已。只要忍耐过去，投石部队便会如浪潮般退去。

然而，始料未及的事情发生了。投石部队一出现，织田武士便作出常识性判断：

——大事不妙，武田骑兵紧随其后！

织田方面的三位将领都以为敌人的骑兵会紧随飞石而来，将自己踩个粉碎。刹那间，织田军队形大乱，营旗摇晃不已，马上的骑兵或东或西慌忙躲避。难以置信的是，他们在飞石面前不战而退。武田信玄当机立断，下令攻击。

武田阵营里传出震耳欲聋的声响，战鼓、军号齐响，马蹄震动地面。信玄命令武田军多半的主力齐攻织田一方。织田队伍里无人恋战，悉数仓皇逃窜。

家康鹤翼阵的右翼立刻戛然折断，顿时没了阵形。事到如今，家康无计可施，只得以剩余的左翼力量冲上坡迎战信玄。家康踢翻马扎，跳上坐骑。

"冲啊！"

看到家康的此番举动，坡上的信玄拍着大腿连声喊妙。家康中了信玄的计策。家康军队冲至山坡半途时，信玄又下令武田胜赖所率的第二锋加入阵线，除正面交战外，还自左右两侧夹击，两军一片混战。

有意思的是，每逢两军战得如火如荼时，家康定会从马扎上一跃而起跳上马背，亲自催鞭冲入乱军之中。他骑马来回转圈，不停地拍击马鞍并声嘶力竭地高喊"冲啊"。

自古以来,有此举动的将领并不多见。

古时源赖朝[1]、足利尊氏[2]皆静坐指挥,唯有源义经[3]、上杉谦信喜爱此举。同时代的武田信玄也总是安坐于马扎上指挥。但信长早期也曾为之。家康不同于谦信,虽没有像他那样的强悍体魄,也没有像他那样的武将威仪,却仿佛对骑马指挥十分在行。

《岩渊夜话》中记载了这样一则故事,直译如下:

"临战时,家康执麾布阵,指挥若定,逢战况激烈,则改于马上握拳击鞍,高呼:'冲啊。'即使双拳血肉模糊亦在所不惜。至战事完毕,方敷药包扎。但是,往往未愈合,战事又起,遂又再度击伤,四指关节皆起茧皮。因此,在老年时,指头变硬,无法伸缩自如。"

《武功杂记》一书,录有家康生前的名言:

"如今军中指麾者过于懒惰,主将安坐太椅,手握军旗,仅劳张口传授命令,欲如此取胜,实在不该。概括而言,若一军之将只能望见士卒脖颈,实在万无制胜之可能。"

三方原一战于午后四时展开。织田的援军落荒而逃后,右翼孤军的将领酒井忠次声嘶力竭地呼叫:

"拼啊!为三河武士的荣誉而战——"

淳朴的三河武士一鼓作气,冲进敌方小山田信茂率领的部队中奋力厮杀,激战中,竟然将小山田部队逼退了三町远。连酒井忠次也颇感意外:

"看到没有,武田大军并非鬼神。"

酒井一面鼓舞士气,一面逐步逼退敌军。突然,前方变成一片赤红,原来武田方面的生力军山县昌景的部队替换了小山田部队。战场上交替出战也是武田大军的战术之一。此时,酒井的队伍束手无策,败下阵来,众

---

1 源赖朝(1147—1199):平安时代末期、镰仓时代初期的武将,为镰仓幕府的第一代征夷大将军。——译注

2 足利尊氏(1305—1358):镰仓时代后期至南北朝时代的武将,室町幕府的第一代征夷大将军。——译注

3 源义经:平安时代末期河内源氏家武将,为开创镰仓幕府的将军源赖朝的同父异母弟。——译注

武士纷纷退却。家康此刻驱马而来，再次为士兵们打气。

此时，德川军的阵形已支离破碎，仅仅有些小部队分散拼搏于武田的浩瀚大军中。勉强保持队形的只有家康亲自率领的小队人马及老练的武将石川数正的手下部将。石川数正面对攻上来的马场美浓守信春的骑兵队，异常镇静。

"兵士们一律下马！"

他命兵士们弃马，枪尖朝天，屈身而卧。

数正以为，用我方骑兵对抗天下首屈一指的骑兵实在不利，不如反其道而为之，遂令士兵卧地，低刺坐骑。此举需要何等的勇气！兵士们也必须绝对服从。三河武士当即遵令而行。眼看马场信春的骑兵部队将要越过三河武士头顶，此时此刻，三河武士们齐齐举起刺枪或朝敌军马腹刺去，或绊倒马腿，殊死搏斗。但是此战法用处不大。战斗中不容德川大军片刻喘息，马场骑兵过去之后，武田胜赖率军接踵而至。他们挥动长刀长枪，兼用马蹄乱踹，三河武士筋疲力尽，不久溃不成军。这时，家康冲入败军中，双拳猛击马鞍，声嘶力竭地大叫：

"我要和你们同归于尽！"

石川数正见状大惊：

"主君疯了吗？"

数正急忙赶过来，朝着家康大喝一声，接着再次冲入乱军之中。然而此时的德川军队节节败退，已从最初的阵地退至了数町之外。

武田大军的中央部队尚未出动，军旗肃然耸立。片刻之后，信玄下令：

"时机已到。"

遂令吹响号角，展开总攻，并要求中央部队的半数兵士投入战场。信玄的命令注定了家康的惨败。

"即使家康能苟全性命，两三年内也难以重振旗鼓。"

信玄遥望战场，心里暗自揣想。

他打算下令乘势追击德川部队，穷追也无妨。不仅能扩大战果，致使家康在短期内无法东山再起，也能为将来与织田信长的决战奠定有利的情势。

"追击，追击！"

信玄一面指挥，一面慎重地派遣探哨侦察四面八方的情势。此时信玄最为担心的是：

——织田军是否会掉转马头回来解围？

方才最先败走的织田部队不过三千兵马。区区三千，好比风吹四散的灰尘一般不足为虑。以织田和家康的关系来看，这个数目似乎太少。又或许织田另有一批援军尚且行军在东海道中，未能到达而已，信玄猜想到。事实上尚未到达的织田军——仅仅三百余人而已——并不知晓德川已经惨败，正沿三河的道路缓缓朝东而来。武田的侦察兵当即禀上，却夸大了队伍的人数。信玄得意于自己有先见之明：

"果然不出老夫所料。"

信玄微微点头，只是面色有些难看。他立即传令前方兵士不要恋战追杀。信玄就是这样，古往今来很少有胜过他的英勇善战之人。不过信玄终究无法取得天下，原因之一也在于他太过谨慎。

夕阳西下，大地犹留有薄暮余晖。

战场上来回奔跑的甲州兵士仍在奋力追剿三河的残兵败将。家康方面战死三百人，其中较具名气者有本田忠真、鸟居忠广、成濑正义、松平康纯、米津政信等。

家康虎口逃生。

昔时，三河民众的一向宗武装起义[1]时，家康也曾数度只身一人伏于马上亡命奔逃。家康在此前的半生中饱尝了战败的痛苦。在与他同时代的著名武将中，家康算是经历败仗最多的。这一点他与汉高祖类似。信玄与谦信不曾如此惨败，信长虽有过战略上的撤退，却也不至于逃亡。甚至秀吉也不曾单骑逃走。

"百战百胜而不曾尝过败绩者，人生亦有遗憾。"

---

[1] 一向宗武装起义：室町末期，在越前、加贺、三河、近畿等地发生的宗教性质的武装起义，由一向宗僧侣和门徒与大名的武装交战。——译注

家康晚年曾如此评断，他还说：

"我在三方原一败涂地，那次失败对于后来的人生，却是何等有益的教训。"

家康的禀赋不如信长或秀吉，他总是拼命地从亲身经历中揣摩、学习，用无数的经验教训彻底改造自己。正是如此，对他而言，失败远远比胜利更为深刻且有意义。

无论如何，三方原战役中家康受到的致命一击在于：

"中间队伍遭到瓦解。"

大意是指甲州军攻破了中间势力。甲州兵如波涛汹涌的海啸席卷而来，家康发现自己深陷浪潮之中，不得不单骑逃命。

"家康将替其持枪之侍卫九藏远远甩在身后。"

正如《校合杂记》中记载的这句大久保彦左卫门的谈话一样，替家康持枪的武士根本追赶不上他的步伐。彦左卫门倒是抢过御用长枪紧追其后，却是：

"御骑飞奔而去，在下追得大声喘气，远远被甩在后头。感觉实在难受，曾数次想丢掉主君的长枪。"

彦左卫门回忆道。

溃败时，不知是否因为家康年纪尚轻，他一度举止失常。武田方面的将领城伊庵并不曾注意到亡命而逃的武士正是家康，穷追其后，而家康不停地回头张望，终于，"逃不掉了，我要死了！"

说罢，他调转马首冲向敌方，欲死于乱刀之下。在此危急时刻，拉住马嚼子的正是夏目次郎右卫门正吉。

夏目正吉时年已五十有四，昔时三河民众的一向宗武装起义时，家康的家臣多数投奔了起义方，夏目正吉同样认为"主从之缘仅一世，而弥陀佛普度众生之愿乃永恒"，他离开冈崎成为起义军的一员大将。夏目正吉是典型的三河人，与其他起义者一样，他们揭竿而起并非对家康不满，而是源自对阿弥陀佛如来的一片赤胆忠心，家康对此也十分了解。不久，起义势头过去，夏目坚守的三河国额田郡野羽之要害不幸沦陷，他只得出走并藏身于针崎的寺庙中。而后寺庙也被攻破，他走投无路，躲到了寺庙的粮仓里。家康将其救起，连同其他起义者，一律不予追究，还恢复其职位。夏目对家康的义举感激涕零，暗下决心以死相报。

是日，夏目并未出战，而是奉命留守滨松城。败讯传来，这才立刻率领部下出城，马不停蹄地赶来援救受伤的战友。急行至犀崖时，正巧遇到败下阵来的家康。

家康看清是夏目，径自嚷道：

"离死不远矣。"

家康的举动让冷静的旁观者实在诧异不已。家康平日心如坚石，却在这大军溃败下来、独自逃走时，竟能遇到属下自三河前来接应，必定百感交集。家康实在走投无路：后有敌军追击，欲逃回滨松却又怕退路被挡。在倾盆大雨中，家康濒临绝望。夏目见家康看到自己时脱口竟是死字，不禁感慨万千，顿时萌发出代替主君一死的决心。死心一定，夏目昂奋起来，他大声吼道：

"主君不同于草民，如果一国之君轻生，三河人民必定四散逃亡，流离失所。还是让老臣代替主君一死吧。"

话音未落，随即举枪朝家康的坐骑狠狠一拍，马儿立刻疾走远去。待家康消失在树林中后，夏目亲率二十名部下，迎向城伊庵的队伍，手刃两名敌人之后自称是德川家康，战死疆场。

且说后来，家康在关东建立幕府，将伊豆韮山的万石土地作为封地赐予夏目正吉之子吉忠，以报答其父舍命相救之恩。但不幸的是吉忠很快病故，因而夏目家后继无人。夏目次子信次，甚为不肖，尚在家康的滨松时代，便因城下杀人而离家出走。此后流浪诸国，穷困潦倒。至庆长十年（1605年），信次找到本多正信乞讨施舍，家康听说后，觉得信次"再不肖也是夏目之子，家康岂能袖手旁观"，于是又封信次为官，年俸五百六十石。

家康逃亡的路径是被当地称为"雉道"的山间小路。家康一路挥砍杂木与藤草艰难前行，用他自己的话是"蹒跚"（《校合杂记》）地逃命。晚年，家康谈起这"蹒跚"的经历时，大久保彦左卫门也在场。

"想必主君是记错了，主君的御马疾走如飞，下臣追随于后，却已有五六町的距离。"

他纠正了家康的记忆,而家康思索片刻之后,仍然固执地坚持自己是"蹒跚"着逃命回来的。逃命途中,家康曾亲手射死追击的甲州兵。他单骑前行了片刻,便被徒步奔跑在附近的家臣发现,这才有了护卫。这批家臣有畔柳助九郎、菅沼藤藏、三宅弥次兵卫、天野三郎兵卫、大久保新十郎、成濑小吉、小栗忠藏等。他们大都在战败时弃马,只得徒步奔走。家康见大久保新十郎负伤,立即对马上的小栗忠藏说道:

"忠藏,将马让给新十郎。"

其实小栗忠藏的两腿也被刺伤,只是家康不知情罢了。但由于是忠心耿耿的三河武士,小栗闻言立刻翻身下马,将坐骑让给大久保(忠邻),自己忍着伤痛一瘸一拐地徒步跟随在家康后面。

快到滨松城时,路面豁然宽阔,家康稍微平静了些。途中,部属高木九助以枪为拐,眼看快要掉队时又赶了上来。

"九助,你可有斩获?"家康放松多了,主动询问道。

九助在家康大部队落荒而逃时,又折返回去擒得了一颗法师武士的首级。九助将其高高举起,家康顿时心生妙计:

"既然是法师的头颅,何不……"

何不让九助对滨松城里的百姓高声呼喊,称其为信玄的首级?城中百姓闻得败讯,必定士气低落,人心惶惶,尤其是新近归顺的下级武士们,或许今夜就会动身逃走。若九助宣称"讨伐了信玄",并将头颅高悬于城门之上,哪怕只是一时也好,总能振奋军民士气。

他唤来菅沼藤藏,要他将坐骑让给九助,并令其先行。

紧接着,家康再度惊慌失措。他听见身后一阵嘈杂的马蹄声,回头一看,大队人马举着火把紧追而来,这是马场信春、山县昌景所率领的追兵!敌军来势汹汹。家康刚回过神来又受到惊吓,所以此刻的恐慌远甚于先前,只见他伏在马背上死命地奔跑。正是此时,不知不觉竟拉在了裤子里弄湿了马鞍。如此窘事后来居然也在三河武士中流传开来,可见家康与众武士之间主从关系的朴实。恐怕也正是如此,在德川家才有着织田家或者武田家根本体会不到的浓郁人情味。

家康并未从滨松城的正门而入，却从名为玄默口的后门进城，奉命把守后门的武将是家康的童年玩伴鸟居元忠，他立刻嗅出马鞍上飘出的异味，随即提醒了家康。岂料，家康对元忠的话置之不理。

"我全然不觉。"他紧接着说：

"听好了，大开所有城门，城门内外点燃营火，篝火要如同白昼般明亮，正门也是如此。传令下去，传令下去！"家康接二连三地下达命令。

元忠甚为吃惊，问道：

"敌军岂不是能乘虚而入？"

"彦右卫门（元忠）！"

家康正色道，并对准地面，猛抽一鞭：

"如今我已回城，岂能容敌人踏入城郭一步？"

家康大声呵斥，主要是说给士兵们听，以重振士气。尽管如此，败军的城门大开未免太过危险，这绝非在战场上啃咬指甲、逃命途中失禁之辈所能为之。这些矛盾之处恰好反映了家康那让人捉摸不透的性格。

家康下令打开城门，以此继续保持野战气势，消除兵士们心中战败的阴影。再有，点燃熊熊篝火并敞开城门定会让敌人看见，家康正想借此机会使敌人对自己重新掂量一番。他对预测有十二分把握，敌人见状或许会以为家康另有计谋而不敢轻举妄动，结果反而能保住城池。家康生来怯懦，有时却能大胆机智地预测事态，充分把握各种情形下安全的最大限度。用当时的词语形容，他是位"果敢"之人，在旁人眼里，这种"果敢"有时会变成超凡的胆识。

家康回到本丸，对前来迎接的家臣们一语不发，他满脸不悦，嘀咕道：

"无头无脑之战。"

他这番话语就像一位木匠费尽心思却完成了一件毫无价值的物品时的嘟哝，他唤来一位名叫久野的女子，向她要了开水泡饭。狼吞虎咽地吃了三碗之后，家康连声呼叫"拿枕头来"，话音未落便倒在了床上，转眼间呼呼入睡。久野取来枕头为他垫在头下，他却全然不知。

"主君在这紧要关头却能高枕而眠，确实是临危不惧。"

家康的举动立刻传遍了城里各个角落,士兵们感叹不已,并受其鼓舞,勇气倍增。

物头(队长)与物主(将校)同样轻松了许多,夜深以后:

"何不给武田大军来个夜袭!"

大久保忠世和天野康景突发奇想。

他们摇醒家康,获得了准许。

夜袭行动并非要杀进敌军阵营,而是向敌人的野营地施放火枪。二人召集兵马,然而大败之后人手奇缺,好容易才凑了不到百名的持枪步兵。

这次突袭意外地奏效了。

家康的兵士沿着山路偷偷前进,一路摸索到了武田大军在犀崖的宿营地(穴山梅雪[1]的队伍)。他们匍匐前进,当接近敌方营地,甚至能听到敌人的鼾声时,士兵们架起一百支火枪朝营中施放,惊天动地的巨响刹那间撕裂了午夜的寂静,穴山队伍一阵大乱,数百名兵士失足掉进犀崖下的溪流中不幸身亡。

——家康干得很好!

事后,信玄也如此夸赞家康。但是,此次夜袭仅仅侵扰了穴山一队,其他营地里寂静无声,丝毫未受损伤。

于是,信玄放弃了滨松城,于次日继续西行,直到进入远州刑部[2]才令全军停下,在此地过了年。

顺便提一句,信长仍欲讨好信玄,派人出使刑部,而信玄记恨他在三方原一役中派援军支援家康,故毅然与信长断绝了外交关系。

出了刑部,信玄西进的速度顿时缓慢下来。他前后花费了一个多月才攻破三河的野田城。然而二月里信玄不幸罹病,于是不得不从前线退下来,在三河设乐郡凤来寺调养。天正元年(1573年)四月十二日,信玄卒于军营之中。信玄一死,武田大军群龙无首,故撤回甲州。至此,战国情势骤变。家康从此得以从垂死边缘复活,而信长的权势更是蒸蒸日上,犹如黑夜后旭日东升。

---

1 穴山梅雪(1541—1582):战国时代武将,生母乃武田信玄之妹。——译注
2 刑部:今静冈县引佐郡细江町刑部。——译注

姻族之争

家康的好色不知如何形容才好。他爱好闺房之事，其内室时常有女人出入。直至去世，几乎没有一夜无女子侍寝，这实在令人惊叹。家康晚年时曾说：

"年入老迈，闺房之事，体力渐觉不支。而唯有外出打猎，倒可稍离女色。我喜欢外出狩猎，也是为健康着想。"家康深爱此事，以至于担心其有损于健康。然而用好色一词似乎又不太恰当。他接近女色仅仅如一日三餐般平常，算不得"好"色。既非精神上追求美的幻想，即所谓的渔色，更非荒淫无度的堕落。举例而言，信长便是追求女性之美，若是令他赏心悦目，哪怕是少年，他也会沉溺其中。至于秀吉，则纯粹是渔猎女色。对待女色的观点或许与个人爱好相关，信长也好，秀吉也罢，皆是生活潇洒、追求风雅之人，而家康却对绘画、乐曲以及茶道等不曾表示半点兴趣。

家康就是如此一位好色之人。

然而，竟然也有让家康吃不消的女人。

这便是筑山夫人。

在三河，人人皆知。筑山夫人是家康的正室，整整年长他十岁。

少年家康尚在骏河今川家做人质时，奉今川义元之命娶了筑山夫人。她是今川氏旁系关口氏之女，时常居高临下，态度傲慢。这在前文中已有交代。

"夫君是沾了我的光，才得以活命。"

筑山夫人（当时三河武士称她为骏河大人）始终这么想，并且表现在一言一行中。事实恐怕真是如此。家康由于娶得今川氏旁系之女，在骏河当人质期间方能安然无恙。作为受到今川家保护的人，他的将来甚至生命安全才得以有所保障。

不过，永禄三年（1560年）的桶狭间战役重划了东海一带的势力范围。获胜的信长借此战为跳板逐步飞黄腾达；败方的今川氏，不仅大将义元被织田氏取了首级，嗣子氏真也由于冥顽不灵，不久丧失了家业与领地。

家康此战之后一跃而起，在三河取得自立并恢复了冈崎城城主的地位。不仅如此，他还与今川氏断交，而与今川氏的死对头织田氏结为了同盟。原本依仗娘家今川氏的威势而对家康及其家臣处处指手画脚的筑山夫人，无异于是突然被抽去了立足的阶梯。

对筑山夫人而言还有更大的不幸。由于女婿家康转投织田氏，筑山夫人的父亲关口亲永被今川氏真问责，并被迫切腹自杀。筑山夫人从此失去了娘家。

"此事非同小可！"

毫无疑问，筑山夫人定会无数次地尖声训斥家康。家康从今川转而投奔织田，使得一直仗恃娘家威风高高在上的筑山夫人竟然失去了亲生父亲。

"家康是不得已才这样做的。"

家康并非铁石心肠，一定会设法安慰筑山夫人：弱小之国唯有依托于强国，方得以生存。如今东面的今川氏已经衰败，家康只得与强盛的织田氏结成联盟。如果不这样做，德川家自身难保。

我们无从知晓家康是否劝慰过她，抑或只是听着筑山夫人的斥责，默不作声。以筑山夫人的性格和二人的感情而言，这根本不足以让家康与她推心置腹。

——家康走投无路才跟随了织田。

若家康对她真言实语，一旦筑山夫人怒气冲天、失去了理智，说不定会给信长送去密信，写上类似"家康与织田大人结为同盟实有二心"等内容。若是联想一下筑山夫人后来令人难以置信的某些举止，告密就不足为奇了。

家康十四岁时就接触女人，那女人便是长他十岁的筑山夫人。已臻成熟的夫人总是引以为豪：

"夫君是受了臣妾的开导，才步入成年的。"

她认为夫君在闺中对自己该是言听计从，事实上，婚后最初的五六年的确如此。家康沉溺于闺房之乐，两人还生下一男一女，正是家康的长子信康与长女龟姬。

冈崎城中有名为"筑山"之地，林木葱郁，环境清幽。从骏府迁至冈崎的家康夫人带着信康和龟姬居于此殿，她这才得名为"筑山夫人"。

三河武士生性奇怪，他们同镰仓时期的武士类似，虽然性格朴实，对主人忠心耿耿，但另一方面却对外来者的介入心存敌意与猜忌，总在背后说三道四。况且三河人长年受骏河武士欺压，受尽了非人待遇，积压着满腔愤懑。因此，他们理所当然对来到冈崎的筑山夫人没有丝毫好感。

"那女人就是一向仗着今川家势力欺负主君的骏河大人吗？"

人们对她很有成见。然而，在她看来，自己一向对家康疼爱且关照，绝对没有欺辱之意。三河武士的流言飞语通过婢女渐渐传入了筑山夫人的耳朵里。自然，婢女也是她从骏河带来的。这样，筑山夫人的宅邸成为骏河人的天下。她们一贯将三河人比喻成犬，鄙视他们迟钝、固执，可如今自己却住在这三河武士的城郭里，新的命运无论对筑山夫人还是对其婢女们来说，都不是件值得愉快的事情。她们只要聚在一起，必定热火朝天地痛斥三河人：

"没有见过如此坐井观天的人，此地让人深恶痛绝。"

这类话语成了她们讨论的结果。

反之，三河人口中关于骏河人的坏话更不堪入耳：

"筑山夫人自少女时代起便轻浮、淫荡，幼君实属被逼无奈。"

筑山夫人在他们眼里非但不是主君夫人，而只是一名骏河女人。三河人认为骏河女人总是水性杨花、淫荡无度。后来三河地区流传开这样一件事，说筑山夫人将一个中国郎中引入闺中夜夜云雨。且不论其中虚实，三河人对此事深信不疑的心态更值得关注。

不过，有一件事可以肯定，那就是家康白天虽探访筑山的宅邸，但自与织田氏联盟以来，从未于夜间临幸正妻的闺房。

"连主君也嫌恶她。"

三河武士将此事作为筑山夫人品德败坏的例证。显然，筑山夫人根本没有威望可言。不管怎样，将家康不愿临幸于她的事实作为否定她人格的依据，令筑山夫人苦不堪言。

家康确实疏远了筑山夫人，而究其原因却在家康。他一心扑在其他姬室身上，忙得不可开交。

"事到如今，谁还去找那个盛气凌人的女人？"

家康难免有此想法。他所指的盛气凌人并非筑山夫人的性格缺陷，不过是家康自身的癖好罢了。那类在闺中某个角落缩着香肩静待他的百依百顺型女子，更能刺激他。而那些处处支配他的倨傲女子，却让他提不起兴趣。而筑山夫人属于后者，且做得相当极端。加之夫人爱好参政，不，两人原本就是在特定政治条件下结为夫妻的。起初，妻子的政治背景显赫，可后来情势乍变，使得筑山夫人对家康所说的闺中密语渐渐掺入不少政治话题。她从来不曾问过：

"妾身何事惹主君不悦？"

同样的内容在她口中也会变成逼迫的语气：

"主君为何对今川大人见死不救？"

"主君过于冷酷无情，一味对织田氏献媚，却忘了当初今川家有恩于你，你还算是人吗？"

每每此时，她总是声高气傲。强烈的训斥、威胁、要求、怨恨和嗟叹如毒焰般让人窒息。尖酸毒辣的话语加上人老珠黄的面容，即使不怎么在乎容貌美丑的家康，也不由得退避三舍。当然，只是默不作声地厌烦罢了。这正是家康性格的奇怪之处。仿佛包裹他心脏的肌肉异常厚实，平日里对家臣也不会露骨地流露出厌恶或不悦，更没有过一气之下怒斩部下之事。对待筑山夫人同样如此，白天在殿中遇见她时，家康会尽可能地表现得和善些：

"夫人可好？"

他态度热情，只是绝不踏入筑山闺房半步。

筑山夫人的确算是淫荡的女人。

她嗜食鸟肉，曾三度入口，这着实让信奉清淡饮食的三河武士瞠目结舌。这是恶德之一！这或许与她生理上异常强烈的要求相关。那个时代的女人，只要过了三十五岁，肌肤就会逐渐粗糙，身体失去丰润。而只要能习惯独守空闺，肌肤老化便能放缓。但是筑山夫人的不幸，就在于她骨子里耐不住寂寞。天生的强烈欲望完全得不到满足，饥渴感便变得更加强烈。这种饥渴导致她几近变态的行为。

她身边有位年轻婢女，单名"万"。

当她得知小婢女私下里受着家康的万般宠爱时，筑山夫人对其施予了令人发指的体罚，恶毒程度让三河武士魂飞魄散。筑山夫人唆使众婢女将小婢女带了上来。

"扒光衣服！"她下令道。

年轻而晶莹丰润的肌肤顿时暴露无遗。夫人要求撕掉婢女身上的白色内衣，并开始肆意鞭笞，直至血肉模糊。而后吩咐用绳子松松捆绑不至于勒死，再将其高高吊挂在庭院里的松树上，吊起来接着抽打，末了，还用稍粗的绳子将其拉高至树梢悬挂，任狂风凌虐了一整晚。小婢女有孕在身，筑山夫人期待着小婢女要么在树梢上吊死，要么将腹中的孽子拿掉。

幸好，当晚有位三河的硬汉本多作左卫门途经松树下，听见树上有女子呻吟，才将她解下，悄悄带到城外自己家中藏起来。万后来产一子，正是家康的次子结城秀康。万也是家康所喜爱的卑微出身，后来被人称为小督局。

当此事闹得沸沸扬扬之时，家康遇见筑山夫人，依然彬彬有礼地寒暄：

"夫人可好？"

但是，此类事情并未到此结束。家康选定远州滨松为新国都，并常住于此，却将筑山夫人留在了三河冈崎城内。他自然有个名正言顺的理由，那便是封自己的继承人——年幼的信康为冈崎城主。筑山夫人作为城主母亲理所当然留在了冈崎。

自己被家康巧妙地抛弃，筑山夫人如此认为。她强烈的生理要求将此等小事夸张并扩大，于是她开始采取行动。

"她夜里独自一人在外面游荡。"

很快，筑山夫人的举动在城里传开。她在寻找男人！人们添油加醋，谣言传至滨松时变成了：

"她甚至游走到了越前（福井县），一路猎着男色。"直到后来的江户时期，将军的直属家臣甚至还对此事津津乐道。由此可见三河武士不怀好意讹传时的力量之强大，想象力之丰富，在别国实在难得一见。或许是穷乡僻壤的缘故，筑山夫人第一次出现在三河武士的空想世界中时，就被描绘成地狱图上的魔鬼一般，后来夫人又被赋予了《西游记》里妖怪腾云驾雾的能力，从三河一跃到了越前。更有甚者，变成：

"她被越前的守护大名朝仓义景纳为小妾。"

朝仓家乃天下名门，义景安居在越前首都一乘谷[1]，沿袭着京都的习俗，尽享着荣华富贵。这位世袭的贵族不至于渴求女人到了接纳来自三河乡下、既非天生丽质又已凋残的半老徐娘（尽管家康尚且年轻）。

毋庸置疑，筑山夫人仍居住在冈崎城内。

寒来暑往，岁月流逝着。

在前文中已经提过，武田信玄之死使得掌控京都的织田信长肩上的重担减轻了不少。在信长看来，虽然全日本还有许多地方势力与他对立，但目前的强敌只剩大坂的石山本愿寺。此外，中国[2]与四国迟早也是要征服的对象。

天正四年（1576年），织田信长国玺上所谓的"天下布武"时期的第一阶段任务快要完成，他的根据地从岐阜城迁到位于近江琵琶湖[3]东岸的安土城。

在这之前，信长将女儿德姬嫁给家康的长子信康，织田与德川两家因此缔结姻亲，二者关系看似更加密切。然而家康依旧只拥有三河与远州两地，比起日益壮大的织田势力，同盟国德川氏实在渺小得可怜。尽管信长时常口头上肯定家康：

1　一乘谷：今福井县福井市城户内町。——译注

2　中国：这里指日本的区域划分之一，行政上包括现今的冈山县、广岛县、山口县、岛根县和鸟取县等五个县。——译注

3　琵琶湖：日本第一大湖，位于今滋贺县中部。——译注

"三河大人是举足轻重的人物。"

行动上却依然随意调遣家康及其兵力，丝毫没有任何器重家康的迹象。但家康却只顾着埋头尽忠。桶狭间一战后德川家与织田家缔结了同盟关系，起初还算平等，现如今无论分开或是背叛都不可能。碍于太过强大的织田势力，家康只得像狗一般乖乖地跟随其后。

这时德姬嫁到冈崎城来，她的寝殿设在了城内。

"尾张武士过于铺张浪费。"

三河人看着来自尾张的德姬手下的侍女们身着华丽的衣衫，佩戴精致的饰品，个个目瞪口呆。原来尾张的织田家一向以奢侈著称，此次德姬公主出嫁，则带来百万石土地作为陪嫁。因而所有侍女的装扮皆让人应接不暇。

"尽是些堺港[1]卸下来的舶来品。"

前后联想一下便知，最为纷繁复杂的女人世界莫过于德川信康做城主时的三河冈崎了。

首先，筑山夫人为首的骏河势力居住于此。由于守护大名今川氏自室町幕府初期开始便已公卿化，故而天资聪慧的今川武士均能吟诗作赋，妇人们的装束打扮也效仿着京都的雅致。筑山夫人与手下侍女们尽管衣服色彩还算搭配，却无奈故土与娘家皆已衰败，原先带来的用具掉漆褪色，装束也不得不简陋起来。原先有些朴素的雅致现如今看起来只能说是寒碜。筑山夫人陪嫁的土地更是无从谈起。家康见状理应赏赐些给她，可家康这人对待妻妾极端吝啬。即使步入晚年，作为"大御所"[2]在骏府养老时，众妾也是多半靠替人传话收取的贿赂或放高利贷给大名来凑齐养老钱。家康的吝啬与丰臣秀吉为爱妾淀君重建一座繁华的淀城[3]相比，真是天壤之别。

这也是筑山夫人对家康不满的原因之一，她常常怨恨地说：

---

1 堺港：今大阪府堺市内。——译注
2 大御所：辞去征夷大将军一职、隐居之后的前任将军称为"大御所"。——译注
3 淀城：天正十七年，即1589年，丰臣秀吉侧室淀君为秀吉喜添一子名为捨（鹤松），秀吉大喜，将淀城赏赐给她。淀城位于今京都市伏见区。——译注

"难道还要逼迫我们乞讨度日不成？"

冈崎城里的筑山夫人一直以来以骏河的京都式装扮为荣，十分鄙视三河人。但是自从尾张的德姬公主进城后，情况发生逆转。和尾张妇女们的华丽衣着相比，骏河的侍女们的装束真是如筑山夫人所说"寒碜得如同乞丐"。筑山夫人不禁担心：

"三河人会不会因而嘲笑我们？"

在筑山夫人为首的骏河人眼里，德姬手下的尾张人身上有着"一股小商人的腥味儿"。

她们如此讥评德姬。尾张人的华美源于以信长的茶道、堺市的金钱为背景的商业文化，德姬等人的服饰受其影响，尽是些金光闪闪的奇装异服。这一点与骏河的朝廷作风[1]格格不入。

有时，德姬派侍女找筑山夫人商议事情，筑山夫人会指着德姬侍女的衣服尖酸刻薄地讥讽说：

"成何体统！"

她甚至还不忘提醒信康：

"殿下可曾忘记？殿下生于骏河、长于骏河！"

信康出生时，家康尚在骏河做人质。信康的幼年也在骏河度过。因而筑山夫人常常嘱咐他：

"不要受尾张浮靡风俗的影响。"

其实照理来说，筑山夫人应该如此训诫儿子才是：

"殿下生为三河人，绝不能忘记三河武士朴实的气质。"

其实在她心中，三河就是块文化沙漠。

筑山夫人最为憎恨的还是尾张。但尽管如此，信康从衣着到盔甲，甚至兴趣爱好，彻首彻尾被尾张同化了。尾张武士的战甲上连缀着铠甲片的细绳颜色以及金属配饰也是以华丽鲜艳闻名天下，昔日织田大军攻打越前，敌军越前朝仓部队甚至惊呼：

"宛如天兵天将下凡。"

正当年轻的信康自然而然喜爱上尾张武士时髦夺目的装备，舍弃了式

---

[1] 朝廷作风：这里指日本传统的奢华风格。——译注

样古拙的骏河武士盔甲和土里土气、并不适用的三河式甲胄。

三河武士称信康为"三郎君"。当时评论分为两派，既有人背地里猛烈抨击他追随潮流，说什么"三郎君简直像极了尾张武士"，也有人见他扬威战场时的勇武和威仪，称赞他正是能肩负三河未来的年轻大将。

一向偏爱信康的大久保彦左卫门在其著作《三河物语》中写道：

"幼君不分昼夜，潜心讨论武道。"

不过彦左卫门的夸奖多少带些偏见。据说他的《三河物语》是为诽谤其他家臣而著，目的十分明确。不久后信康被老臣酒井忠次不怀好意地推了一把，掉进了死亡陷阱里，在彦左卫门看来："口口声声三河武士、三河武士，其中不乏众多靠不住之人。此类人等或是其子孙当上了大名，小人得志。"为了让读者清醒地认识到真相，他甚至写道：

"幼君如此优秀，实在难得。"

信康性格刚强。

三河人看重的大将气质中不可或缺的关怀之心在信康身上却并未见到。譬如家康对待老臣尚能虚怀若谷，而信康却丝毫不留情面，经常在大庭广众之下训斥老臣。

——这位幼君若是执政，我等如何是好？

老臣们心存疑虑却也沉默不语。因此，对信康的评价并非说他愚昧，而是指责他凶暴。信康在战场上有勇有谋，擅长临机应变，并能正确地把握战争的优劣情势。

且说当时，爆发于天正三年（1575年）的长篠[1]之战已经结束。众所周知，此战是信玄的继承者武田胜赖孤注一掷与信长、家康同盟军在长篠展开的大会战。结果，信长设计的火枪队一齐开炮的战术彻底击垮了胜赖，胜赖溃败后逃至甲州，可是信长却并未乘胜追击胜赖的逃兵，于是，双方形成对峙的局面，始终相持不下。

远在长篠一役之前，家康就曾于骏河冈部遭遇胜赖的大军，此时信长的大军尚未抵达，家康势单力薄。他连忙撤退以避免事态升级，于是，德川军向西面一路撤退。

1　长篠：今爱知县长篠。——译注

撤退战最为艰苦，家康一面要抵抗后方的追兵，一面又要指挥全军迅速撤退。这样，为了能掩护主力军撤退，必须得有后卫军。一般来说，后卫军死伤率高，甚至大将战死也屡见不鲜。当时的信康年仅十六岁。

"儿臣请命指挥后卫军。"

信康临危受命，这作为大名的嗣子颇为罕见。他的刚强并非单是平日里勇敢，何况此仗的对手是天下第一的武田大军。且不说他率军出征的风险有多大，只要三河的幼君一坐上指挥官的坐椅，敌方的士兵势必争着取他的首级以领头功。

然而信康却漂亮地完成了任务。幼君指挥战斗，连步卒也要做好准备豁出命去。后卫军需要掩护大部队撤离，一面拒敌，一面伺机抽身而退，一路打打跑跑，跑跑打打。

"退却者绝对逃不过我的眼睛！"

信康叱咤着激励他的部下。士兵们心知自己的一举一动都看在信康眼里，无人敢退缩，甚至连小兵也浆血满袖。

"那次后卫战中，信康的表现实在无人可比，即使胜赖亲率十万大军追击而来，也必败无疑。"

家康晚年回忆起英年早逝的长子，时常赞叹不已。

正如彦左卫门笔下描写的，信康或许和其岳父信长一样，是位"不可多得"的干将。

信长当时也常常能听到关于自己女婿的评赞。不过那个时代的人们坚信邻国的勇将就如隔山的猛虎。信长听闻信康是名勇将，心中自然不悦。他本人就是在岳父斋藤道三去世后，霸占其领土美浓的。传说道三第一眼见到年轻的信长，心中颇为不快，他曾对老臣们说："只怕我那平庸的儿子们将来得给这位女婿牵马了。"如今，随着信康卓越的天资逐渐显露，信长不得不咀嚼当初岳父说这番话时的无奈。织田家的兄弟里没有一位像父亲信长一样卓越，皆是些平庸之辈，不学无术。恐怕到了下一代，织田家与德川家地位要颠倒过来。

长篠之战后，信长感慨道：

"德川家后人果然能干。"

尽管信康也是自己的女婿，前前后后，信长仅仅感喟过这一次。

信长心中或许还在掂量，信康智勇双全尚且能够忍受，而他缺少关爱之心，很难说以后他将如何对待信长的几个儿子。

话题回到筑山夫人身上。

家康由冈崎迁至滨松是永禄十年（1567年），也就是先于姊川之战整整三年。迁至滨松后，家康把筑山夫人留在了冈崎，筑山夫人独守空房了很长一段时间。在此期间，身为丈夫的家康马不停蹄，他先后平定了远州；与信长协同出兵近江，在姊川大败朝仓、浅井大军；同时还在远州的边远地方年年与武田信玄的部队交战。庆幸的是，这期间信玄病逝。而妻子筑山夫人对家康的操劳全然不知。

天正四年（1576年），家康难得回了趟冈崎。此行的目的是庆贺信康与德姬喜获明珠，同时家康也看看自己的长孙。家康时年三十四岁，过早当上了祖父。

家康时隔许久见到了筑山夫人：

"滨松真的就那么好？"

筑山夫人一见面就甩过来这么一句冷冰冰的话语，她憎恨家康。家康遗弃了自己，在滨松暗藏春色，白天有人嘘寒问暖，夜晚有人同床共枕，这一切筑山夫人都了如指掌。

"我并非在滨松日夜寻欢作乐。信玄虽已过世，而如今当权的胜赖并非泛泛之辈，丝毫大意不得。为了提防武田，不得已才坐镇滨松城。"

"一派胡言！"

筑山夫人尖声大笑起来，她觉得，家康还有脸装出一副大忙人的样子，口口声声说什么武田、滨松！

在她心目中，家康根本干不了如此这番大事业，当初三河一向宗武装起义时，家康被起义的农民追得四处躲藏；三方原之战时，信玄一出手，家康便哭丧着脸落荒而逃。家康屡战屡败，却在她面前口口声声说武田如何如何、滨松如何如何，实在是笑死人了。总之，家康遗弃了自己，在滨松寻欢作乐却是事实无疑。

"主君也会惧怕甲斐的四郎（武田胜赖）？"

"不错，我是惧怕他。"

家康向来不会用夸大或是撒谎来掩饰自己的内心想法，他的正直正是他唯一的可爱之处。此番情形下，家康必须为自己常驻滨松寻找正当理由，他得让筑山夫人明白滨松是抵御武田大军的重镇，常年战火纷飞，他不能带妻儿去如此杀气腾腾的地方。

筑山夫人话锋一转，问道：

"今晚是否留在冈崎城过夜？"

她对什么武田、织田并不感兴趣，只渴望家康能在她闺房里度过一夜。

家康势必不能去城外寺庙歇宿，虽说现如今长子信康才是冈崎城城主，可此处也是三河松平家的圣地，自己的出生地，同时也是妻子、儿孙们唯一的家。

"那便在臣妾屋里歇息如何？"

筑山夫人露骨地追问，她的好多举止只能让人觉得她的欲望过于强烈，家康对此早已不以为奇。

"随你。"

家康答道。他重新打量了这位比自己年长十岁、如今已四十四岁的筑山夫人。当时的日本妇人，皮肤早衰得厉害，年过四旬就呈现出现今六十岁左右的衰颜，与二十岁左右的女子相比，实在有残花败柳、不堪一看的感觉。

——老妖怪。

家康心想。

但是，家康明白此事身不由己，他已习惯委曲求全。

不久，嗣子信康夫妇于本丸内府邸设宴招待家康。筑山夫人也在邀请之列，但她以头疼为由故意推辞。这本是她的一贯作风，她不愿与媳妇德姬同席。

家康神采飞扬，前后判若两人。他对媳妇始终保持着微笑，彬彬有礼地寒暄，仿佛自己是世上最和善的公公。德姬有强大的织田家做后盾，而且，她身边的女侍可以说都是织田家派来的密探。

"看哪，看哪，"席间家康尽说些讨女人欢心的话，像是在奉承德姬，"德姬看似瘦了许多，却愈发标致动人了。"

像家康这样的乡下武将也深知若要恭维妇人，赞美其容貌是最好不过的。就连信长这种常常小瞧别人的男子，在给其家臣秀吉写信时，总不忘夸奖一下其妻愈发贤惠，等等。

况且德姬的美貌也如家康赞美的一般。织田家出美女，德姬也不例外。只是德姬并非惹人怜爱型。她鹅蛋脸，高鼻梁，薄嘴唇，称得上是国色天香，却总是给人一种冷若冰霜的感觉。她的奶妈名叫关，席间总帮她挑鱼刺，无微不至地照料她。德姬与奶妈亲近，在当天那种盛大的场合下也时不时与她说话，甚至窃窃私语。关还被称作矶野局，是德姬身边的第一侍女。因此家康觉得：

"对这位矶野须热情些才是。"

于是，每次从滨松寄赠土产给德姬时，总不忘也给关寄一份。

家康酒量不大。

当然，他也不曾酩酊大醉过。在这次宴席上，他一反常态地豪饮了数杯。

"我从未如此痛快地畅饮过，许久不曾与信康及德姬见面，今日难得身心愉悦。"

家康一向谨言慎行，绞尽脑汁才搜出这些话语，面向德姬笑言道。然而，家康不能喝醉，他意识到一股让人瑟瑟发抖的寒气正从房间的某个角落向他袭来。

寒气来自一位名叫妹尾的老女人。

——妹尾为何在此？

起初，家康觉得奇怪，信康与德姬更是莫名其妙。可过了不久，家康多少明白了些缘由。

原来，妹尾是筑山夫人的奶妈。她本是骏府今川氏家臣的孀妇，筑山夫人诞生后就去了关口家当佣人。后来，筑山夫人长大成人嫁到骏府的人质府邸时，妹尾自然跟了过来，成为侍女头领。家康少时在骏府做人质，家里的事被妹尾一手包办。她仗着今川家的权势，常常威迫家康。那时家康尚且年幼，对妹尾尤为畏惧。

——不知她又会去今川大人处如何言语？

家康年纪尚小，却时常提醒自己尽量不得罪妹尾。

如今她跟随筑山夫人来到了冈崎城，在城内，顺理成章地作为筑山夫人的代理人，手握几分权力。

"老女人定是在此充当耳目。"

家康料想。筑山夫人没有出席晚宴，就算妹尾不是夫人设的眼线，至少也是来应酬的（其实并非如此）。这些只是借口，她与筑山夫人心领神会，她来此不过是想监视席间所有人的一举一动，回去一一禀报罢了。

当时的男子对内人便是如此。尽管家康对家臣具有绝对的权力，却对如此一位正妻束手无策，譬如对妹尾下逐客令，就难以办到。

这种势态换种说法便是：

——骏河尚且存在！

事实上，妹尾正是这冈崎德川家里的骏河势力代表，出谋划策的主要人物，她对以往国威显赫的骏河有着无限眷恋，同时也对来自尾张猖獗一时的新势力深恶痛绝。

——今日德姬的举动到底如何？

这是妹尾必须监视的。并且她也代表着德姬的婆婆：

——大人对德姬是何态度？

妹尾还得盯紧家康。这也算是对被打入冷宫的筑山夫人的一片忠心吧。所谓忠义者原本如此。

家康出了位于本丸的信康夫妇府邸，独自行走在星空下。他本该前往筑山夫人闺阁，却已疲惫不堪。

"其中苦处，谁人知晓？"

家康自觉可怜，自我安慰道。他好不容易才摆脱骏河今川氏的束缚，而其旧势力却仿佛带着诅咒的冤魂一般纠缠着自己及德川家族。如今新添一股尾张势力。冷落旧势力，会自觉愧对他们，倘若得罪新势力，德川家必定在三日之内土崩瓦解。但是，尽管处境艰难，家康也不曾忧虑"自己该如何是好"。他既非怀疑主义者，也非杞人忧天、多愁善感的文学青年。可以说环境的恶劣反而能使他斗志倍增。他好比生性顽强的动物，无论断尾还是断足，他总能细细地舔舐伤口，在唾液的滋润下新生一个器官出来。他的这种顽强不光是对生命的渴望，更是生物的本能。这位看似平庸的男子具有如此超强的忍耐力。后来，家康还能在更为复杂、困窘的环境下安然无恙地生存下来，绝不能简单地归为他的某种才能，而是他体内被黏膜覆盖的某种"器质性"的东西发挥了作用。

家康遵守诺言，回到了筑山夫人的闺房。

他佯装大醉，手脚并用爬进屋内，随后头先探进了蚊帐内。他那慢腾腾、懒洋洋犹如老牛般的动作，无论怎么看都像是一位烂醉如泥的乡下老汉。

"醉了。"

他嘟哝道，摸索到筑山夫人身边，瘫软地俯卧了下去。

筑山夫人一动不动，躺在枕上看着家康的丑态。她早已从妹尾处得知了晚宴的前后经过。

"呵，醉汉老爷。"

筑山夫人冷笑道。中世末期的妇人大多一辈子都是一副天生的德行，后天少有改变。江户中期的女子则截然不同，她们普遍接受过教育，懂得秩序、习惯和教养。筑山夫人生得骄横凶悍，且随着年龄的增长愈发不可收拾，她失去理智、感情用事、为所欲为。

她尤其不满家康在宴席上大事诒媚德姬，全然一副奴才相，于是高声斥责。

家康假装不知，不予理会。筑山夫人盛怒之下翻身坐起，扬言说：

"我与德姬水火不容！"

"不妥，不妥。"

家康忍无可忍，佯装带着醉意咕哝道。婆媳之间的怨恨好比骏河与尾张之争，既贴切，也是事实，这不是公公能够劝解开的矛盾。

"夫人的想法是否有误？"

家康也坐了起来。他劝说道，如今骏河今川家已从世上消失，就算存在，也仅仅存在于这冈崎城内。但倘若夫人一直有此想法，做丈夫的甚感为难。既然嫁到了三河，就得认为自己生来是三河人。

"德姬那边，我已通过信康如此嘱咐过了。"

不过最让家康为难的是，无论筑山夫人还是德姬，她们对三河、对三河武士总是鄙夷不屑。

家康再怎么要求也无济于事。何况眼前的筑山夫人立刻扔给家康一句：

"此话不是在侮辱我吗？"

骏河的显贵出身一直以来是筑山夫人引以为荣的资本，她岂能忍受降成三河的乡下出身？家康怒上心头：

"三河也不是没有名门！"

家康指的是室町幕府时期的守护大名。

守护大名在如今的乱世之中大都没落，尚存于世的只有甲州的武田家和最近才销声匿迹的今川家。三河地区原本也有如此显赫的世家，却都早早破落，而今在草莽中靠着微薄的俸禄勉强糊口。譬如吉良家就是其中之一。家康掌握天下大势后，基于同情，将吉良家后代召至江户，封为将军直属家臣，掌管城中仪礼。

"若你真是崇拜世家子弟，何不改嫁给吉良？"

家康有意讽刺筑山夫人。如今的吉良家恐怕早已三餐不继了。

翌晨，家康出城狩猎，而后，径直返回滨松城。

此后，筑山夫人愈发乖张。《改正三河后风土记》一书中对此有比较夸张的记载。

此书的作者是家康的家臣、照料信康的保育官——平岩亲吉。另有一说是京都的泽田源内假借平岩亲吉之名撰写的。书中内容多为家康及其家臣们在创业期间的故事，字里行间无不让人感觉到三河土地上散发出的青草热气和三河人身上的无穷力量。

传说有位中国郎中名灭敬，从长崎来到日本。不愧是来自中医的国度，他的医术极其高明。因此筑山夫人常请他来内室看病，一来二去，两人产生了暧昧关系。《改正三河后风土记》中的文笔颇有些土气：

"（灭敬）常留于闺中，二人不厌其烦、卿卿我我谈起花鸟之声色，此番情景恐怕连古人道镜[1]亦忍不住效仿。"

这位灭敬曾在武田家待过很长一段时间。

灭敬将武田家的事情说与筑山夫人，夫人自然爱听。骏河今川家以前与武田家关系密切，筑山夫人感觉很是亲切。在她眼里，这两家与德川或是织田之类的新兴大名绝不能同日而语。

"干脆与武田家结为同盟。"

这位政治婚姻的牺牲者萌发了如此妄想。拥立儿子信康，与武田联手结为武田、德川同盟，当然还得甩掉织田。

——不觉得可行吗？

筑山夫人沉浸在妄想之中。当她与妹尾等心腹侍女秘密筹划之后，她们认为该计划颇为可行。

"毋庸置疑，家康要么被放逐，要么被杀死。如此一来，我便可以物色一个武田家的旁系再婚。"

筑山夫人的想象力无与伦比。

"关键是信康如何是好？"

筑山夫人不禁担心起来。信康此时已满二十岁，她十分疼爱这个儿子，而信康对母亲也相当孝顺，从未忽视冷落过。他们母子情深，筑山夫人虽近乎变态，却对儿子舐犊情深。密谋要达成，还得能紧紧护住信康才好。

可是，一旦对信康讲明叛变的计划，他定会大吃一惊并加以阻止。筑山夫人决定事先设计，把信康逼得进退两难而不得不与己同道。

首先必须使信康与德姬不和，用美人计甚好。

她得给信康安排一位宠妾。筑山夫人开始物色人选。绝不能找三河女子，说不定三河人会泄密的。

甲州的女子最为合适。正巧，武田家重臣（日向大和守昌时）的侧室之女不幸流落至冈崎城下。筑山夫人得知此事后，立刻派人去查看其容

---

[1] 道镜：奈良时代法相宗僧人。天平宝字五年（761年），于保良宫医治好孝谦天皇的病后受到重用。——译注

貌，结果那女子生得楚楚动人，令夫人大为满意。

筑山夫人给那位女子的母亲送去一笔钱后，让这位生在甲州的女子做了自己的侍女。

筑山夫人亲自去说服信康，问得直截了当：

"这名女子，你意下如何？"

当时的诸侯们都生怕膝下无子，以致绝嗣。德姬虽曾生育，却生了个女孩，说不定德姬天生没有做婆婆的命，以后如何，谁人知晓？三郎（信康）一定要接纳这名女子，以免断了香火。

信康是好色之徒，未曾抵抗便接纳了这名女子，不久便深陷进去难以自拔。这名女子被安排在母亲居住的筑山府邸内，信康夜夜在此留宿，却对德姬说：

"为的是会见母亲大人。"

冈崎城原本不大，况且没有不透风的墙，事情很快传到德姬处。

"明明有妻室，婆婆还给儿子纳了这么个女子，竟然还是与武田有关系之人。"

尾张的女佣们立刻探明了实情。不过此事背后更大的阴谋却依然没被看破。如此一来，以德姬为首的尾张侍女们与筑山夫人率领的骏河侍女们势不两立起来，冈崎城内的空气里弥漫着一股火药味。留守冈崎的三河武士见状也只能袖手旁观。

两虎对峙之后，娘家势力较弱的筑山夫人开始慌张。加之与灭敬苟合之事在城内传得沸沸扬扬，使她更为焦虑。情急之下，筑山夫人决定立刻谋反。尽管条件尚不成熟，她也无暇顾忌了。

筑山夫人差灭敬为密使前去甲斐送信。她在信中向武田胜赖表了态，内容近乎疯狂：

"信长和家康，由我方负责杀掉。"

她生怕家康以通奸为由杀了她，所以打算先下手为强。

"但对于我的儿子信康，望阁下高抬贵手，保有他现在的德川家领地。"

当然信康还被蒙在鼓里。

最后，筑山夫人不忘提出一个女人特有的要求，这对她来说或许是最重要的：

"还有一事相求。恳请阁下在武田家臣中为我物色一个合适人选，我愿嫁他为妻。"

筑山夫人莫不是患有歇斯底里症？然而，像她那样能昂然自若地策划如此伟大计划并付诸行动的女人，恐怕史上再没有第二人。

武田胜赖自然欣喜不已，很快给了答复。他答应了筑山夫人提出的所有要求，尤其对最后一项做了明示：

"武田的部属中，有叫做小山田兵卫者，丧妻，可将你许配给他。"

小山田氏是甲斐的望族，筑山夫人心领神会：

"家康，走着瞧！"

此时，她心中必定痛快淋漓。

远州二股城之事

事情终于发生了。

筑山夫人和她的侍女们正在共谋此大事，对其他事情难免疏忽大意。

——天知地知，你知我知。

当她们还在继续密谋时，却被同住在冈崎城的德姬侍女们发现了。事情如何泄露出去的，无人知晓。住在同一个城内，婆婆和媳妇的侍女们相互丑诋：

骏河傻子

尾张呆子

让人难以想象，如此激烈的白眼对抗战中竟然安插有间谍！两股势力中均有三河女子加入。三河女子一般是洗洗涮涮或是跑跑腿。莫非筑山夫人侍女团中有三河的下人听闻了风声？

——不得了，不得了。

那女子定会惊愕失色。夫人居然和织田、德川的敌人武田胜赖勾结，还要杀掉信长和家康！三河女子当然清楚，如果计划得逞，三河必定灭亡。或许她即刻将此事告知了在德姬那边打杂的另外的三河下人。

恐怕她们个个面如土色，谈论起此事：

"尚不知事情真假，然而若果真如此，后果不堪设想。"

此事传到了德姬的耳朵里。

"怎会如此？"

若德姬头脑清醒的话，或许会怀疑事情过于蹊跷。

——我那婆婆可能会那样做。

德姬坚信。作为年轻貌美的妻子，她目前的状态有些异常。这段时间，她被迫独守空闺，丈夫信康正宠爱着他母亲为他安排的甲州女子，夜夜缠绵。德姬很不幸，她的不幸是由人一手造成的，那便是筑山夫人。夫人不知疲倦地折磨着德姬，对德姬而言，婆婆不过是披着人皮的魔鬼，魔鬼的能力超越人类，什么样的坏事都干得出来。

"很有可能。"

接着，德姬获知了筑山夫人已准备好逃亡甲州，并打算拉儿子信康一起谋反，二人密谋反抗织田家一事。

——信康怎会……

德姬有些意外。而此时信康已经常住在他母亲的宅邸，并与养在那儿的甲州女子日夜厮守。

德姬继续派人调查那名甲州女子的身世，结果让人大为震惊，原来她是武田家重臣、著名的日向大和守昌时的女儿。由此看来，"包括信康在内，勾结甲州、企图谋反已是不争的事实。"

不可否认，甲州女子的父亲正是日向大和守昌时。然而，其中另有隐情。女子在日向家有着不幸的出身。昌时与婢女私通生下了她。其正室怀恨在心，对她们母女俩加以迫害，致使两人流离失所，流落至三河，隐居在冈崎城下的一条陋巷里。如此简单的事情在并不寻常的背景下变得复杂起来。

"如此一来，事情便容易解决了。"

"甲州武士日向大和守之女胆大包天，受武田胜赖的密令，来此引诱信康大人及筑山夫人逃往甲州，她便是甲州的内应。"

此番推理合情合理。

自古以来，多数冤狱或政治事件都是人类丰富想象力的产物。事实仅是前提条件，在此基础上加以想象便可，若想象力被赋予了国家或集团的利益色彩，那么得出的产物不仅能发光，还白得刺眼。

筑山夫人勾结甲州叛变，归根结底不过是她歇斯底里症犯了之后的妄想罢了。妄想附带了稍许大胆的行动（譬如给武田胜赖去信）。事情暴露后，家康了解了前后经过，他对其中的原因最清楚不过。世上唯一同情筑山夫人的也只有家康了。

"她是那种人，成不了气候。"

事后家康如此评说。只要旁人不煽风点火，筑山夫人的密谋就会如炭火般慢慢熄灭。倘若她真的逃亡甲州，置之不理也就罢了。她若是诱骗信康一同逃亡甲州，的确是政治问题，可信康一开始便被蒙在鼓里，对筑山夫人的密谋一无所知。退一万步说，信康就是知道此事，也绝不可能和母亲一起逃跑。相反，信康定会劝服她，劝服过后她若依然置若罔闻的话，信康也定会禀报家康，将筑山夫人软禁在城内的某个寺庙里，派人监视，直到她精神恢复正常。信康年纪尚轻，虽偶尔有些任性，却也能得心应手地处理这类小事。

这件事之所以会上升为政治问题，关键在于德姬没有与信康沟通。自从信康不再踏入德姬的香闺以来，德姬想问个明白也没法问，何况德姬和她的侍女们早已对信康心灰意冷。虽然不至于视他为敌人，却也认为：

——信康被母亲筑山夫人的魔法控制住了。

尽管遭遇不同，可信康也算是此事的受害者，若德姬为他说破筑山夫人和甲州女子的魔法，信康一定能摆脱诅咒，回到德姬身边。

——求助于父亲大人……

德姬心想，有能力给筑山夫人和甲州女子致命一击的莫过于自己的父亲信长。在德姬眼里，父亲才是最可靠的人；而在全日本任何人看来，信长也无疑是最强大者。信长脾气古怪，他总是高高举起独裁者的直尺，一旦丈量出世上某些主观物质有些弯曲，便会毫不留情地将其一一碾碎，无论是政治的野心还是宗教集团。他屠杀过比睿山的三千僧人、伊势长岛的一万名一向宗教徒，世上没有比信长更令人胆战心惊的法官了。这正是德姬的父亲。对于德姬的控诉，他一定会挺身而出的。

当时，家康在滨松城内，并不知晓此事。

滨松正巧派出了一名使者常驻信长的近江安土城。

他就是家康众家臣中的第一人，酒井忠次。

"在织田大人面前一定要谨言慎行。"

老臣动身时，家康亲自送行，在滨松城门还驻足目送他远去。这不仅是因为家康重视派往织田家的这一项任务，更是出于对重臣酒井忠次的尊敬。三河武士团有别于尾张等发达地区的，这里中世纪的色彩依旧浓厚。中世武士团的核心人物（例如三河为家康）只是豪族同盟的盟主。当地的豪族、旁族团结起来，选出有能力且血统优良者为集团的核心人物。但尾张等地却全然不同，织田信长并非家臣团的盟主，而是完完全全的"主子"。在信长看来，他手下的五位重臣：羽柴秀吉、柴田胜家、明智光秀、丹羽长秀、泷川一益均是自己一手提拔上来的。信长将自己的兵马借给他们，任命他们为武将，所以无论如何这些人只是下人而已。织田家的家臣团与保留着中世色彩的德川家家臣团情况有所不同。

比如酒井家就是家康所在的松平家（德川家）发迹初期时，碧海郡[1]坂井一地的土豪，他家的子孙人数远超过松平家，势力上占上风。为抵御外来侵略，同时也为削弱近邻的势力，松平、酒井两家联合起来，松平家的势力这才得以逐渐强大。此外，大久保家族、本多家族、石川家族等，虽势力弱小，却也是三河当地颇有些历史的家族武装团体，家康只是统领这类小家族的首领，和尾张的织田信长与其家臣团之间的主仆关系性质截然不同。信长手下的家臣纯粹是他的用人，说得极端些，信长无论是打是杀，他们绝不敢埋怨。严格说来，他们是卖身给了信长。如果说这种组织

---

[1] 碧海郡：今爱知县东部，三河地区矢作川西侧一带。——译注

形态具有进步性,那么有能力组织起来的只有信长一人罢了,织田军团的特殊性便在于此。

与此相对,家康在德川家不过是盟主,他对于手下的各族头领不得不谦让。"谦让"的感觉如同所谓的内部政治。家康统领三河武士团英勇作战,却不能像信长那样把重臣当作奴隶驱使,相反,必须处处留心,不时好言好语讨家臣们欢心,尤其不能伤害他们的自尊心。

其中,家康对酒井家族的族长酒井忠次尤为谦恭,他常说:

"酒井家特殊。"

这方面,家康难免费了许多心思,然而独特的组织结构培养了他敏锐的洞察力和机智的政治头脑。

且说酒井忠次动身出发。

酒井年长家康十五岁,妻子碓井是家康的亲姑母(家康父亲广忠之妹),所以酒井对家康不必拘礼。

酒井的身高只有五尺左右,但一坐下却会让人感觉威风凛凛,或许是由于他腰粗、大脸且浓眉大眼的缘故。他擅长在战场上发号施令,只要他身披绯红缀绳的铠甲往军阵前一站,顿时威风凛凛。而忠次最为拿手的还属外交。当年家康与越后的上杉谦信缔结外交关系时,便是由酒井忠次实际负责。(补充一句,酒井家有两个分支,即忠次所在的左卫门尉家和雅乐头家。德川时代,两个分支都是世臣中的上流家族。忠次家正是后世的出羽鹤冈十七万石的酒井家,此外另有若干分支。)

忠次此行正值天正七年(1579年)七月,酷暑难耐。他所牵的骏马经过精心装扮,四只蹄子强劲有力,一看便知是匹良马。沿途看客无不啧啧称赞。此马原是东国的马贩牵来滨松出售,家康将其买下。

"如此骏马,我等不配乘骑,应献给天下第一人。"

家康此话发自肺腑,他立刻差遣忠次前往安土城将骏马进贡给信长。信长爱马,远远超过武将所必需的程度,天下的骏马都被他收在自己的马圈里。如今他引以为豪的马匹就有十二匹之多。他甚至令画师将十二匹骏马绘成了屏风画,对家康奉上的马,信长一定会欣喜万分。忠次此行便是去献马。

忠次在不善娱乐的三河人中挑选了几位艺妓一路歌舞助兴，路中停歇的日子一多，也另外叫些当地的艺妓。

"快唱，快跳！"

他性急地不停催促，却又十分吝啬，决不轻易解开钱袋。有时兴致来了，他也会起身手舞足蹈一番。虽说是舞蹈，却不是幸若舞[1]，而是三河百姓常常跳的捞虾舞。忠次后来还在家康与小田原的北条氏结为同盟（天正十四年）的席间，一面喊着怪声，一面舞起捞虾舞，为北条氏即兴表演了一番。忠次在其他地方的人眼里，纯粹是一位个性独特的庄稼汉。

旅途中一直晴空万里，可一踏上通往近江的道路，天气突然转坏。忠次进城那天，烟雾般的雨气笼罩着湖东山野。

在织田家，继任的申次[2]是丹羽长秀。长秀将一切办理妥当。

晋谒安排在书斋举行。清单放在带座的方托盘中被人送到信长面前。同时，骏马也由下人牵进了庭院。

"嗷，果真漂亮！"

信长十分高兴。

随后信长询问忠次是否想看看茶道。忠次笑着说，如今达官贵人、商贾大亨间流行的茶道在下不太明白，不如赏酒给在下。信长对忠次的回答很是满意，大笑道：

"不愧为三河武士。"

信长连连称赞忠次朴实，而事实上，忠次的性格算不上质朴。质朴之人言行举止都十分刚烈。而忠次请求以酒代茶，完全是因为他事先了解到信长喜欢这种淳朴的武士罢了。

信长叫来侍童带忠次进了茶室，他已下令在茶室摆设酒席。

之所以专挑茶室设宴，其意不在品茶饮酒，而是由于茶室的环境适合密谈。待一切酒菜摆好后，信长居然下令侍童在内的所有人等：

——退下！

连忠次也吃了一惊。在这原本只能容纳数人的狭小空间里，忠次与信

---

[1] 幸若舞：日本传统戏剧"能"的一种，内容多为吟诵武士的世界。——译注
[2] 申次：室町幕府时期的官名，负责向将军传达一切要事。——译注

长二人独处。

信长并不嗜酒。令忠次更为不解的是，信长居然亲自举起酒器为忠次斟了一杯。世人畏惧信长犹如惧怕魔王，可今日信长的所作所为与平日里迥然不同。忠次惶恐起来，将酒杯高高举过额头，恭恭敬敬地接好信长倒下的酒。接完酒后，他说：

"小人实在不敢当，能请右大臣阁下亲自斟酒，左卫门尉（忠次的官名）恐怕是古今第一荣幸之人。"

话虽如此，可忠次心里却并不这么认为。忠次是德川家的家老[1]。照理说，信长作为德川的同盟者，对德川家家老的接待，本来就该比对家康的接待要更为热情才对。这种关系的接待，在所有诸侯国皆是如此。若家老主意有变，自然影响到主君的想法，这样的例子举不胜举。忠次认为，这样想来自己接受信长的隆重款待也理所当然，所以他接受了信长的斟酒，内心很坦然。

的确如忠次想的一样，在这层意义上，信长招待的是德川家家臣之长酒井左卫门尉忠次，一位年过五旬的男子。而在信长看来，今日的酒席意义非同寻常。

之所以这么说，是由于信长接下来对酒井忠次说的话倘若传了出去，织田、德川同盟必将崩溃，家康或许会背弃信长，或者说十之八九会如此。说得更严重些，家康兴许会与信长绝交。如此一来，织田军团势必越过尾张国境，踏入三河，攻陷冈崎，拿下滨松，将德川家置于死地。

织田家已经出过叛徒，那就是荒木村重。村重担任摄津[2]守一职，原先只是流落在摄津武库郡一带的牢人之子。凭着自己的才干一路高升，当上了摄津茨木城[3]及摄津尼崎城[4]城主之后，与织田势力开始接触，受到信长的提拔，转瞬间成长为与织田家重臣柴田、丹羽、羽柴、泷川及

---

[1] 家老：大名的重臣，统帅家中的所有武士，总管家中一切事务。一藩有数名，通常世袭。——译注

[2] 摄津：今大阪神户一带，畿内的一部分，按当时国力经济等划分，属于上国（分为大国、上国、中国、下国）。——译注

[3] 茨木城：今大阪府茨木市。——译注

[4] 尼崎城：今兵库县尼崎市。——译注

明智等平起平坐的家臣。隶属于织田家不过五六年光阴，世间的评价已经相当不错：

"荒木发迹全是仰仗着织田家。"

可是，荒木却出了一个小小的纰漏。荒木手下的家臣背地里将兵粮卖给了织田家的夙敌——石山本愿寺。此事暴露后，人们愈发怀疑，连荒木村重本人也与本愿寺暗中勾结。此事传入信长耳中，但信长并没有轻易相信。

然而，荒木村重却以为既然信长已有所耳闻，从他平日的举动、性格来看，他绝不会轻易饶了自己，于是决意坚守摄津伊丹城[1]，反叛信长。这是去年夏季的事。信长陷入窘境。织田家的势力原本处在环状包围圈的中央。东面武田胜赖尚且健在，西面中国地方的毛利氏势力强大，并与播州的别所氏一同对抗信长，加上大坂的本愿寺兵力在织田大军的多年围剿之下也并未屈服，只是稍显衰弱。而此时此刻，若在摄津北部至西部一线拥有强大势力的荒木村重也举兵反叛，信长也无计可施。信长用尽办法说服村重归顺，村重却不肯接受，信长只得出兵征讨。荒木大军意外顽强，他们加固了伊丹、尼崎、花隈等地的防御，固守城池，战火从去年开始燃起，至今已有七个来月。在酒井忠次来到安土城的此时此刻，摄津的叛乱最终被信长镇压下去，眼看叛军大势已去，估计秋季以前信长就能凯旋。

"如果以后家康背叛……"

信长有些担心。担心归担心，眼下不得不试探一下德川家的"特别人物"酒井忠次的想法。如果家康独自背叛织田家，信长或许需要对忠次采取怀柔政策，答应将德川家的领地赐予他，以换得忠次做织田方面的内应。在当时的战国乱世，这种事情难保不会发生。

"左卫门尉，闲杂人等已经退下去了，我心中有话，不知你是否愿意听？"

信长用锐利的眼光盯着忠次的双眼，他想进入正题。忠次慌忙放下手中的酒杯。

忠次偷偷抬起眼睛，瞥了一眼信长的表情，只见他下眼睑附近充血发

---

[1] 伊丹城：又称有冈城，今兵库县伊丹市。——译注

红，红得令忠次不寒而栗。显然，信长失去了冷静。他思前想后，这才与忠次进入正题。可一旦开口，织田家与德川家的外交关系可能面临崩裂，或许还会对织田家的家族命运产生影响。信长决心试一把。唯有有胆量除去自己颈动脉上的毒瘤的男子，才能理解信长此刻的心事。

"我想说冈崎三郎（信康）的事。"

信长从对家康之子、信长的女婿、冈崎城城主、德川家的后继者信康的评价开始展开话题。他说，信康是自己的女婿，前途值得期待，可自己却总觉得他差了那么一点儿，无论信康如何有勇有谋，作为将士却不休恤士卒，暴躁的性格会让他难成大器。在这一点上，左卫门尉如何看待？

信长一口气说完之后，下眼睑的血丝骤然散去。他高高在上地俯视着忠次，摆出一副愿俯首倾听的姿势。

忠次仿佛被卷入到旋涡中，"大人所言极是，三郎性格暴躁，恐怕将来……"他老老实实地将平日里所想的全盘托出，毫不后悔。只是一时语塞，不知"将来"一词后面该说什么。添上一句"让人担心"似乎稳妥，可此时，信长反问一句：

"让人生畏？"

于是忠次鼓足勇气答道："正是。"其实这也正是忠次的真实想法，他并不觉得言过其实。长久以来，忠次对信康满腹怨言，曾经数次在战场上暗自诅咒这小子战死。

信康平时一向性格开朗、喜欢喧闹，可有时脾气古怪。秋季本是举国上下同庆丰收的季节，民间有跳丰收舞的习惯，城民们一路载歌载舞到城门附近向城主致敬。但是有一次，信康看着看着，突然拿起弓箭，朝跳得笨手笨脚的或是衣着破旧的人猛射，致使数人身亡。

信康，无论是智慧还是性格，都非常适合做一名猎手。他也喜欢鹰猎。外出鹰猎如果一无所获，他一定会勃然大怒。一次，信康在猎场上偶遇僧人，他听说过"遇僧则无获"的说法，于是怪罪于僧人，亲自抓住了僧人，并在僧人的脖子上系上绳子，拴在马胁下，挥鞭急行，最终将僧人拖死了。

而忠次心中暗藏的对信康的不满，并非直接源自此类事件，而是由于信康对忠次不恭敬。他对世代头领没有丝毫的尊重。而信康却觉得理所当然，他生来便是德川家的继承人，父亲家康自松平时代起历经的艰苦、历代头领及三河豪族对家康的忠诚或支持，他一概不知。家康的地位是在三河百姓的拥戴下才得以延续至今的，家康深知这些，而信康天生便是三河的主人，他总以为自己可以不分青红皂白、对三河百姓任意打杀。三河百姓的代表——酒井忠次一语概括为：

可笑之极！

忠次想让信康收敛些，因此态度倨傲起来。如此一来，摩擦便不断。信康视忠次为家养的猫狗，而忠次则愈发在幼君面前显示头领的威信。信康憎恨并嘲弄忠次，时不时在众人面前大声辱骂他。

忠次与信康接触过多，渐渐看上了信康身边名叫於不宇的一名侍女。忠次向德姬恳请，收此女为自己的女仆。此事被信康知道。

"家臣将主人的女佣占为己有，岂有此理！"

信康大骂道，忠次颜面扫地。忠次憎恨信康，信康也视忠次为眼中钉。忠次心想：

"若是他继承了国家，酒井家岂不无一日太平？"

忠次为家族的前途深感忧虑。当家族的安全受到威胁时，哪怕对手是主君也须采取正当防卫，这是自中世以来武家的传统观念。忠次正是出生在中世情感浓厚的三河。中世之人当利益或情感与对方冲突时，采取的行动较为极端。要么见血，要么设计，恨不得食其肉寝其皮。此举有别于江户武士将忠义哲学化后采取的委婉行动。

——酒井忠次作为老臣为何不曾劝告信康？

到了江户时代，人们如此评论。所谓进谏言，原为中国的做法，江户后随着教育的普及，武士逐渐明白其中的意思。他们试图用自己时代的伦理标准评判忠次的行为。忠次生在中世气氛浓厚的乱世之中，他的想法无疑与江户武士的想法大相径庭。忠次与同为家老的榊原康政曾一同劝告信康，而信康大怒，拿起叉形箭头的箭，张弓欲射向康政的咽喉。康政纹丝不动，从容说道，老夫无罪，幼君若射杀老夫，大殿（家康）该做何感想？信康听后，收起弓箭进了里屋。忠次心想：

——小平太（康政的通称）多嘴了。

忠次和康政身为德川家的总大将，和平时期做武将，战时率领德川家的援兵或是自家的士卒奔赴沙场，为了能一声令下就让战士们出生入死，平日里必须树立将领的威严。那么首先必须得到主君的重视，且还得尽量避免与信康一类难以对付的人产生正面冲突。

"放弃谏言，不如让三郎从世上消失。"

忠次身为堂堂家臣之长，要保护自家且守卫德川家，就得消灭掉诸如信康这种败类。

忠次掌握了许多关于信康品行的事情，消息来源全靠上文中提到的侍女於不宇。於不宇夜夜侍候着忠次。

而德姬能倾诉苦处的，在德川家仅有忠次而已。她期待着忠次知道后，事态能有所改善。德姬总是叫来於不宇，通过她转述给忠次。

其中有些事情骇人听闻。德姬带来的女官中有位叫做小侍从的，她曾向信康谏诤过，不料却激怒了信康。信康一把抓起小侍从的头发，按倒在膝盖底下，拿刀刺伤小侍从后，口中念着"说够了吗"，一边用手指捅入小侍从嘴里猛地左右撕开。信康一旦激动起来，很难控制自己，直至平息才能恢复常态。或许是继承了他母亲的脾气。不管怎样，他们母子俩的情绪难以控制，能使自己的行为顿时疯狂，这一点十分相似，以致人们总将二人的罪状归为一类。筑山夫人勾结甲州（其实并未达到使用勾结一词的程度）的谣言之所以传开，也是由于母子二人的行为相似，由不得消息灵通者不信。

——信康必是同谋。

包括德姬也是这样认为。

德姬的亲笔信现如今就在火炉旁边的信长怀中。信长拿过来展开，一一念了出来。信康与筑山夫人的罪状虽有夸张，却记录详细。

"果真……如此？"信长询问道。

忠次若是照实回答"是大人（德姬）多虑了，信康与筑山夫人的为人便是如此，因此容易招来误会，其实并不像信中写的那样严重"，信长也能理解，起码不会因此执意蛮干。日后三河百姓心中的疑团也能解开。对信长而言，此事正是他外交上的一道关口。

然而，忠次却答道：

"条条属实。"

忠次此时的不善之心，被视为当时三河人的共通特征。忠次耍的心眼，不能单单理解为是他感情用事。他并非家康的用人，而是规模仅次于家康松平家的三河大名。此事关系到自家的存亡。这道织田家的关口让信长不由得紧张，同样地，忠次也有自己的立场，也得翻过这道难关。他的顾虑是：若是让信康幸存下来，酒井家能否保住平安？酒井忠次并非家康的仆人，若是仆人则为不忠。而忠次在三河国境内有着作为酒井家家主向德川家行使外交权的资格。信长的外交难题与忠次的顾虑属于同一性质。

"那，三河大人（家康）对信康的暴虐不仁是否知晓？"

"当然知晓。"

"若是如此，则容不得考虑，立刻将信康关押起来如何？三河大人会怎么看？"

信长在说此番话时，只是希望德川家关押信康。可是，忠次的计划却强硬得多。在他看来，信长的计划反倒添乱。若关押了信康，他势必心生怨恨、变本加厉，那么酒井家危在旦夕。

"大人圣明。若是关押信康，令其反省，想必难以实施。他善武、性急，且无孝心。以他的性格，一定会起兵征战甲州，两家结仇想必是迟早的事。"

忠次对信康采取了猛烈的报复。

信长大为赞同，当机立断：

"速速返回转告三河大人！"

他要忠次转达家康，杀了信康！信长做事残忍，他的事业要求他的性格如此。从荒木村重的例子便可得知，信长深知人类欲谋害他人时是何等残忍。为了防患于未然，只能将具有这种可能性的人——除掉。这正好与忠次的立场一致。

——杀！

杀掉家康之子。忠次也有与信康年龄相仿的儿子，可忠次却不曾设身处地替家康想想。他自然无须设想。信康并非如忠次之子家次一般是有血有肉之人，他绝不可能如同普通人一样有情有义，他是高居于三河武士团顶峰的一个机器。作为机器，他必须让人们感觉到他的可靠性。要塑造这么一个自我，信康有些懒怠了。不仅懒怠，信康作为机器，还过多地流露出感情。机器变成了豺狼。这样一来，他必定代替不了家康，更不能为三河武士的幸福而战。三河武士团一定会将他从盟主的位置上驱逐下去。而最干净利落的驱逐方式就是杀掉。杀掉乞丐之子或许会于心不忍、犹豫不决，而信康生来便是机器，除掉机器就无所谓人情了。如今忠次筹划的正是武装政变。返回滨松的途中，忠次甚至蠢蠢欲动起来。

"恐怕大人不会急于动手。"

忠次猜想。盟主深知自己好比机器，且努力改造着自我，这就是家康。忠次凭他敏锐的政治嗅觉能够闻到——他始终坚信此事绝非人情所能解决，家康必会从政治角度加以考虑，倘若家康将其视为政治问题：

"大人在三河的位置恐怕难保。"

在这一点上，忠次具有经历过大风大浪的政治人物所特有的大胆气魄。家康若为此事怪罪于忠次，忠次认为哪怕再掀起类似先前一向宗武装起义的大叛乱也未尝不可——那次叛乱，半数家臣投奔了起义方。武士的可怕之处正在于此，家康深知这些。

酒井忠次回到滨松面见家康。他面无表情，详尽转述了信长的意思、措辞以及态度。

家康一向做事小心谨慎。

他惊慌失措地从头至尾听完忠次的汇报，全身瘫软，头昏眼暗，其间好几次差点昏过去。

忠次的随从看着家康，佩服不已，心想：

"大人竟然面不改色。"

事实上，家康并非安如泰山，他早已感觉魂魄出窍。人来到世上，谁不曾多多少少经历过不幸，而家康的遭遇太过凄惨。同盟国竟然要求自己杀妻灭子！家康对筑山夫人是有些腻烦，已渐渐感觉不到她身上的女人味，尽管如此，毕竟已经做了二十余载的夫妻，这份感情难以割舍。对于信康，更是如此。他深爱着信康，看好他的才能，而且信康已经能助他一臂之力。作为家康的继承人，信康前途无量。他虽对儿子的暴虐行为有所耳闻，却只认为是十九、二十岁的年轻人的叛逆所致，再过两三年，脾气就会如疟子退去一般，自然而然就能成熟稳重起来。作为家康十七岁那年所生的长子，信康十分讨家康喜欢，所以信康之死也成为家康终生痛切的记忆。家康年近花甲时，领军参加关原之战，开战的前一日，家康下令部队在雨中前行。

"到这把年纪了还得忍受战争之苦，如果信康在世，则无须老夫亲自出马。"

家康回想起二十年前痛失的儿子，泣不成声。他的左右见状无不垂下双眼。家康征战关原时，已有一子名秀忠长大成人，秀忠是率领全军的继承人，可他性格过于认真，气量小、才识疏，对付不了关原之战一类的大型战役。在家康的记忆中，信康能率领十万大军，杀得敌人落花流水。虽然信康已离开人世二十余年，可家康依旧对他念念不忘。

此时家康是何等痛苦，传说他将自己关在滨松城内，三天三夜也未能作出决断。这三昼夜一定是家康一生中最为阴暗的时光。家康并非再三思量，而是精神处在了崩溃边缘，好不容易挨过了三天三夜。

该如何是好，答案很简单：

非杀不可！

若不杀妻儿，家康就得准备与信长决一死战。

若要问他能否设法战胜信长，那可是战千次也胜不了一次，家康必败无疑。多年来压迫家康的是甲斐的武田家，如今国境边上的各个诸侯国总算抵御住来自武田家的压力，若西边的织田家攻进来，德川家必定片刻也支撑不了。

这里有个办法，便是与甲斐的武田家结为同盟，与织田家断交。可武田家如今是胜赖当家，声势远不如信玄在世时显赫，尤其是长篠一战中，胜赖被织田、德川同盟军大败之后，家境愈发落魄。

——不必穷追。不加理会，武田家一定会自内部瓦解，走向灭亡。

　　长篠之战后，信长故意没有乘胜追击，而撤回了大军。胜赖时期的武田家与昔日信玄时代有着天壤之别。家康不至于愚蠢到与破落的武田家结为同盟。假若信玄在世，信长对家康提出如此要求，家康必定立刻与织田家一刀两断，与武田家结为新的同盟。不过在势均力敌的时代，信长恐怕也不至于用如此苛刻的要求威逼家康。若让家康投奔了武田，那么织田势力范围内的尾张东面国境一定会被信玄、家康联合军吞掉，信长绝不可离开尾张、美浓半步，而他在京都冒险建立的霸权政府也必将是昙花一现。但是，现今信玄已经过世。信长深知家康除了自己，再也没有可以依靠的势力，所以这才向家康抛出如此难题。

　　——家康单独和信长决战？

　　此举万万不可。

　　家康深知在受到敌人信长的打击之前，三河国必会先起内讧，土豪们一定会四散而去。无论三河人如何团结在家康周围，也绝不可能凭借这违背了世间团结普遍原理的力量聚拢在一起。三河同盟的土豪们，在跟随了家康才能保障自家利益的前提下才团结在了一起，倘若家康为了保护其妻儿而要求手下的各路豪杰与敌人殊死一战，谁都会选择明哲保身而投奔织田。恐怕家康最后只能带领身边的几位用人，投奔某处寺庙，自尽身亡。这种时候，哪怕上百的用人一起切腹陪葬——果真切腹与否就很难说了——也算是黄泉路上的最大安慰了。

　　总之，滨松城内的家康三天三夜里并非左思右想，而仅仅是在拼命控制自己的情绪，使自己不至于疯狂。

　　三天后，家康提笔写了一封书信。他想避免与人见面，而在信中交代一切。收信人便是身在三河冈崎城的老臣平岩亲吉。

　　人称"七之助"的平岩亲吉皮肤黝黑，貌似山芋，而性格却是典型的三河人，极能替主人着想，家康甚至对他心生怜爱。家康孩提时期被送往骏府的今川家，平岩亲吉正是作为家康的玩伴陪伴身边，二人一起在异乡长大成人。亲吉长家康两岁，家康在为信康挑选保育官时，不曾考虑过亲吉以外的第二人选。亲吉作为信康的保育官一直居住在冈崎城，战时辅佐信康，为其出谋划策。信康在战场上立下的许多汗马功劳，都得益于平岩亲吉的出谋献策。

正是这么一位男子，他即将感受的惊讶与悲叹不亚于家康。

平岩亲吉快马加鞭地从冈崎赶到滨松，他要求在城内面见家康。起初亲吉勃然大怒，恨不得狠狠掐住家康的膝盖，而后却放声痛哭起来。一边哭诉，一边替信康喊冤。他哭诉的便是与甲州勾结之事。

家康始终没把此事放在心上。筑山夫人差遣明人灭敬送信给武田胜赖，夫人的这种异常行为在丈夫家康看来，不过是她情欲上的歇斯底里症又犯了而已，并未上升到政治问题加以追究。此事根本就无关紧要。

一切都不重要，只是家康的国力太过薄弱才是关键所在。

"不过如此。"

家康说到这里，他幼时的仆从亲吉号啕大哭起来。家康也放声痛哭，边哭边诉。

亲吉抓住家康的裤裙，抬起头说：

"请主君砍下小人的首级。"

平岩亲吉赶来滨松之前已下定决心。请家康将自己的首级献给安土方面，对安土大人（信长）说这一切都是自己唆使的，信康与筑山夫人一概不知。亲吉心意已决，晋见家康之前便已濯发洗身。

"来吧。"

亲吉走到边缘处，摆好姿势准备切腹自杀，家康一把将他抱住。四周空无一人，既没有侍童，也无须避人耳目。幼时家康与亲吉正是如此关系亲密地一起长大，而如今为了阻止亲吉走上绝路，家康采取了儿时的姿势。亲吉的肘腕强劲有力，差点把家康顶飞了出去。家康使劲搂住亲吉的脖子，拽住他的耳朵：

"你不曾听过枉死？这样做只会白白送死。想想看，我们三河的头领早已在安土大人面前承认了确有其事，如今拿着保育官的人头再前去纠正，说头领撒谎，其实是保育官的罪过，又有何用？你难道不明白？"

家康拼命拽着亲吉的耳朵，仿佛要将它撕掉一般，并朝他的耳洞大吼："晚了，晚了！有了酒井忠次的证言，其他都无济于事！"

最终，信康与筑山夫人免不了一死。

家康为了处置他二人，亲自回了趟三河冈崎城，接着又去了该国的西尾城，将一切布置妥当。

家康令信康搬到渥美湾的海滨大滨，那附近系着许多渔船。警卫若是有意，并非不能将信康转移至第三国。然而，负责警备的人却过于正直，反而加强了戒备。

奇怪的是，家康竟然又安排信康从大滨转移到滨名湖畔的小运河边。从湖畔也容易逃走，可是负责警备的大将丝毫没有明白家康的用心。

家康第三次转移了信康，转到了远州的二股城，此处负责看守的正是二股城守城将领大久保忠世。大久保通晓世故人情，自然能察觉出：

"主君莫非是想放幼君一马？"

可大久保也是强烈批判信康的头领之一，他没有留给信康任何机会，戒备森严。最后，家康不得不放弃了最后的一线希望，从自己身边选派了介错人，即为剖腹自杀者断头的人前往二股城。

天正七年（1579年）九月十五日，信康断然切腹。他在腹部切了个十字，他的死充分显示了这名青年的不同寻常。

介错人本应砍下他的首级。可当时的服部半藏太过悲叹与胆怯，竟然无力挥动太刀。远州武士中名叫天方某的人代替他下了刀。

事后，家康在夜里聊天的席间，声泪俱下对半藏说：

"人称鬼半藏的你，对幼君也难以下刀么？"

筑山夫人在信康自尽之前，在距离远州滨松较近的名为富冢的地方，由家康派出的两名介错人结束了生命。

两位介错人（冈本时仲、野中重政）都不是三河武士，而是远州新当上武士之人。两人赶回去向家康复命，家康叹息道：

"女流之辈，有若干处置方法，你二人却过于绝情。"

两人心慌，其中野中重政潜逃回故乡远州堀口村隐居起来，从此销声匿迹。

家康直至晚年谈起此事还有怨气。多年以后，一次在城内观看幸若舞。曲为"满仲"[1]。

满仲家臣代替幼君一死，而后交出人头谎称说是美女丸[2]的首级。当戏演到此处时，家康的泪水不禁夺眶而出，回头看着酒井忠次与大久保忠世，连声说道：

"仔细看看，看看这段戏！"

据说二人始终不敢抬头。

又是一件后来发生的事情，酒井忠次为了自家儿子家次的待遇有求于家康，家康突然说：

"阁下也懂爱子心切？"

家康之所以伟大，就在于纵然经历这些不幸，却丝毫没有影响到酒井忠次与大久保忠世的身份地位。他们两家作为德川家的中流砥柱依然繁荣富贵，无论忠次还是忠世，深深了解家康的性格，哪怕家康讥讽嘲笑，也不曾叛乱或是逃亡，反而作为德川家的股肱尽忠效力。比起家康亲手杀害妻儿，恐怕他对两人的态度更能显示出他的过人之处。家康或许明白为人君主，并非仅仅生而为人，而更应成为一部机器。这是他三十七岁那年发生的事情。

甲州崩溃

甲州武田家在信玄在位时达到了鼎盛时期，当时的领地包括本国甲斐在内总共一百二十五万石。中有信浓、骏河以及远州、三河的部分，东至关东上州，西及飞驒[3]。

1　满仲：指源满仲，平安时代中期武将。清和源氏六孙王经基之子，源赖光、源赖亲、源赖信之父。——译注

2　美女丸：平安时代中期僧人源贤的幼名。传说治理着摄津国多田的源满仲为了能使儿子美女丸将来出人头地，便将他送到邻近的中山寺。而美女丸爱好习武却怠慢了佛道修行，满仲大怒，令家臣藤原仲光杀掉美女丸。仲光不忍下手，取了长得与美女丸有几分相似的自己亲生儿子幸寿丸的首级，交予满仲。从此美女丸一心向佛，改名为源贤，最终修成高僧。——译注

3　飞驒：今岐阜县一部分。——译注

世人公认"甲州军天下无敌"。与武田势力圈毗邻的家康（三河、远州），前半辈子都在为抵抗武田势力的压迫而竭尽全力。这好比台风袭来时用一扇单薄的窗户勉强抵御一样。而且这种日子并非一年半载。

"全靠织田家给我做后盾。"家康时常感激织田、德川能够联盟。

不过，织田信长的势力之所以能不断向西延伸，也有赖于家康在远州滨松城屯兵，守住东面战线。

信玄死后，武田家由胜赖接任总指挥，兵力并未快速衰退。

胜赖起初遭遇的巨大挫折，是在信玄死后第二年，即天正三年在长篠一战中，被织田、德川两军大败。此次失利震惊了天下：

——鼎鼎有名的武田军团也会败北？

事实上，信长本人在战前也没有信心能战胜武田军。是他采用的史无前例的战术赢得了这一仗。他大量使用火枪，将火枪队分成数排，每排齐发，连续开枪，炮弹如疾风骤雨般袭来，把当时所向披靡的武田军打得落花流水。

这一仗，武田方面损失了一万多名将士，胜赖翻下马背，仓皇逃回甲州。不过天正三年的长篠之战对武田势力并非致命一击。胜赖巩固了边防，严阵以待织田、德川的追击。

信长本应乘胜追击。追剿敌军的剩余势力，直取老巢，扩大战果，这是古往今来运用兵法的一大原则。

家康做事谨慎，可此时却也差人晋见信长：

"一定要追击至甲府。"

但是信长并未采纳。他转告家康说：

"不必追击，武田家迟早会衰败。"

信长认为，胜赖遭受如此惨痛打击，声望自然一落千丈。族人及家臣因此惴惴不安，不久必然反叛。不出几年时间，内部必四分五裂。

大将信长的决策果然高明，如果当时追进甲州，就算对胜赖有所打击，可对手毕竟是武田军团，他们一定会顽强抵抗，如此一来，己方损失增加。不如等待数年，待其内部崩溃之后再出兵攻打，到那时，不伤己方一根毫毛也能轻取武田家一百二十五万石的广阔疆土。

"原来如此。"

家康为信长的远见卓识所折服。有些战役需如火般猛攻；有些战役，比如这次，得让大军凯旋，故意留给敌人几年时间。

"只待数年……"

信长如是说过。到信长第二次率军攻克武田势力，事隔整整七年。

这七年对于家康是沉重的，他不得不抵御来自胜赖的再次威胁。事实上家康与胜赖之间一直上演着你进我退、我进你退的持久战。

长篠之战的当年九月，家康出兵骏河，可胜赖却率两万大军突然南下，与家康决一死战。家康为避开锐锋，率军不战而退，退回至滨松。

翌年，天正四年（1576年）三月，胜赖出兵征战家康领下的远州横须贺城。家康自然不能视而不见，于是立刻领兵从滨松出发，并出动了城内的后备军。这一次胜赖见状不妙，立即下令撤回甲州。

第三年，天正五年（1577年），胜赖再次出征远州横须贺，四处焚烧村庄。家康刚从滨松出兵，胜赖便退回甲州。

第四年，天正六年（1578年），双方仍然采取过类似一进一退的行动，第七年也是如此。

"丝毫看不出武田家有衰败的迹象。"

家康暗自佩服信玄生前打下的稳固基业。而另一方面，却又从派去武田势力范围内打探的探子处得知，武田家内部已经开始动摇。

尤其是甲州百姓怨声载道。

信玄不仅创建了天下无敌的武田军团，率军不断南征北战，他还擅长治国安邦，兴建土木，组织生产，深得民心。

而胜赖却缺乏父亲治理内政的能力，只一味专注于军事。

"四郎大人（胜赖）身为勇猛大将虽无人可比，却过于好战。"

胜赖不断领军南下，毫不吝惜兵力，甚至连家康都替这位敌人感到不安。仿佛胜赖从未计算过领军打仗需要耗费多少粮食和其他花销。一旦国库亏空，一定会无情地向平民百姓征收苛捐杂税。如此贪婪的掠夺便是胜赖实施的内政。

"所有村庄无不民怨沸腾。"

家康从探子处得到的消息内容大致相同。相当于武田家殖民地的信州[1]附近尚且如此，更别说武田家的根据地甲州一带了。

传说有些百姓私底下咕哝：

"织田、德川的大部队为何不早日攻打进来？"

百姓穷困潦倒、怨声四起，致使胜赖再也难以从百姓中征兵。加上乡村武士的利益与百姓是相同的，原本军队的主要战斗力为士卒与乡村武士，而如今武田军队士气年年衰退。武田家的高级将领们也难逃厄运，他们各自拥有封地，封地内部民心动摇威胁到了领主的地位。

"织田、德川部队为何还不到来？"

看来这种怨言并非探子夸大其词。织田、德川势力范围内以地租稳定、国泰民安而名声远扬。且带有中世纪性质的商业垄断被家康废除，取而代之的是不征税的自由竞争，所以物价低廉。武田家自信玄时代起四处设置关卡，征收通行税，但织田、德川家却不曾如此。

这期间，胜赖在外交上也犯下错误。

武田家与关东的北条氏向来是同盟关系，胜赖的妻子是北条人。衰老的北条氏势力以小田原为根据地，在关东拥有近三百万石的土地，虽不比新兴势力强大，却也不容忽视。

近来越后的上杉谦信去世，留下的两个养子正在争夺继承权。胜赖竟对这场与他毫不相干的内部纷争产生了兴趣，不久被卷了进去。他支持候补继承人上杉景胜。不仅支持景胜，还答应将自己妹妹菊姬嫁给景胜为妻。

"真让人难以置信。"

这事甚至连死对头家康也觉得不可思议。原来，与景胜争夺继承权的上杉景虎原名北条氏秀，出自小田原北条家，后来成了谦信的养子。如今胜赖支持上杉景胜，就等于是与景虎的老家北条氏断绝了同盟关系。实际上胜赖还付诸行动。他做得实在是过火，竟然借兵给景胜，以至于逼得景虎走上了不归路。北条氏对胜赖忍无可忍：

"事到如今，我北条家要与武田断绝往来！"

---

[1] 信州：信州是信浓国的别称，今长野县。——译注

机敏的家康立刻嗅出形势的变化，即刻差密使前往小田原，动员北条氏的家督北条氏政：

——与我方结盟，大人意下如何？

氏政是凡庸的男子，左右的辅佐大臣更无出众之人。北条氏虽为衰老的势力，对形势反应迟钝，却也深知"孤立无援"的后果。如今既然武田胜赖背叛北条氏，与越后结为同盟，那么小田原的北条氏与织田、德川势力缔结盟约也无可厚非。

天正七年九月四日，织田、德川、北条三家结盟。

传说家康甚至悄悄对心腹们说：

"以前家康多寝不成寐，而从今往后可高枕无忧了。"

可见此次外交是何等成功。此前，武田势力一直与北条势力联手威胁家康的边境地带，如今重压减轻了一半。

而胜赖一方，为了这场毫无意义的外交游戏，竟失去了与北条氏多年的友谊。不单如此，武田家与北条家反目成仇，胜赖的敌人比原来多了一倍。

难怪武田族人与老臣们对胜赖彻底失去希望，他们无一例外地认为：

"武田家气数已尽。"

胜赖在老臣中没有任何人缘，他从不听取任何谏言和意见，率军、治国一向是一意孤行。

老臣们一说起胜赖，总是摇头叹息：

"迟早有他愁眉苦脸的时候。"

然而胜赖丝毫没有收敛。

当他听说三方结盟的消息后，冷笑道：

"我自有主张。"

此话传到了家康处，家康感叹：

"这也难怪，织田、德川加上北条，如果高声呼喊灭掉胜赖，胜赖将不得不死。然而纵使灭亡，也强于苟且偷生、沦为信长的家臣。"

《改正三河后风土记》中如此描写胜赖：

"胜赖面不改色冷笑一声，不愧为勇猛大将，令人感叹不已。"

其实胜赖所谓的主张并非政治谋略，纯粹是强烈、病态的自尊心支配了他。

他试图完全用军事行动维护他的自尊。他经常采取一些军事行动，虽毫无策略可言，却异常强硬。

三方同盟结成时，家康对北条氏提出建议：

"择日一齐行动，从东、西两面进入骏河（静冈）。"

骏河属武田势力范围，夹在东西方向德川势力与北条势力之间。北条氏答应了。

九月，秋雨绵绵。

家康冒雨从滨松出发，亲自指挥作战，攻入骏河。同时，数万人马的北条大军离开小田原，越过箱根，直逼骏河。

胜赖身处北面的甲府。他迅速南下，本想首先攻破北条大军，不料途中得到谍报：

"家康已到达大井川东岸。"

胜赖认为：

"这是讨伐家康的良机。"

当胜赖得知家康此次出兵并无织田方面的后援时，迅速改变了原有计划。他决心已定，不管何等艰难，一定要趁此机会歼灭家康。若灭掉家康，剩下的只有信长而已。他信心十足，认为织田势力再强大也不是甲州军的对手。总之，当务之急是讨伐家康。传说胜赖得到这则谍报时曾高声喊道：

"家康已是瓮中之鳖！"

胜赖立即扬鞭，令全军向西行去。

滑稽的是，北条大军眼睁睁地看着面前的敌人武田大军离去，独自被抛弃在战场上。

胜赖扬言道：

"北条武士无人有胆量追击我。"

确实如胜赖所言，北条军愕然不动，全然没有追击。当时世人对北条军的评价便是迟钝二字。

从位置上看，北条军此时正驻扎在东海道三岛[1]附近。

胜赖在西侧仅仅数公里之外的沼津一带布阵，两军之间不过隔着一条黄濑川（狩野川）。

"发现家康！"

当胜赖得知这一情报时，家康刚刚到达距离胜赖八十公里开外的大井川附近。德川大军横渡大井川来到东岸，在如今的藤枝市附近安营扎寨，前锋部队继续向东进发。

胜赖锁定目标。正值三十三岁壮年时期的他马术高超，虽贵为将军，但马术赛过任何一个甲州武士。胜赖对自己的武艺甚是得意。

胜赖骑在马上，连铠甲的衣领都被溅上了泥浆。他频频回头催促部下：快，快，跟不上队伍者一律丢弃不管！

雨越下越大，军队来到富士川岸边时，河水猛涨，水流湍急。如此一来大部队根本不可能趟过河去。可胜赖丝毫没有退缩。他率先骑马下了河，在水中艰难前行，终于到达河对岸。而步兵却有的溺水身亡，有的被河水卷走，一时间整个队伍大乱。但甲州军队果然名不虚传，他们最终克服了困难，继续前进。

离骏府尚且遥远。

胜赖盘算着从骏府开始越过宇津谷山岭，而后选择山林前进以掩人耳目，再从德川大军背后突袭，给家康来个出其不意。

另一方面，被胜赖甩在三岛附近的北条氏政既不敢追击胜赖，也不能退回小田原，只是频频地自言自语：

"如何是好，如何是好？"

身边的人提醒他说：速速通报德川大人为好。氏政这才回过神来。速报有个好办法，北条军拥有东海道上首屈一指的水军，故选用水路前去通报家康。横穿骏河湾一定能先于胜赖通告家康。

而家康的战场谍报比北条的船只还要迅速。

"敌军三万人马。"

可也有探子来报称胜赖有两万人马。家康大军与其势均力敌。家康考

---

[1] 三岛：今静冈县三岛市。——译注

虑到若是和来势汹汹的胜赖正面冲突，只怕对自己不利。

确实如此。骏河一带多为武田的领地，武田的城郭自然不少。在敌人的地盘上遭遇胜赖的军团，无论何等勇猛的三河部队也会死伤无数。

"撤退！"

家康立即部署部队后退。事情刻不容缓，所有人马快速渡过大井川向西撤去。家康准备好足够的木舟与竹筏，军队井然有序地成功撤离。渡河过后便是己方领地——远州。河口附近有个村庄名为井笼（色尾）。家康正欲在此休整观望，北条氏政的急报送到。

家康郑重谢过北条的好意，随后下令大军退后到相对安全的诹访原一带。

胜赖长驱直入，挺进到大井川东岸原野时，只见德川势力方才离开，一片寂寥，渺无人迹。

《改正三河后风土记》中如是记载。书中还提到一句胜赖的原话：

"如今让德川溜走，胜赖再无二次良机。"

正因为胜赖性格情绪化，在他沮丧之极时才会说出这番话。细细想来，胜赖的确失去了一次千载难逢的绝好机会。

胜赖领军撤回甲府。从沼津至大井川的猛烈反击正是胜赖生涯中的一道关口，他没能翻越过去，从此周围的族人及老臣态度骤然冷淡起来。

然而远州并非全是家康的领地，北部以及靠近骏河的一带仍属于武田家的势力范围。

人称"高天神山"的丘陵位于挂川[1]以南七公里左右，山丘形成天然屏障，城郭依山而建。高天神城是通向远州境内且属于武田一方的城池。对胜赖而言，此处正是攻击德川势力的前线要塞。而在家康看来，这好比抵着自己腰腹的一把短刀。登上山丘上的城堡，远州滩尽收眼底。因此，武田氏对这座前线要塞的补给一直是靠武田水军从海路运输。然而，由于胜赖与北条氏绝交，骏河湾与远州滩均被北条水军控制，高天神城难以支撑。胜赖竟然丝毫没有考虑到这些后果，便轻率地与上杉景胜结盟而同北条氏断交。

---

1 挂川：今静冈县挂川市。——译注

"高天神城即将弹尽粮绝。"

家康有所察觉,进而心生一计,决定加速其灭亡。

方法便是效仿织田家部将羽柴秀吉成功攻破鸟取城时采用的策略,即在敌城的周围挖一条壕沟,将挖出来的泥土堆砌成高墙,高墙外设置层层叠叠的栅栏,每个空当处安排一名武士,严加防范。这其实是在敌人城池外修筑了另一道城墙。对于不善土木的家康来说,这堪称是一项杰出的浩大工程了。

——胜赖是否会来援救?

为了保险起见,家康在"城包城"的外面又挖了一条深沟,作为防止胜赖从背后袭击的野战要塞。

家康想用这高天神城当作诱饵引出胜赖大军,再求得西面织田部队的应援,在此与武田方面决一死战。家康深知去年的长距离作战使得胜赖的军力愈发衰退,因此这次有十足的信心能彻底击垮胜赖。作战不该像胜赖一样猛打猛攻,而应该学习信玄量力而行、蓄积兵力后伺机压制敌方。胜赖并没有用上父亲的战法,倒是家康深得信玄作战的要领。

天正八年(1580年)在对峙中度过。

对高天神城的守将与守卫兵来讲,再没有比这一年更艰难的了。战斗力因饥饿而日渐削弱。

天正九年的正月。

"胜赖将至!"

消息如风般传遍了东海道。传言胜赖将亲率甲斐、信浓大军出征。这正中家康下怀。

家康立即差人急报远在近江安土城的信长,信长也是等待已久。

"这次一定要置胜赖于死地。"

信长首先派出一队将领作为先遣部队。织田家版图巨大,信长派出的先遣部队正是越前(福井县[1])大野的武士军团。他们对太平洋沿岸的风景赞不绝口。

---

[1] 福井县:位于日本本州岛中部,濒临日本海,与石川、岐阜、滋贺、京都四府县相邻。——译注

然而，关于胜赖出兵的消息不过是空穴来风。

高天神城的守将们乞求胜赖派军解围，但是其中一位二十六岁的甲州武士横田甚五郎却写信忠告胜赖说：

"若增派援军，一定会重蹈长篠覆辙，武田家必败。恳请大人让臣等在城内自生自灭，不要顾虑。"

横田家原本是武田家世代重臣，甚五郎的祖父在信玄攻破信州时不幸战死。父亲在长篠之战中，身中织田军火枪而丧命，而如今甚五郎也自告奋勇请求牺牲自己。

——甚五郎所言极是，后援是万万不可。

胜赖接到此番劝告时，放弃了用兵的念头。可是如此一来，世人对他恶评如潮，族人、重臣，乃至步卒，个个皱起眉头抱怨说：

"他不配做主君。"

但凡此种情况，无论守将如何要求，身为大将者都该将生死置之度外，前去救助部下，这样才能深得人心。而胜赖天生缺少大将风度。

自尊心才是他行动的动力。当然，胜赖也顾虑过世人对他放弃救援高天神城做法的评价，不过他的顾虑与众不同：

"世人一定认为我胜赖的威力不如先前。"

有勇无谋的胜赖对世间评价的认识却有如少年般浅薄。

胜赖为了向世人夸耀自己的自尊，亲率大军离开甲府，四处寻找机会打仗。可是他并未前去远州的高天神城，而是往相反方向的关东上州进发，攻克了北条氏手下的几个弱小的城堡。这些胜利，对大局毫无影响。

《信长公记》中对此事有所记载：

"……不去解救被敌军包围的高天神城，在天下人面前颜面扫地。"

被胜赖遗弃的高天神城孤立无援，最终于当年三月二十二日夜晚十时被德川军攻破。那天晚上，守城的将士们杀出城去，德川大军立刻将他们包围起来，而后不曾激烈交战，守城将士们便惨遭虐杀。高天神城对武田家来说，无非是一个远离本土的小城池罢了。

"四郎大人对我们来说，已经灭亡。"

胜赖遗弃自己的部下，犯了武将的大忌。随着城池沦陷、守城将领悲壮离世的事情渐渐传开，胜赖手下的将领们个个起了反叛之心：

"不如我等背叛胜赖。"

自平安时期武士阶级兴起以来，主从关系并非绝对，而是建立在相互扶助的必要性之上。名门之子对于这层关系似乎并不了解，胜赖就是其一。家康自少时起有着切身体会，因此他与胜赖的差别不在于智慧，而在于这种主从意识的有无，或者说是深浅。

美浓附近的信州山中有一个称作木曾谷的地方。人称"木曾大人"的弱小大名掌管着附近的山谷。现任主人名木曾义昌，是源平时代木曾义仲[1]的子孙。他们世代居住在木曾谷内一处叫做福岛的城里，在武田信玄兴盛时期，信玄的势力延伸到了信州，木曾氏投在了武田旗下。木曾与武田仅仅是隶属关系，当其他势力强大时，木曾又不得不转而投靠他人。

木曾义昌听说胜赖对高天神城见死不救，便率先作出反应。木曾氏最接近织田势力圈的美浓，因此对势力强弱的判断尤为敏感。

"如今该是放弃胜赖的时候了。"

义昌差人从木曾出发，前往居住在邻国美浓惠那地区的豪族远山久兵卫处。远山氏很早就跟随了织田家。义昌想请远山氏引荐：

——木曾愿归顺织田家。

从此，信玄建立起来的强大的武田势力圈开始四分五裂。

远在近江安土的信长觉得：

"机会来了！"

信长以为，若想派大军进入武田势力圈，彻底颠覆甲州胜赖的政权并消灭胜赖，此次信州木曾谷的背叛正是天赐良机，须以此为突破口趁势猛攻进去。信长立即整编大军。

"不必亲征。"

信长如此看轻胜赖的实力。他决定派长子信忠前往。信忠年仅

---

[1] 木曾义仲（1154—1184）：日本平安时代末期著名的武将，原名源义仲，出身名门河内源氏，源义贤的次子，源赖朝及源义经为其堂兄弟。——译注

二十五，官位已升至从三位中将[1]。

信长决定赢个七八分之后再亲自出马收拾残局。

因信长公务缠身，实在无法离开安土城大本营。他好容易收拾了夙敌大坂的石山本愿寺，而派羽柴秀吉领军攻打中国地方的毛利一战却尚未进入主力决战阶段。此外，他还须着手于年内攻克四国地方。

攻打武田始于当年即天正十年（1582年）二月十二日。

总大将织田信忠于当日从岐阜城出发。在大军出发之前，信长已通告同盟北条氏政"从关东口进攻"，同时也通告家康"自骏河口出发"。北条氏动用了三万兵力，家康则动用了两万多兵力。

织田主力号称七万大军，兵分两路，金森长近率小队人马从飞骋口进攻，信忠率领主力部队自信州伊奈口攻入。

信玄建立起来的强大的武田势力圈此时面临土崩瓦解的局面。

织田主力军在木曾义昌的带领下一路前行。途中遇到武田家下级武士，或通过义昌投奔了织田，或不战而降。织田大军仿佛行走在无人的原野中，完全无人抵抗。织田军的速度快得惊人，自岐阜出发后的第七日，即二月十九日，攻陷了胜赖弟弟守护的信州高远城。胜赖回天无力，世间最为狼狈的事莫过于一个政权丧失了威势。

——究竟该如何做人？

尽管家康深知做人之道，却也不得不思考。家康悟到的做人的道理在于人活在人际关系之中，若是剥离了人际关系，人只剩下内脏与骨骼，不过是一个躯壳。关于这一点，做过人质的家康最清楚不过。信玄曾巧妙且大规模地构建了人际关系网，而儿子胜赖却轻易将它丢弃。攻打武田的三年前，家康曾收到信长的命令，不得已逼迫自己的妻儿自杀，若当时拒绝了信长，家康的人际网必将在顷刻间化为乌有。况且此事是由德川家地位最高的家臣之长酒井忠次对信长进谗言而引起的。但是家康并没有惩罚忠次，反而愈发重用他，此次攻打武田，甚至派忠次做前锋。如果当时家康

---

[1] 从三位中将：从三位介于正三位与正四位之间，在律令制下，任参议以及从三位以上者成为公卿。属上等贵族的位阶。——译注

冷落了忠次，则忠次一定会谋反，说不定直奔信长的旗下，诽谤家康。即使忠次不投奔信长，只要他利用自己在德川家的势力，就能轻而易举地将德川武士团分裂为两派。家康尤为重视人际关系，为此他饱尝苦水。然而，胜赖恰恰相反。

家康时常评说他的这位夙敌：

"毕竟甲斐的家督（胜赖）太过年轻。"

其实家康也很年轻，胜赖三十五岁，家康仅长他四岁。不管怎样，胜赖总是错误地认为自己手握的是天授的神圣权力，根本考虑不到人际关系的重要性。

胜赖有位辅佐大臣，名叫穴山梅雪。

穴山家是武田家的一支，世代占据着甲斐国北巨摩郡穴山的穴山城，因而改成了穴山一姓。他们的势力在甲斐算是首屈一指，不知从何时起，穴山家沿城的四周修起了街道，尽管地处穷乡僻壤，却也效仿京都的模样，在城内大兴寺庙，一时间以繁华闻名。梅雪便是穴山家的家督。

穴山家身为武田家的支族却受到了优于其他任何支族的待遇，原因在于穴山家也是信玄姐姐的婆家。她的儿子便是梅雪。

梅雪是剃度之后的法号，他原名信君，官位陆奥守[1]，遁入佛门后，人称"陆奥入道"。

梅雪的长相酷似舅舅信玄，性格也同信玄一样让人捉摸不透，他同时也是一位难得的谋略家和军事家。

信玄在重臣中最器重穴山梅雪。这点类似于家康与酒井家的关系。酒井忠次既是德川家地位最高的家臣之长，也是家康的姑父；而穴山梅雪则是武田胜赖的表兄。

已故的信玄十分重用穴山梅雪，从一件事情便可得知。当初信玄占领了骏河，他对梅雪说：

"希望你将骏河治理得如同甲斐一样。"

---

[1] 陆奥守：陆奥国相当于今本州东北端的福岛县、宫城县、岩手县、青森县和秋田县的东北部。陆奥守为陆奥国长官，统管行政、司法等一切国务。——译注

随即任命梅雪为骏河探题[1]，常驻该地。

随着武田势力范围不断扩大，为了管理好日益辽阔的疆域，信玄煞费苦心。他将信州、上州一类交给已投靠自己的当地大名或小名[2]管理，只从武田家派出监督官前往。而唯有骏河，他试图管理成与本国甲斐一般，派出了大量甲州武士驻扎。

家康必须举兵进入骏河。尽管骏河同为甲州领地，却必然与织田大军攻克的信州一带截然不同，家康做好了充分准备，以迎接敌人的顽强抵抗。

"不如拉拢梅雪。"

家康暗自想道。

幸运的是，当时世人传言说梅雪自觉是武田家的代表，一直视胜赖为小孩，经常批评胜赖的言行，偶尔还当面训斥。有一次在营中，由于两人意见不合，胜赖勃然大怒，曾拔刀出鞘。此时，梅雪也抽刀自卫：

"主公难道要宰了梅雪不成？"

他对胜赖毫不客气，态度俨然超越了家臣的本分，胜赖由此对梅雪怀恨在心。

"能否用计收买梅雪？"

家康开始盘算。

梅雪在面向清水港的地方筑城，此地人称骏河之江尻（现清水市）。骏河国唯有一条海岸线，因而天然良港只有清水港。久居山国的信玄很重视海洋的经济性和军事价值。在夺取骏河后，他说：

"今川氏在骏河筑城实在是一个错误，应该以江尻为一国之都。修建海滨城镇，不仅能统治军船，也能支配商船。"

于是，信玄命梅雪着手建城。以城为中心发展起来的城市命名为三日市。江尻不但是政治、经济重镇，风景更是宜人。站在江尻海岸，北面正

---

[1] 探题：官名。镰仓、室町幕府时期负责某一广泛区域内的政务、诉讼、军事等事务的要职的统称。——译注

[2] 小名：与大名相对，势力不如大名显赫的武士。——译注

对着清见潟[1]，而越过松树丛生的平原还能尽收富士山的美景。

家康接到信长攻打武田的命令后，立刻派使节带着密信潜入江尻。

此时家康已从远州滨松动身。这一天正好是二月十八日。两天后，家康攻下位于骏河的武田家城池田中城。更为确切地说，应该是捡拾了田中城。守将见形势不利，早已弃城逃回甲斐。家康于翌日进入骏府。

家康在此处稍事歇息，此举正符合家康谨慎的性格。他担心穴山梅雪之辈会煽动当地乡村武士和百姓武装起义。家康向志太郡远目、安倍郡广野、安倍郡小坂、安倍郡足洼等地的百姓下了通告，大意是说请百姓不要与德川军对抗，德川军自会保护他们。同时严禁自己的军队行为粗暴、掠人或是放火，以安抚民心。家康深知要对梅雪采取怀柔政策，首先必须获得下层人士的支持，否则会妨碍军事计划。

家康一面安抚着当地百姓，一面派出密使劝降梅雪。家康在密信中提到：

"归入织田旗下吧。假若归降，家康会向信长请求封予阁下甲斐一国领地。即使信长不应，家康也将发放俸禄。"

后来，梅雪直属于织田家，领有甲斐巨摩郡一带的领地。事实上，梅雪当时——在江尻城内接见家康密使时——正在考虑归降织田，只是尚在斟酌方法。对梅雪而言，归降后赏赐多寡都是次要，当务之急是如何保全性命。

德川的密使来得正是时候。

密使照家康吩咐，尽量不去刺伤梅雪的自尊心。武田家族是赖朝的镰仓幕府以前的甲斐源氏的后裔，加之居住在穷山恶水间，名门意识浓厚。梅雪常常不屑一顾地称呼家康为：

"那三河的新兴大名。"

密使明白此事，便曲意逢迎地说道：

"我家主君说，此番大战之后胜赖大人恐怕会山穷水尽。而日本武家名流，甲斐源氏栋梁之家若因此绝后，实在令人惋惜。我家主君希望留下穴山一家，毕竟穴山家与武田家为嫡统。若能留下穴山一脉，也算是入道

---

[1] 清见潟：位于静冈县清水区兴津的风景名胜。——译注

大人（梅雪）对祖先尽了孝道。"

密使说服道，背叛才是正义之道，才能保存名门望族。

"果真有些道理。"

梅雪觉得如释重负。

梅雪决定投降，并开始采取冒险行动。他挑选出伶俐的部下，令其潜入武田势力圈的都城甲府。作为战国时期的惯例，梅雪的妻儿正留在甲府的武田宗家做人质。在背叛前，务必得把妻儿夺回来。此次夺妻行动，梅雪动用了一百号人。幸运的是，潜入甲府的当晚，即二十五日夜，狂风大作，风雨交加。天公作美，此番行动大获成功。梅雪的妻儿顺利逃出甲府。

翌日清晨，胜赖接到禀报，大发雷霆，却也无计可施。

骏河有一处名为岩原地藏堂的地方。家康宿营于此，以安抚骏河国的民心。

三月一日午后，穴山梅雪领着几名侍童来见家康。

家康立刻传令以诚相待。稍事片刻，家康出来会见。

"原来信玄是如此容貌！"

家康听说过梅雪的容貌与信玄如出一辙，心中暗喜。只见梅雪圆脸秃头，额头窄，眉毛上挑，面色如同少年般红润。不知梅雪是否故意留着两撇八字胡，胡须有些花白，却看起来精神饱满。

家康向梅雪说道：

"阁下能有此意，家康不甚欢心。"

家康接着说："此次武田家必将崩溃。"

其实武田家尚且存在，不过也是名存实亡。穴山梅雪能决意延续新罗三郎义光[1]的血脉，家康等人实感欣慰，家康如是说道。他将梅雪降服并勾结敌方的可疑行动美化成为正大光明之事，一来也出于家康本意。他有个奇怪的爱好，即喜好名门望族。家康曾保护三河旧臣吉良家，此事在前文中也有提及。家康后来也册封过毫无功劳可言的足利家后裔为一万石大

1　新罗三郎义光：指源义光。——译注

名。不仅如此，大坂之战[1]时，有流浪武士自称是新田义贞[2]的子孙，家康竟然不假思索地提拔他为拥有两千石领土的家臣。这次家康对待梅雪的态度，除了政略要求，也出自个人偏好。

另一方面，穴山梅雪用出身名门者的独特嗅觉，从家康的眼神、措辞及态度判断出他是否器重自己。不多时，梅雪大大松了一口气。他心想：

"家康一定会有所作为。"

自然，家康此举并非完全出自偏好名门的情感。穴山梅雪的背叛也有相当高的政略价值。家康料到各地正反抗织田家的武田族人以及重臣们一定会纷纷议论：

"呜呼，大名鼎鼎的穴山入道竟也背叛投敌。"

何况自己这等小人物，更无必要念着旧情随武田家一起灭亡。

于是，家康在武田势力圈内安排了若干间谍，令其大肆宣扬：

"梅雪入道已放弃胜赖了！"

主力军织田信忠的部队气势凶猛，如涨潮的海水般吞噬着大地。

在伊奈口指挥作战的武田方面前线司令官是已故信玄的兄弟，胜赖的叔父武田逍遥轩（信纲）。

逍遥轩酷爱绘画，原本厌恶领军打仗，却尊崇兄长信玄。传言信玄晚年画像出自逍遥轩之手，此外，他也精通佛教绘画。逍遥轩并未背叛武田家，但也逃之夭夭。他本该死守信州伊奈的大岛城，可他一见到织田大军就吓得不战而逃，后辗转各地，却最终被织田方面发现，未能幸免。此外，胜赖族人武田信丰也佯装有病，不愿参与胜赖主持的军事评议，但也在逃亡信州山隐匿的途中惨遭杀害。类似例子举不胜举。

武田族人中誓死抵抗织田大军的唯有胜赖的胞弟仁科信盛。信盛负责守卫高远城，他英勇奋战，最后与将领、士卒一同战死沙场。高远城沦陷之后，织田军通往甲府的道路变得畅通无阻。

---

[1] 大坂之战：指庆长十九年（1614年）至庆长二十年（1615年），江户幕府灭丰臣家（羽柴家）之战，大坂冬之战与大坂夏之战统称为大坂之战。——译注

[2] 新田义贞：镰仓时代末期征夷大将军的家人，南北朝时代武将。——译注

——武田家的遗迹，被毫不留情地统统销毁！

这是信长的指示。譬如，胜赖生母娘家诹访氏的诹访神社是与出云大社[1]、热田神宫[2]齐名的古老神社，却也在信长的一把大火中化为灰烬。织田军所到之处黑烟四起，他们放火烧毁一切，连武田家的妇孺也一个不留。那种境况惨绝人寰，丝毫不像在作战，更像是在制造大屠杀。

从骏河口攻进甲斐的德川大军不曾如此残暴。家康北上途中，一路训诫手下士兵，不可杀人放火，不可粗野行事。家康倒不是比信长仁慈，只是作为政略家，更具常识而已。信长性格古怪，他自认为胸有丘壑，规划好一个崭新天下，因此他对一切守旧、固有的势力深恶痛绝。他要求铲除所有旧势力的欲望相当强烈。在这层意义上，信长的织田军算得上是革命军了——尽管士卒们根本没有同样的想法。

家康之所以对甲州百姓宽大，原因之一是他发自内心地崇敬信玄的军法。他希望借此机会大量收拢那些人称天下无敌的甲州武士。事后他得到信长的允许，这一希望得以实现。的确，训练有素的甲州士卒熟谙信玄的阵法，一眼看去便知他们与别家的武士截然不同。信玄从装备到战事技巧训练每一位士兵，方法自成一家。

《中兴源记》中记载有家康的原话：

"故而众多甲州兵排列成行，阵列中透出一股刚毅。"

在已故信玄的部将之中，家康尤为尊重山县昌景（于长篠之战中战死）。一次，家康的家臣本多百助喜得长子，孩子却不幸长着兔唇。家康听闻百助为此事叹气，便安慰说：

"长篠之战中战死的甲州山县昌景不也是兔唇？莫不是山县转世投胎到你家了？"家康下令给百助之子起名为本多山县。

平定甲州后，家康向信长恳请吸纳大量甲州武士，此事得到了恩准。在信玄的部下中，家康最为赏识土屋昌次、山县昌景旗下的士卒。他命令

---

1 出云大社：位于岛根县出云市，传说神无月（十月）全日本的八百万神灵将聚集此处举行神议。祭神为"日本第一神灵"的大国主大神。——译注

2 热田神宫：位于爱知县名古屋市热田区，祭神为热田大神，三种神器之一的草薙剑被视为神的化身。也有一说热田大神即日本武尊。——译注

井伊直政统率这些武士，并保留武田家原有的一身红铠甲装束，后来这支队伍被戏称为"井伊的赤色后备军"。家康后来一改德川家的阵法与军队编制，彻底改为甲州风格。他对为难了他半辈子的信玄竟是如此畏惧，信玄谢世、胜赖衰败后，家康对武田家的一兵一卒都甚为器重。

——他们都是深得信玄教诲的人。

而武田胜赖旋踵即亡。

胜赖那般勇猛，没有与织田大军交战就已家破国亡。战争伊始，武田大军来势汹汹，足足有两万多兵马，可数日后众人逃散，只留得三千余人。不久再留神一数，胜赖身边只剩下了妻儿、近臣与侍女，加起来不过九十人。胜赖率领小队人马四处躲藏，最后隐身在天目山附近称为田子的地方。三月……日，他们不幸被织田方面泷川一益的手下发现，稍作抵抗后一齐自……

……准备对敌方的残兵败将斩草除根。织田军残暴凶……着织田家的政策，实际却并没有将甲州人……

……"发现了马场美浓守之女"。

马……员大将，他英勇善战，好评甚过山县，却不幸在长篠之战中战……一听是马场之女，不禁产生了兴趣。

"谁人捉获的？"

家康询问道，答道是鸟居彦右卫门元忠。元忠是伴随少年家康度过骏河人质时期的伙伴，与家康关系亲近，远超过主从，如今元忠已统率有一支军队。家康叫来元忠问起此事。

"在下已收她为妻。"

元忠的回答出乎家康意料。可家康不仅没有怪罪于他，反而开怀大笑起来：

"元忠一向处事精明。"

胜赖死后，家康终于从困扰了他前半生的武田阴影中解放出来。

另一方面，在胜赖焚烧了自家宅邸、仓皇而逃的第三日，即三月五日，信长从安土城出发。十八日，进入信州高远城，在高远城滞留了一阵子，下达了各种善后的指令。信长以为家康攻陷武田功不可没，于是下令：

"将骏河一国赏赐给家康。"

凯风百里

人身上总有些让人意外的地方。或许让人难以置信，纵横日本历史之大人物、新兴的天下霸主——右大臣织田信长竟然没有亲眼见过富士山！

信长已年近五旬。

他似乎颇感遗憾。在他去世的当年，即天正十年四月，他骑马从原武田势力范围内的信州出发，向甲州前进，途中他反复念道：

"老夫还没见过富士山。"

这也许在意料之中。

说是意料之中，是由于信长生于尾张（名古屋），起初他向北面的美浓（岐阜县）扩张，攻下近江（滋贺县）后，势力范围终于延伸至京都。其间先后征服了伊势与伊贺（三重县）等地，此举奠定了他前后长达二十余年的扩张事业的基础。如今他正打算沿山阳道西进，与广岛的毛利一决高下。概括起来，信长的势力是由本国尾张出发，一路向西。

信长不曾进攻过东面。

"东面的防御事业全交由德川打理。"

这是信长自年轻时起的一贯方针。东面盘踞着一股让人胆战心惊的强大势力，那便是甲州武田家。信长始终感受得到武田家的威胁，于是他将对付信玄这个老怪物的重任交给了家康，自己从此再也不必踏入东面半步。这样，信长从未见过富士山也不足为奇。

攻打武田胜赖这场战争信长没有亲征。只是胜券在握时，方才从容不迫地迈进这片新战场，处理善后事宜。此次东行，他第一次见识了人称东国的风土人情。信长刚踏上信州的土地时，对信州山河颇觉新奇，他不觉感慨道：

"此处便是信浓？"

一路上，大获全胜后正处在戒备中的将士们纷纷向信长行礼。不久，败将武田胜赖的首级运至信长面前，信长认真核实。直到四月初，这才进入原武田势力的都城甲府。

在甲府，最主要的事情应该是论功行赏，而非游览富士山。

信长将原来武田家的信州、甲州以及上州（一部分）奖赏给了众多将领，而对家康尤为特别，赠予他"骏河一国"。

同盟二十年，家康不仅从未起过反叛之心，且踏踏实实固守东部战线，对于他付出的辛劳，这点奖赏或许不足以回报。家康凭借自己的力量占得了远州，新近又分得骏河，加在一起家康的领土正好相当于现今的静冈县。加上三河国相当于如今爱知县的东半部，从现今日本的行政区划来看，家康终于获得一个整县与一个半县。若以土地测量，三河三十四万石，远州二十七万石，加上骏河十七万石，总计七十八万石。家康的疆土等同于后世江户时期大名中萨摩岛津家的势力范围[1]。

细想起来，家康其实是信长唯一的同盟者。不仅如此，他还助了信长一臂之力完成了统一天下的大业，并且一帮就是二十年。他二人若是平分天下也不足为奇，可信长闭口不谈。更有趣的是，家康乃至家康身边也不曾有人抱怨过：

——仅仅分得一个骏河吗？

论原因，信长在发号施令进攻甲州时，曾向部下们作出部署。那时他吩咐家康：

——德川大人，从骏河攻入！

骏河临近家康的领地，这个突破口自然给了家康。家康率军进入这块算是武田家殖民地的土地，并迅速扫平骏河，不久成功北上，向甲府展开攻势。当时的论功行赏是承包式的奖励，领赏者可分得自己征服的部分土地。家康平定了骏河，如今能完全领得整个骏河国，可以说是莫大的恩赐。只是从织田家广大的疆域来看，家康取得的部分少之又少。不过，为强大势力赴汤蹈火的弱小势力若能领得家康这么多已经知足了。

---

[1] 相当于今鹿儿岛全县与宫崎县西南部。——译注

顺带提一下家康的三个诸侯国，七十八万石可以视为是德川家发家伊始的势力范围。明治戊辰年间（1868年），德川幕府瓦解，新政府将不再是将军的德川家降格为拥有静冈七十余万石土地的大名，德川家家臣若是愿意，统统迁回静冈县内。这么看来，德川势力的雏形正是包括了信长赏赐的骏河国在内的东海三诸侯国。

领得骏河国后家康万分欢喜。不仅如此，他这位违心地对信长一味谦逊的伪善者，甚至一度谢绝恩赐。家康果然善于伪装。

"骏河国实为原今川家领地。"

他终于开口道。其实骏河国原为今川家领地本是众人皆知的事实，家康如此絮絮叨叨，恐怕还要归结于他出身乡下。与家康同时代的德川家记录员也是同样执拗。

"老夫明白。"

尾张人信长喜欢心直口快，他焦躁地点了点头。信长年轻时在桶狭间奇袭了大军压境的骏河今川义元，并取得今川义元头颅，好歹躲过一劫。即使家康不再提醒，信长也深知骏河本是今川家世世代代的领地。义元死后，以愚笨出名的氏真继承了家业，不久今川家衰败，被武田信玄抢去占为己有。这一切世人皆知。然而今川氏真后来四处流浪，如今却投靠了家康，在家康的滨松城内得以安身。

"氏真大人处境可怜，如有可能，家康恳请大人将骏河归还于他，以便重振今川家。"

"一派胡言！"

信长暗自想道。

家康此话有些不知天高地厚。原先今川氏真不学无术，仅仅擅长蹴鞠，家康曾与武田信玄密谋同时攻入今川领地，事后将其瓜分。那时信玄夺走了骏河，家康占领了远州。毋庸置疑，远州原先也是今川氏的领地。而如今家康却伪装善人，怜悯氏真，他的想法确实非同寻常。

当然，这其中包含着家康对自己少年时期的感伤。少年家康身为人质，在信长父亲的时代曾去过织田家，后来被今川家换回，一直在骏府为今川家效力，直至长大成人。他心中难以割舍对今川家的一丝旧情。但虽说如此,将呕心沥血二十年终于弄到手的骏河国拱手让给氏真,到底出于何种考虑?

这是因为家康对信长的为人了如指掌。与信长打交道不得不慎之又慎、如履薄冰,当然最好的方法便是投其所好。信长尤其厌恶占有欲强烈的人,他批评某人时常说:

"贪婪的家伙。"

因此,家康此刻必须让信长知道,他与信长同盟多年并非为了满足私欲,而是出于纯粹的友谊。对于信长"赏赐"的骏河国,家康不能立刻同意。如果一口答应下来,信长必然认为:

"这家伙,不过也是个贪心不足的人。"家康揣测了一番,虽然做法有些土气,却成功地伪装成了无欲无求的善人。因此,他才脱口而出:

"请将骏河国归还给今川氏真大人。"

当然,此话并非出自肺腑。后来氏真流亡至西边,穷困潦倒,好不容易在京都四条附近的陋巷中栖身时,家康视若无睹。当时怜悯氏真、救他一命的并非家康,而是不久之后成为天下霸主的秀吉。秀吉赏赐氏真四百石土地。再后来,家康一统天下,将氏真召到关东,让他居住在江户郊外的品川,并与三河国守护家的吉良氏一起掌管幕府的仪典。氏真死后,次男高久继承家业,他担心今川这一贵族姓氏招惹麻烦,于是改姓为品川。德川家臣中的品川氏实为今川家后裔。

话说回来,信长善于观察人心,他一眼看穿了家康伪装的谦逊,十分不悦。

"是吗?"他说。

"老夫念在德川大人平定骏河国功不可没,本想赏赐给你。倘若真要还给那无能的氏真,不如归还给我。"

家康一听,慌忙答道:

"家康不能辜负右大臣的一番好意。"连忙换了一副欣然接受的态度。

这一幕虽说演技拙劣,可德川家的记录员却以此为家康的谦逊品德而高颂赞歌:

"迫不得已，大人（家康）这才领了赏赐。"

其实此事全然不值得称赞。只是由此可见，家康对信长是何等的小心翼翼，他用心良苦令人痛心。

且说富士山。

"富士山果真那么美丽？"

信长进入甲府之前，曾两度询问身边去过富士山的侍从。侍从回答"的确美丽"。信长并不满足，进一步追问：

"真如绘画与和歌里描述的一般？"

信长喜好求证事实。以前，曾有南蛮人给他进贡过一名黑人，信长很是珍惜，想将他培养成武士，留在身边使唤。可当黑人被带来后，信长为了验证他的皮肤是否果真漆黑，竟下令冲刷，直至确认无误，他才面露喜色。

这时信长的疑问是富士山是否美丽。信长不曾吟诗作赋，对文学漠不关心，但却爱好西洋音乐与歌剧。不仅如此，他对色彩和形象颇为敏感，这才爱上茶道，专注于茶器，并时常找来杰出画师为他描绘屏风或隔扇。绘画的主题并非画师定夺，而是由信长指定。他要求画师在屏风上描绘十二匹骏马，或是重现京都市井的繁荣景象，等等。信长的爱好与同时代的普通美术作品的主题大相径庭。织田信长修筑了安土城，偶尔也头戴宽沿的南蛮帽，正是他的这种感官爱好才酝酿了美术史上的安土桃山时代。

信长的性格便是如此，正是这样，他才对富士山执着不已。

自古以来的定论，认为从东海道的骏河地区远眺富士山是最美不过的。

信长一生奔波繁忙，如今虽不如以往忙碌，可回到京都需要裁决的公务依然堆积如山。譬如，他必须亲自查看羽柴秀吉负责的攻打中国地方一事，同时还得启动征战四国的计划。他已命令丹羽长秀在大坂集结兵力，因而务必速速返京。若要速回，走信州、途经中仙道最好不过，可信长却希望有几天的宽裕。他的宿敌武田家已经破落，统一天下的第一步已经顺利达到。趁此机会，哪怕晚回去几天也无妨。他希望从甲州出发，不走信州，而是南下骏河，沿途观赏东海海景，从海滨眺望富士山。

——竟有这等事情？

滞留在甲府的家康听闻此事后再也按捺不住。

"借此机会，恳请大人允许家康一同前往骏河，陪同观赏富士山。"

家康前往信长阵营，恳求道：骏河是家康的新领地，他必须陪同前往。再者，赏完富士山返回京都，一定会路过远州与三河，两地皆是家康的领地。倘若接待信长，必定比出动百万军队征战还要花费心思，可家康已下定决心，他要向信长展示一片赤诚之心。家康原本没有接待贵宾的经验。

"有劳德川大人接待。"

信长心情愉悦。他的个性喜怒无常。几天前，与家康共同抵御武田家的同盟者北条氏政为庆贺信长此战胜利，特意送来信长心仪的第十三匹骏马与三只老鹰，可信长却面若冰霜，冷冷丢下一句："无用的东西。"将贡品一律退还了回去。

原来北条氏政和他的队伍在与武田大军交战中表现得懦弱无能，他们只在织田、德川大军攻破之后才畏畏缩缩地开了进来，放火焚烧空无一人的村落，作出一副与敌人交过战的样子。信长厌恶这类人——他的性格本是如此，信长评价某人时往往以他的能力作为依据，对于不中用者他深恶痛绝。憎恶中夹杂着轻蔑，轻蔑中包含着以下想法："北条等人，即使惹怒也无妨。"北条氏政无能且懦弱。

——北条，迟早要灭掉它！

信长暗自盘算过后才把赠品一一推掉。信长的不悦使得全军上下神经紧张。

同样是信长，却高兴地接受了家康：

"在骏河境内，劳烦德川大人招待。"

信长不仅高度评价了家康二十年来始终如一的忠诚，还赞赏了家康的能力，最令他钦佩的莫过于家康手下坚不可摧的三河军团。正如爱马的信长厌恶无用之马，却异常喜爱骏马一样，他对家康及其武士团刮目相看。

天正十年（1582年）四月十日，信长动身离开甲府，开始了观赏富士山之旅。

"恳请大人带微臣一同前往。"

前来请求信长的是一位不适合领军作战的人物，朝臣近卫前久。

近卫家是五摄家[1]之首，前久曾担任关白一职，并且于当年二月，坐上了至高无上的太政大臣的宝座。太政大臣官位显赫，无须笔者多言。信长凭借军权歹买了个朝臣的官位，不过比起近卫前久来，仍然低了好几级。

近卫前久博学多才，擅长吟诗作赋。他知书达理，是位称职的朝臣。只可惜他有个怪癖，喜欢四处游荡。永禄三年，信长尚且年轻，当年正好在桶狭间大败了今川义元。那时的前久已被提拔为从一位左大臣[2]，受上杉谦信的邀请来到越后。身为地方武将的谦信能宴请身居高位的朝臣，在四邻的豪族面前撑足了面子。信长接管了京都的实权之后，前久开始接近信长。信长虽不崇拜朝廷，无奈近卫前久是一人之下、万人之上的贵人，不能马虎了事。当时，近卫前久正接到萨摩岛津家的邀请。萨摩是九州岛上的独立势力，并不归信长所有。而信长对前久试图前往九州一事很不满，他阻止前久：

"你留在京都。"

前久有些任性，一旦作出决定就非做不可，他竟偷偷溜出京都跑去了萨摩。不久后，他返回京都向信长致歉。信长不能责怪于他，毕竟近卫前久是天子的家臣，自己不过是个外臣，何况信长当上朝臣之后，官位仍在近卫前久之下。而前久来给信长道歉，在信长看来也觉得滑稽。

前久听闻信长即将进入甲府，便赶来恳求：

"我不曾见过东国，望大人恩准同行。"

前久时年四十六岁，比信长年轻两岁。虽是饱学之士，骨子里却透着孩子气。后来信长在本能寺死于非命，前久因为惧怕叛将明智光秀误以为

---

[1] 五摄家：藤原北家发出的近卫、鹰司、九条、二条与一条五家，这五家从镰仓时期中期开始世代垄断了"摄政"（代理天皇处理政务）与"关白"（辅佐天皇处理朝政）的职位。——译注

[2] 左大臣：律令制太政官之长官，太政大臣之下，右大臣之上，统管一般政务。——译注

他与信长交情深厚，慌乱之下削发为僧。他身上没有朝臣奸猾的通病，相反有些任性。

近卫前久待信长骑马达到柏坂时，才从背后紧追过来，仰望着信长恳求道：

"请大人带我前往骏河。"

从官位上来讲，信长理应翻身下马回答近卫前久。

而信长却安坐在马上，纹丝不动。

"近卫！"信长直呼其名，措辞毫不客气。借用古文的语气，应该是：

"近卫，汝走木曾路（中仙道）回京！"

"汝"一词用得颇为过分。正如传教士的报告中描写的"信长讲话盛气凌人"，他并非一统天下之后才骄横起来，而是始终深信自己才是天下的指挥者、权力的中心。

"信长出言不逊。"

太政大臣回京之后对人发牢骚。或许近卫前久猜不透信长的心思。信长尽管为人傲慢，对家康却有一丝客气。虽说是一丝，对于"讲话盛气凌人"的信长已是特例。家康多年来始终能助信长一臂之力，信长对此相当认可。加之他十分赏识家康的才能，他认为：

"家康一向卖我人情，却既未以此要挟，也非熟不拘礼，相反态度愈发谦恭。"

信长察觉到家康城府不浅，但这也让他对家康更加钦佩。家康刚刚结束战争，必定身心疲惫，却坚持亲自在骏河等三个诸侯国招待信长，信长深感家康的诚意，自叹不如。

信长明白"家康也是个操劳命"，他甚至觉得自己该好好犒劳家康，以回报他多年立下的汗马功劳。事实上，信长返回安土城之后的确招待了家康，而由于负责接待家康的明智光秀有些怠慢，信长勃然大怒，几乎要将光秀放逐。

信长明察秋毫。

——然而，近卫却不明事理。

家康单单招待信长一人已是十分小心翼翼，以至于德川势力范围内的一草一木也跟着他战战兢兢。如果再加上天下首屈一指的朝臣——太政大臣，不知道家康会是何等的诚惶诚恐。近卫竟全然没有察觉，他不仅迟钝，而且厚颜，朝臣们的通病就是根本不会设身处地为他人着想，常常满不在乎地接受人家的好意。

信长替家康着想，越想越气，于是呵斥近卫：

"连老夫也要对德川大人客气三分，怎么能带你同去？"

据说信长拒绝得直截了当。他有此顾虑。假如别人没有察觉，不论是近卫或是其他人，一定会遭到他的训斥。

要说信长器重的类型，古书《备前老人物语》中载有信长的原话，大意如下：

"概括说来，以动心动情之人为善者。"

据说有一次，信长在居室内呼唤侍童。唤来后却说没事让他退下。接着喊来另一位侍童。同样，也打发这名侍童说"没事，退下"。这名侍童正要起身，见草席上有灰尘，顺便拾起放入和服袖子中后才退了下去。据说信长表扬了他，称赞说"此乃习武之道，那侍童心地纯洁"。近卫前久遭到痛骂，正是由于他迟钝的观察力与信长的价值观相悖。信长心痛家康想接待自己的一片苦心，也是出自他的这一评价基准。

正值满山遍野春意盎然之际。

信长消灭了夙敌，踏着新绿凯旋，难以想象此时他是何等的怡然自得。可以说，信长击垮了武田家就是摧毁了落后的中世时期。

信长亲手推开了近世的门扉，且不论他是否意识到自己的事业具有何等重大的历史意义。此刻的信长仿佛有所察觉，他骑马走在凯旋的路上，竟然头戴一顶南蛮帽[1]。艳阳高照，连马儿也微微出汗。信长的坐骑是一匹纯白的骏马，胯下的马鞍上描有金漆彩画。

家康不在信长身旁。为了指挥接待，他先行了一步。

要说家康真是煞费了一番苦心，他几乎要从甲府至骏府的路上铺满

1　南蛮帽：西洋传来的宽檐帽。——译注

黄金。自甲府出发后，信长首先向南渡过了笛吹川[1]。作为甲府的外层护城河，原本河上没有设桥，可家康特意动用数千人力，一夜之间架起了浮桥。

"用心良苦啊。"

信长安逸地过桥后，不禁大声感叹道。当日信长留宿笛吹川南岸的姥口（也写作左右口，如今的中道町）。

甲府至姥口尽是羊肠小道，于是家康事先拓宽平整了一番，并沿路布置德川武士筑成人墙，加强警备。

设在姥口供信长歇息的馆舍，虽是急忙赶建而成，却也如宫殿般豪华。

"怎么能这么快就修建好？"

信长愈发惊叹。为了防卫，家康在馆舍周围修造了三层栅栏。此外，还建成百余间小屋供信长家臣们歇息。向来节俭朴素的家康为了此次招待几乎倾其国力。连信长部队中士卒的一日三餐也由家康免费供给。

"老夫惊诧不已。"

信长三番五次感叹道。《信长公记》中载有信长的原话：

"可嘉，可嘉。"

次日的行程是沿缓坡道向上攀登。家康事前砍伐了挡路的所有树木，在中午休憩的地方还搭建起一座茶亭。

"凉风甚是惬意。"

信长被山谷中飘来的和风吹得陶然自得，忍不住连声赞叹。不仅茶亭设计合理，作为茶亭的配套，竟然还设有好几栋马厩。信长愈发佩服。

"家康究竟动用了几万人力？"

信长对家康的接待甚感惊奇，他原以为家康只是个不懂风流韵事的乡下武将。

信长身边的随从更觉意外：

"德川大人对茶道一窍不通，何来这般本事，修得如此雅致。"

谜底只有信长知道。原来家康为了接待，曾向信长请求：

1　笛吹川：山梨县内代表性河流，日本三大急流之富士山水系中的一级河川。——译注

"能否将大人身边的长谷川秀一借给家康几日？"

在信长看来，这正是家康机智灵活且讨人喜欢的地方。

长谷川秀一是信长的侍从之一。他对信长的嗜好了如指掌，胜过任何人。秀一出身尾张的名门，自少年时期便侍奉在信长身边。

秀一从小被信长称为"竹"，信长管教虽严格，却也疼爱有加。竹是他的幼名，长大成人后改为了藤五郎秀一，可信长始终不改口，仍叫他"竹"。

后来竹被秀吉提拔为大名，领得越前一乘谷附近的土地，在朝鲜之战[1]中渡海西去，却不幸病死阵中。

"秀一从不会阿谀奉承，为人刚直坦率。"他在周围人中口碑很好。竹不仅精通茶艺，对于信长的爱好有时比信长自身还要熟悉。家康正是请求将他作为顾问。

诸事的氛围按照竹的意思布置，而动用万贯家财、征调数万人力，再巧妙地实施，靠的还是家康的才智。其实如何安排人员、部署工作，无论接待或是战争都是万变不离其宗。

第三日，信长一行人宿"本栖"。

本栖位于富士山西北脚下本栖湖畔。在这里，家康同样迅速地建好了信长的馆舍。

信长的亲信太田牛一在他的《信长公记》中写道：

"大人之御所富丽堂皇。"

第四日拂晓，信长从本栖动身。由于地处高地，气温仍像严冬时节般寒冷。没过多久，信长来到了人称神野原和井手野的草原上。

"日本国内竟有这般辽阔的土地！"

信长仿佛回到了少年时代，他扬鞭驰骋在草原上。继而侍童们也争先恐后效仿起来，青葱的草地上顿时马蹄四起。不久，富士山顶隐隐约约出现在破晓前的昏暗中，信长见状立刻勒住马缰，凝视着远方。

"积雪如白云一般"，太田牛一留下了这样的文字，字里行间仿佛能

---

[1] 朝鲜之战：又称文禄—庆长之战，1592年至1598年间，日本的丰臣秀吉出兵朝鲜，在朝鲜半岛与李氏朝鲜军及明朝军队之间的战役。——译注

听闻他的叹服声，"富士山名不虚传"。

接着，信长参观了位于富士山西北麓的古人居住过的洞穴遗址，家康无一例外地搭建好了茶亭，供信长歇息。随后，一行人参观了形如白丝的大瀑布。

当天夜里，信长留宿大宫。大宫是供奉富士浅间明神的地方，神社内建有神官大宫司家的府第。此处房屋鳞次栉比，宏伟壮观，比起城内的王府毫不逊色。大宫司以富士为姓，战国时期效仿武家，势力雄厚。当然信长的房间是由家康重新搭建的，用阴沉木[1]做成的拉门上竟然装配着镶嵌有金银的门拉手，即使在京都内，如此奢华之地也寥寥无几。

这里当然属于骏河国，当时称作骏河富士郡大宫，家康就是在此亲迎信长的大驾光临。

"德川大人的盛情款待，实在是感激不尽。"

信长高兴得几乎要去握住家康的双手，他不由分说地将随身佩带的珍藏之物：一把短刀（吉光[2]作）、一把长刀（一文字[3]作）以及他最心爱的名马"黑驳"赏赐给了家康。

家康仍不敢有一丝松懈。

第五日，信长从浮岛原一侧欣赏过足高山[4]之后，渡过富士川，进入蒲原。这里依然建有茶亭，负责接待的家康还给信长斟上一杯。而后，信长兴致勃勃地观赏了兴津[5]海上的白浪。接着，他一面从三保的松林仰望富士山，一面进入久能[6]，当晚留宿江尻城内。第六日，信长于骏府中町口品茗过后，在田中城留宿一晚。翌日即四月十六日，宿悬川。十七日横渡天龙川。

---

1 阴沉木：常年埋在地下，半碳化的木头。——译注

2 吉光：指粟田口吉光，13世纪左右，即镰仓时代中期的著名刀匠，尤其以制作短刀闻名。——译注

3 一文字：后鸟羽天皇（1180—1239，平安时代末期至镰仓时代初期的天皇）允许刻有"一"字的刀匠，包括备前的福冈一文字、吉冈一文字、正中一文字、备中的片山一文字和相州的镰仓一文字等。——译注

4 足高山：静冈县富士山南麓，海拔一千一百八十八米。——译注

5 兴津：静冈县清水市一地，东海道五十三次之一。现今为有名的别墅地带。——译注

6 久能：静冈县静冈市内。——译注

横渡天龙川是家康此番招待信长所费心力最多的节目。原本天龙川汇集了甲、信两国的所有河流，水势奔溅得有如千军万马般轰然作响，非同一般。家康却在这里搭建起一座浮桥。

浮桥本是在河流上面连接小舟，再用木板铺设而成。而天龙川水流湍急，浮桥难以架成。但家康硬是神奇般地铺设完成。他竟用了一百多条粗绳，令数千人在两岸拼命拽住绳索，以防止小舟被水冲走。

"此乃自上古[1]起首创之壮举。"

之后，沿途的警备工作之周密，自然不在话下。信长每留宿一地，不仅建有专门的馆舍，还有为其家臣们搭建好的一千五百余间屋舍。当一行人启程时，家康立即拆卸房屋，将材料搬运至下一处栖息地再重新搭建。一路上声势浩大，可想而知。

信长在家康的滨松城内停留时，已用尽了感谢之词。

"何以回报德川大人的好意，老夫甚是为难。"

信长暂且拿出黄金五十枚作为谢礼，进而将当年与武田势力作战时在当地囤积的备用军粮八千余草袋大米，赏赐给了为此次招待四处张罗的德川家臣们，以表谢意。

"老夫从来没有受过如此盛大的款待，想必自古以来，再没有第二个人接受这般优待。"

信长的满足之情溢于言表。家康为了这项庞大的工程鞠躬尽瘁。信长深切体会到了家康是何等崇敬自己。横渡大井川时，家康的表现无可挑剔。信长是由轿夫抬着过的河，信长的家臣们也由壮工背着渡河，甚至中下等兵士也安排有德川家的人力车负责运送。

不仅如此，家康担心信长及其家臣被湍急的水流冲走，动用了数千德川武士在河流的上游筑起人墙，以减缓水流。

信长看见右侧不远处三河武士们集结起的人墙，一向寡言的他忍不住频频点头，大声称赞：

"真是壮观啊，我等受到三河武士的何等恩情！"

姊川之战中，曾几度救织田大军于危难之中、人称天下第一的三河武

---

[1] 上古：日本史上将大化改新或大和朝廷以前的时代称为上古。——译注

士们，此时为减缓水势正在河面上比肩而立，齐心协力筑成铜墙铁壁！

信长与尾张武士们在三河武士的保护下不慌不忙地渡河而去。而信长此刻对三河武士们的舍身奉公感到几分悲凉，在此次家康的盛情款待中，他们的壮举最打动信长。

信长这次凯旋之旅仅仅为期十一天。四月二十一日，他平安抵达近江安土城。这十一天是信长忙忙碌碌的一生中唯一一次出游。夸张地说，信长苦心操劳二十多年，只休息了短短十一天。此后，信长再也没有休息过。因为大约四十天后，突如其来的暗杀结束了他四十八年的戎马生涯。

回到安土的信长又一次繁忙起来，他安排羽柴秀吉指挥攻打中国地方，同时任命丹羽长秀负责攻打四国。考虑给家康厚重的回礼，家康费尽心思，招待得那般奢豪，信长更应该加倍回报才是。

"既然德川大人邀请我等参观了富士山……"

信长心想，他的据点既然在京都，何不请家康及其老臣来京，以参观京都及堺港作为回礼。信长本人对京都的古典文化并不感兴趣，可三河的乡下武士们一定会兴奋不已。何况堺港还有信长最喜爱的新兴的南蛮文化。

——请近日来安土一游。

信长与家康道别时曾邀请过他。而家康得到了信长赏赐的骏河国，也该上京道谢。日程由双方使者商量决定。

信长返回安土后不久，即五月十一日，家康便从远州滨松动身启程。

与家康同行的除了德川家的老臣，还有新近归降的武田族人穴山梅雪入道。

进入尾张地区，就算到达了织田的势力范围。沿途的大名们，已经接到信长的吩咐：

"尽心尽力，不惜钱财招待好德川大人。"

这些尾张武士这回成了家康一行人的侍者。但并非出于对家康的尊敬，而是怕让信长蒙羞。若不盛情款待，一定会惹得信长大怒。

沿途道路一律经过了精心修整。这一招是原封不动地搬用家康的做法。家康所到之处，无不准备得完美无缺，当地的郡主大名们甚至会亲自为家康脱去草履。

五月十四日，一行人进入近江。进入近江地区后，当晚留宿番场（今米原附近），此处归丹羽长秀管辖。长秀在这山谷间为家康修起临时宫殿，亲自出门迎接。

"不敢当，不敢当。"

家康不得不一再地谦逊。家康与丹羽长秀本是上下级关系，长秀是织田家五大家老之一，五大家老包括柴田胜家、泷川一益、明智光秀、羽柴秀吉以及丹羽长秀。虽说他们是信长的家臣，却个个拥有广袤的领地，丝毫不比同盟者家康逊色。对家康来说，他更不敢得罪这五位家老。家康尽量地措辞卑微、不忘频频地点头行礼，谦逊得仿佛他是长秀的手下。信长方面甚是费心，竟安排了信长的嫡子信忠亲自来到番场，问候家康。

"招待得无微不至。"

家康的老臣酒井忠次对信长的照料很是满意。家康再三告诫老臣们：

"受人招待比招待他人更难做。"

何况接待方是信长。家康几乎每天都得提醒他的手下务必毕恭毕敬、态度谦恭。

五月十五日，家康一行进入琵琶湖东岸的安土城。信长专为家康安排的馆舍是人称大宝坊的寺庙。

奉信长之命等待在大宝坊台阶上的正是明智光秀。家康于午后抵达馆舍，而负责接待的光秀不仅早已差人跑遍了京都与堺港，备齐了家康所需的一切用品，连大宝坊内也是准备周全、样样具备。家康只需进入寺庙歇息便可。家康在通风良好的书斋中与光秀对面就座。

"日向守大人（光秀），家康实不敢当。"

家康坐在上座，却恭敬地颔首致谢。但光秀却面露憔悴。

"莫非是病了？"

家康觉得奇怪。光秀原本是浪人，因才华四溢被信长看中，在这十年里，他的事业蒸蒸日上。如今光秀上了年纪，时年五十四岁。年轻时他的眉眼生得端正，面庞小而红润，额头光亮，发际线高，正如信长给他取的绰号一样，长得像颗"金橘"。而平日里气色不错的光秀当天却有些反常。

正是光秀在半月后在本能寺偷袭并杀害了信长，但此刻接待家康时，他尚未暗中酝酿计划。一看便知光秀是常识丰富之人，在织田家的诸多将领中，他与细川藤孝同为最有教养者。光秀尤其熟知室町时代的武家礼法。信长之所以挑选光秀负责接待家康，正是由于其他四位家老各自忙于征战，而光秀担任的平定丹波、丹后（京都府）一事正好告一段落，他身为丹波国国君相对轻松。

家康知道信长尽管赏识光秀的能力，但却不偏爱他。

上次进攻甲府，光秀也一同前行。当原武田势力圈被基本平定之后，光秀专程来到位于诹访的信长营内，恭贺信长说："此战大快人心。"此后，却又多说了一句：

"我等多年的努力终于有了回报。"

信长厌恶如此倨傲的语气。家康对信长的脾气了如指掌，所以从不提自己二十余年的辛劳。当时正在征战中国地方的羽柴秀吉，在这方面，非但不会夸耀自己，相反唯恐立功过大。秀吉率领织田家大军在播州地方一路拼杀，终于攻下毛利的同盟、别所氏的城池——三木城，继续沿备前进发。而当他与毛利的大军一决高下时，秀吉却多次在信长面前提到：

"攻打毛利，藤吉郎信心不足。"

于是恳请信长直接指挥最终决战。当时秀吉已经用水攻攻打毛利同盟之一的清水氏备中高松城（冈山市西北面八公里处），将他长期包围，以此逼出安芸广岛的毛利部队，然后决一死战。秀吉口口声声说没有信心赢得此战，这当然不是真话。如果自己独自一人攻下比武田势力还要强大的毛利氏，那功绩真是震古烁今。俗话说，树大招风风撼树，人为名高名丧人。秀吉故意将功劳让给信长，避免惹祸上身。秀吉的这种性格与家康如出一辙，家康从不炫耀自己同盟二十多年来的成绩。他们俩都是深谋远虑之人，而光秀却缺乏远见。

光秀总是一副崇尚才能至上的模样，他善于施展自己的才华。一来是他的性格决定的,二来与他的浪人经历也息息相关。他能有今天,全是靠自己赤手空拳打拼出来的。浪人与普通武士不同,他们的人际观念淡薄。人靠着人际关系才能存活,世上最通晓这一道理的莫过于秀吉和家康,家康甚至为了维持与信长的良好人际关系,不惜杀害妻儿。但光秀心中却丝毫没有这种概念,反之可以说光秀不够狡猾。光秀确实立下了汗马功劳,正因为如此,他才会毫不顾忌地脱口而出:"我等多年的辛苦终于得到了回报,这回武家灭亡真是皆大欢喜。"不过,织田家这一让人称奇的庞大势力全靠天才信长一手组建而成,其中耗费的苦心信长最为清楚。在他看来,唯有自己才是有功之臣,秀吉、光秀无非是锤子、凿子一般的工具。工具自然要锋利些为好,因此信长在部下当中挑选敏锐者出任长官。不过工具终归是工具,工具夸耀自己的功绩是信长的大忌。光秀犯了忌讳,激怒了信长。

"难道功劳归你不成?"

他怒吼着,一下子掐住光秀的脖子,拼命往栏杆底部按压下去,还朝光秀的头部狠揍了一拳。信长当着诸多将领的面对光秀施暴,使光秀颜面扫地。在接待完家康的十五日后,光秀袭击了本能寺,将信长连同寺庙烧成灰烬。光秀行为的激化——自己亲手毁掉所有的人际关系——不仅源于光秀自己的性格问题,更深层次的原因或许三言两语无法解释清楚,但起码在光秀接待家康的当日,光秀怪异的表情给家康留下了深刻印象:

"他的表情并非冷淡,却貌似思维已经凝固。"

光秀对工作一丝不苟,这次接待家康,更是恪尽职守,他甚至自掏腰包补贴招待费用。

不过,在光秀被任命为总招待的短短三日之后,他不得已请求辞退。

光秀来到大宝坊告辞,他说:"我有命在身,前来告辞。"

家康惊讶万分,心想究竟是何等急事这般突兀,却也无从知晓。其实事情普通得不能再普通,那便是身在备中(冈山县)的秀吉差人急报安土城信长:

"恐怕毛利大军即将出战。"

信长听后急不可待,迅速回报说会亲自出马。可即便信长亲征,也必须派遣先遣部队。换言之，即差遣小分队先于信长即将率领的主力部队一步赶往备中。而军团长一职正好选中光秀。织田家的五大军团中，目前稍微空闲的唯有光秀及其队伍。

信长下令："日向（光秀）即刻前往！"

于是，光秀从接待家康的日常事务中解脱出来，率军参加作战。事情不过如此。家康日后得知了实情，并未放在心上。

话题回到接待家康一事上。

光秀为参战，先回到自己的居城坂本。这样一来，织田家五大家老全部离开了安土。曾在番场接待家康的丹羽长秀此刻也被派往讨伐四国一战的准备基地——大坂。信长只好亲自出面接待家康。

信长果然来了。

他请家康与其家臣欣赏了一场上方能乐[1]，特意邀请来擅长幸若舞、梅若舞[2]的艺人。五月二十日，信长还在城内高云寺大堂设盛宴款待家康一行。

家康的身旁依次坐着德川家重臣石川数正、酒井忠次等人，右大臣信长竟起身亲自将酒菜送至家康膝前，接着依次送至石川、酒井等人膝前，一个不落。

信长满面红光，对家康等人一一说道："明日即可上京。"屈指数来，家康十五日进入安土城，在城内已住了七日六夜。翌日二十一日，家康一行将前往京都。信长下令："竹，过来。"他指派当初参观富士山时为家康出谋划策的长谷川秀一担任家康等人的向导。

第二日黎明，家康按计划离开安土城，当日便能抵达京都。那些日子一直风和日丽，进入京都当天一大早，只见西山的朝云被染红了一片。

家康在京都受到了织田家的接待，随后南下堺港。进入堺港境内正好是五月二十九日。按照信长的吩咐，家康的下榻之处被安排在了堺港政厅（地方官）、大势力松井友闲的府邸内，友闲在茶道方面造诣颇高。

"此类玩物已算不得稀奇。"

---

1 上方能乐：京都、大坂一带的能乐。——译注
2 梅若舞：能乐的一派。——译注

友闲说着，将欧洲制的七丝缎、天鹅绒，法国的哥白林双面挂毯以及波斯的皮革等物品赠给家康。酒井忠次等人对应接不暇的珍品赞不绝口，而家康只是偶尔夸奖几句，彬彬有礼地点头致谢，并未感激涕零。

六月一日夜，明智光秀率大军从丹波龟山城出发。当日在堺港，家康受到富商今井宗久的邀请，共赏茶艺表演。堺港不愧是茶道的发源地，用茶艺表演待客在此处十分盛行。夜里，松井友闲的府邸灯火辉煌，家康正在欣赏幸若的能乐，而后，众人在庭院内观灯，友闲还表演了茶道助兴。

转眼已到六月二日拂晓。此刻，信长已经驾鹤西去。

然而，家康一无所知，他还打算当日离开堺港返回京都，向本应留宿本能寺的信长致谢道别。

家康一大早离开了堺港。

虎口逃生

信长留宿本能寺。

从本能寺步行约五分钟，可见京都最大的基督教教堂，即天主教会，教堂顶上的十字架高耸入云。

"信长主张保护基督教。"

正如日本西教史的报告中所指出的那样，信长赏识传教士的诚实和他们带来的异质的西洋文化。他准许他们传教，并对他们的教堂加以保护。这些天主教教士是耶稣会成员，均以在异国传教为己任。他们在天主教中算得上是最清贫的一支，信长对此大加赞赏。事实上他们不贪钱财，一旦接到信仰基督教的大名布施，便立刻分给贫民。信长原本对贪得无厌之人深恶痛绝，因此极为赞赏南蛮僧人的做法。

这天早上，神父卡里昂照例起了个大早，他穿好法衣，来到神坛前跪下。正做着弥撒的祈祷，忽然听见外面震耳欲聋的枪声，仿佛天崩地裂、世界末日到来。不多时，有人冲进教会大声叫喊：

"明智叛变了！"

神父卡里昂随即飞奔出教会，隔着低矮的围墙仰望天空，只见火光冲天。天蒙蒙亮时，传来了信长与嫡子信忠的死讯。

前进中的历史车轮戛然而止。

神父卡里昂在给罗马教皇的信中写道：

"当时，三河的主君（家康）已决定于上京时留宿在我等住所内（教堂的后面），但由于其他事宜，改为留宿别处（商人茶屋四郎次郎的府邸）。而后，为参观堺港，家康离开京都。故而逃过一劫。"

的确如此。家康若是继续停留京都，或许会卷进明智光秀的叛变之中，德川家主从一定会遭池鱼之殃。

结束了堺港之旅的家康一行人急匆匆赶回京都。他们的目的是要当面感过信长。这天清晨，家康等人尚且不知道信长父子已惨遭横祸。

发生了惊天动地的大事件的当日，随着太阳的冉冉升起，天气异常地酷热难耐起来。家康自大坂出发，沿着淀川快马加鞭赶往京都。

家康在随身家臣中挑选了年轻健壮的本多平八郎作为使者先行一步，欲向信长禀报：

"家康今日抵京。"

家康之行是和平之旅，他原本打算返回京都后再次留宿茶屋四郎次郎府上。

但是，当先行一步的本多平八郎到达枚方[1]附近，只见有人从上游京都方向乘快马飞驰而来。定神一看，来人正是茶屋四郎次郎。茶屋突然勒住马缰：

"本多大人，听好了，大事不妙！末日已经来临！"这位和服商人声音嘶哑，面孔僵硬。本多平八郎在危急时刻显然格外沉着冷静。接着，他得知了本能寺内叛变一事。

——世界末日已经来临！

茶屋四郎次郎如此慌张不足为怪。他是京都织田家御用的和服商人，垄断了信长及其族人的宫廷服装与和服的定做，从中牟取了暴利。信长之死对他来说就意味着事业的终结。

---

[1] 枚方：今大阪府东北部，位于与京都府、奈良县交界处。——译注

不过，本多平八郎最为担心的并非信长的横死或光秀政权的登场，他的燃眉之急在于如何将自家主人家康从刀山火海中解救出来。毋庸置疑，占领了京都的光秀一定会全面搜索家康的下落。

而家康只带了几位随身的老臣，这就像是虎口边的羊羔，没有丝毫的战斗力。加上故土三河遥远，若途中的流寇蜂拥而上，取了家康的头颅向光秀讨功，后果将不堪设想。

——无论如何，速回大人处。

两人马不停蹄地沿来路返回，在枚方前面不远处碰到了家康。

"主君！"

本多平八郎故作镇定走近家康。这正是三河武士的忠义之举。

原来家康身旁多了位贵人，那便是一直随行的甲斐大名穴山梅雪。本多平八郎不愿让梅雪得知这一变故。自己主人平安无事便万事大吉，本多气量狭小，他对主人的忠心反过来就是对他人的猜忌，这种举动也正是典型的三河传统。本多平八郎坚信将光秀叛变之事仅仅通知家康就好，至于家康是否告知梅雪，家康自有分寸。假如此刻同时告知了梅雪，或许会陷家康于不利。梅雪是臭名昭著的策略家，他扭曲的天性兴许会伺机行事，借着织田家没落的东风要了家康的性命。

平八郎心中这样猜想。他平日里性格豁达，可在危急时刻难免暴露出三河乡党集团的共同缺点。他平静地走近家康，表情里似乎有话。家康顿时察觉出来，对着梅雪说了一句：

"恕家康失陪片刻。"

遂催马疾走几步。平八郎放下自己的坐骑，拉过家康的马缰走入岔路中。越过五六块田地，来到溪流边上。家康这才下马，坐在柿子树下。

在默默不语中，家康的重臣们紧随家康而来，他们纷纷将马交给马童，徒步进入岔路，一路小跑来到溪流边，如同温顺的家犬一般围着家康席地而坐。这些人包括井伊直政、榊原康政、石川数正、酒井忠次及大久保忠世等。后来，他们无一例外地坐上了大名的坐椅，世代繁荣。后世的历史学家称这些人为德川家的柱石。可是此时，留在了大路上的穴山梅雪和他的侍从对三河武士们的举止深感不满。

——三河的乡下武士们意图何在？

甲斐武田家出身的梅雪等人愤愤不平。但同时，梅雪也开始拨动胸中的算珠，提高了警惕。

"莫非是京都的信长令家康杀掉老夫？"

梅雪此刻对三河武士的异常举止心存戒备，但他的警戒心却最终招来了杀身之祸。

平八郎话语刚落，家康差点落进溪流之中。年轻的井伊直政一把抱住家康，用柳絮轻抚他的额头。家康无意识地一把扯过柳絮，放入嘴里嚼了起来。家康一生中频频遇险。此刻，原本冷静的他仿佛变了个人似的，心慌意乱，不知所措。家康的这种表现仍然归结于他那难以捉摸的性格。他仿佛回到幼儿时代，突然不听劝说。可能如此形容家康错乱的举止最为贴切。这种经历在他一生中只有几次而已，可这次表现得最为强烈。

和服商人茶屋四郎次郎说：

"末日已经来临。"

而家康更有切肤之痛。仿佛他苦心经营起来的事业在瞬间崩溃，化为了乌有。

"已无路可走。"

家康绝望了。此时的家康正值壮年，面貌却老成，世人都说他是年老奸诈。但他的性格并非一两种思路能够分析清楚。从他的立场来看，他既不是织田家的家臣，信长也不是他的主君，二人是同盟关系，且信长要求家康做的远远多于他为家康付出的。由于信长的猜疑，家康不得不处死妻儿，况且在聚散不定、人心叵测的战国乱世，家康竟然能坚持与信长结为同盟二十多年。要说这样做对家康有利，恐怕仅是从结果得出的观点，因为信长最终控制了中央。家康意志力的最深处存在着一种超越了计算得失的迟钝而牢固的情感。

在后人看来，家康最终夺取了天下。然而家康自年轻时起，直至信长去世，从未将抢得天下第一的宝座作为自己的目标而采取任何行动。

家康保卫自己的观念一向很强，他为保护故土三河竭尽了全力。为了三河的防卫，他夺取了东邻远州，以远州作为抵御武田的前线。他欲望最膨胀的时期无非是征服远州，当信长对他说：

"将骏河一国赐给三河大人。"

此时的家康半真半假地（半真半假是巧妙的比喻）婉言谢绝。辞让的举动实际上是他的真实想法，表现出辞让，才是与他的真心相悖、做作的自卫绝招。总之，家康对织田信长这位过于刁钻的同盟者是由衷地畏服却又过于依赖。家康向来不会高估自己，总能正确地掂量己方的重量，且能进一步精确推算出为了生存到底能向信长借来多少援助。但这次，由于信长之死，家康的预计出了差错。

缝针大小般的一群小鱼游了过来，打破了水面的平静。家康将右脚浸入流水中，又收回胯间，突然喊叫：

"死了！"

近畿的各大干道或许已落入明智光秀之手，家康无法返回，但如果在这京都附近遭遇敌人追杀身亡，倒不如在此追随右大臣信长而去，自行了结了为好。

家康的记录员留下这样的笔录：

> 曰：与其蒙羞，不如趁早遣返京都，于知恩院[1]内切腹，追随织田大人而去。

"于知恩院切腹"，家康之所以选择知恩院，是由于位于东山山麓华顶山上的净土宗总院是德川家宗派的本院。镰仓时代，法然[2]开创了净土宗。战国时期，知恩院门主，即继承了法统的第二十五代净土宗复兴之祖存牛[3]，本是家康五代前的松平亲忠的第五子，他出身穷乡僻壤的三

1　知恩院：位于京都府京都市东山区，净土宗总寺院。——译注

2　法然：平安时代末期至镰仓时代初期僧侣，入比睿山，师从皇圆、睿空，四十三岁时回到专修念佛的道路上，于东山吉水宣讲净土法门。——译注

3　存牛（1469—1550）：室町时代中期至战国时期净土宗僧人。——译注

河，在与其他宗派斗争中，渐渐确立起知恩院的地位。在后柏原天皇[1]驾崩时，他甚至出任超度的总法师，成为一代宗师，并在日本佛教史上青史留名。诸如家康家松平氏一类的三河土豪，史上能出一位存牛上人实属不易。补充一句，松平氏在存牛出现之前便信仰净土宗，且一心向佛。存牛的祖父信光因在三河建起信光明寺而名声在外。信光明寺的主佛莲座上篆刻着一串热情洋溢的祷告文，落款为文明十三年（1481年）七月二十二日。

"吾出生佛界，后寄予来世。蒙阿弥陀佛大悲神力之恩，愿天下太平国家安昌……"

后文以热情激昂的文字吐露了诸如信仰来世却希望今生扩张势力等等，从净土宗的角度来看有些矛盾的贪心之念。松平血统里独特的情感遗传给了信光之孙存牛。存牛进京后不久成长为掌管天下净土宗八千寺庙的大门主，且在与比睿山天台宗的势力较量中占得优势，显示出僧人中罕见的霸气。

家康高喊"死在知恩院"，难免掺杂了远祖信光欣求往生净土的信仰，以及对存牛上人一手复兴的知恩院怀有的几分亲近感。

家康有些失去理智。正因为他继承的是松平家的血脉，所以自然也是佛教信徒。征战中，他高举"欣求净土"的大旗，到了晚年，日日念佛修行，毫不倦怠。他周围的三河人曾发动三河的一向宗武装起义，他们欣求净土之心更加强烈。家康喃喃自语中提到的"死"与信长及其手下甚至后人的生死观截然不同。在净土宗看来，死是通向美的入口，他们甚至对死怀有憧憬。

身边的家臣并没有阻拦家康。

"主君对织田大人如此忠贞不渝。"

无论他们的猜测是对是错，当时的三河武士在这紧要关头的确感动不已。如今织田政权已经不复存在，家康主从流落在异乡。要从如此绝望的境地里解脱出来，唯有奔赴京都、在距离净土最近的知恩院自绝才是最合宜的死法。对于这条绝路，家康主从要引起共鸣，前提是他们得有共同的

---

[1] 后柏原天皇（1464—1526）：室町时代、战国时代第一百零四代天皇。——译注

净土信仰。

众人一致同意。

何等奇妙的共鸣！主从一心，大义凛然地返回到大路上。

以家康为首，所有人双目发直，仿佛魔鬼附体。

"三河武士在谋划何事？"

难怪穴山梅雪会心存疑虑。

况且家康听见的是倒转乾坤的大变故。信长一死，京都及其周边（包括家康所处的位置）就会落入明智大军之手。梅雪对眼前的危险高度警觉起来。在他看来，如何逃走才是关键。此处距离甲州路途遥远，且不论途中是否会遭遇匪徒袭击，故土甲州究竟能否在这场变故中岿然不动，尚未可知。

"当务之急是要弄清家康主从是否对自己不利？"

梅雪想到这里，顿觉不安，似乎眼前一片昏暗。梅雪对家康不甚了解，认为其手下三河武士更不值得信任。家康主从先于自己得知光秀叛乱一事，却不曾向同行的自己透露半点消息。他们几人凑在别处窃窃私语，现在终于对自己坦白，这种做法本身就说明了三河武士的虚情假意。

"如此一来，大人打算如何是好？"

穴山梅雪故意眯缝着双眼，尽量面露微笑询问家康。可他内心十分不安，右手无意识地拽住左手，右手大拇指还被左手指甲掐出了血印。

家康此刻已恢复平静，理智地答道：

"返回三河。"

家康的性格令人不解且让人不容忽视之处正在于此。他为了自保，平日里精心算计，一旦胸中的算珠被人拨乱，便会露出异常的狼狈，并导致他采取某些极端行为。不过他恢复理智需要的时间很短。对家康这种性格了然于胸的酒井忠次等人不禁感叹：

"主君又是如此。"

不过同时，酒井等人也明白，他们不用跑去知恩院，登上石梯切腹自杀了。而年轻的井伊直政等人却对主君的突然转变甚感不解，他们一脸茫然地望着其他重臣。井伊直政疑惑地看着穴山梅雪，他断定：

"此人一定有所隐藏。"

本多平八郎年轻时就对家康怪异的性格多少有些了解，他不像井伊直政等人感到诧异，正努力从铁色的皮肤上抹去多余的表情。

此刻站出来解围的正是被信长称为"竹"的宠臣，长谷川秀一。当年四月，家康从甲州凯旋，在自家领地上接待了信长，正是长谷川秀一出谋划策帮助了不善接待的家康。前文中提过秀一是信长的扈从，出任类似秘书官一职。信长招待家康参观京都时，指派长谷川秀一做向导。秀一得知信长遇难的噩耗时，吓得直打哆嗦。

"在下立刻赶回京都。"

秀一张皇地提议。家康点头许可。

——其实方才家康也有同样的想法。

家康道出了知恩院的事情。"不过，如今主意已改，"家康说道，"我等去了又有何用？"

"我等之死毫无意义。无论如何更应先回三河，征集兵力与光秀决一死战，以报右大臣家之仇。只有这样才足以回报二十多年来大人对家康的深情厚谊。"

家康说着，他终于找到了自己的活路。

另一方面，羽柴秀吉正在远离京都的备中高松城与毛利势力对峙。秀吉因地理位置遥远，所以比家康晚了一天半接到本能寺暴动的消息。此后，秀吉以闪电般的速度展开了"灭中国地方"的复仇战，这一战奠定了他夺取天下的基础。秀吉虽然距离京都遥远，但他拥有织田家最强大的部队，这一点优于织田军团中的其他任何分支。

家康最先得知此事。将近晌午时，家康出现在了京都的大道上。

"复仇！"

最先想到这两个字的要数远在中国地方的秀吉。织田家的其余军团：泷川一益在关东作战，丹羽长秀此刻身在大坂，不过他们俩几乎没有如此豪情壮志。而在北陆地方[1]的柴田胜家虽动过复仇之念，但行动十分缓慢。此外，信长虽有好几个儿子，但个个狼狈逃散，只知道投靠他人，根

---

1 北陆地方：今日本海一侧的富山、石川、福井、新潟四县的总称。——译注

本成不了大器。

家康此刻的处境比谁都悲惨。尽管他想到了复仇，但仅仅只是想借这两个字鼓舞士气，解救自己于绝望之中，并没有更深层的意义。目前的首要任务还是尽快逃离这京都附近的危险地带。

"在下愿为大人带路。"

长谷川秀一的话让家康欣慰。

秀一曾在信长手下负责"接待传话"的工作。各地的大名、豪族、寺庙的住持希望能保住他们所占的现有领土，会纷纷聚集到京都向信长陈情。当时负责接待的正是长谷川秀一。秀一听取他们的陈述并一一转达给信长。秀一有时会站在他们的立场上，帮忙美言几句。因此，在这些人中好些对秀一怀有感激之情。

秀一肯定地告诉家康：

"尤其是京都附近，诸如河内、大河、伊贺、伊势等地，以往接受我的帮助的人不占少数。所到之处，只要开口相求，不至于见死不救。"

"若是这样，沿途就拜托长谷川大人了。"

家康回答。

"穴山大人也一同前往吧。"

家康自然邀约了梅雪。他接着劝说梅雪，德川与穴山应有难同当、携手驱散暴徒，若能跌跌撞撞回到伊势海岸，哪怕只有一两艘船，也有希望获救。然而穴山梅雪面露不悦。

梅雪猜想："家康这家伙，不会是想在忙乱之中取我性命吧？"

难怪他心存疑虑，梅雪当年从信长手中分得甲州旧武田领土中的巨摩郡，家康若在逃离途中杀了梅雪，那么巨摩郡就归家康所有了。

世人对梅雪的评价是：

"梅雪足智多谋。"

梅雪在武田信玄的族人中是最有谋略的一位，他以自己的天资为荣，与信玄的继承人胜赖时常发生争执，最终梅雪凭借他的远见背叛了胜赖，在家康的引荐下投奔了织田一方。手握巨摩郡的梅雪自然对家康起了疑心，深感不安。

而这位甲州人应该对家康有着更深的了解才对。家康虽然让人捉摸不透，却格外心慈手软，自年少时期从未谋害过任何人。家康此刻自然没有杀害梅雪的歹心。不幸的是，梅雪判断失误。

古书中记载：梅雪起疑。

"在下另有打算。"

梅雪断然拒绝了家康，当场与家康一行道别。梅雪做出此举，定是看见三河人团结在一起同仇敌忾，才心生疑虑。梅雪快马加鞭，不多时便过了京都南郊的宇治，到达人称田原的地方时，却误闯明智大军的警戒线。士兵们断定：

"来者一定是德川大人。"

于是纷纷围拢上来，乱战一气，当场取了梅雪的首级。梅雪如果相信家康，不那么敏感，恐怕也不会是如此下场。他或许会跟随了家康，家康一向对旧武田家的人士敬畏有加，此后必定厚待穴山一族。梅雪的下场虽说是由他的性格决定的，但也的确倒霉。

更为不幸的要数明智光秀。新当上京都统领的光秀为搜寻家康的下落坐立不安。家康应该已经惨死刀下。光秀深知若家康活在世上，一定会对自己不利。家康一死，他的东海三国立刻崩溃。家康身边既无成年的男儿，也无能够继承家业的胞弟。

这时，光秀听说他的手下在宇治的田原夺取了家康的人头，心中欣喜万分。可仔细查看才发现，原来是穴山梅雪。

"没有讨伐到家康，反倒误杀了于我无害的梅雪，实在是时运不佳。"

传说光秀看着梅雪的首级，懊恼不已。可更为冤枉的还是梅雪，他用心良苦，却逃不过一劫，死得冤枉，实在难以名状。

家康仍然在逃。

家康从京都逃走的起点即淀川河畔的枚方，正好位于大坂至京都的中间。家康从这里径直往东逃去，穿过乡村、进入山中时，夕阳已经西下。他们上山下坎，天黑时到达山中的尊延寺村。一行人继续摸索着前进，好容易感觉到坡道向东，这才进了山城国相乐郡境内。在当地名为山田庄的乡里，终于见到一缕灯光，此刻早已夜深人静。当然一路上免不了雇佣熟知地形的当地村民或是樵夫带路。茶屋四郎次郎为拉拢这些带路人，打发了不少银两。茶屋不愧是商人，办得妥妥当当。茶屋跟随家康一路逃走，与家康成为患难之交，后来他又替家康做起了京都内的间谍，关原之战前夕，还为家康收集京都的情报，再后来，茶屋成为江户幕府的御用和服商，牟得了暴利。

沿途，德川家最英勇的猛将本多平八郎如猛犬般高度警觉地为家康开路，这位年轻人手持名为"蜻蛉切"的得意武器——长枪，威风凛凛地走在队伍的最前端。

竹保护着一行人的安全并负责关键的策略任务。

长谷川秀一功不可没。他正因为奉了信长之命为家康一行做向导，才能离开修罗场京都，逃过本能寺大火，捡回一条性命。这位由信长一手提拔起来的秘书官后来被秀吉看重，成为秀吉的贴身侍卫，并被封为大名，领得近江与越前的十万石疆土。但却先于秀吉走上黄泉路，加上秀一无子继承，故而断绝了后嗣。长谷川秀一的父亲，人称嘉竹，是负责服侍织田家茶室的和尚。

倘若家康此时身边没有为人温和、足智多谋的竹同行，恐怕寸步难行。

秀一利用他的关系，首先派出使节找到亲近之交、大和豪族十市常陆介。他隐瞒了家康也在一行人之中的事实，恳求十市说：

"我等前往三河德川大人处密报这次事变，恳请大人沿途保护。"

十市、筒井、箸尾一类的大和豪族不比其他地方的豪族，他们承包了奈良神社和寺庙的俗务，渐渐转变为武家，家系久远，姻亲遍及临近的山城国（今京都府南部）、伊贺国（今三重县伊贺地方）等地，若十市家开口拜托，许多家族均会出面保护。

到了山城国相乐郡的山田，他们依然留宿在类似土豪的官邸。不过，毕竟刚刚经历巨大政变，当家的究竟是何居心，让人难以预料，所以本多平八郎始终手握长枪，一宿未眠。

第三日，家康等人必须横渡木津川。十市使者帮忙找来两只竹筏，他们这才成功渡河。上岸后，本多平八郎将长枪掉了个头，用长枪尾部的金属箍砸烂了竹筏。由此可见他是何等警惕。接下来，家康等人进入陡峭的山道。

当他们沿着山道到达石原的村落时，转眼间，草木丛中钻出百余名民兵，前后将他们围住。一行人齐心协力、一鼓作气，将这些乡村武装打得落荒而逃。

然后，他们进入了伊贺境内的山道，继而翻越甲贺的崇山峻岭，一行这才平安走出伊贺、甲贺两地。

如果换作他人，恐怕早就在伊贺丧命。伊贺地区自中世起就被称为难关。当地的武士在各村磨炼武艺，每逢别处有战事，必然替人出兵卖命。在国内他们团结在一起，战国时期结成了当地武士联合体，以此取得国家自治，并严防他国的地方官员及大名进入当地。信长极其反感伊贺的作风，到了晚年曾举兵攻入伊贺。信长将他们的组织一一连根拔掉，大开杀戒，当时四处可见尸体堆积成山。信长费尽周折才将此地纳入织田的统治范围。

那时，许多伊贺武士由于被织田大军追杀，不得已逃入三河境内，寻求家康的保护，而家康也碍于与织田家的交情，采取了"视而不见"的策略，命令他手下的将领服部半藏正成统一管理逃亡到三河的伊贺武士。

服部半藏是德川十六将之一，又名鬼半藏。生于天文十二年，比家康小一岁。

德川家的人都说：

"服部半藏来自伊贺。"

其实并非半藏这一代才投奔家康的，而是其父服部石见守保长从京都流亡到了三河，在家康的祖父清康手下做事。

带着"石见守"这一官位来投奔家康祖父，做松平家的家臣绰绰有余。原来保长曾经身为京都足利将军家（义晴）的近臣，曾是京都的武士，所以才得到此职位。尽管室町幕府软弱无能，但幕府大臣的官位依旧显赫。不过仅有官位而已，从将军处得到的俸禄非常少，保长一贫如洗，走投无路才投奔了出身低贱的乡村势力松平氏。

服部家出身伊贺。

伊贺地区自源平时代起，姓服部的武士为数不少，起初他们为平氏效力，得不到重用，后转投到源氏手下。到了战国，姓服部的武士结成一党，与居住在伊贺北部众村落的他族势力对抗，而服部保长家正是这一姓氏的本家，所以才能侍奉在足利将军身边。保长投奔三河之后，勤勤恳恳，其儿子半藏也武艺高强，英勇善战。半藏参与了自家康少年时起的所有战役，且屡立战功。服部家虽身为德川的家臣，却来自遥远的伊贺，此事无人不知，无人不晓。因此很多武士从伊贺前来恳求半藏，想成为他的部下。伊贺武士大多熟知他国的情势，擅长收集战场的谍报，皆为不可多得之人。

例如织田信长攻打伊贺时，保全了性命的武士大多投奔了家康，而家康将他们委托给了服部半藏。

这些人被称为"伊贺的下级官员"，家康总是起用他们收集战场谍报、偷袭放火、搅乱敌军后方。所谓的下级官员，也就是所谓的"直属于德川的士卒，却置于某位部将的管理之下"。

正因为如此，伊贺当地的武士们总认为：

"德川大人对伊贺武士恩重如山。"

如今，他们得知家康从京都脱身，暗中经过伊贺地方时，这些伊贺武士一致认为：

"既然德川大人逃到伊贺，一定要保证他的平安。"

他们奔走于各村，召集了不少人。当然召集起来的并非武士，而是平日里务农的农夫或是雇农，只在战时充当兵力，被交战的某一方雇佣，为其卖命。凑齐了二百来名这样的人，家康内心直犯嘀咕：

"这样的人，究竟可不可信？"

不过酒井忠次与石川数正却巧妙地运用了怀柔政策，与他们有约在先。

"不久，德川大人一定会通过服部半藏逐一召见你们。"

家康回国后立刻履行了诺言。用德川家正规的称呼、名为"伊贺武士"的团体正是由这些人组建而成。德川幕府国泰民安之后，这些人没有了出战的任务，于是被安排看守江户城内或幕府所管辖的空置房屋。顺便提一句，这些德川家家臣中地位最低下的武士，在宽政年间（1789—1800），大名或直属家臣间流行起编写家谱时，他们写道：

"我等伊贺武士的先祖通晓一种在武士之中堪称奇绝的武艺。"

这样一来，他们中流传的伊贺流隐身术的内容以及奇谈在世间流传开来。

家康在这些农夫的保护下，顺利通过伊贺、伊势（二者合并等于现今的三重县），来到了伊势海滨。

家康终生不忘"穿越伊贺"的经历，他时常提起当时的艰辛：日夜穿梭在没有道路的崇山峻岭之间，好容易到达了伊势海滨，整整四天四夜，他几乎没有合过眼。在伊势，家康等人到达了当时被称为白子浦的一个小渔港。在白子浦，正是茶屋四郎次郎与漕运商角屋协商租船的。双方皆为商人，交易很快达成。细想起来，像家康一样占得人和之利者实在不多，在他的这次冒险旅途中，身边的人个个都有独门绝活，得益于此，他才能保全性命。竹是如此，商人茶屋也能发挥作用，开路有武将本多平八郎，镇服山贼有伊贺武士，如此一来，团体好比一部机器，所有零件各得其所。

从角屋借来的大船驶离伊势海岸，朝海中央划去时，家康望着渐渐远去的伊势山脉，长舒了一口气：

"日向（明智光秀）为山国的统领，幸好没有配备水军。"

他高兴得仿佛孩童般高声呼喊："我们得救了！"

事实上，从伊势的鸟羽到熊野海岸一带，各个港口均有水军九鬼氏统管海上大权。很早以前，在信长的劝诱下九鬼氏投奔了织田家，而突然举兵反叛的光秀还没来得及拉拢九鬼氏。

"梅雪入道不知平安与否。"

家康在船上挂念着梅雪。

他自然无从知晓梅雪在京都南郊不幸遇难的消息。梅雪作为家康的替罪羊献身，恐怕这才是他这次京都之旅的目的。如果这样说的话，连梅雪入道在家康的此番逃命途中也不得已被派上了用场。

船在知多半岛[1]的尖头处拐入了三河湾。知多半岛与渥美半岛环抱而成的内海区域可以说是家康的浴池，这里正是德川的领海。家康的船上频繁燃起狼烟发信号，为了向陆上通告，主君平安。

在三河冈崎与远州滨松，人们已接到京都变乱的消息，惶恐不安。

有人主张：

"挺进京都营救主君！"

而为了探明家康的安危，德川方面已派出多名探子前往京都。打听京都的消息还有一个方法，就是监视海上。德川家人扣押商船，希望从船上获得风声。此等危急时刻，家康的手下比任何一家大名的家臣都要更加关切主君的安危。凡是进入德川境内的旅人每到一处必将受到仔细盘问，须将他们所知道的有关京都方面的消息讲得一清二楚才可。三河武士关心的仅有一点，那就是家康是否平安无事，至于信长或织田家的其他将领下落如何，与他们毫不相干。

知多半岛东岸有一座岛屿名叫佐久岛，岛上仅有三个渔村。

家康的船从此处经过时，有一艘快船从岛屿后面快速驶了过来。

"那人或许是永井传八郎。"

家康看着海上驶来的快船猜测道。而其他人无论怎么踮脚眺望，连豆粒大小的人影都看不见，如何能辨出来者是谁。不过等船驶近了一看，不出所料，果然是传八郎。

酒井忠次十分不解家康如何得知来者身份，颇有些不屑一顾，他问家康：

"主公是懂得妖术，还是与传八郎同床共枕过？"

酒井的意思是指能在寝室同宿的交情必定心有灵犀。即便如此，忠次的话语也颇为失礼。忠次是德川家的老臣，也是家康的亲姑父。由于他的挑拨，信康被迫剖腹自杀，此后他对家康傲慢的态度有所收敛，却也时而出言不逊，此刻便是如此。

"愚蠢之徒。"

---

[1] 知多半岛：位于爱知县西部，名古屋南面凸出的半岛，西为伊势湾，东为知多湾、三河湾，南面有伊良湖水道连接至太平洋。——译注

家康看着忠次肥胖的面颊暗自骂道。家康将视线转到了渥美海上，任海风吹拂脸庞。

家康自言自语道：

"我有些饿了。"

其实并不是饿了，不过是为了转移话题。话说回来，永井传八郎曾是信康的童仆。

——永井传八郎并没有与我同寝，只是已故信康宠爱他。

家康此时如果解释一句就好了。但若家康真说出此话，则会牵扯到另一政治事件，酒井忠次又该如何想？信康被迫切腹自杀，全是因为忠次在信长面前搬弄是非。然而家康事后未予追究。

如果家康回答忠次：

"永井传八郎深得信康喜爱，我见他如见信康，故如今由我照顾。平日里接触多了，哪怕相距遥远看不清鼻子眼睛，我也能知晓那人便是传八郎。"

忠次或许会害怕，胡乱猜测："大人是否还记恨于我？"

猜疑一旦加重，难免会有想法："与其服侍家康，让他记恨于我或将来遭受打击报复，不如先下手为强，策划谋反为好。"摄津伊丹城内反叛信长的荒木村重、此次发动本能寺之变的明智光秀，归根结底都是疑心加重，害怕自己不得善终。为了从他们自己制造的幻想绝路中逃脱，唯有杀害信长。在村重与光秀看来，他们只不过是正当防卫。倘若不先下手，迟早会反遭信长的毒手。家康颇能体会他们的想法。信长误信了酒井忠次的谗言，胁迫家康杀妻灭子。遭受如此残害的家康极有可能起兵反叛，信长在此事过后仔细监视家康的一举一动。然而家康性格坚韧，在自我防卫方面意志力超强。家康对凶险的信长如同心理学家般把握得当。为避免引起信长的怀疑，他防范得滴水不漏。为表现出对信长一如既往的尊敬，他比以往更加小心谨慎，表现得唯命是从。对信长的忠诚也丝毫没有改变。在战场上，德川军团比织田军团更为尽忠，同一战场上常常以德川家的死伤居多。信长灭了武田家，沿东海道凯旋时，家康费尽心力接待得无微不至，也让信长感动不已。按理说，无论是信长还是眼前的老臣酒井忠次，对家康而言都是杀子仇人。可家康凭借惊人的谋略与意志力，深知如果仇视他们俩，必定自取灭亡，因而不曾有半点逆行。因为只要有半点逆行，哪怕仅有一丝一毫，酒井忠次也能感受得到，说不定酒井会立刻成为第二个明智光秀。忠次是有胆有识的男子，至于光秀也算得上是天下奇才。越是这种人，感受能力越是超凡，一旦察觉便绝不会熟视无睹，只怕家康也会遭遇本能寺之变。

家康揣测："如果光秀没有二心，在信长看来，光秀也算得上是家臣中不可多得的优秀人才。酒井忠次同样如此。"

事实上，酒井忠次与其酒井家都是家康及德川家的得力助手，他们始终忠心耿耿。

家康从不放纵自己的想法。他自少年时起，便懂得为人君主其实最受约束的道理，他向来严于律己。

他暗暗疼爱着永井传八郎，喜爱程度远超其他家臣。

——传八郎身上有信康的影子。

家康每每这样一想，心中就会隐隐作痛。可是当时他绝不允许自己脱口而出这样的话语：

——我见传八郎如见信康！

他这般严格地自控着。在他看来，主君必须如此。

家康的大船正向渔村大滨驶去，永井传八郎正出生于此。大滨是矢作川河口的海港，自古人声鼎沸。当地风俗比冈崎还要原始，男女间的风习可以说有些淫靡。盛夏时节，一群群男女疯狂起舞，跟着狂舞的人群逐渐增多，最后整个村落都会沉浸在歌舞狂欢之中。

天正四年夏季的某日，家康已故长子信康十七岁时曾有过这样的经历。起初，一群孩童疯狂舞蹈，紧接着少女加入进去，后来年轻人也随之舞动起来，最后连在山野中修行的僧侣以及寺庙的僧侣也跟着手舞足蹈，所有人聚拢到一处：

——舞至冈崎，舞至冈崎！

他们一边高歌，一边朝冈崎城下进发。

不多时，冈崎城被起舞的人群围得水泄不通。当时信康正与几名侍童从城内出来，他们不由得跟着跳了起来。人们欢呼雀跃：

哎嗨哟，冈崎大人。
哎嗨哟，冈崎大人。

人们重复着这两句单调的歌词，和着节拍拍起手跺起脚来。不知不觉，十字路口上过来一支敲打太鼓的队伍，其中有一位美少年正敲打着太鼓。纯熟的技巧、优美的身姿，加上敲出的音色绝美，信康为之倾倒，不禁连声询问：

"那是谁家少年，谁家少年？"

侍童中有人回答："那是大滨乡士[1]长田平右卫门之子。"

长田一姓在尾张及三河非常多见。源赖朝之父义朝在平治之乱[2]中败北，逃亡了东国。途中他投靠了尾张知多郡内海当地的头领长田忠致，而长田利用义朝留宿他家中的机会，起了歹心杀了义朝，从平氏处领得赏赐。

——唯独对他的姓氏不满。

信康说过此话。原因是德川家家康一辈，在朝廷的称呼为"源氏"，而对于源氏，"长田"一氏十分忌讳。

信康在得到家康的允许后将传八郎留在了身边。原本传八郎之父长田右卫门虽为大滨的乡士，却隶属于德川家。严格讲来，到了传八郎一代，已经摆脱了乡士身份，升为直属于幕府且拥有一万石以下领土的武士。此时，家康下令长田改姓永井。

传八郎很有才干，信康死后，他担任家康的马前侍卫。后来，家康在小牧—长久手—地与秀吉展开大会战时，传八郎勇往直前，杀入敌军队伍深处，一枪刺死秀吉的有力部将池田胜入斋，取得其人头。池田胜

---

[1] 乡士：江户时期保留武士身份务农的人；或者指受武士待遇的农民，平素务农，战时从军。——译注

[2] 平治之乱：平安时代末期平治元年十二月（1159年1月），由实施院政的近臣们的对立引发的政变。——译注

入斋之子便是辉政。胜入斋、辉政在德川时期分别成长为拥有备前冈山三十一万五千石的池田家与拥有因州鸟取三十五万五千石土地的池田家。辉政起初是丰臣政权下的一位大名，关原之战时，在家康对大名采取的怀柔政策的鼓动下，被家康招为女婿。在辉政的喜宴上，他向家康的亲信打听：

"取得家父胜入斋首级的永井传八郎如今是何等身价？"

有亲信答道："五千石。"辉政顿时流露出不满，抱怨说：

"家父的首级仅值区区五千石，未免太过低贱！"

家康听说后，立刻将永井传八郎提升为拥有万石以上的大名。此事被传为佳话。池田辉政成为家康女婿是文禄三年的事情，永井传八郎当时的确并未升为大名。距此约二十余年之后，他在常陆笠间[1]领得三万两千石领土。后来他的子孙成长为京都南郊的淀城主，领地有十万石，可谓幅员辽阔。再有永井家分出好些分支，包括大和新庄一万石的永井家、美浓加纳三万六千石的永井家和摄津高槻三万六千石的永井家。

且说永井传八郎划着三只桨的快船赶了过来。传八郎亲自划着其中一只桨，他的手法比渔夫们更为娴熟。很快，传八郎弃了自己的船只，手脚并用，灵巧地一跃，登上了乘风破浪驶回港口的家康的大船。

看见家康平安无事，传八郎立刻跑到船首，拿出军号朝着岸边使劲吹。他是在通知岸上家康平安归来了。

"传八郎真是机敏麻利。"

家康从船舱往外瞧，甚是欣慰。

不多时，家康见岸上的人们听到传八郎的号角声后蜂拥而至，聚到了岸边。

——顺利抵达！

家康一面回想起挥汗逃离的狼狈情景，一边远眺着三河的美景。

当务之急是确定下一步计划。究竟该举兵讨伐光秀，还是加固防卫，等待他人讨伐光秀，自己趁势扩大在东海方面的地盘，专心治理国家？

——光秀不久一定会灭亡。

1　常陆笠间：古日本行政区划，常路国位于关东地方最北端，今茨城县笠间市。——译注

家康坚信自己的判断。家康料到，光秀此前未对任何大名做过交涉。袭击本能寺看似是阵发性的冲动，仅凭冲动杀得了信长，却得不到天下。光秀身在京都。他或许能得到自己的姻亲细川氏（丹后）以及筒井氏（大和）之类的拥护，但终究难以取胜。尽管处在战火纷飞的战国时期，光天化日之下谋害主君仍是大逆不道的行为，织田家诸多将领中有野心夺取天下者必将杀掉逆臣光秀，夺回大权。光秀杀害信长，可结果却让他人占得天下。织田家大将中手握军权的有正在中国征战的羽柴秀吉和身在北陆的柴田胜家。二者中必有一位将推翻光秀。未能如愿杀死光秀者还将瞄准京都，与胜者一决高下，天下因此会大乱。当然，家康率先举起复仇的大旗讨伐光秀也未尝不可，然而家康的性格并不是喜欢冒险的类型。

家康总认为：

——凡事须静观其变。

不久将至的织田家内部争权夺利一定会陷入僵持，在强者们斗得筋疲力尽之时再站起来也为时不晚。

家康转念一想："不过，如不起兵讨伐光秀，日后世人一定会指责。对天下事的主控权难免会有减少。"

家康在大滨登陆，他姑且先对滨松城发出动员令。当晚家康留宿出身大滨的传八郎永井家。

永井家在当地拥有田地，虽为武家，本质上却是富农。松林之中，四周高墙围拢，院内房屋气派宽敞，用后世德川时期的话来讲完全属于村长级别的规格。家康在里屋就寝。合着某种节拍，海风夹杂着海腥味徐徐吹来，家康仿佛仍置身船上。他厌恶乘船，当大船穿越伊势海时，他晕船晕得厉害。其实家康的前半生没有一日能安稳入眠，好比日夜漂泊于大海之上。

吞灭甲信

"无论如何，先进军京都！"

此时家康在冈崎与滨松怒气冲冲地高呼着口号。政变之后，为了振奋士气，家康不得不想尽办法使士兵们热血沸腾起来。复仇二字最能让人充满杀气。

"即刻上京讨伐逆贼光秀，为右大臣家报仇雪恨！"

此话是否为家康本意，不得而知。

"举旗进攻京都。"

话虽如此，哪怕家康前半生有过这种梦想，这位彻底的现实主义者却也从未将这一梦想作为现实的计划部署实施过。家康的思维很有地理界限，这位不幸的地方主义者根本没让自己的欲望与想象越出自己的领土三河、远州以及骏河三诸侯国的国界之外。

织田信长生前曾经说过：

"三河大人仿佛对京都丝毫不感兴趣。"

按理来讲，兄长信长既然是京都霸主，家康不妨附在其骥尾上与京都朝廷贵族或武家贵族有些来往，可家康即使有了机会也必然推辞：

"无奈在下出身三河乡下，不适应京都作风。"

他以自己的乡下出身为由刻意回避。

其实，家康的态度更让他博得了信长的信赖。信长见状，深信家康没有夺取天下的野心，这才视其为最安全可靠的同伴。当然这一切原是家康精心算计的结果，他信奉的地方主义其实是出于明哲保身的考虑。

当然他的性格也确实如此。

"与京都的亲王、朝臣、五山之高僧、有德之茶人交往，意义何在？无疑是枉费日月。"家康重视现实利益，他自有想法。既然跟定了天下第一之人信长，自己一个乡下人，再去京都与权贵者周旋，实在是浪费。还不如安分地固守疆土、强兵富民，建设自己一方国土来得实在。

可如今信长已去。

转瞬间天下大变，再没有人骑在家康头上了。

——进京！

这正是往天下霸主位置攀爬的第一步。只需攀爬上去即可。第一个举旗、第一个达到顶点之人便是主宰天下的新人。这是个极其简单的空间问题，向京都进发便是。

此时，老臣酒井忠次问家康：

"此事大人作何考虑？"

忠次想探知家康是否有心争霸天下。家康毫不迟疑地回答他：

"未曾考虑过！"

复仇之战只是他打出的旗号。不过自己能一统天下，制伏四方豪族吗？用家康固有的观念来看，稍稍想象一下也足以令他昏厥过去。

——无论如何，复仇！

他一味地高呼着复仇二字。

可是家康却让人揣摩不透，他的复仇口号总让人觉得并非出自真心。如果真要复仇，当他从京都逃回三河海岸时就应立刻率兵出征。可事实并非如此，他六月七日逃回了三河，十四日才从冈崎出发走上复仇征途。行军速度是何等缓慢！这一举动犹如防卫能力极强的小型野兽，思量再三才采取行动。

"大人为何如此缓慢？"

头脑清醒的家臣头领们无一例外心生疑虑。最让他们感到不解的是，即将展开的是争夺天下的大战，而家康却将大部队留在了三河，仅率领区区两千人马出发。

"德川大人难道仅凭这一小队人马去争夺天下？"

所到之处世人一定会怀疑，所以家康事先令人一路放出风声说：

"大部队走冈崎北部的山路，正向北进发。"

家康确实有些心虚。他此举肯定算不上是有胆有谋的英雄所为，更像是个老于世故、难以对付的顽固乡下汉。他到底是否有意与光秀一决雌雄？

其实"踏上复仇的征途"这一豪言壮语、磊落飒爽的行动确实不符合家康的性格。可是如不采取复仇行动，在天下人面前又会颜面尽失。因此家康必须有些举动证明他的确出兵复仇过。若不如此，他既失去了在世人心中的威望，也无法向士兵们交代。身为将领，他必须时时刻刻让士兵们牢记自己才是英雄。所以家康故意演戏：

——形式上，让众人知道自己在西征复仇。

家康十分狡猾，他的复仇戏仅仅上演了一天便草草收场。

夏日艳阳下德川军队行了一天军，到达尾张的鸣海时，天边已升起一弯弦月，海面拂来的凉风让人不觉精神一振。此处正是鸣海海滩，由于常成为和歌中吟诵的对象，所以闻名于世。

到达鸣海的当晚，家康门前有人喧嚷。开门一看，竟是位未曾想到之人差来的信使。

此人奉织田家部将羽柴秀吉之命前来求见家康。

"为何羽柴差人致函于我？"

家康冥思苦想，不得其解。

此前家康与羽柴等人并无接触。

——羽柴似乎出身卑贱，是个圆滑的人。

家康所知甚少。羽柴此刻应该身在中国，与备中附近的毛利大军对决。尚未决出胜负时，羽柴曾要求信长增派援军，此后的事情竟成了信长生前最后的行动。当信长得知羽柴希望加派援军后，他首先令明智光秀率军先行，而自己在京都本能寺停留一夜。可当天晚上光秀并未向备中进发，而是袭击了信长留宿的本能寺。战况即使如此，但羽柴还应该身在中国。可是据羽柴派出的信使称：

"十三日，羽柴已在山城的山崎讨杀了逆贼明智光秀。"

十三日即昨日，家康自然心生怀疑：

"来者是说筑前君（秀吉）讨伐了惟任君（光秀），这是真的吗？"

家康一连追问了好几次，信使连连点头，一口咬定说确实是左大人所为。但是除此之外的事情，信使一概不提，只是说：

"过不了多久，筑前大人必定会送来书信。"

尽管如此，这名信使从山城的山崎赶到尾张的鸣海仅仅用了一天的时间，实在让家康费解。

"羽柴不是平庸之辈。"

家康起初只是这么认为。羽柴在山崎灭了光秀之后，立即在新战场上

找齐百余名信使,分别前往日本国内所有大名处,通报战况:

——是我羽柴灭掉了光秀!

他的速度之快令人刮目相看!当然羽柴还要通过信使告诉世人一个常识:织田政权的继承者正是他羽柴秀吉。

"千万不要轻信。"

家康不相信信使的消息,他想凭自己的力量证实这一切。家康考虑得很周全。

他派出部队前往距鸣海三十公里以西、名为"津岛"的木曾川下游的港口去探听虚实。领命的正是老臣酒井忠次。

酒井急速前进。津岛在当时相当于名古屋港口。上文提到此处是木曾川下游,更精确地说,津岛位于津岛川—木曾川干流的佐屋川支流的下游,此处与伊势桑名[1]之间有航路相连,来自京都的船舶经常在这里出入。家康希望派兵进驻,独霸往来船只及乘客口中的消息。酒井将手下布满整个津岛港,但得到的结果大同小异:

"果真是羽柴所为,确定无误。"

家康守着鸣海阵地,得到了确认。

另一方面,羽柴秀吉丝的谍报毫不比家康逊色,他也很快得到消息:

——家康已出兵至鸣海。

羽柴这回派出了正式使者前往家康处。

使者于十九日到达鸣海面见家康,他绘声绘色地描述了羽柴方面如何在山崎报仇雪恨,说完,还向家康呈上秀吉的书信。大意如下:

光秀已被讨伐,烦劳大人速速撤军回国。

好一句"速速撤军回国"!家康觉得羽柴已早早地站在上位,用命令的口气吩咐他,这让他吃了一惊。家康与夺取天下的绝好机会失之交臂。

——迟了一步。

家康对自己的谨慎有些后悔,但也觉得安全了许多。家康毕竟只擅长思前想后,而不敢轻易冒险。如果羽柴不出现,自己将与光秀争夺天下,那时该如何是好?不安与担心如云雾般从脚底升起,以致家康进军京都的

---

[1] 桑名:今三重县桑名市。——译注

脚步迟缓了许多。

"羽柴迟早也会灭亡。"

家康觉察到："此事并非羽柴的胜利,不过是织田家纠纷、党阀派系之争的开端。羽柴迟早会灭亡,毕竟北陆还有柴田胜家的存在。"

家康觉得柴田胜家的势力大过羽柴。家康与凡人一样,评判事物时往往带有个人的感情色彩。家康虽对柴田胜家并无好感,可胜家的性格与家康类似,他们俩都赞成积蓄力量而非一往直前,或者说与其飞跃前进,不如夯实基础。

——胜家更有把握。

家康看好胜家。

胜家之所以更为可靠是由于他算得上是织田家家臣中的头号人物,同时也是信长的妹夫。他出身高贵,绝非羽柴可以比拟。加之胜家勇武善战,又不莽撞行事,他稳扎稳打,老成持重。

家康心想："羽柴手下原本没有家臣,他率领的是织田家的大名、小名,虽当上了攻打中国地方的总大将,可羽柴的下属与他同为织田家将士。今后他要调兵遣将,还必须赏赐安抚才行。羽柴此次取胜虽能积蓄一些实力,可到头来与踩着高跷的孩童一样,必然寸步难行。"

家康一面差遣使者恭贺羽柴取得胜利,一面按兵不动。家康能做的不过如此。

酒井在津岛收集完情报,随即返回家康的鸣海本营。酒井说：

"怎么半途杀出这么个人来。"

忠次将羽柴秀吉的出现描述成了犹如从古井中冒出的妖怪。

——木下藤吉郎,不是泛泛之辈。

早在十年前,羽柴还用旧姓木下时,毛利家的外交僧人、安国寺的惠琼和尚已看出羽柴将来定有一番作为,他当时对毛利家作出过预言。可此时家康及其老臣却没有惠琼一般的眼力。安国寺惠琼在当时还准确预言到本能寺之变,他差人谍报本国：

"信长的时代不过三年五载……之后,他一定会从高处落下,摔个仰面朝天。"集西半个日本的聪明智慧于一身的,正是安国寺惠琼。

而家康的洞察力不够敏锐，事到如今酒井忠次仍在感叹：

——竟是羽柴所为！

可见此时的家康以及德川家臣团的成员对中央政治形势的反应是何等迟钝。

穿插一句，若干年后，家康在关原之战取胜，他抓捕到败将安国寺惠琼，在京都六条河原将他斩首。惠琼侃侃而谈远胜过家康及其家臣，可作为实践者，却缺乏方法与经验。

家康在酒井忠次返回的次日，率军折回滨松城。

"忘记京都之事。"

家康努力让自己尽快回到原来那个与安国寺之辈的敏锐目光截然相反的钝感世界。他认为京都的内乱必将持续一段时间。家康暗自断定，围绕织田家的继承权肯定会有内战，不过这些是非并不是德川家所能干涉的，德川家本来既非织田家家臣也非织田家族人。家康此时的自我约束与裁断，奠定了日后一统天下的最大基础。

他率先一步与中央断绝了往来，从此埋首于在局部区域内扩张势力范围。家康认为，无论何人最终掌握中央大权，德川家必须具有能与其抗衡的实力，因此他一直致力于扩大自己的版图。羽柴秀吉仿佛向世人上演了一场华丽的魔法表演，家康断然不具备这种本领，他的想法朴素而踏实，朴素得甚至对自己冷漠。人的思考原本就带有几分幻想。如果说人生活在现实中，唯有思考能驾驭幻想的云雾的话，那么家康努力将自己的思考抑制在现实范围内，从某种意义上说，他算得上是超人。家康的性格实在令人费解。

家康有能力争霸天下，但他却主动放弃。

"应借此机会夺取甲州与信州。"

家康为心中萌发的小小野心顿感精神抖擞。

从鸣海返回的途中，酒井忠次曾好几次暗示家康：

"有一件事很奇怪，竟然有两地被弃于一旁，无人过问。"

家康觉得好笑，心想："酒井还自称智者。"

"两地指的是何处？"

家康并未反问忠次。其实他先于忠次，早在从京都返回三河的途中便打起甲、信两国的主意，并且已经展开计划。确实，由于主君暴毙，这两国仿佛是被扔在路旁的肥肉，先抢夺者先得利。

这些怪事都是伴随织田信长的突然离世才出现的。

甲、信两国曾是武田的领地。信玄一手建立并经营，由其子胜赖继承。信长于当年三月消灭了胜赖，四月亲自进驻甲州，做好战后的善后工作，原武田领土的大半被纳入织田政权的直属管辖。但不久信长在本能寺遇难。

织田政权如空中楼阁，于信长在世期间存在，信长一死便如烟雾般散去。他的"政权"统领下的所有财产究竟由何人继承尚不明了。其中的甲、信两国被丢弃在了路旁。

尤其是甲州，显然失去了归属。甲州国内唯有巨摩郡在信长论功行赏时，赏赐给了原武田家族的穴山梅雪，但穴山梅雪在与家康一同游览京都时，遭遇本能寺之变，当时家康邀他一同返回，他却心生疑虑，想独自逃出京都，却不幸路遇明智军正追杀逃兵，惨死在明智军手下。穴山的领土也无人看管。

家康从京都返回三河不久，得知了穴山梅雪的死讯，当时自然而然有了冲动：

——何不夺了穴山的领土！

当然，如何让抢夺这一危险的犯罪行为看似符合当时的伦理与法律，才真的值得家康冥思苦想一番。

被称为"冈部党"的一小撮族人自源平时期起以骏河为中心，占得甲州、远州等三国。家康当时的冈部党首领名为冈部正纲，年纪约四十出头。

冈部正纲家族便是后来德川时代的大名、赫赫有名的泉州岸和田六万石的冈部家。冈部的成长经历同样罕见，自年少时起他身为一个小族的统领，饱尝艰辛。今川氏强大时，他率领族人置于今川的保护伞下；今川氏衰落、武田势力强盛时期，他立刻转投武田；而武田家快没落时，他敏感地嗅出死亡的气味，赶紧私下勾结新兴势力家康；不久武田胜赖身亡，他得以堂堂正正跟随德川家。

家康与冈部正纲也有奇缘，昔日家康在骏府做人质时，冈部正纲就是他的玩伴。家康与一般人一样称冈部为"二郎右卫门大人"。

家康早已吩咐冈部：

"家康有一事相求，非阁下不能为。穴山大人在京都惨遭毒手，想必其领地巨摩郡如今陷入了纷乱，请阁下速速前往下山（梅雪的居城身延山的东面），平定该地。"

冈部的族人、血亲、姻亲等多散居在甲州，由他担任这项工作的确最合适不过。

——不久，德川大人将进驻甲州一带。

只要在郡内各地四处散布这一消息，当地的武士们一定会慕名而来。加上冈部办事得力，当地的武士必然自愿赶来"恳请德川大人收留我等"。

这样一来，家康不仅没有抢夺他人之物，反而不费吹灰之力就能一口吞下巨摩郡。饱经风霜的冈部正纲心领神会，他满口答应：

"事不宜迟，哪怕粉身碎骨也要圆满完成此事。"

话虽如此，却根本不致于粉身碎骨、赴汤蹈火。只要四处宣传家康是何等守信的大将即可。

冈部从家康处借调了兵力，北上富士川河岸，不久进入巨摩郡的下山城城内。周围的甲州武士失去主心骨，个个惶恐不安，于是很快便屈从于家康。

传言冈部为此项工作甚感愉快，他说：

"不费一兵一卒便攻破了城池。"

而此次取代弹药的正是酒宴。冈部正纲由于连日设宴，饮酒过度，最终身体不支，当年岁末，脑血管破裂而死。可以说，冈部正纲以个人性命为家康换得了巨摩郡。

——果然不失为良策。

一向信奉军事才能的家康这回成功夺得巨摩郡，这才认识到计谋的重要性。所谓计谋，即后世所说的谋略外交。家康懂得与其用武力攻破城墙，不如俘获城内百姓的心，动之以情，这样一定能事半功倍。当年正值家康四十不惑，作为谋略家，他大器晚成。

但是，织田政权的直属领地甲州一带，受信长的派遣一直有位代理官员驻守。

他就是人称"凸眼肥前"的老人，曾出任信长的财政官的河尻与四郎镇吉。河尻出生在尾张，早在信长之父信秀的时代便掌管着织田家的财政事务。信长怜悯这位笃实老人操劳一生，曾说过：

"信长迟早会牺劳河尻与四郎镇吉。"

若是野战攻城的武将，可以将其攻下的城池奖赏给他。而对于掌管财政的清官，却找不出合适的褒赏。

信长平定甲州之后，提拔河尻与四郎镇吉为肥前守，代管甲州。代理官员的驻扎地就是武田胜赖灭亡前一年刚刚竣工的新府城。

这回信长看走了眼。河尻与四郎镇吉负责织田家金库时确实是位笃实的官员，但后来身为行政官员，却算不上称职。甲州士民被武田胜赖推行的无计划兵役搞得苦不堪言、筋疲力尽，新上任的领主本应当体察民情、减缓课税、免去劳役才能安抚人心，而出身财政官员的河尻却反其道而行之。他只顾如何增加府库，一反、一町地重新勘地，故意夸大每家每户的耕种面积，以获取更多的课税。"凸眼"[1]这一外号，便是指夸大耕地面积以增加税收之意。这样一来，人心叛离，暴动频繁。而河尻又在各村增派了密探，一旦发生骚动，立刻武装镇压，绝不手软。

原本温和的财政官在短短数月间变成了一位苛刻的暴君，他在任的时期被称为"织田暴政"，一直为后人所唾弃。究其原因，全靠织田的武力才促使了他的强权政治。

——迟早发起暴动，给他点颜色看看。

当地的武士私底下抱怨。不久却传来了本能寺之变及信长遇难的消息。估计在当时没有比甲州人更为这一变故感到大快人心的了。

---

1 凸眼：日语原文为"出目"，又指中世、近世时期，纳贡时多于规定的分量交纳。——译注

"河尻这家伙也该垮台了。"

甲州地方的绝对统治者一夜之间降为平民。河尻的不幸在于他不过是一介官员，并非手握军权的大名。有织田撑腰才有河尻的耀武扬威。本能寺之变让河尻势力全无。而此前的受害者一跃成为强势，当地武士蠢蠢欲动，成为一股不稳定的社会力量。躲在新府城楼上闭门不出的河尻心里很明白，这些当地武士的背后"有家康做后盾"。

不单原穴山领下的巨摩郡，连甲州各地的武士都争先恐后地造访冈部正纲，希望通过他投奔家康。这一切正是家康一手导演的……

——三河的老狐狸！

河尻愤愤不平。第一个看穿家康计谋的，或许正是织田家甲州代理官员河尻肥前守镇吉。

然而，另一方面，河尻当初在织田家做粮仓记账、掌管财政时老练娴熟，但对于人情世故的理解却比少年还肤浅幼稚。

信长留有一言。

当初信长灭了武田氏，驱马前往甲州，来到古府（甲府）督导善后事宜——他将骏河赏赐给家康，任命河尻代为管理甲州之时——曾对家康说过：

"河尻这人，不谙世事，一旦遇到困难，还望德川大人辅佐他。"

同席的河尻对此番话语应该牢记于心。可不幸的是，如今他真的大难临头了。如果河尻老于世故，一定会向邻国主君家康求救，一切听从家康的指挥。既然听从了家康的调遣，自然处于家康的保护之下，并与家康建立起臣属关系。这是当时权力政治的既定模式。而前半生埋头于织田家粮仓事务的官僚却全然不懂，他眼里只看得见：

"家康对甲州虎视眈眈，想必迟早会加害于我。"

河尻万不该迈入战国时期的权力政界半步。

家康家臣团中有位名叫"百助"的人。

百助属于德川旗下最大家族之一的本多氏，全名本多百助忠俊。家康唤来百助：

"速速前往甲州，与河尻谈判协商。"

家康的命令仅有短短一句话，这是他的一贯作风，难怪本多平八郎评价家康说"主君的命令从未明晰过"，说得相当在理。无论战争或是外交，家康总是下达一句大概的指令，其余的就得靠办事人自己揣测、琢磨与定夺了。百助回到本多家，与族人一同商量如何行事为好。

有人认为："显而易见是要百助前去抢夺新府城。"

也有人反驳："或许并非如此。主君念着已故右大臣家的恩情，命百助前去磋商而已。"家康要的就是这个结果，他喜欢让家臣内的智者各抒己见。

更有人说得狠毒些："莫不是要百助去送死？"

河尻肥前守原本度量狭窄，本多百助一到，河尻一定会误认为百助是来抢夺甲州，只怕会先下手为强杀了百助。说不定主君是要以此为口实发起攻击，将甲州一带据为己有。

讨论的结果让百助学会了理解任务的多重含义。他带着好几种解释，前往甲州新府城面见河尻。

"你来做什么？"

一见面，河尻便怒气冲冲地呵斥，从河尻的角度来说也无可厚非。本多百助回答道前来商谈，可河尻哪里肯信。所谓前来商谈，无非是家康派来的军监。军监是指从本土派往附属国的监视，附属国的实际大权掌握在军监手中。河尻既不认为自己掌管的甲州是家康的附属国，也从未请求家康派遣过军监。而德川家盛还气凌人地派出了这位本多百助。

"况且还是位愚直之人。"河尻心想。

百助并不适合从事权谋外交，最多也就是个在战场上莽撞蛮干的弄枪使棍之辈。只是百助的性格是典型的三河武士类型，为了德川家的利益，赴汤蹈火，在所不辞。仅此而已。

"遵照右大臣生前嘱咐，主君派在下前来协助阁下。"

百助重复着同一句话。河尻不禁生疑。最大的疑点在于百助从巨摩郡下山的冈部正纲处借来了十余名士卒。

——难道要将老夫软禁起来杀了不成？

河尻害怕起来。他终归是文官出身，此刻手脚发软，立刻冲进里屋。

他心里盘算着，要从巨大的恐惧中摆脱出来，唯有先杀了百助。于是，河尻纠集了几名手下——纠集几名武将在当时的新府城并非难事。河尻令武将们手持长枪，从三个方向朝屋内刺去，同时用力踹破隔扇。百助防不胜防，左腹部不幸被刺入一杆长枪。

百助用双手紧握住那杆长枪，弯下身子试图将它奋力拔出。正在这时，他的臀部上方又挨了一枪，他大叫一声，当场倒下。鲜血顿时染红了地面，河尻方面趁机又刺了百助数枪。

百助倒下时的叫喊声过于惨烈，在庭院待命的仆人这才反应过来大事不妙，幸好河尻府上大门敞开，他仓皇逃奔，捡回了一命。仆人逃到城外，迅速通报扈从百助的士卒。大家头也不回地迅速逃下山去，将此变故通告给正在山下的冈部正纲。

"百助被杀？"

冈部四十出头，老成干练，他对河尻的性格了如指掌。当初百助找到冈部，告诉冈部此行的目的时，冈部就预感百助难逃一劫，果不出所料。

冈部立即四处散布消息说：

"德川大人的重臣本多百助惨遭河尻杀害。"百助并非德川家重臣，可为了强调事情的严重性，冈部刻意夸大其词。

"德川家一族之长遭河尻杀害！"

甲州武士行动的目标再明确不过。他们对河尻不好下手是顾虑到德川家是织田家忠实的同盟。加上冈部正纲给了甲州武士暗示：

——河尻会不会逃出甲州？

冈部之意是要让他们在途中追杀河尻。他的一句话提醒了甲州当地的武士：杀掉河尻将在新的主人德川家面前立下一功。

古书上记载如下：

> 武士们蜂拥而至，围歼了河尻，甲州武士三井十右卫门斩获河尻首级。

这位名为三井十右卫门的甲州武士后来跟随了德川家，他的后人在江户时期升为一千五百石的德川家家臣，势力延续至明治时期。

家康远在远州滨松城，他获悉了本多百助死于非命的消息。

家康当时的悲愤之情有书为证：

主君潸然泪下，曰：年轻有为之部下竟遭河尻毒手！

百助之死自然在家康的意料之中。他为人主君，落泪也是理所应当的，但泪水绝不表示后悔自己当初的决策。

当月下旬，家康的大军进驻甲州维持治安。而家康却依然留在滨松。

家康委任大久保忠世、石川康道、本多广孝以及冈部正纲进入甲州。

不久，甲州得以平定。

甲州与信州相连。甲州确立了强大的武力，而信州还是小势力各自为政，如今信州的土豪们也不得不屈服于甲州的武力。当年武田信玄在位时就是如此。

历史在此刻重演。信州各个豪族，凡是势力小于土著大名诹访赖忠、小笠原信岭的，纷纷向家康送去人质，要求归于家康麾下。诹访氏、小笠原氏在后来的德川时代也挤进了家臣大名之列。

——家康居然妄想捡拾甲、信两国！

唯有两股势力激烈地反抗家康。一支是以北方的越后为根据地，占有信州川中岛的上杉氏。不过这支昔日光芒四射的强大北方势力如今到了上杉景胜的时代，与谦信的辉煌时代根本不可同日而语。

问题是另一支，盘踞在小田原、修筑高大城堡的关东大势力北条氏。

"入侵甲州自然无可非议，但倘若激怒了北条氏，就有如引蛇出洞，恐怕主公要小心行事为好。"

关于家康抢夺甲州之事，酒井忠次曾提醒过他。忠次恐怕觉得这是身为老臣不可推卸的责任，他总爱将已经明了的事情大声宣讲出来，以示提醒。

"又在自以为是。"

但家康不仅没有流露出不满，反而点头赞同：

"言之有理，言之有理。"

其实，家康早已着手打探北条氏的态度，他已派出数名间谍前往北条领地。

北条氏自始祖早云以来经历了五代九十余年，其势力范围之大，在信长没落之后算得上是日本最强大的大名。北条的范围按诸侯国数量来算共有六国，包括相模、伊豆、武藏、上总、安房以及上野。此外他们还占得常陆、下野以及骏河的一部分，总共二百八十余万石。与北条这一老大国相比，家康的势力不过是巨鹰面前的麻雀，小得可怜。

"然而并非不能为之。"

让家康稍微安心的是他对北条家族的思维方式还算了解。北条氏本国的领土一旦遭到侵犯，必定神经紧张，奋起抵抗，可家康瞄准的是甲、信两国，北条氏还不至于过多干涉。对于这种对手，需要想办法利用外交手段使其息怒才是。家康暗自庆幸，北条氏的兵力虽为家康的数倍，却因习惯了常年的和平，战斗力远不如其他家士卒的一半，况且主政的北条氏政、氏直父子都是愚昧之辈。

北条氏五代国君中，第一代早云、第二代氏纲以及第三代氏康都是才德兼备的贤士。第三代氏康常在外人面前谦虚地说：

"我是最胆小怯懦的人。"

或许他少年时代确实如此，但《小田原记》的作者称赞氏康为"全日本古往今来罕有之名将"，"氏康一生，战胜三十六回，却从未拿总角见人"。所谓总角，原指古时少年头顶盘的发型，此处指铠甲背后插的长缨，意为从未背对敌人落荒而逃过。

传说氏康对其子氏政的愚昧近乎绝望。一次，氏康与氏政一起用膳，氏政往一碗饭里盛了两勺汤。氏康见状不由得悲愁垂涕，感叹"北条家到老夫一代将要终结"。他给儿子氏政解释了原因：

"人不分贵贱，日食两餐（当时的人一日两餐），因而自然知晓自己的饭量。而方才你盛了一勺汤，感觉不够，再添一勺。如此小事都无法正确估量，何以治国保家？"

可是庸人氏政却幸运地保住了家业。家康三十八岁时，此时的氏政自称截流斋，过起了隐居生活，只在背后扶持年轻主君、儿子氏直。氏直比氏政还要愚昧，主君愚昧对当时的士民而言是莫大的灾难。

织田信长在本能寺遇难，连不明时势的北条氏也遭受到巨大的冲击。

信长晚年为了节制关东，派遣泷川一益进驻厩桥城（前桥城）。泷川一面与北条势力抗衡，一面致力于在关东建立新的势力。可他的事业才刚刚起步，就突然接到信长暴毙的消息，他犹如被绊了一跤。当地的武士四散而去，他只得带领残余的少数士兵撤出了关东。北条氏出兵追击，想讨伐泷川，却遭到失败。对北条氏而言，取泷川首级事小，重振关东才是当务之急。正当此时，却发现家康意图夺取甲州：

"首先得与家康一决高下。"

氏直立刻出动大批兵马。

家康的老臣酒井忠次认为，应首先安抚北条氏，再与其建立外交关系。不过他的意见遭到家康的否定。

家康认为：

"对手本是大国，此时若急于要求建交，我方势小，只能趋炎附势。"

一旦谄媚，断然得不到平等待遇。应首先与其交战，让对方知道厉害，再建立外交。这才是家康统治的新兴国家最为稳妥的做法。

当家康尚在考虑之时，北条氏直已率领五万大军从上州攻入信州，沿着信州八岳东麓的大道浩浩荡荡一路南下，不久氏直的人马到达海口（南牧村），一副伺机崛起、欲吞并甲州北部的阵势。七月十八日，家康在远州滨松得到消息。

"立刻出兵甲州！"

家康差无数使者快马加鞭赶往甲州，动员当地武士。并且于十九日，十万火急地从滨松城领军出发。然而家康率领的只有区区五千人马。

此外，家康为了吞并信州，还在诹访驻扎了三千兵力。家康立刻召回这三千士兵，这样他手下总共有八千人。用八千对阵五万，在战术上根本不值一提。

但是这回完全例外，北条方面不仅兵力薄弱，大将也愚不可及。

"甲州武士将如何看待此事？"

这才是家康极为关心的事情。甲州武士如果见家康从南方率军而来，与试图从北面进攻的北条结为盟友，对家康来说，一切都完了。

然而，"当地国人（武士）慷慨解囊，出来恭候者挤得道路水泄不通"。

他们极力拥护家康北上。信玄时代以来，甲州人熟习战事，他们当然明白此战谁胜谁负。吹毛求疵的甲州武士这回的态度总算让家康满意。

俗话说寡不敌众。倘若战争以兵力多寡定胜负的话，家康此次败局已定。至少连家康本人也觉得：

"胜算不大。"

即便胜算不大，家康仍须出马。如果家康恐惧北条家大军，躲在远州滨松城内闭门不出，那甲州人一定会转而投靠北条，家康将永远失去吞并甲州的机会。

绝大多数甲州武士拥护家康，原因之一是家康对待甲州的态度。家康年轻时期，以信玄为首的甲州武士曾是他最大的敌人，但他始终崇敬甲州武士的武略。当年武田胜赖灭亡，家康在取得信长的允许之后，大量接纳甲州武士。不光安顿妥当，还借鉴甲州兵法，将固有的德川家军法大幅度改变为甲州风格。如今甲州武士已群龙无首。

——要随就随德川大人！

甲州武士理所当然会有这种想法。家康将投奔他的为数不少的甲州武士统一安排在井伊直政手下，并将这支新组建的队伍改造为赤色后备军。甲州武士无不为家康的优待而感动，"幸亏选择了这条大道"，此话说得不错。

"尽管如此，难以敌得过北条的五万大军。"

家康始终是位现实主义者，他难免有些忧虑。在家康看来，只要能与北条家战个平手，顺利撤回，不仅对平定甲州有利，对与北条建立平等外交也会有些帮助。

家康进入古府（甲府），住在原武田部将一条信达的府邸。不过此举却是秘密行动。他对外宣称，德川大军的大本营设在了位于古府南面笛吹川南侧名为曾根的丘陵地带上的古城——胜山城内，德川家的大旗在城头迎风飘扬。家康命令服部半藏守卫伪装的大本营。半藏是伊贺人，完成战场伪装任务，比任何人都在行。

家康故意做给北条大军看。他从甲州召回的三千兵士，作为游击队直接出没于北条方面大本营附近，时而连续放炮，时而夜袭军营，搅乱对方阵脚，使其神经紧张。家康要让进入了狭长的甲州峡谷地带的北条军误以为家康从三个方位包围了自己。家康的虚张声势做得相当成功，只可惜兵力薄弱，绝不可与敌军动真格。一旦真正对决起来，不出半日，家康方面一定会落荒而逃。但有趣的是，家康此刻故意摆出一副欲与敌军决一死战的霸气。

北条氏直继续南下，在若神子布阵。这样一来，更为接近家康所在的古府。如此近距离的对峙，家康难免心虚。他离开了古府，率军北上至距离氏直所在的若神子更为接近的山地——德川军进入冈部正纲驻守的新府城。若神子与新府城不过六公里之遥。双方阵前均有大小河流流淌，构成天然要塞，但一旦决意在野外激战，也并非不能为之。不过北条大军一直不敢首先引燃战火。

"看来家康有备而来，信心十足。"

氏直相当谨慎。倒是家康方面时不时离开新府城，来到野外布阵挑衅一番。北条氏依然按兵不动。起初，家康揣测对方不予还手，"恐怕是别有用心"。若硬要找个理由，恐怕要数当地地形险峻，大军无法一字拉开阵形。可渐渐地，家康感觉北条氏直不过是胆小怕事，畏畏缩缩罢了。

一天天过去了，双方还是毫无动静。不久，北条方面提出希望讲和，家康大松了一口气。提出议和的是氏直的叔父——伊豆韭山城主北条美浓守氏规。氏规算得上是北条族人中最明事理的一位，与家康也是旧交。从前，家康作为人质生活在骏府今川家，氏规同样作为人质来到了骏府。他们俩一同鹰猎，捕获过斑鸠等。

家康派出榊原康政应对氏规提出的讲和，而自己一概不出面。此战中家康既没有亲临战场，也不曾进入敌军的视野，为的就是让北条方面觉得家康是何等伟大之人。不接见议和的使者同样出于此种考虑，一旦答应接见敌方，无疑会暴露出兵力不足军队的弱势。

北条方面提出的议和内容如下：

"甲州一地听凭德川氏处理，而北条氏专心于平定关东八州。并借此机会巩固同盟关系，希望家康之女嫁给氏直为妻，以结成姻亲，不知德川家意下如何。"

一向高傲自大、以老大自居的北条氏竟然有意与德川氏结亲，实在出人意料。家康自然没有异议。

于是，家康命榊原答复使者：

"接受提议。"

可后来北条氏的态度依然狂妄自大，蔑视家康。签字仪式本应由氏规亲自出马，可他却根本没有露面。提出议和的一方前来签署协议才是当时的惯例。

"北条难道是要德川家的人走这一趟？若派人去了，恐怕是自寻死路。"

家康心想。如果他果真去了，对方肯定看低兵力弱小的德川军团。所以家康也久守阵地、保持缄默。

北条氏仿佛对家康的态度有所察觉。总大将北条氏直以为：

"莫非家康要伺机偷袭不成！"

氏直加固了防守。他下令在距离德川阵营较近的平泽朝日山迅速修建起城墙，派兵日夜值守岗哨。

家康决心已定，要与北条氏一决高下。当然，他的决心是伪装的。

他对北条下了战书——议和破裂、希望分出胜负等。

大致内容是：

"此番议和，本非我军所冀。盖因北条美浓守（氏规）与家康昔有旧交，曾同在今川骏府家做人质。家康念此交情，勉强同意。岂知阁下并无诚意，近日且在平泽另设新营，图谋不轨。既然议和破裂，家康愿决一死战，将双方命运委诸上天。"战书措辞激烈。

接着，家康开始物色将战书送达北条军营的人。他找到家臣中身材最为魁梧高大、有胆有谋的年轻男子，远州人朝比奈弥太郎泰胜。朝比奈身高六尺有余，头戴桃形头盔，身披黑色铠甲，外加披风纵马飞驰而过，犹如一头怪兽奔驰在田野中。朝比奈对能充当信使一职感到十分荣幸，他将家康的战书放在盒子内，再将盒子挂在脖子上，单骑奔向敌军营地。

不多时，他到达平泽附近。北条方面的诸将乱作一团正在布阵，朝比奈仿佛踏着他们的肩膀似的从众人头顶一跃而过，飞快地来到北条军军师、首席家老大道寺政繁的营前。朝比奈勒住马缰来回踱步，问道：

"我是德川三河守派来的使者，北条美浓守（氏规）大人的营房在何处？"

他没有与任何人打招呼，粗野地一吼，顿时震慑住了北条大军。北条的营内这才走出人来，将朝比奈带到了氏规的营前。氏规看过家康的书信后大为震惊，立刻找到氏直责问：

"主君是否有意与德川决战？"

氏直一听此话，大惊失色，当场委派氏规前往德川阵营，与家康讲和。

如此一来，北条氏就被动了。原本双方撤军时，为防止违约须交换人质，而今只是北条家单方面送来人质。北条氏方面以军师大道寺政繁之子新四郎为取信的人质。

协商达成之后，北条方面五万大军向北撤退。家康也率军南下，班师回到古府。

——以八千兵马击退了五万敌军！

家康漂亮的外交手腕令他的手下佩服得五体投地。家康与信长同盟二十多年，外交上始终忍气吞声。可信长一死，家康改头换面，仿佛变成了另一个人。他在给北条氏下战书时，难免顾虑，倘若北条氏重新站立起来，家康或许会遭遇惨败。然而家康彻底分析了敌军主将北条氏直及其手下部将的性格之后，断然挺直腰杆，语气强硬起来。假设对方是信长一类的人物，家康必定卑躬屈膝、恨不得舔舐对方的脚底，想尽一切办法以防事态恶化。恐怕家康不是改头换面，而是变得老奸巨猾，已能根据对手的强弱转换自己的角色了。

初花

信长死后丰臣秀吉一跃而起。

"如梦一般。"

京都的朝臣在日记中这样记载。确实，此间局势的变化令人目不暇接。

在天正十年六月二日清晨本能寺之变以前，秀吉只是织田家的部将，转瞬间他就控制了京都大权。在一年多的时间里，他已经霸占以京都附近为中心的二十四国，版图辽阔。当年年末，他搬进了日本国内首屈一指的巨大城堡——大坂城。坦率地讲，秀吉在信长死后的织田家内部纷争中脱颖而出，凭借实力将织田家的所有领土揽为己有。

家康依然身在东海。

其间，家康仿佛对中央政局的变动漠不关心，每日忙碌不已。举例来说，家康积蓄钱财算计到了骨髓，他紧握财政大权。当时，领主的收入以谷物计算，偶尔也有金、银、铜等货币进账。他命令官员将有洞孔的铜币用线串起来，堆积在他用心修建而成的城内钱库中。而金币或银币，每一叠他都细心地用纸包好，再亲自在纸面上注明年月日，从不让官员插手注明日期的工作。那个时候，秀吉的庆长小判与大判[1]尚未发行，所以金币并不成套。用当时的话来讲，只有各地私铸金币，因此，家康包好的金币块也是大小不一。

多年以后，到了丰臣时代末期，丰臣家有位权势显赫的大名名叫细川忠兴，他位于伏见官邸的金银所剩无几，走投无路的细川差老臣松井佐渡找到家康，希望得到家康的支援。

——这个简单。

---

[1] 小判：小金币；大判：椭圆形大金币。——译注

家康爽快答应。他令人从钱库中抬出两只陈旧的四脚箱，让松井佐渡自己打开。每只箱子里均装有金币百枚，且每包黄金上都有家康的字迹，无一例外地记载有年号。最有年头的还要数家康在穷乡僻壤的三河时积攒下来的。

以一知万。例如夏季，他只食用最廉价的麦饭，内衣总让下人染成黄色，以便经久耐穿。

《古老物语》中记载：

"大人曾说，男子的内衣不要用白色的棉布，染成黄色最好。"

但是，以朴素节俭著称的三河武士还是公认白色内衣最好，并未效仿家康。

"三河大人（家康）极为吝啬。"

随着家康名气的增大，类似评价也在世间流传开来。

当年深受织田信长喜爱的文武双全之才蒲生氏乡在秀吉时代遭排挤。他在丰臣时代，与宫中大名闲聊时，话题突然转到：

——万一太阁有了不测，天下将落入谁人之手？

氏乡不假思索立刻答道：

"加贺大人（前田利家）自然是众望所归。德川大人做事吝啬，恐怕大名中无人愿意跟随他。"

《天野逸话》与《前桥闻书》中也记载有家康苛刻的财政手腕。市场上的米价攀升时，家康立刻出售城内粮库中的屯粮。一旦米价跌落，他又会用金银购买大米，囤积起来。直到他夺取政权隐居骏河之后，依然改不了这个习惯。

——主君实在擅长精打细算。

世间留下许多类似的评论。类似的，还有记载提到家康的一段奇怪话语：

"有人常说我家康过于敛财，那都是些不明事理的人。幕府手中掌握的金银越多，底下流通的也就越少，世人势必会愈发珍惜钱粮。而如果世间金银过盛，物价一定会猛涨，百姓的生活就会窘困起来。"

信长与秀吉致力于促进货币经济发展，且考虑到振兴国家贸易，增加的是一国之财富。而家康的经济观显得狭窄，未曾打破地方小农意识，结果家康的思想最终成为德川政权的财政思想，他们一直认为谷物才是国家财政的基础，而忽略了逐渐发展起来的商业经济，且只是一味地实行节俭主义，这项原则一直持续到了江户幕府末期。

这对于家康来说是坚不可摧的信念。

话说家康晚年，一次与诸侯在庭园内漫步，中途来到石头砌成的洗手盆前洗净双手后，从怀中掏出手纸欲拭净水渍，此时突然有微风袭来，一张手纸随风飞走。家康急急忙忙追至草丛中，终于捡了起来，轻轻拂净后，又仔细放入怀中。身旁的侍童看到老主君如此吝啬，忍不住偷笑。家康随即察觉，颇有些不快：

"老夫绝非下意识为之，但我却凭借此精神得了天下。"

家康直言不讳，赢得了天下确是不争的事实。

不管怎样，当时的天下尚且在秀吉手中。

家康如聚拢金银一般，派兵进驻甲斐、信浓两地，并派出人员代为管理。他还欣然接受投奔德川的当地武士，希望这些行动能有助于尽快扩大疆域。这些倒算不上什么远大方针，但无论将来是与秀吉决战或是进行外交谈判，充实自己才是当务之急。

"到底能否生存下来？"

家康奔驰在甲斐、信浓两地时，偶尔感到有些不安。但无论如何，首要任务还是夺取地盘，哪怕扩张一乡、一村也好。甲、信两地原为武田家领土，后落到织田手里，现在没了国君，仿佛被人遗弃在路旁，自然值得拾起归为己有。

家康假装对京都方面的事情不闻不问、漠不关心。这期间，他仅有一次想过与秀吉进行谈判。

天正十一年（1583年）四月二十一日，秀吉在北近江的贱岳[1]与织田家首席家老柴田胜家展开对决。秀吉击溃了柴田，从而成了织田政权的真正继承者。

家康得到此报时正值中午，他正用筷子吃着炒麦面，相当于午餐。

---

1 贱岳：位于滋贺县北部，琵琶湖东北岸的一座山。——译注

"太突然了，太突然了……"

家康说了一半，顿时没了下文。当时旧织田势力分成了两大派，即北陆地方的柴田胜家和京都的羽柴秀吉。家康一直认为：

"原织田势力一定会四分五裂成势力弱小的派系，无论哪派胜出必然花费较长时间。"

羽柴秀吉固然大气俊敏，但北陆的柴田胜家也不逊色，他善战老练，相当于德川家的酒井一族的角色，况且柴田的妻子是信长的妹妹，这股势力在原织田家可是根深蒂固、坚不可摧的。家康觉得两强相争，难以分出胜负时，类似野心家的第三者会杀出来搅乱局势，最后两强必然伤痕累累，势力衰退。家康暗暗祈祷，他自认为不会看错，这才会在甲、信两国这远离中央政治舞台的偏僻乡下挥汗如雨地努力扩充自己的势力。

岂料结果大大出乎家康意料。秀吉在贱岳一战后，一举击溃了胜家，胜家从此一蹶不振。

"如此一来，天下落入了那小个子之手。"

家康实在难以接受。曾经被信长唤作"猴子、猴子"，追随在信长身后的秀吉身高不足五尺，出身士卒，一副寒碜相，如今却要黄袍加身。脚踏实地的实务家家康的头脑里无论如何也浮现不出羽柴秀吉掌握天下后的模样。

德川家将采用何种姿态应付这种新局势？归顺于秀吉？

投靠秀吉是大势所趋。按照日本武家的习惯，对于称霸天下之人，交出名簿归于其伞下，宣誓效忠，以此保全自家性命与手中领土是理所当然的。首先，原先为信长效劳的织田家武士纷纷投奔了秀吉，其他家族的势力如雪崩般瓦解，这当然也是促成秀吉成功的原因之一。

家康心想：

"若要投靠秀吉，则宜早不宜迟。"

越晚表态，其动机肯定遭到怀疑，说不定好容易得到的领土还会被上面强要了去。

可家康转念一想：

"事情已经晚了。"

当初秀吉讨伐明智光秀，后来消灭柴田胜家，这两次决定秀吉胜利的大会战，家康都不曾参与其中，故无功劳可言。对秀吉政权的建立没有功劳的人自然得不到秀吉的优待，现如今投奔他，恐怕还会招来杀身之祸，势必连家康的领地也会被秀吉剥夺了去，再奖赏给对他有功之人。

"秀吉一定会如此。"

家康肯定了自己的猜想。他很难相信他人。少年时，他看透了人心的表里不一，因此只要不是亲眼所见、亲耳所闻，绝不相信他人。何况是现今突然身价百倍、手握天下的秀吉心里究竟是怎么想的，家康无法推测。家康对秀吉的了解原本就少之又少。

家康不善于处理新事物，一遇到新状况必然会惊慌失措。当他听到秀吉战胜了胜家，好似被风刮倒一般一头扎进卧室，却还一手握着两支筷子，一手端着盛有炒麦面的碗。毋庸置疑，家康并不是要去就寝。许多地方的城堡都大同小异，同样，在这滨松城内，城主能够躲藏的地方只有卧室而已。

没过多久，获知此消息的重臣、家臣等足智多谋的人陆续进到城内。他们并不在厅堂内集中，厅堂内须按身份高低有序地就座，不便于闲谈。像此刻需要无拘无束聚集的时候，大臣们总会走到滨松城内称为"广积"的地方会合。此处铺着地板，可供几百人同时就餐，所以厅内宽敞，很适合二三十人席地而坐、交换观点，且不必讲究身份高低，可随意就座。

人称鬼作左的本多作左卫门算得上是三河武士的核心人物，他负责管理冈崎大街小巷的事务。这天，他凑巧有事来到滨松城，立刻成为当日聊天的核心人物。在鬼作左眼里，除了德川家，世上再无其他大名；除了三河，天下再无别的地方，连这德川家的主城滨松，他也会大声挑剔，不住地嚷道：

"外人的地盘，太不习惯。"

他坚信德川家的圣地无论如何非三河冈崎莫属。

鬼作左大发议论：

"为尾张武士挑粪卖力的低贱之辈（指秀吉），无论怎样妖言惑众，也瞒不过我等的双眼。尾张武士（此处或许指织田家部将）见利忘义，只要给点好处，连世代跟随的主君也能一脚踹开。那家伙洞悉尾张武士的弱点，接二连三踢翻他们，不到一年的时间，竟盗得织田的天下。此类歹人哪怕得了天下，到头来也会与惟任（明智光秀）落得同样下场！"

他指的"落得同样下场"，是说与光秀一样的短命。

"作左，讲得好！"

场内欢呼声四起。在场的没有哪位愿意接受光秀称霸天下的事实，家康也是如此。出身西三河山岳地带的众家臣们对待任何事物都很保守，他们的忠心、做人的骨气里多少夹杂着对所有形态的新事物的憎恶或蔑视。

然而，在座的却有一人想法特殊。

他就是被人们敬称为"伯耆大人"的五十多岁的石川伯耆数正。家康看重他才能超群，气量非凡，于是将他一手提拔成与酒井忠次同级的左右重臣。

早在永禄四年（1561年）家康尚未平定三河时，曾与三河的豪族水野信元在石濑一决雌雄，当时担任先锋大将的正是石川数正。数正指挥部队前进后退，方法巧妙得当，所表现出的勇气与智慧远远胜过年轻的家康。

后来，由于石川数正考虑欠佳，惹出了一些是非，在三河武士中失掉了声望，家康才开始有所顾忌，很少赞扬他。此前，家康每次看见战场上数正飒爽的英姿，总会骑在马背上赞不绝口：

"临机应变，好一个伯耆！"

家康深知自己天生缺乏独创能力，凡事刻意模仿，学习他人的长处。早些年家康从石川数正身上学到了不少进退之术。

倘若这石川数正生在尾张织田氏家臣家，一定能博得爱才之人信长的喜爱，恐怕早被提拔为与羽柴秀吉、柴田胜家平起平坐的显赫之人了。

"伯耆大人聪明过头了。"

三河武士对他的评价便是如此。聪明之人在三河原本就不受欢迎。

也有人私底下议论：

"他家三代以前是美浓人。"

的确，数正的祖父从美浓到三河跟随了家康的祖父，可三代已过，三河武士依然视他为异乡人。甚至有人在背地里说：

"数正的脾气还是令人捉摸不透。"

石川数正并非一般的机智之人。早在骏府的今川义元于桶狭间被信长击败之后，今川氏真继承了今川家家业。家康看出氏真过于愚昧，断然脱离他，秘密投奔了尾张信长，结成新的同盟。此事传到骏府，氏真勃然大怒。

加上家康与今川氏族人上乡城主鹈殿长持交战，击败了长持，俘虏了长持的两个儿子。氏真按捺不住心中的怒火，决定杀掉家康放在骏府的人质：家康之妻筑山夫人与其嫡子信康，信康年仅三岁，乳名"竹千代"。

"请主君准许在下前往骏府救出幼君。"

石川数正十分胆大，向家康表明了自己的想法。家康觉得此举过于冒险，断然拒绝。可数正考虑再三，留下一封信，偷偷溜出三河潜入虎穴骏府，甚至面见了今川氏真，与其谈判。

石川数正是一位外交高手。他听说今川氏真十分喜爱鹈殿长持的两个儿子，且宠爱有加。数正正好利用了这点。鹈殿的两个儿子名为藤太郎与藤三郎。如今他们俩被家康俘虏，关押在德川家滨松城内。数正向氏真提出要求：

"大人意下如何？用鹈殿之子交换我幼君。"

氏真欣然答应。数正漂亮地完成了此次冒险外交。

数正让筑山夫人坐在轿子里，自己抱着三岁的竹千代（他让竹千代坐在马鞍的前半部），意气风发地返回三河冈崎。三河冈崎的城民欢呼雀跃，掌声雷动。大久保彦左卫门在《三河物语》中用朴实的文字描写了当时的场面：

"此刻，石川伯耆嚼着满脸胡须，扬扬得意，他将幼君置于马鞍前部凯旋。场面壮观，无与伦比。"

"嚼着胡须"一词在当时的口语中十分流行。数正胡须浓密，当他在马上疾驰时，大风吹乱胡须，看上去好像在咀嚼着一般。这次冒险死里逃生，说数正固执也好，说他为了主君将生死置之度外也罢，却充分体现了典型的三河人性格。然而已过不惑之年的数正如今对三河人的质朴心、以质朴为豪的想法却产生了怀疑。

"在尾张便不会如此。"

数正遇到事情时常常这么感叹。此后数正依然担任家康的先锋大将驰骋在战场，无论三方原之战，或是姊川、长筱之战，他表现出的勇猛与顽强皆无人可比。不过，他总能超常发挥才智的场合还要数对织田家的外交。家康总是委任数正前往织田家处理外交事宜。

自然，比起阴郁沉闷、闭关自守的三河武士集团，织田家的开明作风更让他心仪。在织田家，无论步卒还是骑士，只要立功，哪怕是战争正进行得如火如荼，总大将信长都会把手伸进钱箱里，抓起一把碎银子犒劳他。

数正的口头禅渐渐变成了"若在尾张……"。在三河武士看来，尾张的作风的确开明，但也使得某些武士产生贪婪之心，有人对主君露骨地表现出功利之心，而非效忠之情。尚且保留着中世传统的三河武士们，忍不住厉声呵斥：

"不知尾张武士究竟是武士还是商人！"

首先家康本人就有这种看法。他很不喜欢尾张的作风，更害怕尾张的浮华之风带坏了三河人。他竭力不让淳朴的三河武士受到侵蚀。

"我赏识的武士类型是……"

家康常常提到他心中的标准。而武士们为了博得主君欢心，努力将自己塑造成主君赏识的类型。家康认为：

"武士足智多谋自然最好，可欠缺才华也不为过。只要忠诚朴实，没有谋略也罢。武士没有忠贞思想，好比刀枪失去了锋刃。"（《中泉古老物语》）

"只要忠诚朴实。"这句话是家康对其家臣寄予的厚望。他警惕三河武士被尾张人的奢华之风影响，故而有意提醒三河武士不能忘本。

然而石川数正却认为：

"三河固陋守旧而天下日新月异。"

尽管数正从未在家康面前流露出如此想法，却在武士聚集时有所提及。在数正看来，天下如此开阔，固陋的三河人爱钻牛角尖，这样很快会远远落后于别国。对于数正所谓的先进开明的思想，三河人中赞成者屈指可数，绝大多数表现出排斥。

鬼作左大发议论时，情况同样如此。

站在"广积"内的武士一致指责秀吉的不是，痛斥那些上当受骗、原来与秀吉共事如今却成了秀吉家臣的织田将领。过了一会儿，德川家的家臣们纷纷来征询石川数正的意见。

数正身为德川家重臣，不便多言，只说了一句：

"无论你们接受也好，反对也罢，秀吉确实成了天下霸主。"

数正认为，自己早已不再是在三河山溪流边以捕捞鱼虾度日的昔日三河武士，仅凭自己的好恶来判断天下是非或推测天下的归属，简直是大错特错。

家康此刻正在卧室内，身子蜷曲得像捕食的猿猴一般，一筷子一筷子地将碗中的炒麦面准确送入嘴里，唯独眼睛死死盯着前方，若有所思。

家康唤来下人，下令召见近侍本多千之助。过了一会儿，千之助双目发直地走了进来。

家康知道这位年轻人刚才一直待在"广积"内，这才召他过来。千之助仿佛尚未从先前的激烈讨论中回过神来，表情依旧僵硬。

"千之助，去一趟便所再来。"

家康吩咐道。恐怕千之助真的是一副内急的表情，然而他却冒失地答道"不想解手"，拒绝了家康。家康依然温和地叫他"不想解手也去便所一趟"，千之助这才站起来，出了走廊。

没过多久，千之助回来了，他脸上紧绷的表情便松弛了下来。家康走到他身旁，询问这位年轻人：

"广积内讨论出什么结果了？"

讲话者如果情绪激昂，必然说不出冷静客观的事实，因此家康才故意让他去一趟便所。家康平日里就是如此，想尽办法调动他人。

"广积"并不单指场所，而指代广积内的讨论。这个习惯起源于松平家的土豪时代，掌权的家督事后再从合适的人选处听取汇报。这并非安排某人充当家督的眼线，而是极为公开的行为。

下总（今千叶）的佐仓有座城郭，城主千叶氏是自源平时代起的世袭大名。千叶家家风腐败，犹如古池中的一潭死水。所以战国时期千叶家门户衰微，后来成为小田原北条氏的属国，总算保住了姓氏。千叶家里有个风俗，叫做"千叶一笑"。

《骏河土产》一书中记载了家康对"千叶一笑"由来的解释：

"千叶家家督、家老、奉行[1]、头人等凭个人爱憎处理政事，收取贿赂，偏袒不公，家风腐败，以至于武士难得安宁。因而众武士趁着天黑，用布遮脸，掩饰好自己的身份再聚到合适的地方贬斥上人的不是，将心中的苦闷一吐为快。其间不免开怀大笑，这便称作'千叶一笑'。"

千叶一笑姑且不论，而德川家有"广积"，众人的议论总能传到家康的耳朵里，正因为如此，他们才会认真地论事。

家康从本多千之助口中得知广积内讨论的内容。其中家康对石川数正的言论表示了兴趣。

"不愧是伯耆！"

家康对数正不满三河武士心胸狭窄之事早有耳闻，所以并无恶意。而家康更在意的是数正对广积内众人的言论有何反应。千之助回答，数正反应平淡。以数正重臣的身份，他一定是有所顾忌，言语虽不直接，却也招来在场所有人的反感。

不知是谁当场反驳数正：

"阁下说一统了天下，是要主君也成为秀吉的家臣？"

不知道数正是否故意，他面色惨白慌忙大声解释：老夫只是提醒大家，如今不再是固守偏僻山寨的时代了，更应心胸开阔、放眼天下。仅此而已！但众人仍未表示出赞同。

家康称赞："伯耆说得对。"

其实家康心里却另有打算，他更偏好三河武士的固陋风气，反对新生事物和新的潮流。他时常将自己封闭起来，恐怕三河众多武士中他才是最为保守的一个。

---

[1] 奉行：又称奉行人，平安时代至江户时代武将的官职，其管理的内容因时代而不同，丰臣家五奉行主要承担行政事务。——译注

家康觉得："秀吉之事万万不可仓促，众家臣也是此意。或许听取众人建议，暂且观察时局再作打算为好。"

于是，家康唤来二位重臣酒井忠次与石川数正。

酒井忠次立刻表态：

"藤吉郎手下的那伙人都是乌合之众。"忠次称呼秀吉的旧名，因为他丝毫不信任秀吉的实力。

那伙人，即旧织田家诸侯，虽很快拥护秀吉当上天下霸主，却无半点忠诚。酒井布在京都的探子也报告说诸侯们没有一位对秀吉尊称"主君"，连信长的乳兄弟池田胜入斋与秀吉说话也采用朋友的口吻。况且原织田家的部将个个野心勃勃，时机一旦成熟，一定会一脚踢开秀吉这个跳板，抢夺大权。

家康对酒井的一番话十分满意，他评价说：

"想来也是如此。"

尽管家康本人尚且没有抢夺天下的宏伟计划，但心里也暗自祈祷秀吉刚刚成立一年的政权尽快在野心家们的争夺下土崩瓦解。一旦瓦解成以往群雄割据的局面，那占有东海五国的家康必能傲视群雄，占据往日武田信玄般高高在上的位置。

"瓦解羽柴势力，倒有一个办法。"

家康胸有成竹。然而时机尚不成熟，暂不能动手。

酒井忠次提出天下群雄割据、德川称霸一方的方案。家康接着询问了石川数正的意见。

数正察觉到了家康的心思，因此不敢明确地表态说"应归在秀吉麾下"之类的话语。

老练的数正作出一副略有所思的样子。曾经令他自豪的可以"嚼着"的胡须如今已经花白，且头上已谢顶，脑后仅存的少许头发勉强绾成了发髻。

"容老臣好好想想。"

数正要了些时间缓冲。

他思考时，酒井忠次便开始高谈阔论，说什么"织田、德川同盟"如何。既然一直关系亲密，哪怕信长去世也该继续维持同盟关系。不过，信长嫡子中将信忠也在明智的叛乱中丧生，唯有信忠之子，即信长的嫡孙被前田玄以抱着逃出了本能寺的火海，幸免于难。

秀吉拥护死里逃生的信长嫡孙，成为他的保育官，并公开宣布将来这小孩才是织田家的继承人。可事实上，信长嫡孙三法师不过是个嗷嗷待哺的婴儿。家康不可能与他结为同盟。

信长的其他儿子个个不肖。只有三男信孝刚过而立之年，能力平平，却气魄非凡。他早与柴田胜家结盟。胜家打着"拥立信孝为织田家继承者"的旗号与秀吉对决。而秀吉仅仅仗着婴儿三法师自然底气不足，故又拥护时年三十岁的信长次男织田信雄（与信孝同岁，生母不同），抵抗胜家。结果在贱岳一战中秀吉大败胜家，这样一来，织田家的子孙迅速失去了利用价值。

可以说在织田政权已经瓦解的今天，织田、德川同盟也名存实亡。若真要维持同盟关系，倒不如向继承了织田家实力的秀吉提出请求，重新结盟更为妥当。——石川数正建议如此，可德川家万事守旧，在家康尚且没有拿定主意之时，贸然提出自己的想法，一定会产生摩擦与误解，甚至招来杀身之祸。不仅是现在，早在信长时代，数正就被视为是"亲京派"。

人们早就觉得数正已超越家康代理人的身份，与信长关系特别。家康尽管了解数正的性格，却也封不住三河武士的嘴。

数正继续装出思索的神情，家康一片好意，替他解围说：

"连伯耆也没了主意。"

酒井、石川的意见并不能动摇家康的想法。家康奇怪得很，他其实根本不需要参谋或是军师。后来的他更是如此。只是后半生里他重用本多正信，曾唤正信来过自己的卧室，但那也算不上是军师，最多称得上是他议事的对象。这种时候，家康召见酒井、石川，最终主意还是由自己敲定。如果不给重臣畅所欲言的机会，恐怕他们会产生郁郁不得志的情绪。家康听说武田信玄生前常常运用此招，而上杉谦信全然不理会大臣们的想法，至于信长，最多偶尔为之。

数正故作深思熟虑后提议：

"在下也无良策，只是秀吉在近江柳濑（贱岳）大获全胜，何不差人前去恭贺一番，再做定夺。"

数正点醒了家康，他的确疏忽了此事。家康一味地心急如焚，只考虑到底是跟随秀吉还是继续与其断绝来往，这二选一的难题甚至令他急得撞墙，却单单忽略了世间最重要的礼仪二字。礼仪原本无益也无害，可在如今难以决定之时，礼仪也不失为一种举动。眼下，不如先给秀吉道贺。

家康面露喜色：

"伯耆，不如你去趟京都？"

"随时听凭主君吩咐。"

"宜早不宜迟。"家康道。

接着得挑选贺礼。

尾张武士原本喜爱奢华，加上秀吉深受信长影响，也爱茶艺，更爱茶具。

然而，在三河作风浓厚的家康住持的德川家里根本找不出一件像样的物品能献给当今天下第一人、从五位下左近卫少将羽柴秀吉。

信长在世时，他军营中使用的便器上也描绘有精致的泥金画。听说此事后，冈崎某商人也想让自家主君用上此等稀奇之物，于是招来工匠仿造了一个献给家康。在那以前，家康在军营中方便时，与农夫无异，只需在野外挂上一张布帘便可。当家康看到这华丽的便器时很惊讶：

"这有何用？难道污秽也懂得欣赏泥金画不成？"

当即让人摔了个粉碎。家康对贵族以及富商间风靡的茶道更是一点儿也不感兴趣。在那个时代，贵族不分朝臣还是武家，或懂茶艺或做连歌[1]，总之必然属于某个兴趣团体。可家康从不参与，这在当时日本国内恐怕再找不出第二人。

他这种人哪收藏过什么稀世珍品。忽然家康脑中闪过一物：

"送初花给他！"

家康当机立断。

1　连歌：由两个以上的人交互吟咏"和歌"的上句和下句。——译注

信长辞世前，曾劝过家康：

"三河大人也来赏茶如何？"

此话非同小可。信长虽爱好茶道，却从来禁止自己的部将成为茶会东道主。一是由于茶会东道主要招待宾客，必定准备茶室与茶具，添置众多物品，难免造成经济负担；二是此规定，必然会将部下分出等级。信长在柴田胜家平定了北陆地方之后，恩准胜家开过茶会。而后，秀吉攻打中国地方，赢取了播州，取得阶段性胜利时信长也曾准许秀吉当东道主。家康并非织田家家臣，而是独立的同盟国国君，此番话语没有将家康定格的意思，完全出于信长的好意。但是按惯例，一旦劝诱他人也来爱茶，必将选出一件私藏宝贝赠予对方。信长送给家康的正是刻有"初花"二字的茶壶。

小茶壶上部的两角微微上翘，仿佛伸展着的双肩，让人不禁联想到美少年的绝色，加之气质优雅高贵，属于所谓的舶来品，传说这是杨贵妃用过的油壶，但也未必可信。不过可以明确的是，这件宝贝是建造了银阁寺的足利将军义政所有，义政赞叹说"此茶壶甚似预告春天来临的名花"，亲笔题名为"初花"。后来，宝贝落入信长手中，信长爱不释手，不知信长下了何等决心才给了家康。

但是在家康眼里，这小小的茶壶无论怎么看与乡下老妪使用的盛铁浆[1]的小壶并无二致。家康感激地领过宝贝将它带回滨松，搁在了城内的什物仓库中。不幸的是此物竟成了信长的遗物。有了这层顾虑，家康觉得转手赠人并不妥当，然而又没有更合适的贺礼。但更为关键的是，秀吉如果知道天下三肩冲[2]（其余两只分别为铭刻着"新田"与"楢柴"）之一的"初花"在家康手里，而家康送去其他物品，恐怕秀吉会感到不悦：

——为何不将"初花"送给我？

要送贺礼就得送"初花"。

"主君有意送出'初花'？"

连石川数正也为家康挑选的贺礼感到震惊，但更觉欣喜，他推测：

---

1 铁浆：一种染料。——译注

2 三肩冲：上部的两角微微上翘的茶壶形状。——译注

——主君开始倾向于秀吉。

在家康眼里，美术品终究不过是虚妄之物，如同摔碎泥金画的便器一样，家康送出"初花"没有丝毫的不舍。他作此决定时心中竟还闪过一个与数正的推测大相径庭的念头：

——迟早要与秀吉决战。

当然，家康决不会单枪匹马地莽撞行事，必须联合同盟才行。而且并无必要与秀吉展开正面对决，他决定将秀吉带入持久战。对于如今秀吉搭积木般建立起来的伪权力世界——这种世界如昔日秀吉在墨股[1]完成的纸糊的一夜城一般，家康就从外交和战争两方面软硬夹击，纵然敌不过秀吉，也不会惨败。只要不输给他，秀吉方面必然有人背叛，秀吉迟早会如同余烬一样被人踩灭。对于同盟者，家康有了合适的人选，那便是信长次男中将织田信雄。信雄生性鲁钝，织田家家臣甚至背地里称呼他为愚殿下。但他却很自负，总觉得织田政权的正统继承人非他莫属。此番织田家内乱，秀吉诱骗他无论如何会拥立他做执政者，信雄满心欢喜，跟着秀吉下了赌注。虽然赢了赌注，可结果却是秀吉本人篡位，信雄何等愤懑，可想而知。如果家康出面与他结为同盟，信雄一定会接受。

言归正传，石川数正带了五匹备换的骏马向西驶去。这位声名显赫的大名想趁秀吉营中硝烟刚刚散去之时及时送去贺礼，所以才会如同送急报的信使般一路飞驰。否则怕是达不到祝贺的效果。

秀吉在北近江山岳地带击破了柴田胜家的先锋佐久间部队，又马不停蹄地歼灭了对方的主力军，再乘胜追击败走的胜家，最后猛然掉头攻入北部，在越前南条郡今庄的溪边驿站歇马。当晚，石川数正敲响了秀吉阵营的大门。

接到家康火速的道贺，秀吉又惊又喜。更让他兴奋的是：

"难道家康也要归顺于我？"

经过如此激烈的交战，秀吉疲惫不堪，正躺着歇息。听到数正来访，秀吉走到玄关前亲自迎接：

---

[1] 墨股：日本战国时代城堡，又作"墨俣城"，今岐阜县大恒市内。木下藤吉郎（丰臣秀吉）曾一夜之间筑起此城的故事在日本广为流传。——译注

"伯耆！这两日我连获战果，原来是伯耆给我带来的好运。"

秀吉说得仿佛是托数正的福才取得了胜利一般。从玄关到客厅，秀吉的一只手一直搂着数正的肩膀。

数正很感动。

从此刻起，数正成为秀吉布下的蛊惑陷阱里的俘虏。

一介俗人

德川家康生活在空幻之中。

他与世上的凡人不同，总是试图将自己幻化为抽象的存在。这位奇特的男子通过自己的努力，近乎成功了一半。我们似乎很难找到一个合适的词汇来形容他的精神世界，"无私"一词过于哲学，像他这种凡夫俗子是达不到"无私"高度的。

他总是将自己视为虚无，把自身客体化，坚持自我监视、自我管理。而监管的主体正是存在于空幻之中的、抽象的德川家康，甚至连他的性生活都要在这样的监视之下进行。

直至晚年，家康本人依然身体力行"抽象化"。作为当时医术最高明的医师之一，他精通本草，生病时常自己开方下药。尤其是养生学的观念，家康要比同时代的医师进步许多。不过，这位现实得让人扫兴的男子并非真的爱好医学，他学习医术的目的仅仅是为了个人的健康。若是他的侍妾或老臣患了病，他也只是说：

"赶快找医生看看吧！"

精通医术，却从不替人看病开药，家康这样做并非薄情寡义，而是他的性格使然。

"今晚你去隔壁房间睡！"疲惫时，家康定会打发侍妾离开卧室。他一生始终相信积劳会成疾。

《幕府祚胤传》[1]一书中有过一段对家康侍妾西郡局的记载："天正

---

1 《幕府祚胤传》：德川幕府官修家谱之一。——译注

年间，侍内府，共枕席。"书中介绍了其伺候家康的情况。那时候西郡局已经育有一女，并且年过三十，很少在枕边侍寝。家康没有正房，内府的很多琐事自然就落到了西郡局的身上。

西郡局晚年曾经对日莲宗的一位僧侣叹息道：

"主君到底喜欢谁啊？"

在女人这个问题上，家康非常低调、避讳。当然，他比秀吉更好色，但决不像秀吉那样到处渔猎女色。他只将家臣送来侍奉的女性纳入自己的内府，仅此而已，绝不出去拈花惹草。在那个时代里，男人去外地打仗，与所到之处的女子相好，是上至武将下到走卒无可厚非的平常事。然而，家康常常对这种来历不明的外地女人敬而远之。因此，无论征战何处，家康总要从滨松带上一个侍女团在身边侍奉。

正如西郡局所言，家康一生中不曾吐露过类似喜欢谁、欣赏谁这样的话。他恐惧溺爱，一是害怕惹病上身，二是担心女人争风吃醋，后院起火。

当然，家康也有好恶，也有爱恨。但是在这个世上，像他这样能控制住自己情感的人实在少之又少。他究竟是在将自我抽象这一奇妙的训练强加于身，还是在用"德川家康"这个名字里所蕴含的虚幻、抽象来压抑自己的欲望、情感呢？我们无从得知。也许是为了能在这个乱世中生存，为了能够与众多天才交战，这个既无非凡创造力，又无卓越天资的普通人，只能以此来磨炼自己、提升自己。

家康曾经这样说过："上杉谦信、武田信玄等人，都有很严重的缺点。"本多康重[1]是当时唯一在场的听众。《故老诸谈》一书记录下了他们当时谈话的内容。

"信玄剿灭了他的家臣——海野赖平、望月幸义；谦信又讨伐了长尾义景。这些事情，皆由疑而生，如果能信任、宽恕手下，唯才是用，那么这些家臣定能成股肱之臣，然而信玄、谦信二人都没有做到这一点。"

家康接着又谈到了自己的情况。家康的父亲——广忠年纪轻轻便死于

---

[1] 本多康重（1554—1611）：战国时代的至江户时代的武将。三河国冈崎藩初代藩主。——译注

非命，他死后，同族以及世代的家臣纷纷四散离去，其中不少人还臣事于敌方。后来随着家康慢慢统一了三河一带，他们又回来投奔家康。再后来，三河地方发生叛乱，那些家臣里通本能寺僧人，再次背叛了他。

最困顿时，家康被旧臣追得只剩一人一骑，落荒而走，几近丧命。但是，叛乱平定之后，家康仍不计前嫌，大胆任用曾经背叛过他的手下。这一点可能就是家康的非凡之处。

待到家康羽翼渐丰、武运亨通后，这些人都成了他最忠实的家臣，赴汤蹈火，忠君报恩。对于以前发生的事情，家康"佯装不知"，他从来不会提及这些旧伤旧恨。《故老诸谈》里记载了家康当时的言论，他说："部下过失，一概故作不知，只要唯才是用，就能成股肱之臣，著不朽功勋。"

其实，这些并不是什么大话、套话。家康一生始终奉行"故作不知"的人生态度。一般说来，主君对人臣往往会因主观情绪或怨憎侧目，或偏爱褒奖，但更容易猜疑自己的手下。自古以来，能不失偏颇地对待臣子而终其一生的君王少之又少。家康周围，如织田信长就很容易被这些东西所左右。家康没有信长那样伟大的理想，也没有改造日本社会的远大抱负，只是为了保护自己，他将自己的情感客观化、无私化。这一点，他与织田信长是截然不同的。

对家康而言，目前能够守卫他的只有旗下五国的武士团。这五国分别是三河本国、附属国远州、随后得到的骏河国以及在本能寺之变后的混战中夺得的甲州和信州。家康本人的性格魅力可以马上让新归降的骏河、甲州、信州三国的武士臣服于他。但家康的性格里并没有一种能让人产生亲近感的魅力，有的只是一种能让人释怀的安全感。其他三国的武士认为，家康殿下是不会加害他们的。

俗话说，伴君如伴虎。一个不小心，手中的权力、财富可以随时被主君夺去，严重时甚至性命不保。事实上，对家康新征服的甲州、信州、骏河三国武士圈内的在乡地侍[1]来说，曾经的武田信玄、武田胜赖犹如洪水

---

1 地侍：又称地士或国侍，即日本中世时期的土豪武士。他们并非任职于幕府的武士，而是在乡土居住并在当地拥有势力的武士。——译注

猛兽般可怕。但是，被海道[1]上的这几个国家称为"三河主君"的家康，从来没有做过一件残酷的事情。不但没有，甚至在面对曾经背叛自己、举事造反的部下，家康还能既往不咎，宽以待之，恢复他们原来的职位。这件事，海道上人人皆知。

可以说家康是一个非世人所能及的奇男子，虽然奇特，但这是他真实的一面。他不会积极地收买民心，也许是天生吝啬，他更不会用钱来礼遇贤能之士。然而，人们都认为投靠家康比投靠任何一个大名都要来得安定。对武士来说，安定感才是最大的魅力。就是这种安定感，吸引了五国的武士纷纷聚集到家康的门下，众武士紧密团结，甚至连新来的武士都感觉到自己似乎是世代的家臣。天正十一年（1583年），秀吉的势力正如日中天地扩张，而此时的家康还只是东海道上的一个小霸主，他所依靠的正是这些武士对他的向心力。

家康的家臣们不知如何称呼正在执掌天下大权的秀吉，于是他们一如既往地喊秀吉为："木下！"——他们只承认秀吉还是木下藤吉郎时代的旧姓。数年前，秀吉把自己的姓改成了羽柴。在来往不是很密切的三河地方，人们觉得喊他木下更为真实。

天正十一年十一月，秀吉一搬进刚刚修好的大坂城，就命令周围的人称呼他为："王君。"

"王君"一词曾经是对室町将军和织田信长的敬称，有天下霸主的意思。但是，据说对秀吉不服的诸大名并没有这样称呼他。他们觉得这个称谓简直莫名其妙，可以让人笑破肚皮。因为由秀吉率领着的挑战天下大权的诸将，原本都是旧织田家的家臣，与秀吉是同僚关系。

"猴子现在可得意呢！"

有的大名（中川濑兵卫[2]）故意在秀吉面前说这样的讽刺话；有的则故意在大坂城内捣乱，在庭园内随地便溺；质问时更是高声阔语，丝毫不把秀吉放在眼里。所以当时大坂城里压根就没有尊敬秀吉的气氛。探子将

1　海道：主要是指东海道。——译注
2　中川濑兵卫（1542—1583）：即中川清秀，幼名虎之助，通称濑兵卫。——译注

所闻之事——禀告给家康后，家康说：

"这也是没有办法的事。"

乡下佬家康觉得秀吉的所作所为如魔术般不可思议。家康扩张领地的方法毫无英雄风范，他更像是一个农夫，天天面朝黄土背朝天地流汗耕耘，等收获后再用多余的粮食去添置新的土地。秀吉的作风则与之大相径庭，他以前所未有的大度收买民心，不断制造出人们争先恐后投奔其麾下的火爆人气。利用权术，集合了大大小小的"既成势力团体"，而自己则是高高在上地操纵、指挥他们，把原本属于织田势力的团体逐渐改编成羽柴势力群。这种翻手为云、覆手为雨的政治手腕非天才莫属。这样的天才，又是万年一遇。

这个时期的家康，即使竭尽心力也无法理解秀吉天才般的政治才华。家康是这样一个男人，由于缺乏独创性，他庆幸与武田信玄为邻，还特地向武田学习军队组织和战场进退的方法。他对秀吉大手笔的政治动作不甚了了，甚至觉得"丰臣的天下"犹如空中楼阁一般，毫无根基。

"木下只是在幻境里跳舞罢了，看着吧，他马上就要从悬崖上掉下去了。"家康对秀吉的认识仅限于此。

当然"木下藤吉郎"这个名字，家康早有耳闻。后来，藤吉郎改名为羽柴筑前守秀吉，登上织田家五大家老之一的位置时，家康还认为秀吉的地位不及他高。家康是信长的盟友，当他去安土城时，信长的家老都给予他信长胞弟般的礼遇。唯有列五大家老之首的柴田权六胜家对家康略显傲慢，出言时有不逊，欲与家康平起平坐。

"啊，三河君，你来觐见，有劳了。"

家康不喜欢柴田胜家狂妄自大、目中无人的个性，对他利己主义的行事方式也深感不安。柴田胜家心狠手辣，可以为了利益不择手段。因此，当羽柴秀吉在近江北部的山岳地带攻击柴田大军时，家康曾暗暗祈求柴田战败[1]。

后来羽柴秀吉果然大败柴田于贱岳，家康得知此消息后，自然喜不自

---

[1] 此处写家康希望柴田战败，与前文中家康希望柴田在与秀吉的争斗中胜出相矛盾。但原文如此，特此说明。——译注

禁："自己的运气还真不赖啊！"

家康一直担心，如若柴田胜家当了织田家族总管，自己迟早有一天会被他杀害。但这不是说家康对木下藤吉郎有多大的好感，只是觉得他不会像柴田胜家那样加害自己罢了。织田家的其他武士也因为这个缘故纷纷转向支持羽柴秀吉。胜家在织田家中，人缘本来就不太好，秀吉利用这一点，得到了其他诸侯的支持。

"羽柴秀吉，能执掌织田家族的大权吗？"

当家康还在寻思这个问题时，秀吉的政治手腕要得越来越风生水起了。打鼓、吹笛、丝竹，喧哗的热闹里秀吉时而让人看到重重幻影，时而又让人看到他的真实面目。被柴田胜家拥戴为继承信长、担当新主的织田信孝素来与秀吉不和。在后来的战斗中，秀吉将他逐出了岐阜城，并一路追逼到知多半岛一个叫内海的渔村，最后在那里杀死了他。闻此消息后，家康并不惊讶，反而认为这是迟早会发生的事。信孝是秀吉主人——信长的第三个儿子，在信长众多愚笨的孩子中，只有信孝算是比较有才华，秀吉当然要把他杀掉。不过，不是直接动手，而是借刀杀人。

秀吉是让信长的次子——信雄下的手。在这次旧织田势力的内乱中，信雄与秀吉为伍，想以此来对抗柴田和信孝二人的联合。

在旧织田家臣中，流传着信雄的一个诨号——"蠢人"。信雄表面一副人中才俊的模样：脑门巨大，眼鼻下垂，实际上却智商低下，胆小如鼠，遇事战战兢兢，且贪得无厌。有时候明知前面是陷阱、是诱饵，他依然会如飞蛾扑火般奋不顾身地向前扑去。

秀吉与柴田胜家争斗时，就是看准了信雄的可利用价值，于是不择手段地拉拢他。秀吉拥戴信长的嫡孙、幼名叫做三法师的婴儿为织田家继承人，他要求信雄也拥护三法师。信雄自然对秀吉的要求一律赞成。"筑前（秀吉）大人所言极是"是他当时的口头禅。无论何时何地，他只会重复秀吉的一言一行，绝无反对之意。因此，人们又给他取了个外号叫"尤殿"（总是称对方所言极是的人）。

其实，信雄也有他的打算。他认为织田政权会继续存在，只要自己拥护三法师为继承者，那他就成了三法师政权的摄政官。不管羽柴秀吉的立场如何，在信雄看来，秀吉只不过是一个家臣而已。灭除明智光秀，秀吉多少有些功劳。对于部下所建的功劳，顶多赏两三块领地就足够了。信雄心里抱有这种想法，说明他完全生活在自己勾画的政治幻影中。信雄与他同父异母的弟弟信孝，一向不睦。现在，信孝又被柴田胜家拥戴为织田家的继承人。憎恶和欲望，让信雄仿佛百爪挠心，恨不能立刻打垮胜家、信孝同盟。胜家灭亡、信孝投降后，信雄受秀吉指使派人杀死了信孝。准确地说，是逼迫信孝自尽。信孝一死，信雄顿时松了口气，自鸣得意地说：

"接下来，就是本人的天下了。"

在信雄七十二年的漫长人生中，从来没有像此刻这样品味过充实和胜利的滋味。他在秀吉的默许之下，吞并了信孝的领地。这样，尾张本国再加上伊贺、伊势，他拥有了一百零七万石的实力。

信雄一直坚信自己将取得天下的执政大权。新搬进大坂城的秀吉对他来说，只不过是手下的一个大名而已。

如果信长嫡亲的次子信雄坚持认为自己是天下霸主，那么，即使秀吉拥有从近畿、北陆到中国地方的二十四国六百二十多万石的领地，却只能有称霸天下之实，而无法名正言顺地做到君临天下。秀吉觉得自己的势力充满了空幻、不安定的因素。

家康本来就不看好秀吉："他的一切，都是虚无缥缈不实在的东西。"他始终不相信秀吉能称霸天下。

家康谋划与秀吉决战是在秀吉杀掉光秀之后，打败柴田之前。

但家康这样做，并不是出于想打倒秀吉、夺取天下的野心，而是担心秀吉早晚会攻入他的国境，与其到时候任秀吉"蹂躏"，还不如主动出击，尽可能地保卫国土。因此事实上，这场决战只不过是一场防卫战而已。后世的人们用家康英勇壮烈、要与秀吉决一死战的词汇来形容家康，确实有夸大之嫌。与此同时，其他地方的诸侯，对秀吉迅速得来的天下同样评价不高。比如正在蓄谋统一九州的岛津氏[1]、横扫四国的长曾我部

---

[1] 岛津氏：从镰仓时代至江户时代以萨摩（九州）为根据地的日本大族。——译注

氏[1]、世代盘踞在关东八州的北条氏等，都是与家康不相上下的群雄，他们跟家康一样，认为秀吉的天下不会长久，更不屑于投其伞下。若以后被秀吉讨伐，他们一定会予以反击。唯一例外的是名下拥有中国地区十国领地的毛利氏，唯独他肯归顺秀吉，也因为他肯归顺，他名下的领地，才得以保全。

"与秀吉作战，胜算有多少？"

对于这个问题，家康信心满满。他打算将战事拖入持久战。只要时间一久，根基本来不稳的秀吉政权就会彻底土崩瓦解，到时候，各地大名也会纷纷独立。元龟年间到天正初年群雄割据、烽烟四起的混乱局面将会再次出现。到那时，旧织田家的各大名就不足为惧了。

现在，在旧织田家五大首领中，明治光秀、柴田胜家二人均已被杀。泷川一益因与柴田胜家联合而失去了领地，丹羽长秀虽因与秀吉同盟才保住其北陆大名的位置，但他年老体衰，毫无生气。所以，只要打垮秀吉，他的同伙顿时就会跌成二三流。而二流以下的武士，心智与幼儿无异，一定会寻求强者保护。到时候不等家康开口，他们也会不请自来，投入麾下。这样一盘算，家康更确信与秀吉交战，不是什么大冒险，至少不会再现像三方原之战那会儿，被武田军打得落花流水、溃不成军。想到这里，家康不由得信心高涨。当然，他衡量战事的基础并不是基于自身的强大，而是充分估量到了对方的弱点。

话虽如此，还要靠外交周旋。家康本人没有秀吉那样敏锐的外交直觉，也没有机敏的外交手腕，更没有丰富的外交经验。他与信长同盟二十年，行事处处依赖信长，很少有单独处理外交事务的机会。然而，战争的胜利往往取决于战斗之外。一场战争的胜利者必须同时是一个外交胜利者。家康考虑了一下目前的状况，想到：那就联合织田信雄吧。

于是在贱岳之战前，也就是秀吉与信雄的关系正处于蜜月期时，家康便早早开始准备着手联络信雄。为了以后的打算，家康必须要与信雄互通想法。

"从四位下左近卫中将"这个官位是织田信雄二十几岁时金光闪闪的

---

[1] 长曾我部氏：日本土佐（现高知县）一族，战国大名。——译注

装点脸面的饰品。虽然信雄没有什么才能，可归在他名下的领地却十分庞大。在没吞并弟弟信孝的领地以前，信雄就拥有了从尾张到伊势将近一百万石的版图。家康认为，信雄最大的利用价值，在于他们双方互为邻国、国界相接。

家康派密使传信给信雄。

"右大臣（信长）遭遇此等不幸，中将（信雄）定事多心劳。在下与右大臣同盟二十年，情深意笃，世上罕有。怎奈忙于安抚甲、信两州民心，疏于问候，于心不安。欲与中将促膝长谈，又恐招世间流言飞语，躲闪不及……在下欲密会中将于三河冈崎城。"

信雄接到书信后，当然十分高兴。他虽然与秀吉是盟友，但考虑到秀吉的作风以及自己的前途，还是心有不安，对信秀联盟没什么把握。若是重新有家康来做后盾，那么，自己在织田政权中的位置将更加稳固。信雄觉得，自己右手拉拢秀吉，左手再偷偷地抓住家康，这样就可以高枕无忧了。

密会是在天正十一年正月十八日，柴田溃败的四个月之前。

信雄这时是尾张清洲城的城主。那天，他从清洲出发，骑了一匹叫"铁槌"的战马来赴约。这是一匹深得其父信长喜爱的名马，马身纤细，唯有脖子处乌黑，跑起来马蹄如铁槌敲地，咚咚有力，故信长取名为"铁槌"。信雄身边只带了几个随身侍卫。

家康则由远州滨松城出发。两人进入冈崎城会见后：

"这是乡下土酒，不成敬意！"

家康精心款待，亲自为信雄斟酒、劝菜，觥筹交错，开怀畅谈，直至深夜。

家康的侍臣松平家忠在遗著《家忠日记》的后记里记录了这样一句话："人，有时不知因缘。"当时，只有家忠一人知道密谈的内容。密会上，家康没有透露半句类似"请和我秘密结盟"的露骨之语。家康深知信雄性格，信雄生性鲁莽，若稍有不慎，一定会走漏风声将此事传入他人耳中。

因此在密会上，家康一边避重就轻，含糊其辞，一边又积极博取信雄的信任。

"右大臣的深情厚谊。"

当着信雄的面，家康时刻将这句话挂在嘴边，一开口就湿红双眼，一副感恩戴德的样子：

"信长公对我恩重如山，可惜我今生今世却无以回报。信雄公啊，您可知在下内心的凄苦啊？"

家康如此"真诚"，信雄自然不会无动于衷。他也不禁泪水涟涟，到后来居然主动提出："三河君与家父同盟，我等愿与三河君继续结盟，不知您意下如何？"

家康就是在等这句话。可是，他却不紧不慢地说道：

"可惜，世间人言可畏。我等也不敢对中将有所束缚，但在下对织田家的心意不曾有变。所以，不管何时，您有困难，只要言语一声，我等一定尽力协助。"

其间，家康几次三番在信雄的耳边小声说道：

"绝不要中羽柴秀吉的奸计啊。"

说这话时，家康表现得并不露骨，语气也不怎么坚决。信雄在家康制造出的这种氛围里，不禁怒火中烧。他大声怒斥道：

"秀吉不过是我们织田家的一条狗罢了！"

家康对信雄的所言所语一一点头同意。看来，有时候外交必须使用诈欺或诱骗。

话又说回来，这次冈崎密会是在天正十一年正月。前一年夏天，秀吉灭掉明智光秀，这一年，秀吉夺取天下的幻术愈演愈烈，甚至埋好了后一年的伏笔。

天正十一年四月，家康为恭贺秀吉击败柴田胜家，特派家老石川数正为使者，送肩冲茶具"初花"。翌月，织田信孝忧愤而死。

八月六日，秀吉派人到滨松城，送来名刀"不动国行"。

"莫非秀吉想讨好我？"家康心里暗自思忖。

秀吉对家康和他的兵力了如指掌。以前织田、德川的盟军在姊川之战及长篠之战时，秀吉就已经目睹过家康的实力。秀吉此举并非是对家康的兵力心怀恐惧，而是企图以怀柔战术软化家康。对秀吉来说，柴田胜家是必须要超越是非善恶、将其置于死地的一个对手。另外，正在统一九州的岛津氏，以及即将统一四国的长曾我部氏，都有其他的理由来灭亡他们。这个理由就是粉碎其计划，战灭他们以夺得九州和四国，以此作为论功行赏的封地，否则，面对手下有战功的诸侯，就没有足够的领地来分封。出于同样的理由，秀吉也必须把在小田原的北条氏赶出关东。但是，对于其他的势力，尽量采用怀柔政策，诱使他们加入自己的阵营。所以，从这种情况判断，秀吉自然应该拉拢家康。对秀吉来说，家康是他的熟人，虽他们之间没有太亲密的交情，但至少没有过节儿。

最重要的是，秀吉考虑到信长亡故前，家康一直是信长的亲密盟友。即使现在秀吉在实力上继承了织田政权，但从政治策略上来讲，他还是非常需要家康的协助。

秀吉的目的，家康当然十分清楚。

据此，家康得出结论：秀吉的天下很不稳固。现在的秀吉政权，就像他以前当织田家下级部将时，用白纸糊墙，连夜赶工修筑的墨股一夜城般，粗糙、松垮，不堪一击。

所以，他才不得不向与自己实力相当的家康示好。家康估计若是自己出兵一击，秀吉政权就会轰然倒塌。

后来，秀吉的身体衰弱后，丰臣家的首臣石田三成偷偷地对秀吉说：

"丰臣家的祸根，在于家康。主公您为何不趁他还是滨松城主时就把他干掉？"

对当时的秀吉来说，这个要求有点勉为其难。在一年的时间内，秀吉几乎掌握了天下大局。若在此时与东边的家康决战，那么，自己必须在东海一带留下十万以上的大军来对抗家康。这样一来，四国、九州岛的情况就很难说了。即便撇开四国、九州不说，如果与家康长期对阵，那么自己一夜之间得来的天下就可能会丧失殆尽。这一点，家康也心知肚明。

再者，秀吉可以小觑九州的岛津氏和四国的长曾我部氏，但绝不能对家康掉以轻心。因为对于家康，威逼、恫吓是没有用的。

秀吉现在正在着手征讨九州、四国，他根本就没有把这两个地方放在眼里。秀吉以为，只要将军队开进当地，让他们见识一下中央军的凛凛威风，就可以把这群土贼吓得屁滚尿流。然后通过筹码交易，必可化干戈为玉帛，顺利占领两地。

但是，这招对家康就行不通了。家康可是个出了名的硬汉。在将近二十年的岁月里，他深受武田势力的压迫，几近存亡危急关头，都不曾屈服求饶。尤其是三方原之战，他抱着必败的决心，主动出击，挑战强大的武田军，结果惨败而归。事后，外界对家康的这种英雄气概刮目相看。正是因为熟知家康的这段经历，所以，虽然当时秀吉称霸二十四国，但面对仅有五国的家康，他不曾使用过恐吓、威胁手段，反而采用起怀柔政策。

天正十一年的十月，秀吉送来一纸文书。

"在朝廷，为阁下奏请了新官阶。"即"正四位下左近卫权中将"，这是家康的新官衔，地位几乎可以与织田信雄平起平坐了。当然这不是家康所希望或所要求的。家康见到这名使者时，顿时可怜起秀吉来了，他知道秀吉本人开始着急了。

最令家康感到滑稽的是，已是天下霸主的秀吉，这时候的官衔还不过是从四卫下参议，比家康还低。对武家来说，这种公卿的位阶官职，只是一种虚伪的装饰，没有任何实际意义。再加上家康是个功利主义者，缺少为这等事情喜悦的神经。但有一点可以肯定，倘若进宫面见天皇，家康的坐席定在秀吉之上。秀吉企图给家康一个比他自己的还高的官位，达到软化家康的目的。

"这就是人家所说的，用官位把人钉死。"

家康对手下说。若是想让一个人灭亡，只要用官位来圈住他就行了。这种手法在公卿间司空见惯。一个人的官位如果越擢越高，他也就越发一无是处。历史上就有这样的先例。源赖朝建立镰仓幕府之后，京都的公卿们就想用这种方法来对付他。但是，他拼命回避，尽力推却，坚决不受这种功名利禄的诱惑。

家康这种猜疑的个性，充分显示出他心胸狭窄的弱点。实际上，秀吉并不打算用官位来绑住家康。他不过是想告诉家康，自己对他毫无恶意，并用这个方法来证明他的诚意。当然，秀吉对家康另有期待：如果擢升家康的官位，家康可能就会来京都回礼。

一般来说，凡是升了官的，一定要跑到京都来谢礼。若是家康来了京都，那就表示他归顺到秀吉旗下，成为秀吉的臣子。因此，秀吉迫切地期待着家康早日来京。

不料，家康只送来礼状一封，除此以外，无任何动作。

秀吉也是固执之人，他看家康没来京都，四个月内，又把家康的官位升为"从三位参议"。

面对秀吉的锲而不舍，家康依然岿然不动地坚持着执拗的本性。他仍旧只送了礼状一封。对家康来说，这是一种奇特的经历：自己身在滨松乡间，官位却居庙堂之上。

但是，家康领地下的骏府临济寺僧侣以及三河大树寺僧侣，获悉此事后，都为家康感到高兴，认为这是可喜可贺之事，他们还跑到家康的居城滨松城来道贺。他们在滨松城内到处宣扬："这下，我们主君可成殿上之人了。"家康对于这些人的好意，一概不予接受，只派人传话道：

"这事没有什么值得道贺的！"

家康只关心弓箭的强弱、军队的实力。朝廷给的虚位，不论高低，对他来说都毫无意义。家臣中也有人听说此事后，不无得意地说：

"我们主君现在的官位比天下霸主秀吉还高呢。"

家康听后就让他立即住口："如果为这种小事骄傲自满，那我们德川家的武略就要完了。"

一旦受官衔之诱，武士的长刀很快就会生锈。家康非常抵触浮夸、骄傲的作风，也从未放松对这种作风的警惕。不过，大部分三河人与其说非常质朴，毋宁说他们对京都的套路十分无知。秀吉的这等行为，他们觉得不可信，纷纷嚷道："秀吉在骗我们呢。"

家康很喜欢三河武士朴实的性情，他对身边人说：

"只要我们能保持这种本性，纵使天下的兵马来袭，我们德川家也必能安然无恙。"他还有意将这话传播开来。只有家老中的石川数正反复说：

"主君官位晋升，在京中的地位自然也就高了。但主公并不以此为喜，这实在是奇怪啊。"

石川数正觉得，三河武士不应该只盘踞在这小小的山地——三河，应该有称霸天下的气魄。但是，听了石川的这种论调后，三河武士们的反应却是：

"伯耆一定是被木下这只狐狸给迷住了。"

猜疑心重是没见过什么世面的三河武士最大的缺点。他们对石川数正这种有见识的想法不同意也就罢了，偏偏还有人在背后说：

"伯耆所说的好像在跟我们唱反调，也许他私下里和秀吉有什么秘密约定呢！"

天正十一年就这样过去了。新春伊始，原本洋溢着一片喜气的春节，瞬间变得诡谲险恶。

而此刻，控制天下局势的钥匙，竟到了愚笨的织田信雄的手中。

事情的开端，原本十分祥和。这年正月，为来恭贺新年，旧织田家的诸将纷纷从各自的领地聚集到近江，而后登上了安土城。对这些旧织田家的将领来说，表面上他们的主君不是秀吉，而是秀吉拥立、尚是婴儿的织田三法师。三法师坐在上席，只不过是被抱着，而抱着他的正是羽柴秀吉。诸将依次向上跪拜行礼，这光景表面上看起来着实可笑，实际上却意味深长。诸将叩拜的究竟是三法师，还是抱着三法师的秀吉呢？这一点是暧昧、模糊的。

这个时期的秀吉政权，就是建立在这种模糊、暧昧之上。所以，家康（当时不在场）一直认为秀吉再能干，其努力的最后结果只不过是雾中花、水中月而已。

诸将刚跑下安土城的石梯，旋即又进了城下三法师的保护人——织田信雄的官邸，向他拜贺新年。这是当时旧织田家的规矩。因为，在名义上，秀吉还不是诸将的主君。也就是从这个时候起，为了巩固自己薄弱的政权基础，秀吉开始蠢蠢欲动了。第一步行动就是赶走自以为是的织田信雄。但是，信雄系织田信长的血脉，如若自己主动出击，道义上肯定过不去。因此，只得逼信雄主动出手。于是，秀吉耍了点阴谋。到年底时，他就在世上放出流言：

"秀吉想杀掉信雄。"

到了正月，各地的将领来拜年，自然把流言捎到了信雄的耳朵里。其实这时，信雄已经在考虑和秀吉决战了。他虽然一边接受着诸将们的道贺，但始终双膝抖动，神情不安。待到众将领陆续赶来后，信雄发现唯独秀吉没有来。秀吉在形式上是信雄的部下，照理是要来拜见道贺的。

"猴子，把我当什么了！"

信雄勃然大怒，在众将面前不禁破口大骂。众将见状大吃一惊，纷纷提早退出信雄的官邸。

虽然这是信雄轻率的一句气话，但明显带有向秀吉宣战的意思。秀吉听说后，立即巧妙地把话势一转，变成了："信雄要杀秀吉！"秀吉的高明之处在于他能操纵舆论，散布流言。

"但是，秀吉更机智聪敏。因为他已经买通了信雄的四个家老，这些家老与秀吉里应外合着呢。所以信雄即使想起兵打仗也无能为力！"

秀吉杜撰的这些谎言，犹如漫天蝗虫，布满安土城的街头巷尾，搅得人心惶惶。

面对漫天流言，信雄再也待不住了，没等过完年，他就逃离了安土城。这一天，信雄冒雪出城，经草津出东海道，越过铃鹿岭，回到了他的居城——伊势长岛城[1]。在回来的途中，他想：

"一定要马上向家康求援。"

可一回到城中，信雄担心发动战争的种种后果。于是在犹豫不决中，日子一天天流逝。

这时，在远州滨松城的家康，凭借间谍的情报，对信雄的行动了如指掌。

"莫非那家伙要坐以待毙？"

信雄迟迟不动，家康终于按捺不住了。到二月上旬，家康派密使去伊势长岛城说服信雄。当然，这样做并不是出于关心。

---

[1] 长岛城：位于今三重县北部，现改名为桑名市。——译注

对家康来说，如果像信雄这样拥有一百零七万石的大势力自取灭亡，一旦秀吉在三河矢作川一线大举进犯，自己就显得势单力孤。这个时候，家康自己已经统领将近一百四十万石的领地，如果能再联合信雄，只要排兵布阵得当，对付秀吉大军，还是有胜算的。这些，家康已经仔细盘算过了。

从秀吉的立场来看，他希望织田信雄能够动起来，与他交战；而家康更需要信雄站起来跟秀吉大战。在这两人的煽动之下，莽撞的信雄自然会心动。

指向清洲

家康势必要和秀吉交战。

在浓尾（今岐阜县、爱知县）平原，迟早会有一场空前绝后的大战在这里发生。

人们都在屏气凝神，关注着这场风云对决。秀吉也好，家康也好，两人都不是老旧势力，而是新兴势力。如果双方交战，定将是一场史无前例的战争。就连双方的作战书都会永留史册。甚至远离武力的奈良兴福寺[1]的僧侣们都在热切地讨论着这场决战。由此可知，这两大势力的交汇点——美浓将会掀起多大的热潮。

可是，当事人之一的家康并没有怀有"凭此一战得天下"的想法。

这是家康的性格。他原本就没有什么远大的志向，此刻想做的只有一点，就是扩充军备，除此以外，别无他念。

"我们主君的才干究竟如何啊？"

家康的手下中，有人对家康的军事才能不断地提出批评。这人年过三十，名叫玉虫忠兵卫。该人酒品不好，常常几杯下肚，就会口不择言，不可一世。

---

[1] 兴福寺：位于奈良县奈良市登大路町，属南都六宗之一的法相宗。历史悠久，寺内五重塔和东金堂为日本国宝。——译注

"你们这些三河人呀！"

玉虫忠兵卫原来是甲州人，武田势力灭亡以后，他投奔了家康，成了赤色后备军的一员。他过去曾在信玄旗下风光一时，自从被家康收服后，到处宣扬自己那点光辉历史。可是，三河民风淳朴，非常讨厌像忠兵卫这种夸夸其谈的人。其他的甲州人，察觉到这点后，十分识趣，纷纷入乡随俗，适应三河作风。可玉虫忠兵卫偏偏不，身为家康的家臣，却总是念及自己曾是信玄家臣的旧事。原本，玉虫家在甲州是名门望族，玉虫忠兵卫的兄长玉虫诚意庵（景茂）是信玄的手下，也是位威名远震的武士。玉虫一族发祥于越后的古志郡[1]玉虫村，所以，他们一族中有很多人臣事于越后上杉家。总而言之，玉虫一族不是臣事于谦信就是臣事于信玄这两位名将门下。所以，玉虫忠兵卫常夸下海口：

"甲、越两地排兵布阵的方法，只要问我就行了，没有人比我更了解谦信公和信玄公。"

玉虫忠兵卫之所以能这样肆无忌惮，是因为远州滨松城的主人德川家康，对武田信玄这个自己二十年来的夙敌不曾有过怨恨、憎恶。相反，家康对武田的雄才武略、高超的军事才华心生向往。所以武田死后，家康立即招贤纳士，礼遇、优待原属于武田手下的众武士。

德川这种礼贤下士的作风，更骄纵了玉虫忠兵卫的傲慢之心。

"我们主君的武略与谦信公、信玄公相比，差了十万八千里。"

"真是相去甚远啊！"

玉虫时常将这些话挂在嘴边。但有时候，他也不忘说些溢美之词。

"不过，我们主君勇气凛然，这一点要比甲、越那两将强得多。"

其实，他的这种讲法倒也不失公允。不过，从整体上来说，家康的性格要比谦信复杂、执着。此外，家康没有信玄妄自尊大的毛病，所以判断时局的能力较强，政治手腕也较高明。玉虫忠兵卫只是一个战场上的勇者，自然无法对这三个人作出得宜的评价。

这些话当然会传到家康的耳中。家康听后，只苦笑着说了声：

"玉虫是这样说的吗？"

---

[1] 古志郡：相当于现在的新潟县长冈市。——译注

本来仅凭这一点，家康就可以把玉虫忠兵卫杀掉。因为在士兵面前评价主君低能无谋，会让上战场打仗的士兵产生动摇，他们担心"是否有必要跟从这样的主君"。所以这些话，不仅对德川家，对其他任何大名来说都是忌讳。但是，家康对玉虫忠兵卫没有做任何处分。本来家康就很少处罚他的手下。

后来的大坂夏之阵时，家康擢升玉虫忠兵卫为他的六儿子——松平忠辉的军监。但是，此次战役中，忠辉的军队被大坂军打得落花流水，损失惨重。因此，家康把忠辉流放到伊势，同时也将担任军监的玉虫忠兵卫流放。

"他不是玉虫而是逃虫。"

家康意外地用半开玩笑的口气评价了玉虫忠兵卫，可见他对当时玉虫批评他不如谦信、信玄的那些话语一直耿耿于怀，三十年后，终于找到了反击的机会。这种记仇的心理，也是家康的性格之一。

为了备战，家康在与秀吉决战前的这段日子里，进行了大规模的军事改革。从战术到阵法，都彻底用甲州流来武装他的德川军。甲州人玉虫忠兵卫那些大言不惭的话，也是在这个时候说的，家康这种照搬照抄信玄的行为，在玉虫看来完全是没有主见、没有自尊的不齿行为。难怪他会批评说：

"家康比信玄差远了。"

家康确实是一个彻头彻尾的模仿者。他的模仿，在这个时期达到登峰造极的地步。

"甲州、甲州。"

家康发狂般地把武田信玄的战术、阵法纳为己有。这还不够，与秀吉交战之前，他把三河阵法全部废除，一律改用甲州阵法。

据《岩渊夜话》[1]记载：

从崭露头角到一方统帅，家康经历过的战争大大小小不下百次。但是"本家战略、战术并无定数，于时局、场面随机而变"。例如，军队编制、施号发令锣鼓的使用、行军移动、队形排列，甚至于发出信号的方

---

[1]《岩渊夜话》：江户时代的武士、兵法家大道寺友山（1639—1730）的著作。——译注

法，都没有固定的模式。家康都是随机而变。

而武田信玄则恰恰相反，他的兵法井然有序。信玄以他天才般的智慧创造出了大量独具特色的兵法。而家康没有这种军事才华，他只能毕恭毕敬地学习，奉行拿来主义，将他人的东西化为己有。他曾对任甲府代理长官的鸟居彦右卫门元忠说：

"只要有记录信玄战略、战术的书籍，以及作战时用过的工具、武器，统统给我送到滨松城来。"

此外，家康还专门组织本多忠胜、井伊直政、榊原康政三人来研究甲州的军事资料，听取甲州武士的意见，创造新的德川兵法。而这一切都是为了与秀吉的决战。

仅靠军事打赢不了战争。要对抗秀吉的政治大网，还必须加强外交攻势。

首先要确保与东部小田原北条氏的联盟万无一失。家康对这个老旧势力动用了政治婚姻。这一年（天正十二年七月），他把女儿督姬（家康二十四岁时生的，又叫德姬，后改嫁池田辉政）嫁给北条氏主君北条氏直，意图通过联姻，巩固同盟关系。

此后，家康只要有了新奇的东西，一定都会送给北条氏。

现在在美国有一种被称之为"金橘"的栽培类柑橘，是由在日本被称为"九年母"的一种橘树改良而来。九年母的原产地是印度尼西亚，在家康时代，由西洋人传入日本后，该树在九州各地得以广泛种植。后来逐渐传到京坂地区。而经东海道传到家康这里的是京都的布料商人。其实，从很早开始，家康就利用布料商为他传送京都的情报。那商人说：

"怎么样？是个稀奇东西吧。"在这个时候，京都及堺港到处都是西洋商品。

家康拿在手中，仔细观赏。还真是世上稀有的名果：果实没有鸡蛋大，厚厚的表皮上分布着凹凸不均的小点，十分可爱。用指甲剥开表皮，立即香气扑鼻，整个房间芳香四溢。京都人都很喜欢这种香气。

布料商带了将近两百个这种橘子给家康，家康分出了其中的一百个说：

"赶紧送到小田原去。"让使者送了过去。

小田原的重臣们收到这些橘子后，认为这是家康的可笑之举，还大肆嘲笑道：

"这不就是酸橙[1]吗？难道滨松很少有酸橙吗？"

虽然上呈给了主君北条氏直，但因为酸橙吃不得，最后还是弃置一旁了。酸橙这种东西在小田原北条氏的领地到处都是。不仅在关东，全日本各地也是随处可见。在正月里，各国都有用它来做装饰的习惯。

"看来滨松一带连酸橙都很稀奇啊！"

北条家众臣这样的想法，说明他们遇事考虑得不够周详。

光看外形而不能判断出酸橙与西洋珍果的差异，意味着他们缺乏经营传统大国小田原北条家的能力。再者，从惊异于"滨松无酸橙"的行为本身就可以看出，除了北条的势力范围之外，他们对别国的情况一无所知。一般而言，各国都会煞费苦心派遣间谍来收集有关别国的地理、风俗、政治等相关情报。而北条氏，连邻国的情况都漠不关心，这种态度无异于夜郎自大。而且，他们缺乏基本的常识和想象力。他们应该自然而然地想到，酸橙这种东西在任何地方都是正月里才用得到，滨松也是一样。那么，家康送来的可能不是酸橙，或许是别的东西。

另外，可以看到北条家的重臣是如何看待家康的。如果他们把家康看作非寻常人的话，就应该想到家康怎么会送来如石头一般平常的酸橙呢？但是，他们缺乏上述所有的能力。非但如此，他们还嘲笑说：

"家康是一个地道的乡下佬。"

世人常说："小田原人，狂妄自大。"北条氏在战国初期就建立了一个雄霸天下的大国，自然就瞧不起那些新兴国家。这种态度，让他们的行为也变得鲁莽起来。

"既然家康觉得酸橙稀奇，那我们也多送点给他吧！"

于是，他们将酸橙装了整整一大箱子，命八个脚夫抬到了滨松城。

---

[1] 酸橙：日本汉字写作"橙"，但不同于现在的橙。"橙"味酸，不适于食用，一般用于制作调味品和中药。故在此处译为"酸橙"。——译注

家康收到后，哭笑不得：

"真是在胡闹啊！"

"胡闹"一词是个古语，它是三河地方的方言，有失礼的意思。"你在胡闹！"就是"你很失礼"的意思。

"小田原人连果实都不尝，仅仅看了一眼就认定是酸橙。见微知著，北条家灭亡之日也为期不远了。"

战国时代外交的可怕之处，恐怕就在于此吧。

但从外交能力上说，无论东海乡下佬家康怎么费尽心思，始终是赶不上京坂的秀吉。秀吉的外交手段灵活、机敏，富有前瞻性。所以，尽管家康努力地谋划外交策略，始终还是被秀吉抢了先机。

比如，家康明确联合织田信雄之后，曾多次担任密使的酒井与四郎对家康报告说：

"主君，请放心。三介（织田信雄的通称）君已被我们牢牢掌控，现在他的睾丸都由我们的绳子牵着呢。"

三河人的表达方式有时显得很滑稽。他说，织田信雄的睾丸被绳子捆绑，而绳子的一端在远州滨松城的家康手里。也就是说"信雄是绝不会背叛的"。酒井与四郎的这种比喻方式，恰如其分地表现了双方的紧密联系。只要手里紧紧拽住捆绑着织田信雄睾丸的绳子不放，那么信雄有再多的想法也不能动弹，只能听命于人。

光凭家康的实力，无论如何都无法与秀吉单独对抗。

"跟信雄联合起来，才能与他交战。"

心里如此盘算的家康当然要抓住信雄不放。而信雄也一直认为：若不把秀吉打垮，自己迟早会灭亡。

信雄之所以会有这种想法，是因为当时社会上有种风传，说秀吉企图杀掉信雄。正如前面所述，事实上这个谣言的始作俑者就是秀吉。秀吉希望借此逼信雄主动向自己宣战。只要信雄动怒拔刀，那么，他就可从容不迫地指控信雄为天下公敌，从而名正言顺地动员天下诸侯征讨。

"信雄决不会轻视自己的秘密盟友的。"

综合了诸多情报后,家康终于得出了一个能让他安心的结论。

然而,秀吉比家康看得更远。

他断定:家康一定会在暗中支持信雄。

秀吉认为,自己的天下尚未稳固。所以要尽量避免与家康这样有耐性的人开战,否则战事拖入泥潭,自己到时候会落得身陷烂泥,动弹不得。如果实在难免一战,就一定要速战速决。而方法只有一个,就是用计来削弱信雄的实力。

家康的军队坚如磐石,想要用计谋来瓦解其战斗力,简直比登天还难。但对信雄,略施小计,便可得逞。

秀吉所用的这一招,确实厉害。

他首先对中间势力下手,动摇游说中立势力。所谓中间势力是指担心秀吉、信雄关系恶化的第三种势力。他们大多数是织田政权的旧将,既不投靠秀吉,也不讨好信雄(如蒲生氏乡、池田胜入斋等)。他们担心:

"如果两方关系失和,会对幼主三法师君(秀吉拥立的织田家主君)十分不利。"

这种忧虑不无道理。只是他们做梦都没有想到,他们的忧虑以及他们最后走上调停的道路,这一切都是秀吉一手安排好的。

池田胜入斋较其他人年长,所以,他首先出来斡旋。胜入斋忙于奔走在信雄和秀吉之间,希望能缓和双方的关系。

池田胜入斋是信长乳母的儿子。信长在世时,他身经百战,屡立战功。所以,论关系、论功劳,他都是织田家首屈一指的大功臣。现在担任岐阜城的城主。

经过池田胜入斋多次斡旋,双方最后达成的意见是:

"两人于近江三井寺金堂会面。"

地点确定后,时间也随之确定下来。会谈日期定为正月初十。当然,大坂城的秀吉明白这是一次调停,伊势长岛城的织田信雄也非常清楚。

在秀吉的构想里,所有的事情发展到这里还都只是伏笔。真正的好戏现在才开始上演。

在这场戏中,秀吉早就安排好了底牌,他笼络了织田信雄的三个家老。

信长在世时，将伊势分封给了二儿子信雄，还派了四个家老辅佐他，这四位家老都是大名级的人物，分别是冈田重孝、津川义冬、浅井长时和泷川雄利。在旧织田家，此四人均是秀吉的同僚，有着不错的交情。除泷川雄利以外，其他三人都被秀吉派的使者给说服了。

"不管局势如何变化，请您一定要站在三法师一边。到时候，我会给您大量的封地。"

"请您站在三法师一边"这句话说起来动听，三法师不过是秀吉的傀儡，所以实际上就是背弃信雄，为秀吉出力的意思。

秀吉想从树干开始把信雄这棵大树彻底掏空。

拿到这三人承诺里应秀吉的誓约纸后，秀吉才慢悠悠地从大坂出发，住入了大津，等待着与信雄的见面。而信雄却被蒙在鼓里，他从伊势长岛的居城出发，进入近江，住进了三井寺。

秀吉的演技堪称炉火纯青。到达大津的当天晚上，他就把信雄的第四位家老泷川雄利叫到住宿的地方。

秀吉故意开门见山地对他说："你做我的内应吧！"并且把其他三位家老已经叛变的证据——他们的誓约书拿给泷川雄利看。泷川一看，大吃一惊。

"已经成了这种局面。"

秀吉这个天才演员，故意眯起了双眼，目光里发出如刀剑般冷锐的光芒。

泷川雄利顿时穷于回答。同僚三人都已经答应做内应，若自己当场拒绝的话，恐怕性命不保。秀吉只是说了句："请对三法师尽忠。"秀吉还暗示，只要尽了忠，就能得到大块封地。仔细想想，信雄大人对三法师而言不是叛逆者吗？要是跟随这样的叛逆者，就不能算是织田家的忠臣了。

秀吉的个性一向开放、明朗。但这个时期，他将权术和阴谋耍弄到了极致。因为要想夺取天下，必须打倒信雄，这是唯一的选择。

然而，打倒信雄，绝非易事。

秀吉必须知难而上。夺取天下的构想，本身就是个可望而不可即的奢望。要是想把这个奢望变成可触可及的现实，只能耍弄阴险毒辣的阴谋，否则就无法从织田家手中夺过天下。

也许这个时期的秀吉，是一个史无前例的大恶人。他的恶，之所以没有被当时以及后世的人们察觉，是因为他性格里非凡的大气和明朗蒙蔽了人们的眼睛。其实，家康在后来的关原大战前后和大坂之阵时，也耍过同样的阴谋。不过，家康的个性不及秀吉，所以，无法借助外在的锋芒掩盖他那些亏心事。

闲话少叙，话题回到泷川雄利。泷川雄利什么个性，秀吉对此一清二楚。秀吉知道，"这个人不会叛变。"

因为熟知泷川雄利的性格，秀吉才特意将其他三个人答应做内应的秘密泄露给他。

所谓阴谋，就是无毒不丈夫。

泷川雄利，原名为三郎兵卫。可以说他的举动，成为后来秀吉与家康决战的导火索。他虽是已故信长的旧臣，但他不是尾张人，而是伊势豪族木造氏的后裔。关于他，历史上有过这样的记载：

"伊势源净院（又称源常寺）寺内的草莽和尚。"

雄利法名主玄。为做武士，还俗后与木造家一起归顺织田氏，并自称为三郎兵卫。后来信长赐姓泷川，意为向信长五家老之一、勇猛的泷川一益学习、效法。信长在世时，擢其为信雄家老，封位于伊贺上野的领地共两万石，并官任从五位下下总守。按性格来说，泷川雄利不是一个政治家，而是一个天生的军人，强烈的忠诚感是他为人处世的出发点。秀吉就是看穿了他的这一个性，才力劝他背叛信雄。由此可知，秀吉阴谋的高明之处了。

"那么，我也写下誓约书。"

泷川雄利跟秀吉约定当内应后，立即匆忙跑到信雄处拜见信雄，将其他三位家老叛变的事实及秀吉的阴谋一五一十地报告给信雄。信雄听后，大吃一惊：

"如果还待在这里磨磨蹭蹭，一定会被秀吉谋害。"

一想到这里，信雄马上起身逃离近江。他跨上爱骑"铁槌"，避大道走小路，快马加鞭地逃回了伊势长岛城。而这一切都在秀吉的预料之中。

秀吉还料到，信雄一回到伊势，一定会立即找来那三个家老，并把他们杀掉。

第一个家老冈田重孝（长门守）来的时候，信雄坐在上座对他说：

"给你看看我新造的火枪。"信雄命小童拿枪给冈田。

此前，信雄已秘密命令土方勘兵卫（河内守）：

"杀死冈田。"

勘兵卫是一名准家老，经常在信雄身边侍候，所以，冈田对他不会怀疑。勘兵卫是尾张人，出生在那古屋村，很早就在信长那里鞍前马后地服侍，后来成了信雄的手下，拥有一万两千石领地。据说他体格健硕，从胸部到手脚长满毛，宛如黑熊一般，武艺十分了得。这一家从他开始逐渐发达，慢慢从小到大、由弱到强，江户时期做到了大名。在伊势菰野有一万一千石领地，明治维新后，封为子爵。

"怎么样，这支火枪？"信雄问冈田，"瞧，那个火枪的底座为什么有个洞啊？"

冈田只好去瞧那个洞，这时，土方勘兵卫迅速靠近，一把从后面抱住他，说："我只是奉命行事。"勘兵卫嘴里这样说，但始终无法对自己几十年的老友下手，只是尽力地抱住他。冈田早就料到了这一天，所以，他当时对正在背后抱着他的土方勘兵卫透露说：

"我们主君（信雄）容易轻信他人之言，我早就知道早晚会轮到我的。"他甚至透露说，"我猜到动手杀我的肯定是你勘兵卫，主君肯定命令你来动刀。"身为信雄的家老，对主人有如此清醒的认识，怪不得他们会投奔秀吉，寻求新的保护伞。

尽管被抱住了，身体无法动弹，冈田仍试图拔出佩刀。勘兵卫故意让他拔出来。两个人扭打到一起，不料，刀尖伤到了勘兵卫的眉宇，割破了他的皮肤。顿时，血水淌满了勘兵卫的右眼，但勘兵卫始终紧紧地抓住冈田握刀的手，让他挣脱不得。按理说，勘兵卫身强力壮，可以从背后刺死冈田。但他不忍下手，宁愿让信雄自己动手。而且也想借此机会，对信雄讽刺一番。所以他大叫：

"主君！主君！你把我也一起刺死吧！"

信雄已经离开上座走到下面，他拔出了刀，但迟迟不动手。他不愿勘兵卫做无谓的牺牲，于是叫道："勘兵卫，快放开，还不放开吗？我要动手了。"但是，勘兵卫死也不肯松手。他以这种无声的行为对信雄进行最猛烈的批判。信雄急了，连忙吼道：

"你不放手，我也下不了手。我不管了！"

勘兵卫一听，心想总这样抱着僵持下去也不行啊！于是，他用左手拔出佩刀，装作从背后往腹部刺去，顺手一下子把冈田重孝向前推开。

"好！"

信雄举起太刀，一下砍中了身体已经前倾的冈田的右肩，冈田应声倒下，信雄又一刀刺穿冈田的身体。这是信雄一生中，亲手所做的最残酷的事情。此外，他在殿厅里命令饭田半兵卫杀死了津川义冬，森源三郎杀死了浅井长时。

这些消息表面上激怒了秀吉，实际上着实让秀吉高兴了一番。一切皆在掌控之中。秀吉编写的剧本，演员信雄以百分之百的精准度演绎了出来。

"一百万石，只剩下一个空壳了。"秀吉自言自语道。

织田信雄的兵力有两万六千。但指挥、率领他们在战场上作战的四个指挥官中，有三个不等秀吉下手，就已经由信雄亲自处置了。这样一来，两万六千名的士兵就成了乌合之众。

"这下可以和家康交战了。"

这就是秀吉制造一连串阴谋的最后目的。可是，秀吉绝不想杀死信雄。因为如果现在把他杀掉，就会打击拥戴他的旧织田的各个将领。不管怎么说，信雄终究是他旧主人的二儿子。秀吉想让信雄最后拿块小地，保有名位安度后半生就行了。

信雄随即宣布与秀吉断交。此后，他按照与家康秘密攻守的同盟约定，请远州滨松城的家康出兵。

"把冈田长门守（重孝）他们杀了啊？"

家康听到信雄使者传来的急报，流露出些许担忧的神色：友军的战斗力可能锐减了一半啊。

"那现在谁来指挥这一军队呢？"家康心想。

"那剩下来的泷川三郎兵卫（雄利）后来怎么样了？"他继续追问。

使者说，泷川后来吃了很多苦。他从近江逃回居城伊贺上野城时，秀吉的部将胁坂安治带了二十名骑兵从后面追袭，夜里追到上野城下后，借放火虚张声势。泷川雄利看到漫天大火，以为大军压来，连仗都没打就弃城而逃，一路逃到了伊势的松岛城。后来，秀吉的大军渐渐侵入伊势，泷川雄利的处境就像是泡在滚烫的热水中一般，浑身是泡，疼痛难忍。

总之，泷川雄利应该留在信雄身边辅佐战事，而不是离开信雄各守一边。但不知是这主仆二人太过愚昧，还是秀吉太过聪明，使他们两人被迫分离两地。对家康来讲，此刻可靠的同盟军已经没了。

信雄杀死三个家老，是在天正十二年（1584年）三月三日。

"我马上来拜见。"四天之后，家康从远州滨松城的城门出发，踏上了征程。这时，必须果断地迅速行动，夺得战争的先机。这是战争的常识。家康希望在秀吉还没准备好以前，在尾张这个预定的战场上先取得有利地形。家康这种神速的行动，确实让他获益匪浅。

"先赶到尾张清洲。"这是家康行军的目标。这一年，他四十二岁，已经有了二十多年的作战经验。

"金扇"是家康的马标[1]。在奔赴战场的途中，家康身披由西洋甲胄改造的铠甲，银光闪闪，英气逼人。家康原本长得很瘦，只有眼睛大而有神，但从这时起，他开始渐渐发福，脸部也变得圆润起来。不过，肥胖的三河人本来就不多。

家康从滨松城出发时，只带了五百名士兵，主力部队在三河的冈崎城待命。之后，不断有甲州、信州的将士加入进来，到八日，当家康进入三河冈崎城时，队伍人数已经相当可观了。这期间，家康还不忘与织田信雄保持紧密联络，意图从外交上构筑起对秀吉的包围圈。

---

1 马标：又称马印、马验。是战国时代至江户时代，将领们在打仗时为了显示自己的地位和宣扬威武，在周围树立的旗帜或其他的标志。——译注

比如，家康听说在四国有个叫长曾我部的人后，就去打听。

原来此人就是长曾我部元亲。元亲兴起于土佐一隅，平定了土佐各地后，又挟余威，指挥大军横扫四国全境。家康以织田信雄的名义，给他送去了一封信。大致内容是：望勇士从四国出发沿淡路进攻大坂。

因为秀吉的居城在大坂。家康此信的意思是希望元亲从四国方向威胁大坂城下海域（大坂湾），从而达到牵制秀吉的目的。这封信，确实起到了作用。

要牵制大坂，纪州（今和歌山县）也是这个棋盘里的重要一子。因此，家康派人联络了纪州根来寺的僧兵团及当地的武士联盟杂贺党[1]。他们欣然允诺，并迅速发起叛乱。另外，北陆方面，家康又派使者联系越中富山城城主佐佐成政。成政是旧织田家的部将之一，以厌恶秀吉而闻名。

"万事俱备，就等最后一战了。"

家康估计。然而，家康的这点推断力只能说明其想象力的匮乏。缺乏想象力、没有独创性，是家康与生俱来的不幸。他能做的，只能是慎之又慎地选择、模仿前人的事迹。家康构建的针对秀吉的战术包围圈，也是按部就班地模仿的成果。过去，当织田信长平步青云，事业蒸蒸日上时，阴谋家足利义昭就怂恿织田势力外围的武士组成反织田同盟，构筑起从外围慢慢包围信长的跨国型战线。家康的外交策略与之毫无差别。他只不过是照搬照抄而已。

"这样就差不多了吧！"

家康自我安慰说。事情的结局往往取决于模仿者的性格，而不是过多地依赖其个人的才华。事实上，家康对独创性有着强烈的恐惧感。他认为独创性的想法往往带有巨大的危险性，实施时犹如掷骰子一般，是一场赌博，胜负通常很难预料。而模仿则不同，它是经过实践检验的，具有高度的安全性。

"治家的制度，一定要严守三河的老规矩。"

这是家康临死前给他的儿子秀忠以及幕府要人留下的一句遗训，很显

---

[1] 杂贺党：战国时期，以纪州西北部杂贺庄为中心的当地土豪、武士等组成的武装团体。——译注

然，这句话所强调的仍然是回避创新。家康要求德川幕府的统治体制一定要继续沿用在三河松平乡当小豪族时保留下来的家族管理制度。由世代的武士处理政务，现在的内阁官僚在幕府时代被称为"老中"，而局长级别的官职叫做"若年寄"，这些都是自三河松平乡时代起就开始使用的名称，并且一直被沿用。家康希望继续沿用这套体制来维持对日本的统治。德川幕府视进步和创造为世上最大的罪恶，三百年来一直压迫、抑制着这两股力量。如果世上有人发明新工具，幕府就立刻将它禁止；世上有了新言论，幕府就认定是妖言异说，立即将其封杀。德川幕府认为，所谓异者就是创新之事。禁止标新立异是贯穿德川幕府将近三百年统治史的一个基本思想，这种思想的奠定者就是家康。而这些都是家康性格的产物。

不管怎样，家康终究还是模仿了足利义昭反织田同盟的政治策略。足利义昭的这个反织田同盟中，实力最强的是武田信玄。信玄在外围同盟军的掩护之下，举兵西上，一路势如破竹，节节逼近，眼看胜利在望，几乎可以一举打垮织田信长时，却功亏一篑，不幸病死在征战途中。历史从此走入了灰暗的世界。家康对信玄的评价很高，他认为，假使信玄不死，反织田同盟必定成功。因此，这次选择模仿信玄的策略，也是权衡利弊后的最佳之选。当然，这一次信玄的角色要由家康来扮演了。家康不仅要扮演信玄，就连他军团的制度及服装，无不模仿。

但是，家康低估了羽柴秀吉非凡的纵横能力。这一点，家康在与秀吉交战后才渐渐明白。甚至在后来的关原之战或大坂之战中，家康将秀吉在这个时期创造的策略当作宝贵的先例，无一遗漏地运用到了这两场战争中。

说些题外话。秀吉希望在死后能成为神，就奏请朝廷封他为"丰国大明神"。家康连这一点都不忘模仿，最后得到了"东照大权现"的神号。

"北陆的秀吉势力让越中富山的佐佐成政来牵制。"

家康这样安排，秀吉就立即派急使联络越后的大势力上杉景胜，与他结成同盟，由他来制衡佐佐成政。这样一来，成政再骁勇善战，也不敢轻举妄动，所以根本发挥不了牵制秀吉的作用。秀吉准确、迅速的出击，立刻消解了家康包围圈的实际威力。

然而，秀吉也有很多弱点。

表面上看起来，秀吉统治了中央地区，事实上，在日本六十四州中，秀吉的势力只覆盖了其中的二十四州。

秀吉的势力范围按照现在的府县来讲是：

京都府、大阪府、奈良县、滋贺县、岐阜县、福井县、石川县、鸟取县、兵库县、冈山县。

另外，还有现在三重县的一部分。从地理上来说，秀吉占据了以近畿地方为中心，日本本州岛正中央的区域，几乎就是原来织田政权的版图。秀吉麾下的将士大部分都是以前织田信长的手下，在形式上是织田三法师的家臣，因此他们与秀吉是同僚关系。秀吉自己的亲信手下反而很少，这就是秀吉最大的弱点。他无法命令、调动二十四州的诸将，必须要以"请求出战"的形式来要求对方。如果出现事出有因而保持中立的将领，秀吉只能四处奔走，恳请对方：

"务必拜托你了。只要肯站在我这边，我一定会给您领地以表犒赏之意。"

"以此做法，如何打仗啊？"

虽然是敌人内部的事，家康还是隐隐地替秀吉的大将之位不稳感到不安。

"秀吉之法，终究难以为继，最后定会土崩瓦解。"

《小牧阵始末记》[1]一书中完整地记录了上述家康与织田信雄在冈崎城密会时的话语。确实如家康所料，秀吉自己东奔西走，疲于游说，又四处派人送信、联络，忙于应付。就在家康从远州滨松城出发时，他连交战的准备还没做好。

两军交战的地点会是在尾张平原。对战场地点的预测，秀吉与家康竟然不谋而合。

因此，家康指示织田信雄：

---

[1] 《小牧阵始末记》：江户德川幕府的官修史书。——译注

"你在尾张清州城里做好准备。"

信雄认为家康说得颇有道理,于是把居城伊势长岛城交给下人看守,自己到尾张清洲城集结部队。清洲城可以说是织田家的发祥地,现在也是织田信雄的城池。

以清洲城为后方要塞。在清洲城前,家康开始排兵布阵。

"家康迟早会这样做的。"秀吉早就估计到了这一点。

那么,在这场对阵中,秀吉必须把自己的防御要塞设在美浓的大垣城附近。可是棘手的是,美浓大垣城主池田胜入斋是个中立者。

"他可是个难对付的主儿啊。"

秀吉一直对池田胜入斋抱着这样的观点。池田胜入斋是已故信长乳母之子,在旧织田家地位显赫。秀吉还是织田家的下级武士、负责为信长提草履时,胜入斋就已经成了信长的近侍,被称作"庄三郎"。所以,当时秀吉在庄三郎面前进出时必须要毕恭毕敬。这次大政变后,池田胜入斋没有来投靠秀吉。因为与乳兄弟信长感情深厚的缘故,他做了信雄的参事。在辅佐信雄时,他为了表明心意,还将自己的嫡子也就是后来的池田辉政送去做了人质。因此,任何人都认为:

"胜入斋绝不可能与秀吉为伍。"

然而,让人想不到的是,秀吉的那套幻术居然对池田胜入斋同样受用。秀吉只想得到大垣城做决战的要塞。他知道如果大垣城一旦落入家康之手,那他只能将战场从尾张北部移至西美浓的关原附近。虽说关原与家康的三河、信雄的尾张离得较远,但地形对他们十分有利,而对秀吉来说,就没有任何甜头可尝了。因此,秀吉自然会不惜血本地开出天价来购买大垣城:

"事成之后,美浓、尾张、三河都给你。"

秀吉投其所好,对胜入斋当时只有十二岁的三男长吉说:

"我想收你做我的儿子!"

这位池田长吉的后代在江户时代时统领鸟取池田家三十二万五千石的领地,在信雄手上当人质的池田辉政也成为备前[1]冈山池田家

---

[1] 备前:即现在日本冈山县东南地区和香川、兵库县的部分区域。——译注

三十一万五千石的始主。

这时，织田信雄做了一件失策之事。他手中虽然握着特地来当人质的池田胜入斋的嫡子池田辉政，心里却想：

"池田胜入斋殚精竭虑地来维护我们的盟友关系，况且他又是我们织田家非同一般的人物，我扣押他的人质反而显得我冷漠无情，有损声望啊！"于是，他像中了邪一样居然把人质送回了大垣。胜入斋当然很高兴，他心想：

"这可真是个不可思议的好征兆啊。"随后就立刻投靠了秀吉。池田这么做，完全是欲望的驱使。虽然秀吉在挑逗别人的贪欲方面是个天才，但是为了这次战争，他还是颇费周折。

为了不暴露自己的缺陷，秀吉接二连三地给远国的诸大名发去书信，让他们放心，表明自己马上就处理这场纷争。其中，书信的写法也颇具秀吉风格。他写道：

> 筑前（秀吉）胸有成竹地向您保证，十四五天之内，定能让世上的疯子如酒后初醒般幡然醒悟。

秀吉把信雄、家康二人发起的这场战争看作是疯子的一场闹剧，打算在短短的两周时间内就把他们给收拾了。很显然，这不是秀吉的实话。要打赢这场战争，秀吉必须竭尽所能地动用所有的智慧和才能，保证进攻、防守的任何环节都万无一失才有可能赢得胜利。

再说家康。家康从冈崎出发刚刚进入尾张时，就有伊贺和大和的乡兵约有两百多人主动请缨，要求参战。本能寺之变时，家康逃离京都经过伊贺，众多伊贺武士出手相助，才使得家康顺利脱险。现在眼前的这群人，就是当年帮助他的那群武士。正如《伊贺者由来记》一书中记载的"此时召唤至尾州，在阵中专任间谍"，家康让他们承担了战场间谍的工作。伊贺人向来以对天下形势判断敏锐而著称。这次他们所有的帮派全部投靠到家康的旗下，不管出于何种理由，至少证明世人更看好家康，认为他能打赢秀吉。

家康自己也认为：只要能慎重行事，一定能打赢。

十一日，雨。

接连几天阴雨绵绵，尾张平原的村落都笼罩在一片烟雨中，就连一丈开外的森林都在雾霭中时隐时现。在视线不及处，有群伊贺武士像猎狗一般，东奔西走打听有没有危险，一旦情况有变化，迅速回来通报。安排严密的战场谍报，也是武田信玄的作战风格。

十三日，家康到达尾张清洲城下。信雄出城门迎接。

"太好了啊！"他高兴得差点叫出声来。

陪伴家康进城后，信雄吵嚷着要设宴款待家康的众多手下。家康只淡淡地说了句："这个等打赢后再说。"随后，家康催促信雄尽快在城内召开军事会议。信雄一开始就把军事指挥权交给了家康，他对老臣土方勘兵卫说："一切按三河君的意思行事。"

家康露出一副理所当然的表情，点了点头。接着他斩钉截铁地说：

"这一战一定要打赢。"

家康为了鼓舞信雄的士气，说话时特地表达得清楚明晰，宛如铁板钉钉，铿锵有力。

家康认为秀吉大军就像是一堆乱石堆成的石墙，决战时只要给予致命一击，石墙当场就会轰然倒下。家康现在要做的就是为这致命一击蓄积力量。首先，要在平原上挖战壕，筑栅栏，构建一个巨大的野战阵地，让秀吉无机可乘。然后就是伺机而动，主动出击。

主力在野外决战时，先筑成野战阵地，这种方法后来在欧洲得到广泛运用。日本早在织田信长和武田胜赖决战于长篠时，就已经用到了。这次，家康也打算模仿信长。

第一战

在暖风和煦、春霞满天的浓尾平野上，一场前所未有的大会战马上就要展开了。

家康先到一步。三月十三日进入尾张清洲城后，家康就以此地为大本营，指挥军队先攻克各地的小城池。但这时，对手秀吉还没有在战场上出现。

此时的秀吉还在京都。为了说服各中立势力，秀吉四处出击，诉诸外交，忙得焦头烂额，苦不堪言。战机的拖延，成了秀吉这次作战的一个致命伤。

"我未到之前，切勿开战。"

对远在浓尾战场上拉开战线、等待出战的手下大军，秀吉只能接二连三地发出这种训令的书信，而无其他行动。但是，这些训令只不过是远方的书面指挥而已，实际上，在浓尾战场上的大军，没有一个统一的意志。

"小牧—长久手大战的失败，让秀吉一生的武略留下了瑕疵。"德川时期的史家这样评论。就算不像他们所说的那样，对家康来讲，在这一战里取得的成绩，奠定了他日后胜利的基础。这次光荣的经历，使得他在后来能掌握天下，威服诸侯。这一点，是不容否认的。

表面上秀吉的军队人多势众，实际上这支军队只不过是秀吉的旧同僚在利益的驱使下纠集起来的一支杂牌军。不过，这支杂牌军的士气倒是十分高涨，官兵们斗志昂扬，个个都想在这场战争里狠狠捞一把。但是，各路部队大大小小的将领们对秀吉并无忠心可言。

以秀吉目前的实力，是无法用自己的威严来统御他们的。他只能以利益为诱饵，通过刺激他们的功名心来为自己服务。"利益"是战国时代的通行证。

"对织田家来说，再也没有比胜入斋更忠诚的人了。"人们对信长的乳兄弟——美浓大垣城城主池田胜入斋的耿耿忠心大加赞赏。然而现在，他也抛弃织田信雄，投到了秀吉的帐下。他不但归附秀吉，而且求功心切，随时准备拍马上阵。秀吉尚在京坂时，池田一人就独自攻陷了犬山城[1]。

---

1 犬山城：犬山城又名白帝城，坐落于日本木曾川左岸丘陵，天文六年（1537年）由织田信康修建。——译注

虽然秀吉的军队是利益集团的结合体，但秀吉此刻得天时之利，正是大展宏图的时候，所以他的部队反而比仅有忠诚的德川军队气势旺盛。

犬山城陷落后，织田信雄吃惊不小，他连忙跑去问家康："三河君（家康），三河君，你如实告诉我，我们究竟能不能打赢羽柴？"信雄有点着急。他虽然没有明显表达出"如果打不赢，那自己就要丢弃家康，转向秀吉"的意思，但家康还是从他的表情里读出了他的想法。

家康恭敬地鞠了一躬，说道：

"即使赢不了，我们也不会输。只要能坚持一年，秀吉的杂牌军就会从内部开始崩溃，再加上外围北陆、纪州、四国等势力的进攻，到时候羽柴就会死无葬身之地。"

这样长篇大论、夸夸其谈，向来不是家康的风格。这次家康之所以会一改往常，是因为他觉得犬山城被夺并不可怕，可怕的是友军信雄的立场不坚定。如果他只因一两个小城被占就急躁不安、想中途退出的话，实在无法预料以后他还会做出什么事来。

"世间最可怕的不是勇者，而是胆小鬼。"家康想。

为了给胆小鬼信雄打气，不善言辞的家康也不得不笨拙地动起他僵硬的舌头，努力说服对方。家康反复说："您听好，敌人是大部队，肯定会骄傲自满。俗语说得好，'骄兵必败'，人一骄傲，就容易露出破绽。只要我们时刻关注敌军的动静，一旦看出破绽就全面进攻，将他们一网打尽。您尽管放心好了。"

家康一遍又一遍地劝说信雄。这一席话并非是吹牛，而是在等待时机。为了速战速决，家康亮出了他的撒手锏（模仿信玄）——大量收集、分析、利用战场谍报。在这段时期内，家康对自己军中的特别部队——伊贺武士和甲贺武士的利用达到了极致。

果然如家康所说，在没有秀吉亲自督战的秀吉大军里，"破绽"终于暴露了。

秀吉军中有个绰号"鬼武藏"的武士，他本名森武藏守长可。森氏在美浓是名门望族，在信长势力最强的时候，他们归附了织田氏。那时候，森氏的主人是森三左卫门，他在信长和近江的浅井氏交战时，战死在近江宇佐[1]。三左卫门子嗣众多，共有六个儿子，且个个才华出众、容貌俊美。比如，次男森兰丸，是众所周知的信长身边的宠童。三男坊丸、四男力丸和兰丸都曾是信长的爱将，本能寺之变时，他们皆为信长殉死。

现在，森家只剩下一个年幼的六男千丸。这个千丸后来先后做了丰臣、德川两家的大名，成为作州（今冈山县的一部分）津山城主，他的后世子孙继承这一名衔直至明治时代。这个人称"鬼武藏"的森武藏守长可是兰丸、千丸的长兄，当时是美浓金山城[2]城主，统领七万石领地。自从他娶池田胜入斋的女儿为妻以后，也有人管他叫"胜入斋女婿"。比起自己的儿子辉政，胜入斋更器重这个女婿，对他赞不绝口。无论何时何地，胜入斋一开口就是"我女婿"、"我女婿"，久而久之，这个称谓便在世上传开了。自从亲生父亲在近江宇佐的战场上战死后，"鬼武藏"自己也将岳父胜入斋视为亲生父亲。现在胜入斋投效秀吉，"鬼武藏"与岳父步调一致，也顺理成章地投靠了秀吉。

名如其人，从"鬼武藏"这个绰号就可以知道，战场上的森长可是急功近利之人。岳父池田胜入斋独力攻下犬山城一事强烈地刺激了这个女婿的好胜心。

"我也要建个惊世骇俗的奇功。"

森长可一边暗自较劲，一边开始物色目标。

"在我未到达战场之前，切不可轻举妄动。即使家康前来挑衅，也不可随意出战。"

京坂方面，秀吉接连不断地传来军令。但是，这个二十六岁的"鬼武藏"并没有将军令放在眼里。作为曾经侍奉信长的近臣，同僚秀吉的命令只不过是耳边风而已。

因为苦于一时找不到合适的目标，"鬼武藏"突然心生一计：

"先拿小牧山[3]来试试。"

---

[1] 宇佐：位于现在日本滋贺县大津市附近。——译注

[2] 金山城：位于现在日本岐阜县可儿郡内。——译注

[3] 小牧山：位于日本爱知县小牧市的一座小山，曾有织田信长的筑城，现为公园，是欣赏樱花的名所。——译注

小牧山是一个小山丘，隆起于尾张平野的正中央，犹如一个小岛漂浮在海中，其海拔只有八十六米，呈圆形，南北方向稍长。

第一眼望去，这是一个平常无奇的丘陵。在尾张的历史上，最先看中这个山丘的是织田信长。信长最初的居城是尾张清洲城，但他认为清洲城的地理位置不利于开展对美浓的军事活动，所以一下子看中了小牧山，并在此地筑城。没等筑完城，信长就已经拿下了美浓岐阜城，所以，信长就跳过小牧山，直接迁入岐阜城。小牧山城没等使用就成了一座废城。

继信长之后第二个发现这个小山丘的价值的，大概要属"鬼武藏"了。那时，小牧山还留有信长曾经筑城过半后又遗弃的痕迹，城沟内野草丛生，石块四处散落，睹物思情，让人不由得回忆起信长波澜壮阔的岁月。"鬼武藏"想：

"先攻下小牧山，在此筑好阵地。小牧山离家康、信雄的大本营清洲城只有三里远，一旦大战开始，小牧山会立即成为盟军的最前线，到那时就不愁没有立功的机会了。"

"鬼武藏"跑去和军目付尾藤甚右卫门商量。这程序上的事当然还是要做的。

所谓军目付，也叫做军监。就是统帅（这里指秀吉）下派给部将的参谋。一面是参谋，一面也是监视者。举个源平时代的例子来说，源赖朝当时派梶原景时做义经的军监，此人常常与义经意见不合，导致双方关系严重对立。后来梶原向赖朝进谗言，引起了赖朝对义经的不满，由此可见军监的权力还是相当大的。

那么这位尾藤甚右卫门又是何方神圣呢？当秀吉还是个下级武士时，此人就开始追随秀吉了，那时候他的名字很奇怪，叫做"十二兵卫"。在"鬼武藏"看来，尾藤的出身低微，而且尾藤的族人中很多都当了森家的部下。照道理来说，尾藤理应告诫对方：

"切勿出兵小牧！这是违反军令！"断然拒绝的话，那就尽到了责任，履行了职责。但是，面对眼前这个曾经在自己看来是那么高高在上、高不可攀的森武藏守，尾藤实在很难开口拒绝。他不仅不反对，还特意去迎合"鬼武藏"的意思。

这里顺便提一提，尾藤后来屡犯同样的错误，虽然秀吉还是对他不薄，曾赐予他赞岐（今香川县）一国为领地，但他最终还是被放逐他乡，最后落魄地死于路边。

"拿下小牧山，这个举动可能有点过分。但假设结果对我们有利，那就没什么。可能主君也会很高兴。"尾藤赞成说。

这场战斗将要在敌军的眼皮底下进行，而"鬼武藏"自己只有三千兵马，兵力远远不足。所以"鬼武藏"想到了向老丈人借兵。于是，尾藤奉"鬼武藏"之命，前去向池田胜入斋借兵。胜入斋也是个行动派，他满口应承下来，说："我要给女婿上盘好菜！"同时，两人还商量了池田、森氏两军会合的地点和时间。当时，胜入斋本人在美浓大垣城，而他的士兵驻守在犬山城。所以，调兵遣将方面可能会耽搁点时间。"鬼武藏"率领他的军队从美浓金山城出发，他们会合的地点是尾张羽黑村。

羽黑村位于犬山城南边一公里处。此处交通四通八达，是多条大路的交会点。因此，将它作为两军会师的地点是再合适不过了。会合的日子定在三月十六日。

奇妙的是，"鬼武藏"的做法居然和家康的想法一样。

小牧山这个名字出现在清洲城的军事会议上是在十四日的晚上。

家康对尾张的地形并不熟悉。会议上他默默地注视着画师描绘的浓尾平野地形图，久久没有发言。其间有很多次，他都将目光停留在小牧山这个隆起于宽阔平野中的孤岛般的小山丘上，但是，他依然默不作声。在这种场合，主将一般不发言。已故信长独断专行、个性鲜明，在军事会议上他通常也会一直保持沉默。这样做是为了让每个人都能畅所欲言，充分表达自己的观点、想法，而自己再从中选择一个最佳方案，得出最后的结论。家康也是一样的做法。

"我们主君是个不明确表态的人。"

本多平八郎忠胜这么评价过主人家康。在家康眼里，开会就是自己先铺块台布，然后坐着等别人发言。此刻，家康显得有些心不在焉，在他的脑海中早就有了攻夺小牧山的计划。

提出攻占小牧山的，是有二十年作战经验、身经百战的榊原康政。这年，他三十有六。

"这里有个叫小牧山的山丘。"

康政指着地图说道，他已经派专人到该处详细侦察过，对小牧山的具体情况十分清楚。山上残存着一些旧的基石，只要花上三天工夫，就可以筑成一个强大稳固的阵地。康政接着说，登上这座山丘，不仅尾张全境一览无余，而且可以全面地看清从美浓过来的敌军人数及动静。万一这个小山丘落在敌人手中，会对我方很不利，应该尽快派军队拿下这个据点。

"小平太（康政），好主意。"家康称赞道。

听到自己的提案被采纳，康政十分激动，他霍地站起来说：

"那我立刻出发。"

家康只是点了点头，并没有吭声。需要家康作出指示的事情，比如，带多少兵去，派哪位大将同去，或者建造城垒的材料堆放在何处，等等，家康都没有给出任何具体的意见。就如本多平八郎所说，家康很少给予意见，一切都得由康政自己来动脑筋。不过，康政早就习惯了家康的作风，所以他也不多问，一切按照自己的想法开始准备工作。当然，康政对德川军的兵力配置、资财情况，早已烂熟于心。因此，经过全盘考察后，康政没有过多地调动其他地方的常驻兵力和资财，而是尽量由自己来解决所有的问题。

"从现在来看，主君这种不明示的做法，反而更好。"

后来本多平八郎在追溯这件事时这样说道。也许无为而治是家康的性格之一，事实上这反而有助于家康手下的指挥官们多加思考，提高作战的指挥能力和战术水准。

康政当夜就派了一支由二百名士兵组成的先头部队到达小牧山。天亮后，建城需要的物资和建造工事的守备军都陆陆续续进入城内。康政负责的小牧山筑城工事从十五日早上开始，到二十二日就差不多完成了。

"鬼武藏"对这段期间内小牧山的变化毫不知情，这可以说是战场谍报的一大疏忽。"鬼武藏"和尾藤甚右卫门离开美浓金山城是在十五日早上。而榊原康政也是在同一天到达了小牧山，只不过美浓金山离小牧山很远。金山就是现在的兼山，即岐阜县可儿郡兼山町，这里距离尾张羽黑村约有二十公里。

"鬼武藏"到达尾张羽黑村时，已经过了第二天（十六日）的正午。"鬼武藏"就在此处等待他的老丈人。

然而，不知何故，直到太阳西斜，天色将暗，都没看见池田胜入斋和他军队的影子。

"怎么办？"尾藤甚右卫门问。"除了等以外，还有其他的办法吗？""鬼武藏"回答。尾藤说，我问的不是这个，光等也不是个办法。羽黑村地域广阔，四通八达，在这里干等很容易成为敌人的目标。虽然目前看来家康还在清洲城里按兵不动，但也不得不防备呀。尾藤的意思是要找一个能藏身的安全地点等待。

"那边山丘脚下怎么样？"

尾藤指的是羽黑村东面的一个小山坡，村里人管它叫"二宫山"。"二宫山"的山脚下有一片树林，叫做八幡林。"鬼武藏"同意了尾藤的建议，将他的三千兵马转移至树林中。从这块高地看下去，羽黑村的位置很低，即使敌人来袭，一口气就可将它攻下。他们的目的是在此和友军会合，而"鬼武藏"和尾藤二人放火把附近的村庄烧了个精光。这么做可能是出于战术考虑，他们担心万一敌人攻进来，这些村落就会成为敌方的据点。然而，他们又不是在八幡林和敌人决战，所以，这种顾虑是多余的。

一放火，自然黑烟四起。

此处距家康的清洲城直线距离约为二十公里。这天，尾张平野雾气朦胧，但从清洲城的瞭望台还是能一眼望见一股股的黑烟。这样一来，"鬼武藏"和尾藤将自己本应隐秘行事的军事行动，主动透露给了敌方。

此时，家康并不在清洲城内，而出发到了清洲城以北三公里处、一个叫落合的村落里，并将此地当作了临时指挥所。

落合是由四五十个农家组成的小村落，正如它的地名一样，有四条街道在此会合，因此坐镇此地，可以很方便地向四方传达命令。

"有黑烟升起。"

探子跑来报告，同时清洲城的瞭望台也传来这个消息，家康非常重视。这时酒井忠次刚好从津岛方面回来，所以，家康就说：

"左卫门尉（忠次），你去探探那股黑烟吧。"

在德川家，酒井忠次是与石川数正相提并论的两大将领之一。家康这次特地派酒井去做侦察员，足见家康对此事的重视。酒井忠次与伊贺武士不同，他军事经验丰富，任何蛛丝马迹都逃脱不过他敏锐的眼睛。家康派他去，就是期待他能带回这股黑烟的真实由来。家康对这一小小的战场现象如此重视，是因为他推测：可能敌军中有一部分人会因急于立功而来突袭。假如这个推测没有错的话，就必须立刻派遣数倍兵力前往冒烟处，一举将敌军歼灭。一想到这里，家康自己也不禁摩拳擦掌、跃跃欲试。

秀吉还没来战场，他的渔网又罩不住手下的武士，所以，一定会有冒失鬼冲出来。

家康脑海中的战术图里，清晰地浮现出敌军骑兵旌旗猎猎的画面。用大部队来歼灭这一小撮敌人，简直就是狮子逮兔。若在揭幕战中取得胜利，战略意义巨大。尤其是对兵力不足的织田、德川联军来说，打赢这一仗，就可以扭转自己在策略上不利的局面，动摇敌军的意志，而且还可能改变远方的同盟势力及中立势力的立场。总之，这一仗要是打赢了，结果可能一石三鸟。

所以，家康特地让酒井忠次负责与伊贺武士一样的侦察工作，就是出于此种考虑。

"正是一队孤军……"

十六日晚上，酒井忠次从前线传来消息：

"敌人已经越过木曾川（美浓和尾张的界河），进入尾张羽黑村，驻扎在同村附近的八幡林山麓地带。兵力约三千，且与后方无联系，不知此孤军在该地有何企图。敌军首领是有'鬼武藏'之称的森武藏守长可，军监是秀吉的亲信，人称'十二兵卫'的一个年轻人，有点小聪明。"

报告完毕后，忠次接着向家康请示：

"把八幡林的三千名人马消灭掉，让京都人尝尝我们三河人的厉害，不知主君意下如何？"

家康立刻同意了这个请求。

忠次所指的"京都军"，原本是属于织田集团的尾张武士。秀吉继承信长的大业后，将大本营转移至京都大坂地区，由此德川军称他们为关西武士或是京都武士，多少有点轻视的意味。

在准许忠次的请求时，家康表示"适可而止地交交手"就行了。可见家康做事小心谨慎。他的意思是，八幡林的敌人或许是诱饵，即使打赢也不要穷追不舍。但是，家康在下令时，有含糊其辞的习惯。所以，他只用了"交交手"这样一个简练的回答。

发动这次突袭，家康动用的兵力是敌方的两倍。酒井忠次任先锋。第二是奥平信昌、第三是大须贺康高、第四是榊原康政，个个都是德川家一流的指挥官，此外还有本多康重，深沟松平家出身的松平家忠，以及形原松平家出身的松平家信，以及丹羽氏次。与秀吉大军不同的是，他们个个都是德川家世袭的家臣或是同血脉的族人。这种大乡党集团、大同族集团是德川军的一个特点，而这支突袭部队的组成也尽显此特征。家康特地精选出纯血统的六千名三河武士，就是对他们的勇猛充满期待。

深夜，这六千人马从清洲城出发了。

尾张平野的道路纵横交错，四通八达，不熟悉的人很容易迷路。因此，家康向织田信雄借了个领路人。此人是信雄的家臣，名叫天野雄光，曾经负责管理过伊势长岛城，尾张人。

六千人马趁着夜幕摸黑前进，马嘴里塞上马枚[1]，士兵们身上的甲胄绑满了草绳，只有最前头的人拿着一支火把。周围一片漆黑，三河人对这种夜间行军早已习惯。

大军行进二十公里靠近羽黑村时，正好是黎明时分。德川军偷偷地摆开阵势。

酒井忠次为了尽可能地靠近敌军阵地，来到了一条叫羽黑川的河岸边，不料脚底污泥一滑，差一点儿掉到河里。忠次看到，河对岸是无数堆熊熊燃烧的篝火，估计那里就是敌军阵地。他抓住岸边的草，费力地爬了

---

[1] 马枚：不让马发出声音的一种器具。——译注

上来，身体全被露水打湿，就像掉进了河里一样。等到太阳一升起，露水可能会变成雾气，要是有雾就比较麻烦了。忠次希望是个清清爽爽的大晴天，可以把敌人杀个精光。

"不要变成雾啊。"

忠次从草丛里爬起来的时候，向露水轻语。天正十二年，忠次已经五十七岁了。他战场经验丰富，用鼻子闻闻战场上的气味，就可以推算出友军和敌人的动向。忠次对战场上的露水、雾气等自然现象，熟悉得就像是卧房里的老婆或情妇，皮肤、眼色、呼吸，一切的一切，早已摸得一清二楚了。

突然间，黑暗里闪起了火光。

同时，背后的山丘传来一阵嘈杂声，对岸敌军中响起了枪声。一定是敌人发现酒井忠次的军队正在向他们靠近。

接着，隔着小河的双方阵地里的数千支枪同时响起，一颗颗子弹照亮夜空，划破了漫天的夜幕。黑夜退去，天渐渐发亮。

酒井忠次让手下在田埂边的柿树上架了个梯子，自己亲自爬了上去。肥厚的柿叶在阳光的照耀下显得油光发亮，郁郁葱葱。忠次抓住树干，往敌军方向望去。

他看到"鬼武藏"和尾藤甚右卫门正在竭力平息士兵们的骚乱，让他们重新排好阵形。

"这种阵法，可真够糟糕的。"酒井忠次看到他们忙乱的样子，不禁为他们惋惜。

"我看他们是连张板凳都钉不了的臭木匠啊。"酒井忠次又说。

这种时候，身经百战的忠次竟然还有闲心嘲笑敌人的阵形拙劣。敌军以八幡林山下八幡神社前的空地为主营，将全部兵力驻扎在主营前，而左右两侧并未安插防守的士兵。敌军营地左侧的不远处就是羽黑村的村落，那里也同样是不置一卒，整个军队的防守形同虚设。按常理，"鬼武藏"应该以羽黑村为据点，在那里驻屯足够的兵力，构筑一道严密的防守阵线。现在的阵形是又细又长，容易在两翼受到夹击。

借《长久手御阵觉书》记载的酒井忠次原话来说：

"敌军不以羽黑为据点置重兵防守，反将兵力前置，以致防守空虚，可见其谋略之劣也。"

酒井忠次趴在树上，哈哈大笑。周围的武士和幕僚也都得意地大笑起来。

忠次接着又说：

"仅凭这一点就知道，'鬼武藏'名头虽大，实际上只是个爱逞匹夫之勇的莽撞人罢了。他想统领大军，独当一面，看来还差得远啊。"

忠次说这些话的目的是为了鼓舞士气，所以他继续说道：

"这个尾藤甚右卫门，以前叫十二兵卫，不过是个贩夫走卒罢了。一人得道，鸡犬升天。秀吉一发达，连他这种人也跟着沾了光，人模狗样地做起了军监，其实根本没有什么能耐。以前羽柴攻打中国、会战山崎，还有近江木本之战（贱岳之战）时，多少立了点功，哈哈哈，那只不过是因为京都、播磨（今兵库县）、备前（今冈山县）的武士都是懦夫。想用对付懦夫的那一套来对付我们三河人，简直就是大错特错！"

忠次越说越起劲：

"现在可知道京坂的武士根本不懂什么是弓箭了。算了，我们也不用什么防守了，干脆长驱直入攻过去。"

酒井忠次绝不是一个华而不实的人，但是此时此刻，为了鼓舞三河武士，使他们的能力充分发挥出来，他不得不大吹特吹。

接下来就是冲锋了。没有经过零星的火枪攻击和小范围的冲突，酒井率领大军直冲敌军营地。这种冲锋作战的方式，只有三河武士才能办得到。奥平信昌的士兵先跳入河中，他们一个挨一个地渡过河，黑压压地出现在对面的河岸上。奥平后面的其他部队，也不甘落后，争先恐后地拼命向前冲。这种情景，借《改正三河后风土记》的描述就是：

"长枪像杉木集成的黑幕般黑压压一片，冲向敌人的阵地。"

而且，三河将领熟稔兵书，懂得擒贼先擒王的道理。奥平信昌一过河，就把佩有火枪的数名骑兵叫到他身边，报出要击毙的敌军将领的名字，命令他们说："那个人，给他一枪。"

这群神枪手得令后，立刻策马前进，到达最近的距离后，立即一齐下马开枪。射出去的子弹，一一击中被信昌点到名字的人，中枪的尸体从马鞍上向空中飞去，又立即如倒插葱般重重地摔到地上。

关于这个，稍微解释一下。

当时的战争，是以个人的功名心为基础的。每个人的功名心就是能量的源泉，将其合起来就能组建成一个团体，团体就可以构建成一支军队。所以，对军队的司令官来说，要让自己的士兵放弃功名心，无异于违反了一种契约。以这次战争为例，酒井忠次一开始就命令部下：

"不管是枪打的，还是刀砍的，都不要取敌人首级，不要捡首级！"

依照平常做法，士兵砍下敌人首级，由大将亲自检查确认后，再按首级价值的大小来论功行赏。这是当时军队的规矩。再比如说，镰仓幕府时代北条氏执政时，元朝大军从日本西部海域渡海而来，镰仓武士出兵迎战。但元军采用的是密集兵力、强行推进的大陆式作战方式，这让平常习惯了单打独斗的镰仓武士手忙脚乱，所以，他们无法用一对一的方式斩获敌人首级，邀得功名。战事结束后，镰仓幕府也无法论功行赏（还有其他更重要的理由，但这也是理由之一）。由于这个缘故，幕府失去了信用，不多久就轰然倒台了，日本的军队就是在这样的环境下培育起来的。到了战国时期，军队的作战形式与元朝大军相似，但是每个武士加入军队的基础仍然是功名、赏赐等利害关系。

所以，酒井忠次的命令等同于"抛弃那个基础"。不仅如此，这个命令还忽视了军队成立的基础。这样的例子，包括这次在内，在战国时期的战争史上一共只有两次。第一次是在永禄三年（1560年），当时年轻的织田信长率领一支人数较少的突袭部队，杀进了位于桶狭间的今川义元的阵地。当时，信长将织田家的生死存亡都赌在这次奇袭上，所以才命令士兵斩获首级就丢掉。士卒们也都十分明白这个存亡的危机，心甘情愿地服从了这一命令。在此后的生涯里，信长再也没有下过类似的命令。因为他明白，如果滥用这种命令，武士契约的基础就会崩溃，织田家也会随之瓦解。

也许现在读者明白了这种斩获首级就丢掉的命令是如何的重大。然而，目前的德川家族并没有遭遇像永禄三年在桶狭间突袭的织田家族那样的必须将生死存亡付之一搏的危急时刻。但忠次还是发出了这样的命令。一般说来，如果是利害关系浓厚的武士团，就不能传出"暂时停止功利性"的命令。比如说，在羽柴军中就不能发出这种命令。但是，在德川军中，若是家康本人发出这样的命令肯定不在话下，身为部将的酒井忠次轻易地发出这种命令，士兵们也能一一承受。可见德川武士团的性格，虽与其他武士团一样具有功利性，但他们的忠诚在战国时代是少见的，他们带有中世纪浓厚的三河人气质。家康发现三河气质的本质后，就有意识地来磨炼三河武士团的这种气质。

先锋部队主将奥平信昌，名九八郎，官名美作守。他家是三河设乐郡的土豪，起初归附于骏河的今川氏，桶狭间之战后，信昌的父亲贞能转投了家康，后来又投靠了武田信玄，在信玄死后重新归附到家康旗下，行事做人以功利主义为标准，凭这一点就可以说，他家没有对德川家献忠守义的传统。但到了九八郎信昌这一代，历次战争中，都将德川武士的作风表露无遗，而且，他的忠诚比世代的武士有过之而无不及。这里顺便提一下，到了德川时期，奥平氏除了在丰前中津的本家有十万石的领地以外，旁系的诸侯和旗本[1]武士也分别拥有不少领地。

奥平信昌一身戎装，背上金丝绣成的军扇家徽，金光闪闪。他手下率领的是一支临时编成的火枪骑兵团。在那个时代，火枪一般是步卒的主要武器。信昌一接到酒井忠次"斩获首级全部丢掉"的命令，就立刻组建了这支特殊的战队。步卒的枪声刚刚响起，奥平信昌就不断地观望敌军阵营的动静，他发现踏着晨光有一骑人马在来回活动，马上的人身着华丽的战服，在阳光的照耀下熠熠生辉。

那个人，气势不一般啊，可能是个头儿。

信昌判断。只见那人身穿浅黄色战袍，正骑在马上扯着嗓子大声呵斥枪手：前进！前进！他手下的枪手们也都穿着绣有家徽的衣服。

奥平信昌队伍中的十个火枪骑兵，一眨眼的工夫就冲了过去，一下子就将这名大将击毙了。后来发现这个头领名叫锅田内藏助，从属于"鬼武

---

1 旗本：战国时代指由主君直接指挥的御用直属部队，主要由世袭家臣构成。江户时代的旗本是指德川将军直属家臣中俸禄不满一万石，可与将军同席的高级将领。——译注

藏"帐下，是个名声赫赫的武士。

　　锅田一死，"鬼武藏"军队的军心开始动摇，前线一下子如溃堤般崩溃。正当这时，身为大军统帅的"鬼武藏"却犯了个致命的错误，他将手中发号施令的旗子插在腰间，手持长枪，策马加鞭，不假思索地跑出了营地。而这一切都被奥平清清楚楚地看在眼里。

　　"那人是敌军大将。"

　　奥平举起令旗向前一指，大声喊："一起给我拿下，给我拿下！"一边拍马而走。奥平一行共有千人，他们吼声震天，一并向前冲去，那阵势黑压压的简直就像是一片移动的黑森林。紧跟其后的是酒井忠次的队伍，将士们个个不甘落后，如潮水般向前涌去。"鬼武藏"和他的大军招架不住这番猛攻，向羽黑村方向一口气后撤了三百多米。其间森武藏的将士死伤众多，剩下来的都被迫退到了羽黑村。德川军的火枪队，再次攻到最前面开枪射击，骑马武士也嘶吼着攻向敌军。

　　森武藏守和尾藤的部队勉强守住了羽黑村。

　　事后，家康很赞赏森武藏守的拼劲。他说，整个部队已经七零八落，森武藏守还想在羽黑村重新组织反击，这是很了不起的。不管怎么说，能够让已经溃败的军队重新振作起来，这确实需要很高的指挥能力。当时，军监尾藤甚右卫门和他的部下已经脚底发软，四处逃窜，只有"鬼武藏"和他的部下还在奋勇厮杀。这一情景被在柿子树上眺望的酒井忠次看在眼里，他下来后说：

　　"跟我来。"指挥手下朝另外一个方向奔去。两千名士兵跟从他，绕道至左边，打算和正在与敌军正面交战的奥平部队相配合，两面夹击敌军。此时，尾藤甚右卫门已心生恐惧，他害怕掉进背后流淌不息的木曾川。

　　"再被追着打，大家都会掉进河里淹死的。"

　　尾藤冲"鬼武藏"大声叫喊，这等于在乱军之中，主将亲自向敌方宣布了战败，同时将淹死的恐惧灌进士兵的头脑之中。秀吉的不幸也许就在于此，他手下的亲信大部分都是此等庸庸无能之辈。听到尾藤的这句话，众官兵们犹如树倒猢狲散般，一下子四散逃走了。

"不要穷追。"

酒井忠次派出十五人传令至前线，禁止他们穷追下去。他担心敌人背后有大军埋伏，若趁势穷追，局势可能会被逆转。

这一战中，森、尾藤部队的战死者有三百多人，约占全部兵力的十分之一，这么高的死亡率在战国时代是少有的。可以说，这一仗对秀吉来讲是彻彻底底的一次大败仗。

家康在落合临时大本营中，迫不及待地开始犒赏凯旋的将士，对于有明显战功的人，立刻给予赏赐，需要有证人证明的功劳，立刻调查取证，按功劳的大小一一给予赏赐。因为家康知道，这是一次斩获首级必须丢弃的特殊战斗，如果行赏时间拖久了，士兵心中就会产生不满。而本次奖赏，大部分是当场赐予物件。比如说，面对年仅十六岁，头一次打仗就杀死敌军猛将野吕助左卫门的松平又七郎（又名家信，后为下总佐仓领主，四万石），家康称赞道：

"又七郎的武功真厉害啊。"

他立即将自己备用的一套朱漆甲胄、马鞍，赏赐给又七郎。赐予这些东西，意味着约定以后增加他的领地，所以价值重大。

"主君今天真慷慨啊！"

家康的吝啬是众所周知的。这次出手这么大方，连世代的老臣都觉得意外。

然而松平又七郎并不是以己之力杀死野吕助左卫门的。当时，野吕虽然正在败退后撤中，但面对这样一位"佩黑色盔甲，威风凛凛"（《形原松平记》语）、仪表堂堂的大将，十六岁的又七郎能喝声追去，拔枪厮杀，确实是勇敢之举。

"你这胆小怕事之徒，有胆量就回头跟我决一胜负。"

又七郎叫嚷道，身处败军之中的野吕，好像做好了战死的准备，只见他将身上的配刀交给部下说：

"将此刀交给我的儿子（野吕助三），作为我的遗物。"

接着，又割下鬓边的头发，说：

"这个交给我的妻子，以作纪念。"

他撕下一小块衣领，说：

"这个交给母亲大人。"

最后他对家臣说："你们也各自逃命去吧！"说完就将他们赶走了。被赶走的家臣就这样毫无留恋地丢弃了自己的主人。尾张武士的主从关系建立在利害关系上，他们彼此间的关系很容易破裂，野吕助左卫门和他的家臣大概也属于这种关系。

野吕助左卫门并不是因为受到一个十六岁的小孩子挑战而决心战死，他知道这个小家伙后面还有无数精悍如猎狗般的三河武士正在朝这边赶来，即使杀掉这个小孩，也难逃被三河武士的乱枪刺死的命运。他的部下也劝他：

"这里太危险，离开此地吧。"

战国时期的武士，他们进攻、撤退，都以功利主义为原则。但他们也心存清高，这种心理是他们生存在这个世上重要的精神支柱，而这两个原则并不矛盾。面对劝他离去的部下，野吕平静地回答："我终于可以死得其所了。"野吕的意思是，他很久以前就考虑过以这样的方式结束生命。所以野吕掉过马头，疾驰回来。他瞅着时机，跳下马，挥舞着太刀说："取你小命，何其容易！"随即太刀劈向又七郎的头顶。又七郎人小刀短，迅速往下一闪，避开了野吕的太刀。又七郎一避开，立刻扔了自己的刀，说：

"咱们赤手空拳决一胜负。"

接着就跑到了野吕身边。野吕将太刀放在地上，一把抱住又七郎的身体，轻轻松松将他按在地上，然后骑到了他的身上。正当他想捡起太刀割下又七郎的脑袋时，对面赶来的八个又七郎的部下，见此情景大吃一惊，其中一人立即过来握住野吕拿刀的手腕，想夺下太刀，但野吕的手腕一动不动。于是，又有一人从背后抱住野吕，还有人抓住野吕的左腰，但野吕还是像一棵老松树一样，纹丝不动，这时，又七郎的老臣但马策马而来，他在马上用长枪刺死了野吕，斩下首级。

家康在检查首级时，连连称赞又七郎，然而又七郎很难为情地低着头说：

"不是我的功劳。我自己差一点就被野吕助左卫门拧断脖子,还好这时我的部下一起赶了过来,救了我,并杀死了野吕。"

家康听了这些话,更是对又七郎大加赞赏:

"你越来越像三河人。"

家康夸赞的是又七郎这种正直的精神。

总之,这一仗的胜利对家康来说,有着不可估量的政治效果。他立刻派出使者,向各地的同盟国通报这漂亮的一仗。

而收到战败的消息,最吃惊的莫过于还在京坂忙碌的秀吉。秀吉聪明老到,他早就看出池田胜入斋和他的女婿森武藏守会犯下这种大错。

这次羽黑之战,是在十七日。

此前四天,即十三日,秀吉就亲自写信给军监尾藤甚右卫门。这封信的大致内容是:

"我重复一遍,你切记在心。信雄和家康来挑战,绝不可迎战。且注意池田胜入斋和森武藏守,此二人轻敌、浮夸,你应劝告阻拦,绝不可让二人轻举妄动,此为重中之重。"

然而,应该尽量劝导的尾藤,却轻易地同意了那两个人的轻率之举,还跟着"鬼武藏"冲出营地,由此可见秀吉身边的"储备人才",确实能力不行。秀吉是个空前绝后的人才,他以利益为诱饵纠集起来的大军,全靠他一人才得以维系。在这样的紧要时刻,秀吉无法抽身离开京坂,正是因为他得继续留在那里耍弄高级的手腕,来维持他的势力不倒。但话又说回来,即使秀吉本人(这个时期他的势力迅速崛起,但根基脆弱)在第一线直接指挥,对池田胜入斋和森武藏守这两位旧织田家同僚任性的性格,恐怕也是束手无策吧。

"不可出战!不可出战!"

如果太唠叨,池田胜入斋这样的人一激动、一生气,说不定当天就会转而支持织田、德川方面。所以,秀吉最大的困扰就是,他旗下所有的大名都不是他的家臣。

因此,当秀吉要施展他所有的才华时,就必须要演绎出古今东西所有名演员都无法表现的天才演技。接到尾张羽黑战败的消息时,秀吉正在伏见[1]。

此刻，他正在闲寂的气氛中悠然品茶。茶会的东道主是千利休。

得到这个消息，秀吉哈哈大笑，说：

"肯定是武州（森武藏守）血气方刚，想玩玩枪法。"他顿了顿，又说，"时间差不多了，我也该动身啦。"

于是放下了手中的茶碗。利休静静地坐在炉火边。

"居士（利休）啊，我还想喝一杯呢。我看，等我从尾张回来后，您再请我吧！"

秀吉一边说，一边慢悠悠地退出茶室。茶室的外面紧挨着一个院子，秀吉刚走出院子就撩起衣服："快点！快点！"催促仆从牵马过来，坐骑一到，秀吉立刻登马而去。

秀吉大军号称十二万，实际上并没有这个数。这时，他的先锋大军已经到达美浓关原附近，随后的人马驻扎在京都郊外的醍醐、山科、宇治一带。为大军提供补给的马队，也挤满了狭窄的近江东海道和中仙道[2]的各个地方。

尾击

家康多才多艺，精通各种技能。

尤其是马术，他最为拿手。但其骑马技术并不属于独创或自我摸索，而是学习了既成的流派。这个流派就是大坪流[3]。

"我们主君是个善于学习的人。"

三河世代的老臣，对家康的这一点，很是佩服。比如说，家康会主动去学习对一个武将来说没有什么用处的剑道。家康一生中，且不论日常生活，就是在战场上，也从未亲手杀过人。因此，家康并不是为了杀人才学

---

1 伏见：京都伏见城，现为京都市内人口密度最大的一个行政区。——译注
2 中仙道：主要连接东海道与甲、信两州以及美浓等地的通道。——译注
3 大坪流：日本古典马术流派之一，据说是室町时代由大坪庆秀开创。——译注

剑道，只是想学才学而已。有一次他听说儿子秀忠在学习剑道，满脸不高兴地反对：

"做一个大将，不必学剑道。"

嘴上虽这么说，但家康自己不仅学了下等武士的技艺——剑道，还学习了属于步兵的技术——火枪射击术，并且他将这些技术当作了一生的嗜好。这实在是一件很奇妙的事。

本来，学习技能的人，都是出于想弥补自己肉体的缺陷使个体更趋完美的心理。可是，家康好像从来没有过这种想法。原因在于，他生下来就是三河豪族的族长，不需要用这些雕虫小技来装点自己的门面，况且，家康出身并不低微。

在马术方面，家康十分了得，堪称"东海道第一骑马好手"。

但是，他从未在别人的面前炫耀过自己如耍杂技般高超的骑马技能。后来征伐小田原时，家康一行在行军途中遇到了一座临时搭建在山谷上的简陋小桥。桥身又窄又细，徒步走来都会心惊胆战。那些骑术高超的人，可骑马翩然而过；那些对自己马上功夫没有信心的人，就下马徒步前行。桥的上面有一个断崖，崖上建了一个临时的营房。众将领如丹羽长重、长谷川秀一以及堀秀政等，就趴在那里往下看，"真是一场好戏啊！"他们对过桥诸将的骑术评头论足。

这时，他们刚好看到家康骑着马要过桥。

"让我们来见识一下东海道第一骑马好手的绝技吧！"

大家一起探出身子往下瞧，只见家康在距离桥面三十米处就下了马。不止下了马，他还不打算自己徒步过桥，而是准备叫手下背他过桥。

"这难道是东海道第一骑马高手？在场的人无一不捧腹大笑。"

《纪君言行录》一书中这样写道。然而，家康生性如此。

《骏河土产》一书也记载了上述内容，但书中还引述家康当时的一段话：

"到了危险的地方，下马徒步，这是我们大坪流的秘诀。"把这个说成独家秘诀，可能有点夸张。

世上流传着很多家康与马的故事。比如，家康曾对负责管理其坐骑的马夫说：

"平常，你可以坐上去训练它。不过，我骑马的姿态跟别人不一样，你可要学我的样子骑才行。否则，等到我骑的时候，马会因为不习惯我的骑法而不听我指挥。"有关这种细节问题，家康总是一遍又一遍地叨念个没完。

他还说："夏天，我常牵马去河边，让马脚凉快凉快。但是，我又觉得单是凉凉脚还不够，就把它牵到了河对岸。这样做，可以让马适应水流，万一以后遇到必须要骑马渡河的情况，它就会驾轻就熟。"

连这种细节问题都不放过，足以见得家康天生就是一个善学、爱学之人。

磨炼技艺，实际上就是使身体具有一种敏锐的力学平衡感。家康具有敏锐的政治感和军事感，都是源自他非同常人的平衡感。在敌我双方对峙的战场上，家康的身体可以成为一架天平的支点，称出双方力量的真实对比。如果可以将这说成是一种能力的话，那么世上具有这种能力的人少之又少。

羽柴秀吉还没来到战场。

前面我们说过，临上战场前，秀吉给各地的大名送去了一封写有以下内容的信：

> 筑前（秀吉）胸有成竹地向您保证，定能让世上的疯子如酒醉初醒般幡然醒悟。

秀吉将织田信雄和德川家康联军发动的这场战争轻巧地说成是"两个疯子"所做的傻事。

这充分说明，与具有敏锐直觉、善于处理政治战争的家康相比，秀吉是一个心思细腻、善于窥视他人内心想法的政治家。他不仅内心感觉丰富，还可以说是史上最强的人类心理操纵者。

秀吉凭着自己的力量，当上了织田政权的继承人，然而，他的官位还只不过是"从四位下参议筑前守"而已。与家康开战前的一个月，秀吉向京都朝廷奏请，将家康的官位擢升为"从三位参议"，使得家康的官位高于自己，以此表明自己对家康并无敌意。秀吉这一招绵里藏针，他其实是想用官衔来抹杀家康的斗志。然而用这种心理战术来对付奉行现实主义的家康，无异于缘木求鱼。

在这一仗里，家康采用的战术，用我们现代的战术术语来讲，就是典型的内线作战法。他以小牧山为中心，从东西两侧构筑起一道跨界长、纵横深的野战阵地。他在这条长长的阵线里挖战壕，将挖出的泥土堆成高高的土垒，土垒上再竖起一排排防马栅。远远望去，尾张平原东北角的田野里，赫然耸立起一座"长城"。后来的日俄战争中，俄军与日本军决战时，也采用了这种阵地战战术。第二次世界大战，美军也是采用了同样的作战方法。美军为了避免与日军直接会战，他们通过构筑阵地，步步推进，最后再与日军决战。俄、美两军的战术手法，与家康在这次决战中所用的战术，有着异曲同工之妙。

为了加强防御能力，家康在这座"长城"上构筑了六个城垒，分别是小牧山、蟹清水、北外山、宇田津、小幡和比良。这些城原来被废弃在田野里，年久失修，破旧不堪。家康将它们一一修缮，重新利用。而这六个城垒，都屯有相当雄厚的兵力。

"这样打仗，我们还是头一回。"

家康的部下刚开始对这种战术十分不解，但待到各个阵地部署好兵力后，他们渐渐领悟了家康的战术意图。因为，敌军的兵力有数倍之多，假设与敌军在野外直接交战，德川军肯定败北。因此，家康才考虑采用这种战法。

家康在等待秀吉的到来。

"秀吉一到，立刻报告我。"

家康在近江、美浓两地安插了大量的伊贺、甲贺间谍。家康知道，秀吉一到，敌军一定立即采取行动。

"秀吉会用什么方法来对付我的阵地进攻战术呢？"

家康很是关心这一点。如果秀吉采取猛打猛攻的打法,那就正中家康下怀。因为这样一来,布置在"长城"前的强大火线就可以一下子把秀吉军掀翻。到时候人仰马翻,将死兵亡,秀吉大军就会一蹶不振,无力再战。

"秀吉至岐阜。"

家康接到这个谍报,是在三月二十六日的早晨,当时,他正在清洲城。一接到消息,家康马上传令部下:

"赶快准备将本营移至小牧山。"

二十七日傍晚,探子们又传来谍报:

"秀吉入犬山城。"

听到这个消息,家康立即骑马北上,进入小牧山。

探子们的信息都非常准确。二十七日正午秀吉进入犬山城本营,不久又亲自出来侦察,身边只带了几名随从。

这天下午,秀吉头戴唐头,身披孔雀翎外褂,器宇轩昂地出了犬山城。向南经羽黑村,沿羽黑川往东,到达二宫山东麓后,下马徒步爬到了山顶。山坡很陡,秀吉叫随从把他推了上去。到达崖顶,秀吉放向西南方望去,一眼看到家康以小牧山为据点,像长城般从两翼徐徐展开的阵地,不由得"啊"地叫了一声,但是,马上又装出一副毫不在乎的样子,苦笑着说:

"家康这家伙居然把我当作武田胜赖,未免太小看我了。"

秀吉所指的是,天正三年(1575年)长篠一战中,织田信长凭借阵地上大排大排树立的防马栅,用猛烈的火力攻击敌军,一举歼灭了胜赖的骑兵团。在长篠之战中,织田军在人数上明显胜过武田军,但是,要打赢天下无敌的武田骑兵队,信长并没有多少信心。琢磨了好久,才想出这种奇异的野战形式,用防马栅阻挡武田骑兵的突袭,从栅栏后用强大的火力攻击敌军。受到阻挡的武田军就好像是只一头撞到了细网上的小鸟,只能眼睁睁地任对方蹂躏而无还手之力。那次战役,秀吉作为织田家的一员,也参加了战斗,而家康是织田家的同盟军,负责担任右翼的战事。现在,家康要用信长发明的阵法来对付自己,秀吉不由得感到好笑。

"把我当成武田胜赖吗?"秀吉的这句话里暗含着战斗双方对长筱一战共同的感受。

秀吉没有采取与胜赖同样的战术,他说:

"我们要比家康立更多的栅栏。"

秀吉决心和家康打持久战。他站在二宫山上,俯视着尾张平野,打算造一座比家康的"长城"更大的营寨。他用马鞭指示了九个地方,让部下一一记下来,这九个据点,用地名来说就是:二重崛、田中、小松寺山、外久保山、内久保山、岩崎山、青冢、小口、飞保。

为了对抗秀吉的超级营寨,家康又赶紧在宇田津到田乐之间新修了一个据点,以此来威胁秀吉的二重崛战壕。

家康告诫部下:

"不管敌军如何挑衅,绝不可上当!记住,千万不可出栅栏。"他又说,"相反,你们要想办法诱敌出洞,这一仗,谁出了栅栏谁就输。"

秀吉也用同样的话训诫诸将领。但是,其中有一部分将领当场嘲笑秀吉的战术:

"这等于作茧自缚嘛,天底下哪有这种傻瓜。"

控制一支从日本各地汇集起来的军队,确实不是一件容易的事。秀吉也暗暗叹息自己率领的这支军队的弱点。他有时羡慕家康:

"家康比我占优势啊,手下全都是自己的家臣。"

秀吉的部将中,不仅很多人不尊重秀吉,急于求成、考虑打出营寨的人也为数不少。这场战争胜败的关键,取决于双方将领的统驭力。对于这一点,秀吉一直忧心忡忡,没有十足的把握。秀吉想,如果形势上允许,要将战局引向速决战。但是这样做,就必须得先刺激家康的情感,让他恼羞成怒,主动出击。

"但是,用什么方法才会让那家伙生气呢?"

秀吉略感不安。这个时期,秀吉对家康的性格还没有充分的了解,这也可以从秀吉后来所采用的十分幼稚的手段中看出。

秀吉想到用檄文来激怒家康,于是就叫增田长盛写了一封文书。但是，仅凭一纸文书，家康就会打出营寨？秀吉不敢期待，但是，他觉得写总比不写好。

秀吉身边的一些人，觉得他的这种做法很愚蠢。摄津国大名高山右近（正确地说是高山右近大夫重友，又称长房）更是认为，这封信不但无效，反而会产生相反的效果。经过深思熟虑后，高山还是劝阻秀吉说：

"依我看，这封信大人最好还是不要送出去。"

但是秀吉听不进去，他反驳说：

"计谋纵使不行，也得等试了以后才知道！"

他又让文官重新将书信誊写了一遍，然后唤来等在侧屋的细川忠兴，吩咐他说：

"你将这封文书立在通往敌军城门的大路上。"

高山急得变了脸，连忙制止忠兴说："这虽是大人的命令，但你还是不要去！"忠兴不知晓内情，稍微犹豫了一下。秀吉见状，很不高兴，厉声道：

"是吗？这个差事，与一郎（忠兴）干不了啊！那么，我再派个能干点的去好了。"

忠兴听后，白了高山一眼，丢下一句："你别多嘴！"立刻起身上马离去。忠兴将信夹在劈开的竹子中，快马加鞭，来到家康的阵营附近，使劲将竹子插在一个长满松树的小土堆上。

家康看到这封信，只说了一句话：

"不必用我的名字回信！"

同样为了激怒秀吉，家康让人以家臣渡边半藏的名义回了信，接着又命令榊原康政用他的名义写了一份秀吉的罪状书。这份弹劾秀吉的文书，是用汉文写成的：

　　羽柴秀吉者，本乡野草民之子，出身低微，如同草芥。初侍信长门下，为马前一卒也。

　　后蒙信长公恩宠，拜为将帅，遂成统领大国之身。公之恩高于天深于海，此世人皆知也。

然，信长公归西，秀吉即忘主人昔日之恩宠，图不轨之谋，灭亡主子孙，觊觎国家大权。其哀甚哉！前日杀信孝公（信长三男），今日又兴兵伐信雄公（信长次男），此大逆不道之举，无以言表。今吾主人（家康）念及信长公旧日之好，恤信雄公之微弱，不顾兵之多寡，赫然征兵出行，此乃大义也。仰天理大义，欲伐天人共恶者，速讨逆贼，大快四海人心也。

当然，康政不可能会写汉文。这份文书是由军中的僧人执笔完成的。文中大量使用了"义"、"大逆"、"逆贼"等儒学道义上的词语。公然使用这种词语，在整个战国时代，这是第一次吧。

秀吉看后，果然气得不得了。高山右近耸耸肩膀说：

"瞧吧，这就是你说了不该说的话的后果。"

事实上，秀吉并不是真的发怒，他只是装作生气，单枪匹马地冲出了营地。身边几个侍卫看情形不妙，也立即骑马追了上去。结果，秀吉骑马跑上了先前忠兴立书信的那个松林小土包上，下了马，掀起战服，朝着家康的营地大声叫唤：

"对面的大将，快来舔我的屁股。"

然而这个小土丘，就在家康火枪队的射程之内。

家康听到秀吉的叫嚣，立即命令士兵：

"那个头戴唐头，身穿孔雀翎外褂的就是秀吉，快开枪射击，别让他跑掉了。"

说完，数百支火枪同时开火，射出的一粒粒子弹折断了松枝，打落了树叶，深深扎入树干，有的还飞到了秀吉的脚跟前，激起了一片扬尘。秀吉不慌不忙地骑上马，在马上对德川军恶语相向：

"你们这批狂贼，觉得能打中我天下大将军吗？哈哈哈，连子弹都怕着我呢。"

秀吉手牵缰绳，慢慢地掉转马头，一边朝着对手狂笑，一边悠悠然地朝自己的营地走去。

家康始终坚持内线作战，秀吉也常常派出小部队跑到家康营前挑衅，但家康始终没有回应。同样，家康也派士兵去激怒秀吉，秀吉当然也不会上当。因此，两军就像两个相持不下的大力士，一动不动又万分紧张地注视着对方。

这场战斗，谁先动谁就会输。

"这是一场耐力的比赛。"

家康将自己的意思贯彻给诸将，要求他们绝不能松懈，并且希望他们不放松警惕，提高应变能力，一旦敌军有什么风吹草动，立即判断出对方的目的。家康还要求部下在平常也不能懈于防备、掉以轻心。

"一定能打赢这一战。"

几天来，家康似乎已经稳操胜券。远望敌军阵营里时有旌旗在飘走移动，可见敌军中各将领的步调并不一致，秀吉的统领很难服众。从前在三方原与武田信玄的大军决战时，蓄势待发的武田军阵容严肃、威风凛凛，看得家康胆战心惊，直至现在还常常从梦魇中惊醒。但眼前尾张平原对面的秀吉军队，虽有号称天下大军的华丽外表，旌旗林立，巍然壮观，但没有一点威严。家康看出：

"诸将们已经等得不耐烦了。"

这群将领为利益而投至秀吉旗下，他们急于建立战功，好在这场战争中狠狠捞一把，得到一块大领地。而秀吉自己的据点——大坂湾附近也是危机四伏：纪州的杂贺党，根来的僧兵，加上从阿波[1]渡海而来的长曾我部元亲，时刻威胁着大坂的安全，使得秀吉难以放心。因此在家康看来，秀吉不可能将主力军长期布置在这尾张平原的东北角上。

"秀吉肯定成了热锅上的蚂蚁。"

家康断言。对家康有利的是，自己毫无压力，就是在这里待上一年半载也无关紧要。

先前说到秀吉未到阵地之前，秀吉大军的一支部队已经在羽黑会战中失利，该部队的将领是以"鬼武藏"的外号而威震各国的森长可。这次失利，成了整个秀吉大军的一个硬伤，尤其让人感到痛心疾首的是"鬼武藏"本人和老丈人池田胜入斋。自从吃了败仗，世人对胜入斋的评价跌到

---

1 阿波：今日本德岛县。——译注

了谷底。当时，胜入斋打算在羽黑和女婿森长可会合，不料路上耽搁了行军时间。而这期间，在羽黑的森长可遭到家康机动部队的袭击，队伍损失惨重。世人说胜入斋这是见死不救，类似这样的恶言恶语不绝于耳，胜入斋为此事苦恼不堪。后来，他对女婿"鬼武藏"说："这一战，我一定要打前锋。"然后几次三番跑去恳请秀吉让他打前阵，给他一个立功的机会。当然，胜入斋身经百战，经验丰富，是一员颇有战术能力的老将。几天来，他一直琢磨着找一个能让他重新恢复名誉的战术，左思右想，终于想出了一个好办法：

"奇袭。"

"奇袭"这种战术，只有天才才敢使用。这一战术，就是在两军对峙时，从大部队中分出部分兵力，从侧面或背后闯入敌军阵营，扰乱敌人的阵脚。但是，这种方法实施起来非常困难。因为，攻击的一方如果将兵力分散，自己的整个阵容可能会被先打乱，与敌军对峙的力量也会被相应削弱，这样反而容易被敌军乘虚而入。秀吉和柴田胜家的贱岳之战，胜家就是这种战术的受害者。柴田自己不想采用"奇袭"这一危险的战术，但柴田的先锋大将佐久间盛政急于立功，纠缠着胜家采用这个作战方法，胜家拗不过，最后还是同意了。盛政率领一部分士兵，从侧面攻击，结果因兵力分散，导致柴田军阵容大乱。秀吉见此良机，就从中间攻入敌军，将柴田的主力军打得片甲不留。"奇袭"这一战术在《孙子兵法》中没有记录，在日本的兵书里也没有出现过，只有织田信长一人经常使用这种战术，并且每次都取得成功。"奇袭"这个词，也是由信长发明的。也许，信长常用的战术与他的性格息息相关，只有他本人才能游刃有余地运用这些作战方法吧。

池田胜入斋想模仿信长专用的打法，他认为：

"家康现在将全部身家押在尾张平原，因此他的老巢三河肯定兵力空虚，尤其是冈崎城，简直就是空城一座。只要我们趁夜间偷偷行军，长驱直入袭击三河，家康就再没有闲心在这里向我们耀武扬威了，他一定会丢弃前线，草草调兵回救三河老巢。而这一撤兵，德川军就等于全线崩溃。"

池田邀功心切，想当这支奇袭队伍的队长，他再三围着秀吉，兜售他那套"奇袭"的战术。然而秀吉一口拒绝：

"你想想不久之前佐久间（盛政）这个'好榜样'吧！"

秀吉告诉胜入斋，"奇袭"这种战术不是一般人能用的，只有当敌方将领为平庸之辈时，才有可能成功。他又补充了一句：

"虽然我不觉得家康是什么优秀的将才。"

秀吉一定要这么画蛇添足地补上这么一句，强调他不是因为惧怕家康而否决了"奇袭"战术。秀吉总是要在各种场合不停地证明自己是天才将领，因为只有这样，他才能凝聚全军将士对他的向心力。所以，他很少开口说类似"对家康不能轻视"的话语。如果池田胜入斋是自己一手培养的亲信的话，秀吉大可以放心地用一句"不行"拒绝对方。但现状是，秀吉必须处处赔着小心、苦心经营，才能勉强维持对这个军队的统治。池田胜入斋根本不把秀吉放在眼里，他甚至透漏出这个信息：若是秀吉不准他带兵偷袭，他将另有打算。他要秀吉明白，自己完全可以像当初背弃织田信雄一样背弃秀吉，投靠织田、德川盟军。这对秀吉来说，可是个莫大的讽刺。

秀吉已经身不由己了。

一场失策的冒险即将上演。

"奇袭"这种战术，除织田信长外，从来没有人成功过。秀吉很早就清楚这种战术的危险性，所以他连想都不敢想，更不要说去尝试了。

"不好。"

一时间仿佛有一股酸水从胃里涌上胸口，这位直觉灵敏的常胜将军隐约感到一丝不快，他预感到这场战争可能前途叵测。不是可能，而是一种让他浑身战栗的危险正在逼近。所以从大坂、京都、大津这一路上，秀吉不断地告诫第一线的将领：

"在我还未到达之前，绝对不可出手。"

秀吉认为，如果在敌我双方处于坚守阵地、相互对峙的情况下，采用"奇袭"战术，划出一部分士兵突围的话，就容易被敌军乘虚而入，让他们有机会集中力量消灭我方。相反，如果敌军来"奇袭"，那对我方来说就是一个锁定胜局的机会，我方可以举全力打垮敌人。战争伊始，秀吉就非常明白，这一仗谁"奇袭"谁就输。所以，一开始秀吉就做好了长期对峙的准备，采用"引诱敌人奇袭，再消灭敌人"的战术，频繁在敌军阵营前挑衅。

秀吉如此小心谨慎，一再回避"奇袭"战术，现在却被同伴威胁，不得不选择这种作战方式。这次池田胜入斋强求的机动作战，秀吉始终觉得不放心，他说：

"仅胜入斋和他的女婿'鬼武藏'两人行动，我不能放心，再派上堀久太郎吧。"希望能够用兵力来填补他的不安。然而，他还是觉得这样不太妥当，又说："再加上秀次吧！"秀吉让自己内定的继承人、他的外甥秀次也加入到了这支奇袭队中。这个秀次后来继承了秀吉的"关白"官位，还得了个"杀生关白"的恶名。

结果，这支奇袭队的人数一下子膨胀到了两万人，分别是：

先　锋　池田胜入斋　　　六千
第二军　森武藏守长可　　三千
第三军　堀久太郎秀政　　三千
第四军　秀次　　　　　　八千

这么庞大的一支部队，想隐秘行动，长驱直入攻进三河冈崎城，似乎困难不小。然而，若是连秘密行军都做不好，那么这种战术在开始的第一步就失败了。

秀吉将自己的顾虑告诉给这支机动部队的部将，反反复复地提醒他们，临出发前又派增田长盛传达他的命令，说：

"千万不可轻举，不可妄进，不要深入敌地。"

秀吉想通过增加兵力和再三的训诫，来弥补采用"奇袭"战术的不当，提高它的胜利几率。然而，战术就像是一道数学公式，如果这道公式的基本原理是错的，那么无论用什么样的数字来填补，无论实施者多么小心翼翼，结果也只能归于失败。

四月六日半夜，这支"奇袭"队离开秀吉阵地，向三河奔去。

为了不让马出声，他们让马衔上了马枚，又怕士兵的盔甲哐哐作响，叫士兵在腰部绑满草绳，特地选择以山林为道，在无声、黑暗的林间穿行。因此，仅仅行军一公里，就要花上两个钟头以上。距离家康驻扎的小牧山东北六公里处有座山（二宫山），这座山的山坳里有个名字奇怪的山坡，叫做"物狂坂"。池田率领的这支游击军过了这个山坡，向东南奔去的时候，已经是第二天早上十点左右。这时太阳已升得很高，两万大军的行踪，完全暴露在光天化日之下。

这次行军要比预想的困难得多。山林小道路面狭窄，队伍只能挤成一列，又要隐秘行踪，真是费时费力，困难重重。连出这个奇袭主意的池田胜入斋也无奈地说：

"就是让敌人发现了，也是无可奈何啊。"

但是，池田自恃自己兵力强大，还是显得有点放松。七日傍晚前，他们越过池内、大草的山林，来到平原地带，最后到达位于庄内川流域、名叫篠木、柏井的两个村落，在那里扎寨宿营。为了防备家康派人突袭，池田十分小心，他命人在柏井村一个叫上条的地方连夜放哨。池田胜入斋打算收买这个曾经属于织田信长领地的领内百姓。在当地，有两个小土豪：村濑作右卫门和森川权右卫门，两人在百姓中有一定的威望，能动员群众。胜入斋先给了他们点甜头，擅自夸下海口，答应给他们每人五万石领地。当然，恩赏的授予权在秀吉手中。胜入斋轻率地认为"只要事后跟秀吉言语一声，得到他的认可就可以了"。这就是秀吉的软肋。他必须要用利益满足大名的胃口，才能维持自己的统治。

池田胜入斋奇袭军的情报传到家康的耳中，是在七日下午四点钟左右。是池田的宿营地——篠木的两个土民，气喘吁吁地飞奔到小牧山报告了这一情况。

"怎么会？不可能有这种事！"

家康一开始很怀疑这个情报的可靠性。其实这无可厚非，因为家康将秀吉的作战能力估计得太高，他不敢相信秀吉会采用这种愚蠢的战术。家康认为：

"恐怕秀吉是另有目的，才故意放出了这个流言吧。"

他没有作出反应。不过，还是给了这两个提供情报的尾张庶民一笔赏钱，褒奖一番后，就打发他们回去了。不久，家康的谍报人员——伊贺武士服部平六，一副百姓打扮地回来，报告了与那两个土民相同的信息：

"敌军人数两万，打算袭击较远的冈崎城，扰乱三河一带。"

已经毫无疑问了。

这时，友军的织田信雄那里得到了相同的消息，信雄立即遣人通知家康。

局势发展到这个地步，家康终于下定决心派兵进攻了。

一直以来，家康非常重视谍报收集。这次他又派出三名侦察兵和数名间谍，进一步刺探敌军消息。所派侦察兵尽是军中数一数二的侦察好手，间谍也是本能寺之变后依附家康的伊贺、甲贺武士。

再来说秀吉。他在尾张战场上一共投入了八万兵力，现在两万兵力被调拨出去参加奇袭行动，这样留在尾张的士兵剩下六万。

家康、信雄的同盟军，集中在这个战场上的所有兵力总共只有两万。这一次，家康只留下了六千五百人驻守小牧山，将剩下的士兵全部编入了机动部队，并且亲任指挥官带兵追击。

家康亲自指挥，成为这次追击战中德川军战胜秀吉军的一个重要优势。而秀吉，现在还留守在大阵线的后方——乐田[1]的大本营中。

家康从这支不到一万四千人的队伍中调拨出四千五百名士兵，组成一支别动队。在水野忠重的率领下，这支别动队在傍晚七点开始从小牧山出发。

水野忠重一队的任务，是要抢先一步到达位于预定战场尾张附近——庄内川一带的盟军要塞小幡城。小幡城作为抵御敌军的后方阵地，原本一直由家康的家臣本多广孝驻守。由庄内川往南一公里有个小幡村（今守山市），小幡城就在这个村子里。城南有条去往濑户的马路，当地人管它叫濑户大街。水野忠重的别动队经过三个小时紧张的夜间行军，终

---

[1] 乐田：位于古代尾张国丹羽郡，即现在的爱知县犬山市乐田。——译注

于在晚上十点进入到小幡城。

当晚八点,家康带领着军队开始从小牧山大本营出发。先头部队是由井伊直政率领的由甲州武田家的旧臣和少数远州武士组成的精锐部队,号称为德川家最强军。连他们的行军号子都与德川的传统号令不同,他们的号令是:哎伊——滔——滔——滔!

临出发前,家康命人取消了德川家的旧号令,全军皆改用武田号令。德川家的武士号令较武田家柔和:哎伊——哎伊哎伊哎伊。现在将尾音换成"滔"后,声音就像合唱一样,变得中气十足,铿锵有力。

家康一行人经过三个小时的夜行军,在龙源寺整顿车马、佩好甲胄后,继续前行,等他们到达小幡城与水野的别动队会合时,已经是半夜十二点了。

这期间,秀次军居然没有探得家康夜行的半点消息。他们在篠木、柏井高枕无忧地睡了五个钟头后,才毫无戒备地继续向三河进发。

另一方面,家康进入小幡城时,先前到达的水野忠重,已经通过严密的侦察,将敌军的情况摸得清清楚楚。忠重将情况一一报告给家康,他说:

"敌方大军像大风吹动千里草原一般,正在一波一波不断地向南推进。"

他又提醒家康说:

"如果正面挑战在人数上占优势的敌军,恐怕难有胜算。倒还不如乘他们夜间行进时,偷偷从背后靠近,一下子咬住他们的尾巴,可能出奇制胜。"

家康欣然同意了这一方案。这个打法,在形态上有点类似追击战,但因为敌军并不是在后撤,所以这种说法又不怎么贴切,最多只能称它为"尾击战"。除这次长久手之战之外,古今东西还真没有出现过这种奇特的战术。

家康命令水野忠重:

"那么,由你来追击敌人的尾部。"

于是,忠重带了四千五百名士兵,在凌晨两点离开了小幡城。家康的打算是，由水野部队先吃掉敌军的尾巴，自己则带队将敌军拦腰截断，把对方撕裂成两段，再由水野歼灭后段，自己打击前段。总而言之，这是一种分段进行、各个击破的战术思想。家康在当日小幡城里的军事会议上，做了详细的分工，甚至连具体的攻击任务都做了一一的安排。家康手里掌握着敌军最新、最详细的信息，所以这对他布置战斗任务十分有利。与秀吉相比，在信息的收集方面，家康有着压倒性的优势。不过，这个优势靠的不是"运气"，而是他们自己努力搜集的结果。

不过，家康确实很走运。因为在秀次的部队里，只有池田胜入斋和"鬼武藏"两个二流将领，而主将秀次本人，更是个无能之辈。他们只顾计划奇袭，而不进行任何谍报工作，不收集关于家康军队的任何信息。

秀次率领的队伍走在最后面。水野一行从凌晨三点左右开始追赶，秀次军直到早上都没有发觉。这一天，太阳升起的时间，应该是清晨四点三十五分左右。

"天亮后，就在白山林里吃饭。"

秀次的补佐役（帮助做事的人）田中吉政（近江出身，后来被分封为筑后国柳川三十二万石的大名），只关心着吃饭，连忙通知各个队伍砌灶垒锅，准备早饭，对队伍的安全却毫无戒备，整支军队的前后都没有安排放哨的士兵，完全处于无警备的状态。他们身后的水野军，就像是一群猎犬一样，嗅着猎物的气息，疯狂追赶，一步步靠近。秀次的先锋队已经渡过了矢田川，来到前面说过的白山林高地的山脚下。林间只有一条道路，士兵们四散在路边开始休息。"生火做饭"的命令一下，勤务兵便一溜跑开，忙着去找水和柴火，准备砌灶做饭。这时天还没亮。当走最后面的由穗高山城守率领的一队士兵进入林地时，太阳已经升起。因为整片林子东边背靠着高山，幽然昏暗，士兵们面对着面都看不清彼此的脸孔。

这时，突然响起一阵急促的枪声，震得林间的树叶哗哗作响。秀次的队伍有八千人，但受到水野忠重四千五百人的突然袭击，以为有无数的敌人向他们扑来，一下子乱了阵脚，根本无法组织有效的反击。水野军千支火枪一齐开火，无数颗子弹飞向人数密集的秀次军，弹弹命中，无一虚发。一阵狂扫后，三河武士立即放下火枪，乘着烟幕，冲向敌军阵地，把敌人杀了个措手不及。他们挥舞着手中的武器，如入无人之境，秀次的士兵们吓得惊慌失措，哪还顾得上反击，只想着如何逃跑，所以一时间军不成军，将领们也无法发出任何有效的指令，甚至连主将秀次都丢了坐骑，勉强被人搀扶着逃往长久手方向。乱军之中，连秀次手下的好汉——可儿才藏，都急着从三河武士的枪口下逃离。他看到自己的同伴站在原地不动，就冲他们喊："算了，算了，都这会儿了还不逃，先保住命才是上策！"他一边说，一边仓皇逃走了。秀次的大军往长久手方向奔去，其他人则向岩作方向逃走。三河武士一路追过香流川，最后把秀次军逼到了一条叫细岣的陡峭小路上。秀次几乎快命悬一线，幸好有手下拼命抵挡，才脱了险，勉强捡回一条小命。

水野忠重的手下一路深追，他们不但把秀次的八千人马打得落花流水，溃不成军，还想乘势追击，赶上敌军的先头部队。而两军实际相距一里半的路程。

"快停下，不追了！"

水野军的部将们感到了危险，连忙派出多名传令兵跑到队伍前面，阻止士兵再追下去。但是，此时士兵的士气有如翻腾的浪潮一般，汹涌高涨，根本无法阻止。当时家康不在场，但他后来说道："像那种情形，就是我在场，可能也无法阻止他们。"

这时，在秀次的大军中，有一支以堀久太郎秀政为首的分队，他们发现后方溃乱后，立即占领了附近一个叫桧根的高地，架起两千支火枪，组成了一个攻势强劲的火枪阵，猛烈射击追赶上来的水野军。结果水野军反被迎头痛击，一下子被打乱了队形，这场追击战至此告终。在这一战，水野军一共有五百名士兵被打死，可谓损失惨重。

"白山林赢，桧根输，水野军实际上是败了。"

家康接获这个报告时，太阳已经高高升起，他自己正率领着主力军，刚刚到达一个名叫色根的险要地带。家康打算接着爬上富士根，占领附近的高地，再选择有利地形，部署阵地，做好与池田胜入斋、森长可决战的一切准备。

此时，家康的主力军共有九千三百名，池田、森长可军有九千名。池田他们也占领了附近的高地，排好了与家康对峙的阵形。但是始终让他们内心惴惴不安的是，上午九点钟左右，他们看到富士根山顶上，飘扬着家康的马标——金扇旗。旗帜在阳光的照耀下，金光闪闪。池田的部将们，心怀不安地猜想：

"难道家康亲自出战了？"

他们想，如果家康亲自带兵指挥，那么所带的兵力势必相当庞大。

两军终于正式交战。家康瞅准时机将所有兵力分成两队，自己亲自率领其中一队，跑下山坡，专门突击对手的左翼部队，而敌军的左翼兵力也采取了跟家康一样的打法，结果两军在长久手附近一个狭隘的地方撞到了一起，双方一阵猛打。经过这番白刃战，被称为"鬼武藏"的森长可战死了，手下三千人溃不成军。池田胜入斋身负重伤，勉强守住了阵地，但原来六千人的大军，此刻剩下不到一百五十人，最后，池田经不起家康军猛如海浪般一波又一波的攻击，被家康的家臣永井直胜斩获首级。胜入斋的长子元助，听闻父亲死讯，转身杀进乱军后战死，只剩次子辉政，收拾残兵，慌忙撤退。

家康取得了他有生以来最大的一次胜利。为了保住这一胜利果实，他下了一道命令：

"继续追，但只能追到矢田川！"

接着又派出两名大将（渡边守纲、大久保忠佐）火速到前线传达家康的指令。同时，他又命内藤正成骑马驻守在矢田川岸边，尽力阻止想越河追击的同伴。此时是下午两点，到了三点左右，战场上只剩下横陈的秀次军的尸体，而赢得了漂亮一仗的家康的军队已经集合到权道寺山。后来，家康投靠秀吉之前，常常在诸大名面前炫耀："说到长久手那一战……"仿佛要让世人记住，在与秀吉交战的诸大名中自己是唯一一位有过胜绩的。

而事实上，这一仗的胜利日后成为家康最大的无形资产。

安藤直次

　　长久手一战，我想再啰唆几句。家康的一生里，这一仗的胜利极其重要，它是奠定家康日后声望的基础。

　　长久手的地理位置，现在大约是在名古屋市名古屋城往东十六七公里处的丘陵地带，它又被称为"长湫"。"久手"一词是尾张当地的土话，意为"低洼湿地"。这一带虽是丘陵，但长久手以北两公里处，有一河流，名为矢田川，此河水量丰富，流经尾张平原；长久手北面一公里处，又有一条叫做香流川的河流。自古以来，这两条河泛滥成灾，慢慢冲击形成了目前的地形地貌。长久手就是由两边丘陵夹围成的中间地带，是一条又长又细的山谷，终年地面潮湿，缺少光照。在尾张，人们管"丘陵"叫做"根"，长久手周围有很多地方，都用根作地名，比如细根、高根、桧根、佛根、富士根等。丘陵和洼地交错密布，使得长久手地形十分复杂。加上丘陵与平原、河川的交界地，森林茂密，树种丰富，其中多杉、松、桧木之类，整片森林越发深黑昏暗，而地形也显得错综复杂。

　　这种复杂的地形十分有利于军队的隐秘行动。所以，家康的军队从小牧山出发到长久手，能不被敌军发觉，神出鬼没般地迅速行军，应该归功于地形，家康只不过巧妙地利用了地形的优势罢了。

　　家康的大胆之处在于，他敢于从前线秘密抽走主力部队奔赴长久手，而在小牧主战场只留下了极少的兵力与秀吉继续对峙。实际上，此时家康军队的阵容已经失去了平衡，这正是秀吉趁机攻击的大好时机。

　　然而，秀吉这位常胜将军，却丝毫没有察觉到在自己阵地的正对面，家康的主力军已经全部撤走。这只能说秀吉的战场谍报工作做得很不够。

　　就战场谍报来说，家康比秀吉显然略胜一筹。长久手一战，家康就是根据战场谍报，预测出可能打赢对手，才冒险采用这种赌博式的作战方式。然而家康本人，事实上并没有大胆冒险的精神，通俗点说就是缺乏豪气。家康常说：

"空手接白刃的人是傻瓜。"

一次，在滨松城内，有个人突然发了狂，挥舞着太刀在廊上一路疯跑，见人就砍，弄得整座城都人心惶惶。这时，一个远州出身、自恃武功高强的武者自告奋勇，他跑上前去，巧妙地躲过了疯子的太刀，一把抓住他的手腕，赤手空拳就将疯子制服了。

这个远州人想，马上就有奖赏轮到我头上了，在一旁的人也对他啧啧称奇，而家康不但不赏识他，反而大怒说：

"这种人，对德川家毫无用处。"

家康的这一席话，让城内的人颇感意外。原来家康的观点是，空手接白刃的人，肯定无法承担重任。他说，对付白刃，还以白刃，甚至另备武器、集结众人、合理分工、想出妙法、安全地将对手制服者，才是德川家需要的武士。赤手空拳的人，只是想炫耀自己胆识的傻瓜。假使将军队交给他，他为了炫耀自己，一定会急于立功，不听从指挥擅自出战，结果只会导致整个队伍的溃败。

家康还说："不要染上尾张人的习气。"

大多数尾张人喜欢华而不实的东西，家康认为，这种人不但没用，而且还是个祸根。

从这个角度上来说，导致秀吉失败的根源在于胜入斋的"勇猛"，这种"勇猛"具有典型的尾张特征。

为了争功领赏，他胁迫秀吉采用奇袭这种极其冒险的危险战术，长驱直入，意图出其不意，一举拿下家康的大后方——三河，结果，成事不足，反而被敌人迎头痛击，还搭上了自己的性命。这就是池田胜入斋追求奢华的后果。

池田是这支奇袭大军的先锋。那天天未明，他攻下了一座叫岩崎城[1]的要塞，杀了两百多人。随后他的虚荣心一下子膨胀起来，认为自己已经取得了重大的胜利，于是早上七点就登上了一座叫六坊山的山丘，检查手下武士们砍下的敌军首级。这时候，走在整支队伍后面的秀次军已经被悄

---

1 岩崎城：位于尾张国爱知郡（爱知县日进市）的一座城池，又称平山城。织田信秀支城。——译注

悄尾随其后的家康军袭击，秀次军顿时血肉横飞，溃不成军。池田虽然听到了远处响起的枪声，并没有放在心上，心想：秀次可能在应付一小撮敌人吧。池田十分疏忽大意，都没有派个侦察兵去刺探情况。

直到上午八点，池田胜入斋接到后方同伴带来的消息，方才知道后方有变。这时，秀次军已经败下阵来，战斗也早已结束。

胜入斋接到消息后，立即掉转方向，向敌军奔去。当时间过了十点，这个四十八岁、身经百战、喜欢华丽的老将就在人世间彻底消失了。

长久手的地形，借笔者在《长久手之记》一文中的描述：多水洼，地面凹凸不平，德川兵无法急速行军，两军暂时相持不下。

家康、池田两军相隔一个山谷，他们各自在山脚下排兵布阵，警惕地注视着对方。而池田将九千士兵安排好阵形，是上午九点左右。

家康和他的九千三百名士兵，先到一步。家康看到胜入斋的阵形后，又对自己的阵形稍作调整，到十点前才完全布置好。现在双方的兵力势均力敌。

人们常说："一个三河兵可以抵得上三个尾张兵。"

这种对士兵强弱的判断，通过这一仗便得到了验证。枪声一起，双方正式开战。先是火枪阵，一时间枪声隆隆，子弹横飞。但是，因为双方隔着一个山谷，距离太远，结果子弹都落在了中间的沼泽地里。

"让枪手们再往前靠点。"

家康的亲卫队大将安藤直次这么想。

安藤直次的一生以及性格，都具有典型的三河特征。人们通常称他为彦四郎，后又称带刀。晚年，他受家康之托辅佐家康十子德川赖宣。后来赖宣封纪州侯，统领五十五万五千石领地。直次也随之来到纪州，成了赖宣的家老，入主纪州田边城，占有三万八千八百石的领地。与安藤直次一生显赫的功劳相比，这样的待遇显然是偏低的，但他从未流露过不满之意。

因此，虽然直次只不过是个家臣，家康对他这种笃实的性格充满了敬畏和谢意。蒲生氏乡后来评论，家康没有用大量的物质来报答安藤直次，是出于家康吝啬的性格，他甚至断言："家康如此小气，肯定不能夺取天下。"家康自己是三河人，他当然十分了解三河人的脾气，所以能轻轻松松地利用三河人无私的品格。家康在世时，三河人中，例如像安藤直次那样一生立功无数的武将，很少表露出抱怨、不平的心绪。

长久手一战刚拉开序幕，安藤直次就主动向家康请缨：

"我去测量一下火枪的射程、命中情况。"

这不在直次的职责范围内，但他还是立即带领二十个火枪手，跑下了山坡，绕过泥泞的湿地，最后来到一个松林地带。直次命令士兵在该地开枪试射。一时间，二十支火枪同时开火，二十粒子弹统统打到敌军阵地上，敌军一阵慌乱。接着，直次又满身大汗地爬回山上，向家康报告情况。得到家康的允许后，直次连忙将各支火枪队转移至山下，布置好射击的方向后，就让他们开枪射击。轮到最后一支火枪队时，直次就让他们迂回转移至位于敌军左翼的山上，尽量接近敌军，然后一起开火。受到枪击的敌军顿时乱成一团。其中有一个猎手出身的火枪队队长，名叫水野太郎作（后称左近），他指着敌军中央一个穿着白色战服、不断挥舞旗帜指挥手下的武将问道：

"彦四郎，那个人是谁？"

直次定睛一看，心想：

"难不成此人就是被叫做'鬼武藏'的森武藏守长可？"

确实如此，此人正是森长可。

这一天，"鬼武藏"身穿一套白色军装，万绿丛中一点白，显得格外醒目。而且，他没穿作战外褂，只披了一件白丝无袖罩衫，外套一副白色盔甲，黑色的线绳隐约可见。

后来有人推测：

"'鬼武藏'可能决心战死，才特意穿上这种代表死亡的装束（日本人的习俗：武士若出战时已决心殊死战斗，就穿全套白色的战服）。我们也可以从这位年仅二十六岁、勇猛善战的年轻武将的性格判断，森长可很有可能会这么做。"

"鬼武藏"头戴装饰有漂亮鹿角的头盔，骑着一匹通身褐色、名为"百段"的名马，马鞍上缀有鹤纹图案，十分华丽。

"鬼武藏"亲自率领着五十名母衣武者（亲卫队员兼传令将校）气势汹汹地向家康的阵地冲去，企图以突袭来扭转局势。

"那个人一定是'鬼武藏'，把他打下来。"

安藤直次在火枪队中穿梭不停，一边忙着通知士兵，一边密切关注着"鬼武藏"如何突袭，然后向家康报告。家康闻讯后，当即部署士兵，改用白刃战迎敌。

正当两军短兵相接、开始厮杀时，德川军中的一个火枪手，一下子打中了"鬼武藏"的眉心。"一下打中，两下打落"（《柏崎物语》），"鬼武藏"嘭的一声从马上栽了下来，样子十分惨烈。而打出这一枪的，有人说是火枪队长水野太郎作的手下步兵杉山孙六（《四战纪闻》）。但《小牧阵始末记》对此予以否定，原文是这样描述的："非也，应是井伊直政的部下火枪队长熊井户半右卫门队中的步兵柏原与兵卫。"反正是众说纷纭，莫衷一是。这可能是因为当时战斗过于激烈，具体情况无法描述清楚。

但是，"鬼武藏"战死的一瞬间，确实有很多目击者在场。他们对当时场面的描述都是一致的："鬼武藏"倒栽葱般从马鞍上跌落下来，当场毙命，尸体面朝下。"鬼武藏"的五十名母衣武士，在如潮水般涌来的德川军面前，毫不退缩，拼命反击，几乎全部倒在了主人的尸骸旁。这也足以证明"鬼武藏"平日在军中深得人心。

插点题外话。秀吉后来对"鬼武藏"的死一直很内疚，还给其生母送去了一封情真意切的书信。而"鬼武藏"的坐骑"百段"，身上受了两处枪伤，但还是活了过来。在三十年后的大坂冬、夏之阵时，它还背着"鬼武藏"的儿子森忠政驰骋疆场。这匹名马死后，被埋在作州津山（德川时期森家族的城下町）。据说作州还有一座专门为它修盖的小祠堂。我去津山找寻过，但没有见到这个祠堂。

白刃战发生时，安藤直次正好从"鬼武藏"的尸体旁边经过。

"这位就是'鬼武藏'？"

他不敢相信自己的眼睛，拿出刀想要割下"鬼武藏"的头颅。正当这时，同伴本多八藏（下士）跑了过来，一下子扑在尸体上，想抢走直次本想自己动手斩落的"鬼武藏"的头颅。于是直次收了手，丢下一句"你拿去报功吧！"便毫无遗憾地转身离开了。

作为战国时期的武士，直次的这一举动，若是在三河以外的地方，是绝不可能发生的。然而对"一生奉公，毫无私心"的安藤直次来说，做出这样的行为是很自然的。

直次继续前行。

此时，与他一起并肩前行的共有十一个武士，他们纷纷打着自己的算盘：

"与安藤这样好身手的武士一起打仗，一定能立功领赏。"

在这里一一列出这十一个武士的名字，实际上没有什么意义，但我想让大家更多地了解三河人的姓名，顺便就写了下来。他们分别是：平松七平、本多八藏、永见新三、芝山孙作、穗坂与三、鸟居金次郎、勾坂七平、久永源六、三桥左吉、关金平，还有井伊直政的家臣三井十右卫门。

不久，他们看到远处山麓的一个小高地上，有三十人左右的骑马武士聚集在一起。池田胜入斋就在这群人的后面，但安藤直次没有看见，他只看到这群胜入斋的母衣武士，都身披黑色的披风。当安藤直次他们闯进对方阵地时，那群黑母衣武士立即像无头苍蝇一样四处乱窜，不多久就死了一半以上。但是他们并不是为了护卫主人而战死，而将主人池田胜入斋独自丢弃在战场上独自逃命时被杀的。这就是"鬼武藏"率领的美浓武士与其岳父池田胜入斋率领的尾张武士的区别。

然而，历史上还有另一种传言。说当时除了安藤直次一伙以外，水野藤十郎（后日向守、德川时代封备后福山十万石）也率领了一队武士冲了进来。胜入斋的三十名黑母衣武士拼死反击，最后统统战死在沙场。不过在乱军之中，事实的真相究竟如何，实在很难弄清楚。但说起水野藤十郎这一队的武士，大家都不会陌生吧。他们中间有因"又跑了第一"而被家康赐名为"又一"的小栗又一（幕末时期著名官员小栗上野介的祖上）、井伊万千代（又名直政，后为兵部少辅、彦根城主）、蜂屋七兵卫、权田小三郎、天野三郎兵卫，等等，都是江户幕府官员的始祖。

再说池田胜入斋。

安藤往敌军阵地冲去的途中遇到一段梯田。等安藤他们费力地爬上几段坡坎，骑马经过一棵红松时，才看到了池田胜入斋本人。此时，眼前的这位名将身边无一人跟随，四周充满了一股凄凉肃杀的气息。茂密葱茏的结缕草丛上，放着一张行军凳，凳子上就坐着胜入斋。

"他在干什么呢？"

在这样的氛围里，安藤有那么一瞬间觉得自己仿佛跑错了地方，一时间有点不知所措。

胜入斋当时完全可以逃掉。

比如统军大帅秀吉的外甥秀次，不知现场战况，就慌忙逃离了战场。他弄丢了坐骑，只能徒步而走，在半途中遇到手下可儿才藏正骑着马逃走，就大声请求可儿把马借给他用，遭到拒绝后，秀次几乎蓬头赤脚才逃离了危险。现在这种情况，胜入斋即使想逃，也是无可厚非的。

但是，他逃不了，因为他的坐骑丢了。牵马人逃跑了，马儿也不见了踪影。还有一种说法是胜入斋的坐骑中箭死了。不管传说如何，胜入斋的家臣抛弃了主人的这一事实是毫无疑问的。

胜入斋已经决心一死。

可能他认为是自己强行要求秀吉发动这次奇袭行动，现在行动失败，自己必须对此负责，以死谢罪。还有，虽然当时秀吉军的诸将对秀吉没有什么责任感，但他们都很爱面子，池田胜入斋顾及自己的面子，觉得没颜面再回到秀吉的营地里。也许出于这样的考虑，胜入斋最后决定一死了之。这样做，也符合胜入斋本人的性格。

胜入斋头戴简易头盔，身穿黑绳穿成的铠甲，但不知为何没有穿外褂。

胜入斋看到爬上来的安藤直次，说：

"你是敌人吧！"

他顿了顿，又说："如果是敌人，就砍了我的头去领功吧！"

按照源平时代起流传下来的武家礼节，安藤应该先自报姓名。但不知何故，三河地方的武士很少有人这么做。可能安藤自己认为，自报家门的行为有炫耀之嫌。既然立下的功劳最后都要归于主君，那自己也不必多此一举。安藤的理由和思维方式，在邻国的尾张人看来，是一种难以理解的愚忠。

"不错，我是您的敌人。"

安藤向池田胜入斋深深鞠了一躬，然后很快靠近胜入斋，拔出长枪，一下子刺中了胜入斋的右腹。事情的过程有点复杂。比安藤晚到一步的永井传八郎，这时突然跑了过来，他举起太刀砍下了胜入斋的首级。

前面也提到过永井传八郎。此人出生于三河的一个海边小镇——大滨。年少时，在一次祭礼敲太鼓的场合，被家康的长子信康发现，信康十分喜欢，便将他招为侍童，极其宠爱。信康死后，永井因深受信康恩宠，自然就受到了家康的关注。家康料想他在战场上肯定身手敏捷，勇猛善战，就在此次征战前，将他擢升为母衣众。这真是时来运转，祸福难料啊。

永井传八郎直胜后来官至右近大夫，统领下总国古河七万两千石的领地，而且身体十分健朗，一直活到德川家的第三代——德川家光的时代。他子孙众多，人丁兴旺，永井本家、旁系子孙加起来共有二十七家，其中不少子孙成了大名，还有很多在幕府中做到了旗本武士。像永井传八郎这样，自己并非出身名门，却能从家康马前的一名武将做到一国的大名，仕途平坦，官运亨通，这在德川军中是不多见的。

"安藤从东北方向刺中一枪，永井自西南方向按倒池田，砍下首级。"

有记录这样写道。翻阅了其他描述当时情形的相关记录，发现内容大致相同。两人当时应该是从左右两面一起袭击了池田。永井传八郎斩获胜入斋的首级后，为了日后作证据，他还拿了胜入斋的令旗和佩戴的太刀。胜入斋的这把太刀叫做"笹雪"，由和泉守兼定铸造，长二尺二寸三分，造型为弧形，刀柄涂鲨鱼黑漆，护手呈八角形，护手上镶有黄金，闪闪发亮。后来，征得家康的准许，这把日本太刀成了永井家的传家之宝，代代相传。

据说永井传八郎在袭击胜入斋时，弄伤了左手食指。

《大三川志》对此的记载是：

"胜入斋拔短刀，斩了传八郎食指。"

有的记录又说，胜入斋并没有拔出短刀，他已经挨了安藤直次一枪，虽说没有当场毙命，但身体已不能动弹。而永井左手食指受伤是一个不争的事实。当时的情形很有可能是这样：涌向胜入斋，想取得他首级的人不仅只有永井一个，永井背后赶来一大群黑压压的武士。其中一人举起刀要砍胜入斋时，结果伤到了抢先伸手砍胜入斋头颅的永井的食指。一句话，面对胜入斋这块肥肉，三河的士兵们就像苍蝇闻到了臭肉，一哄而上，谁都不想让这块肥肉落入他人之口。胜者为王，败者为寇，这就是失败者的悲哀。

刺死胜入斋的头等功臣安藤直次，此时已默默走开，无人知道他去了何处。直到后来，德川家的旗本武士间还常常说起此事：

"世上都说杀死池田胜入斋的，不是永井右近大夫（传八郎），而是安藤带刀（直次）。"

一次，一个叫成濑吉右卫门（成濑隼人正之弟，后侍于纪州德川家，两千石）的旗本武士，直接去问安藤直次。直次这样回答："别说傻话了，天底下哪有杀了敌军大将，却把头颅拱手让给别人的大傻瓜呀。没错，我确实刺中了胜入斋，但那时，胜入斋的背后，突然出现了一个一身黑衣的人……"

直次回忆眼前是一个漆黑的身影，而那天永井正披了一副黑色盔甲，系了一条黑色披风。所以他说："这人是永井。"是永井袭击了胜入斋，砍下了他的头颅。直次接着又说："砍下胜入斋首级的人，当然要享有杀敌的功劳和名誉！"

从这些话中，我们可以看出直次的人品。

再说后来，家康在关原之战后，对常年跟随自己征战东西、功勋卓著的手下，每人赏以一万石的领地，唯独给安藤直次横须贺五千石。数年后，家康才发现只给了直次五千石，就把直次叫来，对他说："当时，我以为横须贺的领地有一万石，才错把它封给你。原来那里只有五千石，而你却不声不响，无怨无恨，还向我尽忠奉公，真是难能可贵啊。"

但是家康经常借口自己弄错，对部下说些假惺惺的安慰话。所以，这件事是否当真是家康弄错了，我们无从得知。不过据说在这次谈话之后，作为道歉，家康把数年来直次应得的米一并给了他。

直次性格朴实，当时他可能无意与永井抢功。对一个年仅二十九岁的年轻人来说，能有这样的气度和修养，实在很难得。

但还有一种传说，说安藤直次对永井传八郎抱有好感。那时候永井二十一岁，原本是信康的宠童，模样俊秀出众。安藤对永井的好感，或者说是一种恋慕，并非越界之事。但从直次笃实的性格来判断，我认为二人不可能发展到那种男色关系，因为对方是早死幼君的宠男，直次即使再有好感，也不敢接替幼君之位。而二人的关系到底如何，确实是个谜。依照直次的性格，把这个大功让给永井，也是可以理解的。但是，永井传八郎白白地接受这个大功，却没有任何表示，或许二人真有这种关系。

还有一种说法是，安藤直次用长枪刺中胜入斋这位大人物时，嘴里喊着：

"万千代，万千代！"（《烈公闻书》）

永井传八郎直胜，元服前的幼名是万千代。永井听到直次叫他，就跑过来，捡了这个大功劳。

井伊直政，后来官至兵部少辅，身为彦根城的城主，统领德川军团中的王牌军。他小时候的名字也叫万千代。打这一仗时，直政已经二十三岁，他容貌俊秀，就是在女性中也很难找到像他这样姿色的人。出身于远州名门望族的他，从小就被家康召到身边当侍童，晚上也陪伴家康睡觉。家康一向不太喜欢男色，在他的一生中，只宠溺过井伊万千代一人。这是德川家、冈崎城、滨松城众所周知的事实。因为家康极其宠爱这个井伊万千代（这种感情，他对自己的侧室、其他人都不曾露骨地表示过），所以在这场战事伊始，家康就把直次叫来，交代他说：

"井伊万千代，就拜托你了。"

也就是说，家康希望安藤直次帮助井伊立功。所以这件事的真相可能是，安藤直次在呼喊"万千代，万千代"时，实际上喊的是井伊万千代的名字，而不是永井传八郎。先前的文章中也提到过在安藤直次的队伍后面还有一支分队，井伊直政就在后面的那支队伍里。因此，直次应该知道井伊万千代就在他身后。刚才也说到"永井从西南方向过来",所以可以确认的是永井突然出现在现场应该就是从西南方向来的。对安藤来说,永井的出现是意外的;而对永井来说,直次呼喊着"万千代"的名字,肯定是在喊他过来砍下敌人的首级,所以他才气喘吁吁地跑来。这也许是受别人恩宠惯了的人的厚颜无耻之处吧。

古书上说:永井万千代,脚不沾地地跑来。

拜"脚不沾地的奔跑"所赐,永井右进大夫立功后,置身于世代大名之列,封妻荫子,泽被子孙。他的子孙本流、支流共计二十七家,人丁兴旺,家门繁荣。幕末时期的能臣——大名鼎鼎的永井尚志(原名玄蕃头,后称主水正),就是永井家的一支——旗本永井能登守的养子。他出使外国,历任要职,后又在明治维新后的新政府里就职,担任过元老院书记官等职务。

长久手会战后的论功行赏大会,直次说:

"池田胜入斋的首级,是永井传八郎斩获的。"

他当着家康的面将功劳推给了永井,永井也把当时的情形详详细细地向家康做了汇报,明确说明了胜入斋的头颅是直次让给他的。家康表扬了他们俩,判定永井为斩获胜入斋首级的功臣,对直次则是大加赞赏,称赞他勇猛无惧的精神,并把雪荷作的弓赐给了直次。

这个话题日后再谈,现在来说说池田家。

胜入斋的儿子池田辉政,后来在丰臣政权下受到了厚待,成为三河吉田的领主,统领十五万石领地,又由秀吉做媒,迎娶家康的次女督姬,在伏见城外的池田家里举行了结婚典礼。第二天,辉政到伏见城德川家拜见家康。

酒席上,家康和家臣们坐在一起。这时,辉政问家康:

"听说从前在长久手,杀死家父胜入斋的人叫做永井传八郎,此人今日是否也列位席中?"

家康回答说,就坐在宴席的最后一个位子上。辉政表示务必与他面谈,想询问些当时的情况。家康叫来永井,让他向辉政述说当时的情形。

两人谈完后,辉政问家康的老臣,永井传八郎现在的俸禄是多少。老臣答复说，五千石。确实在那时，永井在武藏[1]只有五千石的领地。辉政听后，脸色顿时阴了下来，愤愤不平地说道：

"先父首级，竟如此低贱！"（《藩翰谱》）

自己父亲胜入斋的首级，仅换来五千石领地，父亲的性命真的那么不值钱吗？自尊心受到挫伤的辉政，吐露了自己的怨言。很快，这些话就传开了。

"因此，在不久之后，家康又赐给永井笠间七万石的领地。"《改正太平秘记》中这样写道。但不管辉政的这席话真假与否，在历史上，永井传八郎并没有因为这件事而一下子成为拥有七万石领地的大名。永井传八郎成为大名，是在二十三年后，即元和三年（1617年），永井在笠间封得了三万两千石领地。随后的第三年，永井搬到下总古河城，才开始统领七万两千石的领土。家康的这种处事风格，与其说是一本正经、缺乏人情，倒不如说有些阴暗、不爽快。

继续说安藤直次的故事。

这个在战场上老练（虽然年纪才三十岁左右）、机敏的男子，不想在池田胜入斋的尸体旁边逡巡不前，因为时间宝贵，由不得他再去浪费。既然自己把功劳拱手让给了永井，那就该毫无遗憾地彻底忘记。于是，直次又像追逐猎物的猎犬般，拔起双腿，拼命向山坡的树林深处跑去。

直次后来回顾这段往事时说："跑着跑着，突然想起自己还没有吃早饭。"所谓的早饭，就是挂在腰上的兵粮。像直次这样的武士，一般会将饭团卷入竹皮中，再用布包裹起来，挂在腰上。战斗是在上午九点到十点之间开始的，所以吃早饭的时间绰绰有余，但直次特意没吃。临战经验丰富的武士们曾告诉直次，如果上阵前吃得太饱，那么腹部中弹后的死亡率就很高；相反，如果是空腹的话，即使子弹穿腹而过，性命还是能保住的。所以，直次牢牢记住了这一点，空腹提枪上阵了。不断地奔跑，直至自己的双腿打战，直次这才想起自己的肚子瘪塌，没有力气再赶路了。

在直次前方的松林里，一群德川兵正在和一群池田兵厮杀。德川兵约

---

[1] 武藏：即武藏国。埼玉、东京隅田川以西，到神奈川县东北的地区。——译注

十五人，池田兵有三十人左右。

"……那是谁？"

直次眯起眼睛一看，结果发现带头的是一身红铠甲的井伊万千代（直政）。井伊先前爬上梯田时，应该是经过了直次的身边。看到直次在坡上遇到了胜入斋，可能就回避性地选择了另一条山路前进。

池田兵一路退却。他们一边往后逃，一边又停下来反击追赶他们的德川士兵，这样跑跑停停，停停跑跑，疲于奔命。安藤直次看了看眼前的地理环境，松林尽头的右边是一个山谷，此刻可以看到湛蓝的天空；左边是一片延伸至尾根山的灌木林，鲜艳的映山红开得正盛。败走的池田军，不往容易逃脱的右边山谷跑，反而往左边撤退，企图爬上尾根山。这说明对手作战经验十分丰富。他们的计划是，先登上山坡把井伊军引诱上来，再从半山腰急转掉头，冲下来将对手杀个措手不及。这是一场运动战，敌军早就将意图贯彻到了移动的路线中。而井伊他们丝毫没有察觉到，在斜坡上跌跌撞撞，而且已经开始遭到对手的攻击。

"真是头蠢驴！"

安藤直次心想。井伊的手下都是旧武田家出身，身上应该穿红色铠甲，但在这群追兵中只有井伊万千代一人穿了红盔甲。这说明，井伊作为一支队伍的领头人，居然扔下自己的部下，像个单枪匹马、急着抢功的莽汉一样，紧紧地追着敌人不放。"万千代就拜托你了。"直次的耳边再次响起了临出发时家康的嘱托。于是，直次立即踏着映山红，往斜坡上爬去，而这时，池田兵又开始撤退。

直次看到井伊，头盔下的脸故意摆出一副凶相，指着井伊的鼻子，破口大骂：

"万千代，你小子也配当队长？"

这里不得不提一下他们的等级差别。我不知道用"等级"这个词是否恰当，总之，在家康的军团中，小军团的头领大多是豪族出身。从各自的先祖开始，凭借着地缘和血缘关系形成了一个个集团，而他们就是这些集团的首领。在三河系中，像松平诸氏、酒井氏、本多氏、鸟居氏、内藤氏、石川氏、大久保氏、平岩氏、高力氏、牧野氏等，就是属于这种类型；而另外一些武将，他们的家族在三河地方原来是一乡一村的本地武士，能够动员族人、乡人，可以组成百人以上的兵力。家康不管这些首领能力高低、有无才华，根据他们的血缘、地缘实力，都给予了优待。不管战功如何，信州系的小笠原氏、诹访氏、保科氏等，在家康的势力扩大后，也都做了大名。

远州系中，有冈部氏、井伊氏，尤其是井伊氏，在西远州井伊谷地方是个历史悠久、势力强大的名门土豪，起初他们开始隶属于今川氏，但后来家道中落，到万千代这一代，少年时期的他就依附了家康。家康本来就喜欢名门，再加上万千代聪明伶俐，就把他收为身边的十二小童之一，特别溺爱他。武田没落后，家康大量收留武田牢人，并把这些武士全部交给了井伊直政，让他担任这支队伍的队长。

而永井传八郎和安藤直次二人，没有这种名门背景，他们能做到将校级别，完全是靠着自己的武功和才能，一步一步地爬上来的。因此，他们不可能像井伊那样，一跃就是一队的队长，他们的发达之路是有一定的区别的。

但是这次，安藤直次毫无顾忌地痛骂井伊万千代，语言也用得相当粗俗，而这就是三河武士粗野的作风。井伊听完后，很生气地回头看了一眼。直次不管，继续开口大骂：

"你身为队长，把自己的手下扔到哪里去了？为了自己抢头功，和别队的士兵混在一起追敌，你算什么一队之长？"

骂完后，为了早获战功，直次立即从开满映山红的斜坡上跑下来，掉头前往山谷。有种直觉告诉他，敌军的主力可能会顺山谷往下逃走。

附近的德川兵，看到直次就像是村子里的孩子追着耍木偶的江湖艺人般，一个个争先恐后地跟在他后头，不一会儿，直次身边就聚集了五十多人。在战场上，只要跟着有眼光、有能力的人后面就能捞到功名，这是建功立业的一个常识。

话说回来，池田胜入斋布下的阵局，形状有如仙鹤向西南展翅振飞，胜入斋的两千兵马，是预备队士兵。其左翼是"鬼武藏"的三千兵马，是最早溃败的一侧，其右翼则占据在一个叫田尻的高地上，共四千兵马，由胜入斋的两个儿子负责指挥。

这两个儿子中的一个，就是后来的池田侍从辉政，当时他二十岁。乱军之中他被家臣强行拖离现场，最后得以平安归来。辉政的长兄元助（有时被误记成之助），当年二十二岁。

胜入斋那时已经出家，把家长之位让给了元助，所以元助事实上就成了当时池田家的主人。元助有个"纪伊守"的官名，因此，在这场战斗中，德川方面称呼他为"纪伊守"。

池田纪伊守元助喜欢朱红色盔甲，因此在战场上，他身穿朱红色的铠甲，头戴简易头盔，骑着一匹棕褐色的战马，经常手持一面"赤熊"令旗指挥大军。但是这一仗，他根本没有用到那面"赤熊"令旗。因为刚一开战，山谷对面德川军的火枪手，就黑压压地从斜坡上跑下来，直逼池田大军，然后摆好姿势，一齐向纪伊守的士兵开枪射击，一瞬间两百多名士兵应声倒下。战斗伊始，光射击战一项就被干掉了这么多人，这种情况很少见，这也是池田军自己的疏忽。两军之间隔着一大片长久手湿地，池田军把它视为天然要害，没怎么注意防守。池田军更没料到，德川军火枪射击一停，所有的人马立刻冲了过来，向他们发起了白刃战。尾张的常规战法是，火枪队射击结束后，就由弓箭手射箭，或派长枪步卒打头阵，最后才由骑兵队冲刺。但是这次，三河武士打完火枪后，骑兵、徒士（徒步战斗的下级武士）、步卒们，趁还未散去的硝烟，势如潮水般一下全部冲了过来。尾张的武士被德川军这种不按章法来的作战方式吓呆了，根本无法组织起有效的反击。无论是森军还是池田军，从来没有遇到过这种战斗形式。所以，左翼森长可的部队迅速崩溃，右翼池田纪伊守的防守也形同虚设，第二道、第三道防线接连被冲破，等到纪伊守觉察时，贴身侍卫都没了踪影，只剩下自己独自一人坚守在阵地上。

不得已，纪伊守只好将"赤熊"令旗收起，插在腰间，跳上坐骑。这时，马童不知道从哪里跑来，匆匆忙忙地过来替他牵马。纪伊守看到马童，觉得很意外，就问：

"你怎么不逃跑呢？"

混战时刻，马童能这般忠心，纪伊守真是又惊又喜。走下山谷时，他又一连问了马童好几次：

"你知道我父亲在什么地方吗？"

马童当然不可能知道胜入斋身在何处。纪伊守知道父亲带着预备队，应当在桶狭间布阵等待。然而当纪伊守来到通往谷底的道路上，俯视山谷里那条南北走向的大马路时，发现桶狭间的己军已经溃败，道路上挤满了父亲胜入斋的士兵。纪伊守命令马童：

"你下去打听一下消息，看看我父亲是否平安无事。"

马童立刻连滚带爬地从斜坡跑向谷底。因为不知道马童是否会回来报告，纪伊守心里非常犹豫：是在原地等好呢，还是先走再说？要是先走，又该选哪条路，才不会遭遇敌军？纪伊守顿时没了主意，不知道该如何是好。于是，他干脆下了马，一屁股坐在落满枯枝烂叶的斜坡上，一种挫败感向纪伊守袭来，冷得他浑身打战，欲哭无泪。

战争，是一种奇妙的东西。刚刚还是九千人马的大部队，官兵们士气高涨，杀敌破阵的喊声响彻云天，顷刻间，就像狂风卷走落叶般，所有人都逃得无影无踪，只剩下主将一人孤独地留守在阵地上。

或许他们是各自忙着应付如豹群般不断拥来的三河兵，根本无法抽身来护卫主将；可能他们现在正在与敌军周旋，自己也被追到了山谷里。

想到这些，纪伊守不禁感慨万千：

"主将真是虚无啊！"

他真切地体会到，所谓战败，就是主将身边没有了一兵一卒。

纪伊守心里暗自问道：主将究竟是什么呢？

一般说来，主将身边会有许多兵将围绕。然而，这些兵将推戴大将，并不是出于忠心——虽说有点武断，但至少尾张人是那样。主将对士兵们来说，是能够保证他们身份地位、荣华富贵的存在而已。一旦主将打了败仗，失去了这种保障能力，树倒猢狲散，兵将们自然就会立即作鸟兽散。

这个原则成了支撑尾张武士的信条。而它的创造者，正是织田信长。信长曾信誓旦旦地宣扬自己能掌握天下大权，由此聚集了尾张、美浓的一些小土豪，接着又吸收了近江、摄津两地的武士，形成了一个规模空前的军事联盟。信长一朝命亡，他与这些人的契约自然就失效了。而这时，秀吉登上了历史舞台,他向这些大名诸侯提出了新契约,诸武将们当然乐意,纷纷转投秀吉。

如果忠诚是他们的行为准则,那么池田胜入斋就应该站在织田信雄一边,与秀吉为敌才对。因为胜入斋与旧织田家的众多武将不同,他是信长乳母之子,他有责任向信长现在唯一尚存的儿子——信雄尽忠心。但是,现实的胜入斋,在中间人津田隼人的蛊惑下,禁不住秀吉开出的优厚条件——给予大面积的领地——一下子投靠了秀吉,成了信雄、家康的敌人。这种契约式的处事原则,也影响到了全军官兵,他们一看到吃了败仗,自然就丢下主将四散逃亡了。

也许是某种偶然,安藤直次此刻正在朝着池田纪伊守元助所在的方向一步步靠近。

安藤直次翻山越岭,遇敌多次。据《长久手之记》所记:越战越勇,左右杀敌。安藤这一路上骁勇彪悍,杀敌无数。但是,他却是个奇特的男子,杀了敌人,却不将他们的首级砍下。这在尾张人看来,是一种违反契约的行为。

直次拖着枪边走边战,频繁、粗暴的使用,使得长枪的手柄从中间部位向上翘起,看起来快要被折断一般。

"真像农民没了锄头,木匠丢了墨盒啊。"

直次自嘲道。他从被自己杀死的敌军腰上搜出一把刀,但是他这辈子不习惯用太刀,就用手中的太刀跟同伴换成了长枪。直次继续前行,终于来到了一个山谷。他顺着小路跑下去,忽然看到一个人影,就问这个人说:

"这条路通往岩作(此处往北的一个村庄名)吗?"

这个人影坐在小路旁的草丛里,身穿一副朱红的盔甲,他不理会直次的问话,反而侧过头问直次:

"你是敌人?"

可巧的是,刚才直次要刺杀胜入斋的时候,胜入斋也问了直次一句:"你是敌人?"一样的口气,一样的话语,直次觉得甚是奇怪。于是,再仔细一打量,原来头盔下面是一张年轻人的脸庞。对德川军来说,这是一

张陌生的脸,所以安藤直次难得地自报了一次家门:

"本人是三河守(家康)的部将。"

直次之所以报出主人的名字,是猜测这个穿朱红铠甲的武将可能是友军织田家的头领。

"那么,你是我的敌人。"

红盔甲就好像念经般慢吞吞地吐出这句话。直次听后,有点于心不忍。直次从来没有学习过使长枪的技巧,他觉得在战场上与敌人格斗,只要凭着一股冲劲,比对手多花一倍的力气就可以战胜敌人。而现在,对方沮丧的态度,反而让直次提不起精神。直次发现对方身边没有带对打仗来说最重要的东西——武器,就问:

"你没有枪?"

确实没有枪,给纪伊守提枪的士兵都跑了。

"我有太刀。"

纪伊守慢腾腾地站了起来,拔出太刀。这时候,头顶传来三河武士的叫喊声。纪伊守挥起太刀,向直次砍去,直次提起长枪一下子刺穿了纪伊守的咽喉。

直次麻利地砍下首级,再次确认尸体时,发现对方的腰中插着一面"赤熊"令旗。

"难道说,这是位主将?"

直次想拔了那面令旗回去当作证据,但这时,有三十个来不及逃走的敌兵与三河士兵打成一团,正从山坡上滚下来。直次觉得麻烦,没有取下令旗就离开了。他继续往前赶,最远追到了岩作。

在随后检查首级时,家康身边的内藤正成问:

"我听说池田纪伊守手拿'赤熊'令旗指挥战斗,为什么没看到他的令旗呢?"

内藤正成怀疑这个首级的主人是否真的是池田纪伊守。

"令旗当然有。"

"那你为什么不带回来?"

直次听到这句话,勃然作色,厉声抱怨道:

"这个首级是不是敌军大将的,不关我的事。这份美差是你们这群老头子的活儿,你们有空慢慢查吧!"

这一通大牢骚,不仅扫了老臣们的兴,更让家康大吃一惊。

直次的想法是,武士在战场上奋勇杀敌,并不是为了升官发财,而是出于对主人的一片忠心。自己辛辛苦苦与敌人战斗了大半天,斩获的首级也不能随意扔掉,必须依照治军的规定,带到主君面前检查。没想到带回了首级还惹来一大堆的麻烦。老臣们心想:

"彦四郎这小子,又开始浑身冒刺了。"

在三河,像直次这样固执的人很多。他们在三河武士中的人缘一般都不太好。家康此刻也尽量克制住自己的情绪,平心静气地说:

"彦四郎,你肚子不饿吗?"

听到家康开口,直次立即跪地叩礼。到这时,直次才确实感到自己肚子饿了。今天从一大早开始就一直空着肚子在战场上东奔西跑,现在已过正午,自己仍颗粒未进,完全忘了腰带上还挂着个粮袋。

"肚子一饿,就容易生气。"

家康装作教训直次,实际上是想安慰一下他。

"你去外面等吧。"

说完,家康立即派使者到织田信雄营中,寻找认识纪伊守的人。家康与织田信长结盟时,倒是常与池田胜入斋照面,但他的长子纪伊守倒没有见过面。

"千真万确,是纪伊守!"

内藤正成得知这个消息后,十分高兴,大声呼喊直次的名字。而此时,直次既不在营帐外面,也不在山下营地里,据说是跑到桧根的山涧里游泳去了。

"这家伙太不像话了。"

老臣们纷纷数落直次的不是。在老臣们看来,家康命令直次在外面等待,作为武士,直次就应该老老实实地放下长枪在外面等候消息才对。可直次这个人,经常自说自话,不听从家康的命令。

家康当然很不高兴,因为他本来想当面好好表扬一下直次。

"既然人不在，那就没有办法了。万千代。"

家康叫来身边的井伊万千代，让他记下自己夸赞直次的话。

对武士来说，主君的褒扬之词，是家族无上的荣誉，必须传给子子孙孙，所以这件事非同小可。

"行吗？"

"好，我一定照办。"

万千代低下头，一副毕恭毕敬的样子。这一点就是井伊万千代的可爱之处。

"一日之内，勇讨敌军两主将性命。此等功劳，前所未有。"

"我记住了，一定传到。"

万千代又施了一个军礼。

确实，单凭安藤杀死敌军两主将这一点，已是不赏之功。而作战方面，他在战斗伊始就带领火枪队转移、前进，从而奠定了家康胜利的基础。所以从战略上来讲，后一项功绩更是不可磨灭。

这场战斗结束后，家康赐给安藤直次五百石的领地，而身份比直次低的永井传八郎直胜，也得到了同样的赏赐。

永井一下子有名了。这次会战后，织田信雄对家康说：

"永井传八郎这样的有功之臣，就是给他五千石的领地，也不算过分。"

家康回答说：

"像传八郎这样低微的人，我们德川家还从来没给过像您说的这么大的赏赐。"（《山中氏族觉书》）

从这个时候起到后来的大坂夏之阵，德川家每有战事发生，安藤直次总是谨慎地带兵出战，时有大胆之举，立下了不少功劳。然而，他却没能像井伊或永井那样飞黄腾达，最后只当了纪州德川家的家老。究其原因，可能是因为他外貌、言行太过土气吧。比如，家康一直很注意不会派直次去当使节。井伊万千代，尤其是永井万千代的好运，从来没有落到过直次的身上。然而不知为何，直次本人从来没有对这件事表示过不满或埋怨。

蜻蛉切

说到三河人，我想提及一个典型的三河武士——本多平八郎忠胜。

晚年时，忠胜找人给他画了一幅肖像。

画像里的平八郎，头戴鹿角高耸的头盔，颈系五枚黑色护颈，身披一副黑色铠甲，一身黑色行头外，另有一串大念珠从右肩斜挂至左腰，头盔后面有一唐头深垂至背间，黑白相间，十分醒目。

平八郎体格精瘦，四肢修长。他坐在马扎上时，双腿总得高高蜷起。头盔下的脸庞，画师多少画得有点夸张，像张鬼脸一般，两眼大而凸起，颧骨高耸，嘴角下垂，下巴凹陷。

有首和歌唱道：家康手里有两宝，唐头再加平八郎。

平八郎其实很早就声名远播了。上述和歌就是武田信玄的近习杉右近助在三方原会战时所作，而当时平八郎还不过二十四五岁。

平八郎知名度极高，这在三河人中颇为罕见。家康所开德川家风的最大特点就是家臣一般没有太大的名气。三河人向来讨厌脱离实际、追求名声的浮华作风，家康有意识地把这一风气确立为本家家风。然而就是在这样低调、朴实的环境下，平八郎依然能够名扬四方，这确实拜武功盖世之故。

本多这一姓氏，在三河相当普遍。

"古时自丰后（今大分县）来，属藤原氏[1]后裔。"

尽管其家族堂而皇之地称本族系出名门，但从家谱完成于江户初期这一时间点来看，这个传说的可靠性值得推敲。平八郎的祖先极有可能是穿梭于三河山间的猎人，但不管其出身如何，早在家康祖先松平氏称雄西三河的山林中时，平八郎的祖先就已经侍奉在家康祖先的左右，所以论资历排辈的话，平八郎家族算得上是元勋级的重臣。

本多氏在三河是大族，其中平多郎一族代代奉公尽忠、功勋卓著。平

---

[1] 藤原氏：日本古代史上的巨族大姓之一。——译注

八郎忠胜的祖父跟随家康的祖父及父亲南征北战，最后在安祥之战[1]中阵亡，而父亲忠高、叔父忠真也死于三方原会战。

平八郎忠胜第一次上战场，只有十三岁，即永禄四年（1561年）。那时家康还在骏河今川氏的保护之下。因此，从家康第一次经历战争时起，就已经有平八郎跟随左右。

平八郎第一次上战场是由叔父忠真带领着，忠真挥舞长枪，挑死敌人后，回头冲平八郎大声喝道：

"这脑袋归你了，带回去报功！"

平八郎顶了一句"我不想靠别人来领功"，说完立即冲向敌军，一番格斗，最后杀一敌，斩获首级。

晚年时，平八郎常在儿孙面前这样回忆自己的过去：

"我是从一个小人物一步步走到今天的。"

的确，平八郎最初只不过是一个扛枪打仗的武者，靠着自己一次次奋勇杀敌的猛劲，永禄九年，年仅十八岁的他就当上了骑兵队队长，手下有五十多名骑马武士。这说明，家康很早就看好平八郎，因为能当上五十名骑兵的头领，不是件容易的事情。

二十一岁时，平八郎已经与一群老臣平起平坐，列大将之位了。在打仗方面，平八郎有一种天才般的才华。

元龟三年（1572年），平八郎二十四岁。这一年，家康被迫与武田信玄交战，平八郎在这次军事行动中担任先锋大将。一般说来，先锋大将非老练者不能胜任，家康却极其信任这个年轻的汉子，说：

"让平八郎去干！绝对没错的。"

在这次战役中，家康为与武田军决战，将部队一直推进到天龙川。担任前锋的本多平八郎比大军先到一步，他观察了一下敌情，又审视了周围的地理情况后认为：

"情况对我方十分不利。若在此地开战，一不小心就会导致全军覆没，还是建议主君避开这里，退守至滨松附近。"

---

[1] 安祥之战：天文十四年（1545年），松平广忠为夺取安祥城与织田信秀在此地激战。——译注

平八郎将自己的想法告诉家康，建议他立即撤退。家康听后，采纳了他的意见，匆匆忙忙地发出了撤退命令。

家康年长平八郎六岁，他能轻易地采纳这个年仅二十四岁的年轻小伙子的意见，足以见得其对平八郎战场直觉的信任。家康知道，在这个世上，有一些人天生具有敏锐的直觉和嗅觉，这种在战场上的第六感，足以使他成为一个"战斗天才"。平八郎就是这种人。

家康后来常说：

"那个时候，假使没有平八郎，恐怕我们都已命丧黄泉了。"

然而，"战斗天才"平八郎并不是属于谋将或军师这一类运筹帷幄的人物，他常常临场发挥，全凭直觉行事。比如刚才说到的那次撤退，当时家康的各先锋部队已经到达三加野[1]战场，与武田军开始交战。平八郎跑到战场看了情况后，觉得此刻就轻率地撤退可能会正中武田军下怀，让他们有机会打追击战，这样一来反而会导致我方损兵折将。平八郎想了想，计上心头。他带了几个手下，策马驰入两军交战的中间地带，一边吼着"快！快！快撤退"指挥德川军向后撤退，一边充当殿后军，率领仅有的几个手下阻止武田军的凌厉攻势。就这样，平八郎一行且战且退，且退且战，像涨潮的浪花一样，巧妙地掩护大军退回到安全地带。

在整个过程中，平八郎仅凭一人之力就阻挡住了武田军排山倒海般的攻势。他后背上插着的扇形指挥旗，被敌军的大刀砍成了两半，黑色的盔甲也中了五箭，但他不损一兵一卒，把德川军安全地带回了滨松城。更令人称奇的是，在如此激烈的战斗中，平八郎竟然毫发无损。

提到伤疤，家康晚年常说：

"平八郎这个人不简单，他一生上战场五十七次，身上竟没负半点伤，而且他所穿的盔甲又轻又薄，很难抵御敌人的真枪实弹。"

其实这是平八郎在战场上的秘密。他认为战场上有一种无形的、会呼吸的东西，而自己能感知它，只要自己的行动保持自然，尽量适应它的呼吸节奏，就一定能安然无恙。

庆长十五年（1610年），六十二岁的平八郎病殁。家康追述他一生身

---

[1] 三加野：位于天龙川东侧的一个高地。——译注

经百战却毫发未伤的神奇经历，常感慨道：

"与平八郎正好相反，井伊直孝每次上战场都要穿上又厚又重的甲胄，甲胄下面还垫着好几层衬袍，厚得就像是链条捆绑在身，但即使这样，他每次还是会受伤，实在让人弄不懂啊。"

平八郎也相当自信，认为自己不可能受什么伤。晚年，成为坐拥十万石领地的大名后，平八郎喜欢上了雕刻，一有空就摆弄刻刀，东雕西琢地忙个不停。病故那一年，平八郎在雕刻时不小心切到了自己的小指，当时他说：

"今年我大概要死了！"

果然，就在这一年，平八郎离开了人世。

家康正率领着主力军赶往长久手方向，而此时在秀吉军正对面的德川军小牧山大本营里，只剩下一支"小牧留守军"在坚守阵地。

小牧山留守军的主要任务，是装成大军在营，不能让敌军发现家康正在往后方机动行军。若敌军来袭，必须果敢地将其顶回，绝不能在敌军面前暴露自己战营空虚的事实。这个任务相当艰巨。

为此，家康特地在这支"小牧留守军"里安排了三个最老练的部将，他们是：

　　酒井左卫门尉忠次　　五十七岁
　　石川伯耆守数正　　　五十七岁
　　本多平八郎忠胜　　　三十六岁

另外有留守士兵五千余名，再加上织田信雄的同盟军一千五百人，总计不到七千人的这支军队努力维持着小牧山正面的广大阵线。

平八郎忠胜对领军去后方的家康很是担心，"担心"一词似乎又用得不太贴切，恰当地说此刻他的心境就像是在黑夜里与主人走失了的小狗一样坐立不安。三河武士都在挂念主君的安危，而平八郎算得上是最担心的一个。

为替家康看好大本营,平八郎派出多路间谍,到前方去打探秀吉军的动静,一个间谍探得消息后回来报告说:

"犬山城现在好像一个人影都没有。"

犬山城是秀吉大军的后方基地。秀吉最初把本营设在犬山,现在他把大本营前移到了乐田(曾是织田信清的居城)。因此,平八郎就与酒井忠次、石川数正商量:

"我们现在借机偷袭犬山城,二位认为怎么样啊?"

从战术上说,这可能是个办法。平八郎认为,如果将兵远调至犬山,搅乱秀吉的大后方,那么就能将秀吉的注意力引至犬山城。这样一来,他就会无心顾及家康往长久手方向秘密行军的实情。

平八郎的这一想法,无非是出于对家康安危的考虑,但严格说来,这种战术并不高明。

"依我看,这个办法不太妥当。"

提出反对意见的是石川数正。此时,他据理而述,异常冷静。

"伯耆,瞧你这张冷面孔。"

面对石川数正的这种态度,平八郎心有不悦。

数正反对的理由是:

"这次战争,谁先动手谁就输,若我方先出手,肯定会被敌人杀得片甲不留。"

本次战役的战术思路,秀吉和家康是一致的。因此,他们在同一理论的指导下各自摆好架势,虎视眈眈地盯着对方,自己却偏偏按兵不动。后来还是秀吉失策了,他拗不过池田胜入斋,让他率兵攻打家康的后方基地三河。而秀吉这一动,反而对家康有利。家康立即率主力部队一路后撤、尾随,最后在长久手赶上了敌军,一举消灭了秀吉的这支奇袭部队。这时候,战报还没有传到秀吉那儿,平八郎这边也不清楚前方战况。

平八郎的提案实际上与池田胜入斋的要求如出一辙。

"这样做,反而正好让敌人打个反击战。"

石川数正的反对理由,也是道理十足。但平八郎依然坚持己见,不肯妥协。

平八郎的提议，从战术上来看，与池田胜入斋的想法相去不远，但从出发点及动机来讲，就大相径庭了。胜入斋想借此一战赢得功名，为成为秀吉政权下最大的大名奠定基础。而平八郎则是担心中途离阵的家康的个人安危，这才想到用奇袭犬山城一计来转移秀吉的注意力。在这种场合，一个真正的大帅，是绝不会考虑采用奇袭战术的。平八郎确实是个"战斗天才"，但在把握总体局势时，缺乏全面、宏观的判断能力。

"还是算了吧。"

石川数正始终以正统战术论作为反对理由，酒井忠次又站在数正这边，最后平八郎不得不打消了这个念头。

战场上风云变幻，小牧山的阵线突然起了变化。

秀吉在得知奔赴三河的奇袭军败北后，终于按捺不住心头的火气，主动出手了。

这天——再重复一遍，是天正十二年四月九日——夜里，家康军乘夜急追敌人，第二天拂晓，在白山林速战速决，取得了第一仗的胜利；接着，中午又在长久手发动第二仗，也取得了全面胜利。而在乐田的秀吉所接到的战败消息，还只是清晨白山林那一仗的。这一战报送到秀吉手里，已是这天的正午。

秀吉震惊了，自己的外甥秀次在白山林溃败时表现出来的无能和胆怯，让他气愤不已。一股懊恼填满了心头。

秀吉对这个战败的消息痛心疾首，又想以此为契机，一下子扭转当前的不利局面。他断定：家康此刻肯定离开了小牧阵地，正穿梭于山野荒郊之间。此乃天赐良机，若在此刻出击，定能一举踏烂小牧山阵地。

想到这儿，秀吉一阵兴奋，他命令士兵即刻出阵。士兵们行动迅速，刚一得令就立即整装出发。秀吉将全军改编成一支机动部队，人数多达十万。秀吉本人亲率两万先锋大军，旌旗猎猎，蓄势待发。秀吉大军从营地出发，浩浩荡荡，黑压压地一眼望不到头。整支队伍就像一个巨人，一移动，刹那间地动山摇，蔚为壮观。秀吉的计划是，先在人数上压倒家康，将战斗拉入决战，最后彻底歼灭家康。

秀吉军的一番动静,小牧山这边看得一清二楚,再加上探子送来的报告,平八郎已准确知道秀吉军的动向。

"秀吉,你终于动啦!"

平八郎激动不已,立刻骑马前往石川数正的营房报告,酒井忠次也刚刚赶到营房。此刻,平八郎的脑海里只有一个念头:主君处境危险,必须立即设法援救。一旦秀吉大军南下,家康绝无得胜的机会。

"快去援救主君啊。"

石川数正听到平八郎这句话,一时半会儿不知道怎么回答。他心里暗暗骂道:

"平八郎这个傻瓜!"

就是想去援救,又哪来富余的兵力呢!目前留守小牧山的德川军有五千多人,而这五千多人守卫小牧山东西两边广大的阵地,已稍显不足。倘若再把这些军队抽去援助家康,那么,正好让秀吉军白捡了这个阵地。到那时,家康打完追击战回来,连个落脚的地方都没有,只能带着军队在这个广袤的尾张平原上漂泊,任凭秀吉宰割。

"那阵地怎么办?"

数正抬起下巴,很是威严。在平八郎看来,这副表情写满了傲慢,甚至是冷酷。平八郎按捺不住内心的怒火,怒吼道:

"有主君才有阵地,若主君被杀,傻瓜才会死守着阵地不放!"

酒井忠次听不下去了,训斥道:

"平八郎,冷静一点!"

石川数正看到平八郎发疯一般,喝道:

"真是不成体统。"

石川数正觉得,作为一手接过家康令旗的指挥官,看到前方敌人稍有动作,就不顾大局擅自行动的话,哪像个军中大将?

而平八郎的直觉告诉他,自己并不是什么神经错乱。就是在平常,自己也比石川数正他们更能了解战争的发展趋势。他直觉敏锐,判断准确,行动迅速,作为一个战斗指挥官,他比德川家的其他任何人都要优秀。

天正十二年(1584年)四月九日的这一天,平八郎表现得不同寻常。

一般说来，家康坐镇小牧山，追击军的指挥官由本多平八郎或石川数正担任才对，可这次却倒过来，家康自己当了追击军的主将。虽然这已经是不能改变的事实，但平八郎还是认为：主君错就错在这一点。

也就是说，如果家康坐镇小牧山，部下来担任追击军指挥官的话，那么，即使部下遇险，家康从全局出发，可以将他们弃之不顾。可现在的情形恰恰相反，驻扎在小牧山本营的是部下，而不是家康。形势如此紧急，自己怎么能保持冷静呢？平八郎暗暗为自己辩护。

石川数正的想法是，既然自己奉命留守小牧山本营，也就是作为家康的代理人，必须全面考虑整条战线的情况后才能作出判断。他的立场说得极端些，就是为了顾全大局，防止大军全面崩溃，所以即使追击军的司令官家康战死了，在战术上，也只能对家康见死不救。因此，数正才说：

"你给我待着别动。"

真不愧是伯耆啊，确实是大将之才。在旁边的酒井忠次心想，所谓家老，就应该这样。与数正一起作为德川家的家老，酒井忠次习惯了以理智的立场看待家康和自己。

但是，平八郎不这么想。

"武士应该死在主人的马前！"

平八郎现在虽已贵为将领，但仍保持着如主君马前母衣武士般的忠诚之心。双方争论到最后，平八郎一气之下说道：

"你们两位在此守住阵地，我带自己的手下去援救主君！"

平八郎的手下，只不过五百人左右。仅凭五百人，对抗秀吉的两万先锋部队，以及后续的十万大军，简直就是以卵击石。石川数正听后大吃一惊，心想：这下可不能不管了。

因为如果自己明哲保身，撒手不顾平八郎，到时候不知道自己在其他人嘴里又成了什么模样。数正知道，自己本来在德川武士团里没什么人气，甚至还有流言说去年他出使到秀吉大坂城后，就被秀吉收买了。所以现在数正更应该义不容辞地支持平八郎的行动，才能封住那些背后的嘴巴。

"五百人绝对不够。"

数正说。

"我这边派上久二郎吧!"

久二郎是数正的次男,名叫康胜。数正认为,平八郎有勇无谋(数正感觉如此),这次作战肯定会全军覆没,所以才决定派上自己的次男和一百名士兵。当然,久二郎肯定会白白送命,但是以生命换俸禄是武家的处世原则,数正再三考虑后作出了这个决定。

这一天,浓尾平原晴空万里,金黄的油菜花铺满田间,在阳光的照射下,金光闪闪,煞是刺眼。

秀吉在南下途中,接到了长久手大败的战报,心头不禁为之一颤,但他装作若无其事,微微一笑说:

"没事,三河人只不过赚了一点小便宜。"

不久又有人回来报告森武藏守长可和池田胜入斋的死讯,秀吉闻后,将唐头往后一斜,哀悼说:"我对不住森长可的母亲啊!"接着,又转向诸将:

"我们要砍下三河君(家康)的首级,来祭奠死去的二人。"

说罢大手一挥,指挥大军继续南下。

另一边,离开小牧山本营的本多平八郎,给每个手下配备了马匹,带领他们骑马行动。

在打仗方面,平八郎是个天才。他常常以组编别动队来出奇制胜,这一次也不例外,他让步兵骑马上阵。人们管他们叫做"本多的骑马步兵"。这些步卒都是平八郎领地内的平民,不属于武士阶层。所谓武士,简单地说就是具有骑马资格的一种身份,而与此相反,步卒则永远是步卒,一般只能被分派到长枪队、弓箭队或火枪队,由步兵大将指挥他们使用各自的武器上阵打仗。但平八郎不管什么身份差别,照样让自己的步兵骑马打仗。

这些被称作是"骑马步兵"的士兵,不承担什么战斗任务,主要负责搜索工作,即他们是搜寻骑兵队。在战国时代,创建搜寻骑兵队的,恐怕只有平八郎一人吧。

"骑马步兵"和普通的步兵一样，头戴统一配发的铁笠，身着统一供给的护胸甲，马鞍上绑一把火枪。因此，从小牧山营地出发的本多队，全部配备了战马。古书称其为"侦察步兵"。关于行军布阵的流派，当时只有织田信长流和武田信玄流两派，而这次的本多大队既不属于织田流也不属于武田流。简单地说，就是平八郎把自己的部队全部整合成为一支搜寻队，这支大搜寻队也可以称作是"大侦察队"。平八郎的这支队伍里没有特别指定先锋将领，而是采用了侦察员的形式，指定第一侦察员为三浦九兵卫和两名步卒大将，第二侦察员为本多平八郎自己，第三侦察员为松下勘左卫门及两员步卒大将。这样的部署，反倒轻快自如，便于行动。临出发前，平八郎对众将士们说明了这次行动的目的：

"敌军已经开始行动，我们的主君势单力薄，若两军相遇，主君必死无疑。为了能让主君死得其所，我们现在出发去掩护他。"

也就是说，这支本多别动队要给秀吉的十万大军挠痒，以拖延秀吉大军南下的时间，使其费些周折，从而为家康赢得更充裕的时间，使其能冷静地调整阵容，从而为他们最后的死亡做好华丽的修饰。

平八郎一行虽是南下，但他尽量地将队伍带往偏东方向。

东边靠山的方向，现在正是雾气迷蒙。在这一团团雾气里，秀吉大军正在翻山越岭，一路浩浩荡荡地向南奔去。平八郎追赶着秀吉大军，不久来到了春日井原平原，放眼望去是一望无际的菜花地，菜花地另一头的秀吉大军清晰可辨：整支队伍金光闪闪，阵容威武。

秀吉的本队装饰得十分华丽，金银色的行头和武器耀人眼目，金色的瓢形马标和红白相间的风幡迎风招展。看到这些，本多平八郎断定秀吉就在其中。于是，他命令各个分队的队长：

"去挠挠秀吉的主力部队！"

"挠"一词是当时的战术用语，如语感所示，像是指甲轻轻蹭过后又轻轻收回一样，面对秀吉的大军，平八郎一行采用了如飞翔般轻盈的运动攻击战术。

本多队立即冲了过去。其中既有合并成一列的队伍，也有分两列齐头并进的队伍，还有为渡河而跳下马来的步兵。他们一步步地接近秀吉的军队。

本多平八郎照例头戴大鹿角头盔，他一边骑马急冲，一边催促身旁替他提枪的步兵快追上来。平八郎的这把长枪，有着一个闪亮的名字——蜻蛉切。这把长枪，东海道上的人是无人不知、无人不晓。乡间俚谣还唱道：勿靠近、勿靠近，这把长枪勿靠近。但这首歌谣的下半句已经失传。估计下一句的意思大概是蜻蛉碰到会被切成两段。

平八郎巧妙地在菜花田埂里钻来钻去，居然没有踩倒一株油菜花。但平八郎并不是个骑马高手，他这个人看不起什么绝技，跟那个时代流行露一手的风气更是绝缘。平日里看到江湖艺人，他根本不愿接近。平八郎晚年做了大名，官至中务大辅，成为一城之主。有一天，他看到儿子们在学习枪术，勃然大怒，大声呵斥他们立即停止。平八郎认为，学习技能是步兵的任务，若武将学了这些东西，打仗的时候就会干扰战斗直觉，反而于战斗大局不利。

与敌人对阵时，三更半夜稍有动静，最先驾马出来的，一定是平八郎的队伍。一次，有人问他有什么秘诀，平八郎听后脸色阴沉，十分不悦，他说，真没想到自己的行动居然被说成了是种绝技。自己只不过是在估计会有夜袭的晚上，穿着甲胄睡觉而已。

平八郎在田埂里策马奔驰，马背上的鬃毛随风飘扬，满地的油菜花一株都没有被踏掉。也许这真的不是什么技能或特技，只不过是他骑马时特别用心罢了。平八郎双耳竖起，两眼发光，如同狐狸般狡黠、警觉，这种本能注定让他成为举世无双的"战斗天才"。

秀吉身着一件缀满孔雀翎的华丽外褂，外褂下面没有穿盔甲，脚蹬一匹桃花宝马，匆匆往前赶路。突然间，他看到右手方向出现了一群兵马，就问：

"那是什么人啊？"

部下巡视后回来报告说："是一支侦察队！"

秀吉听后表示，只不过是数百人的队伍而已，不可能来挑衅。这群人估计是家康的前哨侦察兵，若真是侦察兵，那就不要去管了。秀吉的既定目标很明确，就是要趁着未丢失战机之前，急行军赶到长久手。

没过多久，秀吉的大军来到了庄内川的一条支流前，河水蜿蜒向南流去。秀吉的大军开始沿河东岸南下，平八郎和他的军队也同时抵达西岸，和秀吉军隔着河面齐头并进。

等平八郎他们到达树林地带，平八郎发出命令：

"准备开火。"

骑马步兵纷纷下马，将马拴在树上后，立即摆好架势，准备开枪。一般说来，若在马背上进行射击，瞄准率很低，且子弹发射时的反作用力，很可能会令枪手从马上摔下来，所以开枪射击时必须下马进行。士兵们躲在树林中，以树干为掩护，单膝跪地，枪口微微向上（因为距敌方有三百米远）。随着平八郎的一声令下，顿时枪声四起，整个树林弥漫起一阵硝烟。

可惜，两军相距太远，子弹根本就打不中对方，当时火枪的有效射程不过一百五十米。所以，打出去的子弹不是落在河水中，就是落在对面的堤岸上。平八郎大声吼道：

"目标只瞄准秀吉一人。"

平八郎认为，打不中也无所谓，只要能惹怒秀吉，让他掉转马头攻击自己；或者是命令大军停下，向自己一方反击就大功告成了。总之，他们要做的就是纠缠住秀吉的大军，即使最后自己的这支队伍全军覆没，也要拖住秀吉的大军不放，耽搁他们的行军速度，从而为目前还在长久手的家康赢得更多的时间。平八郎此次行动的主要目的就在于此。

"要派些人马吗？"

秀吉身边一阵喧哗。但秀吉根本没心情去渡河攻打只有五六百的敌人。他只说了声：

"不要理会！"继续率军南下。

平八郎见此招不灵，遂举令旗命令士兵停止射击，催促士兵骑上战马继续追赶秀吉的主力部队。刚追上秀吉，他又令步卒下马射击。河面狭窄之处，两军相距只有两百米左右，平八郎他们射出的子弹擦着秀吉的袖子飞过。

"在下带几个人去把他们赶走。"

有些人按捺不住了,下了河岸向对面赶去。秀吉动了怒,命令他们立刻归队,整顿了军容后,又继续前进。

走着走着,秀吉发现对方好像不是什么侦察队。若是侦察队,是不会发动攻击的,更不会蓄意挑起战端。

秀吉看了看河对岸的那支队伍,心想,看来是要打上一仗才肯罢休啊,倘若如此,那一定是做好了战死沙场的心理准备。于是秀吉说:

"这队人马里有大将在。"既然不是侦察队,而是支倾巢而出的战斗部队,那么肯定不是无名之辈在指挥这支军队。

"派人去查一下!"

秀吉一边吩咐部下,一边快马加鞭地忙着赶路。

不多久,眼力好的人回来报告,敌方主将穿着黑色甲胄,戴着鹿角头盔。

"若是这种装束的话,估计是本多平八郎。"

跟在秀吉身边的稻叶入道一铁说。

"原来是平八郎啊!"

秀吉极目远眺,努力寻找着对方的身影,可惜对岸的树林和跑动的步卒挡住了他的视线,秀吉无法看清平八郎究竟在哪里。

早在十四年前的姊川战场上,秀吉就见识了平八郎的马上英姿。

那时,两万四千名织田军在姊川的南岸摆开阵势,筑起六道防线,与北岸浅井、朝仓的一万八千名士兵对峙。

那一仗织田尾张武士的表现,简直可以用不堪一击来形容。八千名浅井军黑压压地趟过姊川(水深一米),不费吹灰之力就杀了一百多人,攻破了由三千名织田军构筑的第一道防线(主将为阪井政尚),接着没花三十分钟又将驻守在第二条防线(主将为池田胜入斋)上的三千名士兵打得屁滚尿流。第一、二道防线的织田兵,纷纷退守到由秀吉带领的第三道防线,第三防线顿时乱作一团。面对混乱的场面,秀吉不知所措,只是站着干吼。不一会儿,秀吉的第三道防线也被攻破,由柴田胜家守备的第四道防线也开始松动,马上就要危及织田信长的大本营。最后好不容易由在本营前防守第五道防线的森可成指挥他的美浓武士死死守住，而此时他们的防线与本营仅一纸之隔。

就在这危急的时刻，家康正率领五千余名三河武士与敌军的另一支部队——一万名朝仓军作殊死战斗。但是很快家康军抵挡不住朝仓军的凌厉攻势，一路节节败退。如潮水般涌来的朝仓兵简直就要在家康的眼皮底下挥刀动枪了。家康不停地敲起大鼓，鼓舞自己军队的士气，突然间，看到敌军快要杀到信长的大本营前，他一着急，发疯似的大叫：

"小平太，小平太。"

他呼喊榊原康政，命他迅速带兵去攻击朝仓军的侧面。

于是，榊原康政带领五百人马，为绕到敌军的右翼，他们穿过水田，渡过姊川，爬上七尺高的断崖，然后一鼓作气冲下崖口，迅速冲进了朝仓军的右侧。这一突袭，朝仓军顿时阵脚大乱。家康看到朝仓军露出马脚，打算从自己的身边抽出兵马，发动一场猛烈的正面攻击。但是此时德川军已经命系一线，疲于奔命，任凭家康怎样叫喊，也没有人愿意去正面击敌。

本多平八郎这时本来要带着两百士兵去追赶朝仓军的别动队，他看到形势危急，就掉头回来，单枪匹马一下子冲进了朝仓的一万大军之中。他身后的两百名士兵，追都追不上。

家康看到平八郎冲进敌阵，立即拍马而出，大声说："不要让平八去送死，不要让平八去送死！"家康直属部队的两千名士兵拉下头盔，伏在马背上，跟着往前冲去。一路上，杀敌无数，最后终于打垮了朝仓军。朝仓军一被攻溃，浅井军的阵脚就开始松动，织田军趁机得以恢复元气，从而奠定了姊川战役胜利的基础。总而言之，织田信长能打赢姊川这一战，全赖德川部将榊原康政的侧面攻击和平八郎奋不顾身的个人突击。信长后来就曾说：

"德川殿下手下真是将帅云集啊！"

他极力表扬榊原康政、本多平八郎和一位叫鸟居四郎左卫门的武将。在这场让织田军吃尽苦头的姊川战役中，秀吉听说一个叫本多平八郎的武士单枪匹马闯进朝仓的一万大军之中，所以战事一结束，他就特地跑去看看平八郎究竟是何人。当然，此时二人未曾交谈。

因为后续部队逐渐赶了上来，加上自己的直属部队，现在秀吉的大军一下子膨胀至三万八千余人。面对这样一支大军，平八郎居然敢用六百名人马来挑衅，真是不可思议。

这种情形让秀吉毕生难忘。

"真是前所未见啊！"

秀吉自言自语道。这句话成了秀吉的口头禅。"前所未见"一词意双关，一层意思是指这种情形，还有一层意思是指他从来没有见过像平八郎这样的人。

秀吉的队伍到了龙泉寺附近，河面变窄。这时可以清楚地看到，对岸的人马已略显疲态。尤其是马，不得不停下来饮水休息。

这时，有一骑离开马队，向着河岸走去。秀吉的军队非常警惕，立刻射了几枪过去。子弹在那人的身边激起一阵水花。

可是，那武士毫不在意，拍拍马脖子，继续带着马儿靠近水面，让战马饮水。

"那个人就是本多平八郎？"

秀吉定眼一看，果然不错，头上依然戴着那顶秀吉熟识的鹿角头盔，背后还有一个步卒替他拿着长枪。

"我来把他打下！"

稻叶入道一铁连忙回头看了看他的火枪队，心想，只要让神枪手们装足弹药，子弹肯定能射到对岸，打下平八郎应该不在话下。秀吉制止了他的行动，说：

"看着就行了。"

秀吉之所以嘴上会这么说，是因为他心里另有盘算：平八郎明知以这么少的人马，打赢的几率不足千分之一，还是要带马出征，看来此行的目的不在于胜负，而是想以死来拖延时间，好让他的主人家康能有充裕的时间准备应战。既然他抱着必死的决心，那我们就没必要特地让他送死，不如不去理会他，反而借此机会好好欣赏一下这个男子汉的雄姿。

这时，秀吉想起信长曾经说过的一句话"德川殿下手下人才济济"，换句话说，如果我秀吉时来运转，总有一天像平八郎那样的三河武士，五十个甚至一百个，全都会投到我的帐下。

马喝完水后，平八郎将马牵回了岸上，快马加鞭消失在树林中。

这时，平八郎派出的探子已经弄清了家康的行踪。家康在长久手之战后，验完首级，过白山林的南侧，下午四点左右进入小幡城。当然，他已经估计到了秀吉会率兵南下。正巧这时，平八郎所派的传令兵也传回报告：

"羽柴正在南下，人数约三万多。"

接着，不断地有消息传来。家康虽然人在小幡城内，但对秀吉的动静了如指掌。

小幡城依山而建，北望庄内河，南有连绵的山坡，四周沟壑纵横，有如悬崖耸立，地形错综复杂。因此，虽然小幡城是座哨口般的小城，但若是敌人来袭，支撑个三四天还是不成问题的。

"不一口气跑回小牧山，先入小幡城稍事休整，还是主君想得周到啊！"

平八郎接到报告，一颗悬着的心终于放下来了。但是，一想到尾张山河铺天盖地的秀吉军，他又不安起来：不能放松警惕啊！

在平八郎看来，家康唯一安全的容身之所是小牧山的堡垒。因此，必须让家康尽快赶回小牧山。

"主君肯定跟我想的一样。"

平八郎暗自思忖。这个"战场天才"，深知家康的个性和战术思想。他想，现在必须想个法子让家康平安地班师回营，而自己的任务就是为家康的平安归来做好一切准备工作。平八郎生性如此，他的战术思想绝不教条、封闭，总能丝毫不差地揣测出家康的构想，然后找到一个能让构想顺利地变成现实的最好方法。在德川家的众武士中，像平八郎一样善于打仗的武将，为数不少。

秀吉一路南下，于傍晚时分来到了一个坡地，当地人管这个山坡叫

"龙山"。山上有一座佛寺叫龙泉寺。何人何时为何而建，其中的缘起已无从知晓，这也说明寺庙的历史已经相当悠久了。寺庙附近有很多古坟，松柏苍翠，古意盎然。

"听说此处是和歌胜地，是这样吗？"

秀吉故意摆出一副怡然自得的悠闲之态。他身边站着一名叫做"竹"的男子。

此人就是曾被信长唤为"竹"的长谷川秀一，他才华横溢，深得信长宠爱。本能寺之变前，长谷川秀一因奉信长之命带领家康参观京都才得以幸免于难。目前，他站到了秀吉的阵营中。

"竹"在所站之地立刻吟出了一首相关的古和歌《天清云散》。一开口，充满古韵的节奏随口而出："……龙之山上杜鹃鸟，漫天欢飞啼不停。"

秀吉踱步向前，来到了山岭的南端，放眼望去，小幡城全景尽收眼底。

"我们现在就从这里出发，一举踏平小幡城！"

秀吉大声喊道，但这只是他有意为之而不是真心打算。这位空前绝后的攻城天才明白，选择太阳西落的这一时刻来攻击敌军城池，绝非上策。其二，夜晚攻城容易节外生枝，发生不测。

秀吉这一开口，就像是一颗石子激起千层浪，立即招致左右部将的一片反对。他们分别是蒲生氏乡、稻叶一铁、蜂须贺家政、日根野弘就等。此刻大约是傍晚六点左右，而这一天日落的时间应该在六点半。众武将纷纷拿出攻城的基本原理来驳斥秀吉，秀吉装成一副心有不甘的样子，悻悻地说：

"既然各位是这样想的，那我就没办法啦。"

说完，便决定让各路人马休息一宿，第二天一早再去攻城。其实秀吉原本就准备第二天早晨攻城的，但因长久手一战失利，如果此刻再不说些"一脚踏平小幡城"的豪言壮语，就容易被别人误认为自己对家康心有畏惧。统兵打仗时，要说些气势十足的豪言壮语才能鼓舞士气，激励官兵为荣誉而战。

佯装无奈之后,秀吉扔下马鞭,转过身迈进了龙泉寺的厅堂。诸将们也纷纷离开,或是在山丘上支起营房,或是到山脚的村子里借宿。

然而,日落之前的黄昏时刻,本多平八郎和六百名士兵并没有停止活动。他们趁着夜幕,偷偷潜进龙泉寺山麓的古坟场,钻过松林,慢慢接近秀吉军,大概在一百米开外的地方,试着开了五六枪。"战场魔术师"——平八郎的想法是,先投石问路,朝秀吉大军这只庞大的巨兽扔块小石头,试探一下动静再说。

接着,平八郎命令数骑骑兵与自己一起潜至秀吉大军的鼻子底下,此刻的秀吉大军在秀吉的鼓舞下,个个摩拳擦掌,士气高涨。平八郎的这一举动,当然不是去战斗,而是去嗅一嗅敌军的动向。

不料这时与平八郎一起行动的长坂长次郎,在跃身驾马时不慎摔下马来。战马一受惊,将长坂撂在原地,自己跑进了敌军的阵营。

平八郎立即起身追马,跟着跑进敌人的阵营,敌军以为有人偷袭,惊吓之余皆狼狈逃走。长坂的同族太郎左卫门击倒一个敌人,在他与敌人厮杀时,平八郎已经追上长坂长次郎的坐骑,平八郎拔出长枪将马缰一圈圈地绕到长枪手柄上,然后灵巧地拨转马头将马儿带回阵地,交给长坂。无论是驰骋战场还是上阵杀敌,对平八郎来说都不是什么难事,好比木工、泥水匠在建筑工地施工,轻轻松松,信手拈来。

一夜的强行侦察,平八郎推测:

"秀吉今晚不会攻城,只在原地宿营。"

方才平八郎带领少数人佯攻秀吉大军的侧翼时,负责防守侧翼的士兵都已经解开甲胄,开始用饭了。所以仅平八郎他们几个人的攻击,就着实让敌军吃惊不小,个个狼狈不堪。总之,凭卸甲、用膳这一点就足以说明秀吉大军将在明天早上攻城。

"敌人的计划,已经一目了然。"

平八郎心想,对敌军的骚扰也就到此为止吧。于是,他们趁夜退兵,一路退到了庄内川的浅滩附近,然后集合兵马,渡过庄内川,进入小幡城。

"主君在哪?"

平八郎爬上外城，接着又进入内城，四处寻找家康，都没找到。找了很久，最后好不容易才发现家康正站在西北方向的瞭望台上，凝视着东北方向的龙泉寺山。此时天色已暗，山野渐渐在暮色中沉睡，对面龙泉寺山上以及山下的柏井村、上条村、下条村都燃起了一丛丛熊熊的篝火，在暮色的映衬下越发显得醒目、耀眼。家康盯着熊熊的篝火，急切地想要知道今晚敌人究竟会不会行动。

"今夜秀吉不会来了。"

平八郎三言两语说明了理由，遇事一向犹豫不决的家康听后，立刻相信了平八郎的话。他认为：平八郎所说的，一定不会错。

为了以防万一，家康一直身披盔甲，准备随时行动，现在听平八郎这么一说，就自然地把手伸向系在肥下巴上的带子，想解开系着的头盔带子。

平八郎见此，就问家康：

"主君，您要脱下甲胄吗？"

家康一听此话，方如梦初醒般地回过神来，赶紧把要解带子的手从下巴上拿开，说：

"哦！不脱！不脱！马上撤出小幡城，偷偷回到小牧山去。"

平八郎听到家康这句话，高兴地拍着大腿说：

"那么，就由我来带路。"

沿途的敌情，平八郎最详细不过了，所以带路的任务自然就落到了他身上。

家康之后的行动，成了秀吉一生抹不去的恐怖记忆。这个晚上的前半夜，小幡城突然变成了一座空城，家康和他的军队全部消失得无影无踪。而秀吉竟毫无察觉，直到第二天早上才得知这一切。

当秀吉接到这个消息时，他的自尊心受到了一生中最严重的打击。自以为天下第一人的他，没想到受嘲弄时也堪称天下第一。

秀吉向来能说会道，但第二天早上在龙泉寺山上，他却没有流露出半句感想，只是默默地班师回营，重新回到乐田的本营。此时，家康也早已回到了小牧山的本营。

这样，两军再度进入对峙的局面。

石川数正

家康在长久手一战获胜后，小牧山战线又再度回到了两军对峙的局面。

秀吉此刻在乐田本营。他先前所布下的连接岩崎山和二重堀的广大阵线依然没有任何变化。

"这场战役势必会拖成持久战。"

秀吉的阵营里，上至武将下至步卒都有这个想法。

尾张平原上空，骄阳似火，天气一天天热起来，有时还下雨。每下一场雨，山野间的绿色就愈发浓烈。

夏日将至。在此之前，还会有一段雨季。

"雨季一来，形势就不妙了。"

秀吉心想。雨季来临，士兵们容易慵懒。更重要的是，一下雨，火枪就会哑火，火枪阵就无法摆开。秀吉军的优势在于人多，火枪的支数也相对较多。但是当时的火枪无法在雨天里使用，那么两军一旦在雨天交战，战斗就会变成白刃战。一旦进入白刃战，秀吉率领的尾张武士肯定应付不了家康领导的三河武士。两军武士的实力之差，在长久手一战中已经暴露无遗。

"要防备雨季，必须多造些阵地。"

秀吉这么一盘算，就发动士兵大兴土木。这么做还有一个理由，如果士兵每天不劳作的话，很容易变得懒散，失去战斗意志。因此，秀吉让士兵们在上奈良、高屋、福冢、羽黑一带修筑城垒。士兵们赤裸着上半身干活：挖壕沟，将挖出的土块抬出去筑土堤，在土堤的前后，架起木栅栏，还盖起很多木板屋顶的平房。这样一来，即使是雨天，士兵们只要躲在屋檐下就可以开动火枪袭击敌人。秀吉要战胜家康，所依靠的就是压倒性的火力攻势。

其间，秀吉也没让麾下的士兵闲着。四月十一日，秀吉将六万两千名的大军召集至小松寺山[1]内线阵地，把大军分成十七条防线，摆出一副要马上攻进家康小牧山阵地的架势。

"家康会不会上钩？"

秀吉很期待。他想，一旦家康上钩率军出阵的话，自己拼了命也要将其拖入大决战，一举歼灭家康全部大军。

可惜家康没有上钩，小牧山的阵地也无任何反应。看到家康没有动静，秀吉顿时没了精神。傍晚时分，他只得解散这支队伍，让官兵们回到各自的营地。

其实，家康这边也没让官兵们歇息。家康担心长期没有攻击的举动，会导致士兵们士气低落，又害怕自己对秀吉的挑衅不作反应的话，会使士兵们疑虑重重，怀疑自己的主君惧怕羽柴筑守（秀吉）。

因此，在秀吉摆出由十七条防线组成的超强突击阵形后，第十天，家康在秀吉阵地的南端——"二重堀"前面，调动仅有的一万八千名士兵，部署了十六条防线，并逐渐移师向东。

然而，东边并没有秀吉的阵地。家康想通过迂回向东的战术，使敌人误以为自己要从秀吉阵地的后方发动攻击。

"二重堀"阵地的守将是蒲生氏乡。氏乡出身近江，年仅二十八岁，英姿勃发、少年才俊，颇受秀吉青睐。那个时候，很多有才气的青年武将，都流行皈依天主教，氏乡也不例外，他接受洗礼后，取了个洋名叫列侬。

蒲生氏乡一生中，坚信家康是一个乡下人，从来不买家康的账。氏乡断言：

"那家伙不可能成为天下之主。"

这里顺便说说氏乡此人。氏乡为人机智，头脑灵活，行为举止颇有教养。织田信长发现后，立即把他当宠童般爱护。氏乡自己上阵打仗也非常勇敢，秀吉对此很是感慨，他说：

---

[1] 小松寺山：秀吉在进入犬山城后，修筑了二重堀、岩崎山、小松寺山、青冢、内久保山等据点。——译注

"能与氏乡相提并论的，恐怕只有虎之助（加藤清正）一人吧！"

氏乡是一代茶道宗师千利休的徒弟，千利休本人也时常对氏乡敏锐的直觉惊讶不已，认为他慧根出众、非寻常人。在千利休的茶道理论里，包含了对海外进口茶具的鉴赏，因而他自己顺便还在堺港从事海外贸易活动。氏乡对千利休的茶道很关心，并非是钦慕其深奥的美学知识，而是对南中国及越南一带所输入的各式各样的黄绿釉陶器十分着迷。从这一点可以看出，当时氏乡已经敏锐地嗅到了世界大航海时代的到来，并开始积极地投身到这场伟大的运动中去。信长、秀吉和氏乡三人多多少少会主动去感受时代的气息，相比之下，家康及其部下就显得落伍了。不，与其说他们是落伍、跟不上时代，还不如说他们对感性的世界根本就是漠不关心。所以氏乡才会暗自认为：

"家康这种人，不可能成为历史的旗手。"

总之，与尾张武士不同，氏乡及其手下的近江武士，对家康及三河武士根本没有什么恐惧之心，相反，内心充满了蔑视。

在氏乡防守的据点（二重堀）前，家康及其手下的一万八千名士兵渐渐出现了。

"那人就是家康？"

氏乡站在城楼上，看到家康的金扇马标在阳光下熠熠生辉，于是脱口而出道：

"士气果然是高涨啊，不过，倒是映衬不出军容来。"

"映衬不出军容"，氏乡的这个描述着实暧昧，大概的意思是：

"即使你军容严整、秩序井然，但乡下人终归是满身泥土味儿。"

氏乡打算与家康在此决战，但是他手下兵力不足两千，于是他打算劝说秀吉，让秀吉增派兵力，而自己充当先锋，消灭家康的本队。于是，他叫来传令兵，指示说：

"……就这么传信。"

氏乡对信长一直心怀敬仰，但对秀吉，内心却有一种强烈的对等感。每当提起秀吉，氏乡从来不称呼其为"筑前君"或"王君"。当面时另当别论，其他场合，氏乡只说：

"就这么告诉。"连尊称都不带上；更有甚者，氏乡直接喊他"猴子"。"猴子会因死无其所而发疯"，这句话成了氏乡在小牧阵营时的名言。氏乡口吐此言也是事出有因。他并非存心愚弄秀吉，而是自己原本就志在夺取天下，现在迫于秀吉之威，臣事于他，痛心自己的萎靡，心中不免愤懑不满，所以激动时，常常无意中口吐"猴子"之类的话语。

这个氏乡，当然不会把眼前的家康放在眼里。他一面派人给秀吉送去急报，一面自己组织一支部队，做好突袭的准备。

然而，秀吉传来的命令是：

"不要理会。"

氏乡接到这个命令，心里顿时凉了半截，他想：猴子一定是怕了家康。

其实，在现在这个局势下，氏乡的战术是正确的。

先前我们说到过，秀吉的作战方针是：敌人先出手，自己再动手反击。

这场小牧山对阵，确实是谁先攻击对方谁先输。因为一旦一方开始发动攻击，那么，受攻击的一方，就可以躲在木栅内的安全地带以猛烈的火力扫射敌军，先用强劲的火力压倒敌方，再将战斗转入白刃战，这样主动进攻的一方反而陷入被动，最后只能以失败告终。

家康的作战方针与秀吉的几乎完全一样，他想让秀吉先出手，将他们引至木栅栏外，先用火枪击倒对手，再派士兵与敌军进行肉搏战。

事后，秀吉问家康：

"你在小牧山时，究竟是怎么想的？"

家康如实做了回答，秀吉听后，很是感慨：

"真是玄妙啊，我当时也是这么想的。"

这种偶合确实让人觉得神奇。但是，两个不分伯仲的将帅在这次战争中所采用的战术，是从各个方案中千挑万选、从战略和战术的角度反复衡量后得出的最佳选择，所以这种一致也是必然的。只是因为秀吉拒绝不了池田胜入斋执拗的要求，才派出了一支突袭队，结果这支队伍在长久手被家康击溃。若说失败，唯有这一点可说是秀吉的败迹。

但是现在，家康自己反而率领主力军从阵地里跑了出来。当然，他跑出来的目的肯定是想来挑衅秀吉。虽然只是挑衅，但毋庸置疑的是家康已经离开了自己的阵地。

"为何不趁机出击？"

氏乡十分不满。他认为，现在的形势与长久手那时不同，长久手一战是秀吉主动划出部分兵力，企图以奇袭战术偷袭家康，结果反而让家康看出了破绽，自己落得个损兵折将，代价惨重。而现在，家康将自己全部的兵力暴露在秀吉能够亲自督战指挥的战场前。

"两万。"

蒲生氏乡目测了家康的兵力。

氏乡估计，现在秀吉军能够立即投入战斗的前线兵力大概有两万左右。先派这两万兵力突击，与家康的两万士兵厮杀，使家康军乱成一气。然后趁着混乱，再从秀吉手中调出五万以上的预备兵力，若家康的左翼势弱，就往左翼投入兵力；若右翼较弱，就从右翼切入。接着看准时机从后面攻入，切断家康与清洲城的一切联系。只要能按计划进行，秀吉大军绝对可以取得胜利。氏乡持这种看法。

但是，秀吉没有采纳氏乡的方案。他站在乐田本营的一个瞭望台上，远远地观望着家康军的阵地外活动。

"不不！不能轻易动手。"

秀吉的想法是安全胜于冒险，此刻他希望能尽量避免危险。秀吉心想：

"家康这家伙，可不是好惹的家伙！"

在长久手吃了败仗之后，秀吉对家康及其三河武士团的实力有了几分畏惧。

现在，这份畏惧感明确地告诉他家康跑到阵外来活动的企图。倘若秀吉采纳氏乡的建议派兵出击，家康就会嘭嘭嘭地你一下我一下地像踢皮球一样，边战边退，一直退到小牧山阵地中，再从木栅栏内发动猛烈的火枪攻势。那么，不知不觉中被引诱到木栅栏前的秀吉军到时候只能任其宰割而无还手之力，长篠之战时武田胜赖军的惨剧将再次上演。

"没错，肯定是这样！"

秀吉心想。若不想重蹈武田胜赖的覆辙，到时候只要下一道命令将全部军队撤回就行了。然而，说起来容易做起来难。乱军之中，部队不可能像机器一样，随心所欲地指挥进退。

不管怎样，若经不住家康的挑衅而肆意出兵，秀吉军到时肯定会有伤亡。对秀吉大军来说，这点伤亡虽构不成致命伤，但家康绝对可借此向世人吹嘘：家康我又让秀吉军吃了败仗。

如果家康这么一宣传，不仅外人信以为真，就连秀吉旗下的诸大名也会开始怀疑：

"难道常胜将军秀吉的实力不过如此？"

到时，众将之心也会因此渐渐远离。秀吉现在之所以能制霸天下，其威望只源于一个理由——秀吉在其经历过的所有战争中，无一败绩，逢战必胜，百战百胜。如果现在在这个常胜将军光荣的履历表上划上一道伤疤，那么他将如何在这个世上立足？真到了那时，秀吉的天下就会像海市蜃楼一样消失殆尽。这一点秀吉比谁都清楚。

战术，难以存在于抽象之中。

秀吉此刻采用的战术，是根据目前进退两难的实际情况而定的。假如秀吉听从氏乡的建议，毅然举兵进攻的话，家康军很可能会溃不成军、落败而走。如果秀吉在小牧山战灭了家康军，家康即使能苟延残喘、保住一条性命，他原来的地位也将不复存在，后来也不可能有家康的天下。可以说，秀吉在这个时候的犹豫，决定了历史的方向。

但是，秀吉的犹豫，不是他的失策，而是由当时的客观情况造成的。

面对同样的战局，假如上杉谦信或武田信玄与秀吉处于同样的局面，他们肯定会果断地举兵攻击。因为，他们二人战斗集团的核心是自己的族人或亲信，对于主将发出的锣鼓信号声，他们肯定会忠实地遵守。再往坏处想，万一突袭失败了，谦信或信玄的基础不会因此动摇。所以谦信、信玄可以冒这个险，家康也行，唯独秀吉办不到。

家康深知秀吉政权上的弱点，他算准了秀吉不敢轻举妄动，这才大胆地发动了这场挑衅。家康猜测，秀吉绝不敢来迎战。如果秀吉出来迎战，家康又盘算，来了正好可以让他占便宜。

结果，秀吉还是回避了家康的挑衅。

家康也不打算将这场挑衅的好戏演得太久。刚过正午，他就开始收兵，将士兵一批批遣回至小牧山阵地，两军又恢复了原来对阵的局面。

结束对秀吉军的挑衅、让各个军团回到自己的阵地可不是一件轻松的活儿。一旦殿后的军队被秀吉军一口咬住，那情况可就糟了。因此，家康派了三个能力最强的部将做殿后军，这三个人分别是酒井忠次、本多平八郎忠胜、石川数正。

数正在最后面。

"多棒的军队啊！"

秀吉站在乐田的瞭望台上，望着石川数正及其部队后撤的样子，不由得放声赞叹。数正的整支军队像一张拉满的弓，富有弹性，充满气势。如果秀吉军一碰他们，这支军队马上就会弹回来，给秀吉军猛烈一击。在这个军队里，有一股可以在一瞬间将敌人击垮的气魄，而这种气魄的象征，就是石川数正的马标。

"伯耆（数正）的马标真漂亮！"

秀吉由衷地赞美。在这种场合，这个男人简直就像少年般天真，他跺跺脚，挥舞着军扇[1]，敲打瞭望台上的栏杆说：

"你们看，怎么样？"

说完，又拿起军扇，指着平原的一角，喋喋不休地说道：

"太漂亮了！你们觉得怎么样？"

石川伯耆数正引以为豪的马标是一个金色的马帘——将皮革裁成细长条，作为装饰垂挂在军旗的周围的长穗。随着士兵扫过平原，马标在原野上发出炫目的光芒，金光照耀下整支军队一丝不乱地撤退的情景，实在宏大壮观。

"我也想要一个。"

这种闻所未闻之事，居然是从秀吉口中说出的。显然，秀吉是另有企

---

[1] 军扇：扇子的一种，扇面一般为金色，有豪华之感。——译注

图的。他以为，和三河人打交道，与其打仗还不如选择外交策略来对付。因为秀吉心里清楚：打仗只会伤到自己。

外交策略的第一步，是笼络对方。现在两军都虎视眈眈等着决战，一般的外交或调停手段是起不了作用的。但是该怎么做才能消除两军之间的嫌隙呢？

"首先，必须要让对方的心情得以放松。让对方放松，得先由我方作出放松的样子，送去我方的微笑才行。"于是，这个开头就是：

"我想得到石川伯耆的金色马标。"

先向对方提出这个要求，实际上等于是称赞了对方的武勇，也向对方表明秀吉不但毫无敌意，反而对对方充满了尊敬。秀吉估计，自己的行动足以让三河的这群乡巴佬惊叹得闭不拢嘴，感叹秀吉胸怀宽广。三河武士若真的很惊讶，他们的锐气马上就可以被磨平。

"居然想要那种马标？"

秀吉周围的人很不理解他的想法，就连蒲生氏乡都认为：难道秀吉着魔啦？想要敌将的马标，简直是胡来！

秀吉确实是在胡来。但是，他要在这场胡来的行动中，找出事情的突破口。于是，他派了一位使者去拜见石川数正。使者没有去家康的大营房，而是直接去了石川数正的阵地。当然这也是秀吉预谋的。

石川数正听完使者的来意后，大吃一惊：

"什么？秀吉殿下说想要我的马标？"

他再三询问秀吉的真实意图。

"是真的，我们主君确实是诚心诚意的。"

使者是近江出身的长束正家，长于雄辩，后来成为丰臣家的五个奉行之一。

"正如阁下所知，筑前君（秀吉）的心胸宽广似海。他从不计较对方是敌是友，几天前有幸目睹伯耆您在马上的雄姿，竟如孩童般夸奖您才是天下一流的大将，急着催我来向您讨要一面您引以为荣的马标，说想效法阁下的英勇……"

被这么一吹捧，估计战国时代的武士没有一个不亢奋、不动心的。拥有名誉、扬名立万，是战国时代武士们的自豪和梦想。为此，他们才会以生命为赌注在战场上拼命杀敌。但是，唯独三河武士没受到这种风气的影响，对名誉这一类东西看得比较淡。石川数正在朴实的三河武士中，算是个例外，只有他嗜好华丽，具有浓厚的尾张人作风。所以，秀吉才认为：要是数正的话，肯定会心动。

秀吉熟知石川数正的品性。

果然，数正动摇了：

"天下霸王居然看中我的马标。"

这个老臣乐昏了头，这么重大的事情，居然没有和家康打招呼就答应说：

"倘若真是这样，那我非常乐意敬奉给他。"说完，数正将一面马标交给长束正家。

翌日清早，秀吉的阵营又来使者答礼：

"一点小意思，不成敬意，请笑纳。"

使者将一泥金漆盒交给数正，数正打开盖子，发现里面装有黄金十枚，由一块黄色的绸缎包裹着。那时，黄金这种贵金属还没有成为流通货币被广泛使用。石川数正虽为德川家的世代家老，但是活到这么大岁数，还没看过这么大枚的黄金。

"唯独这个嘛……"

数正极力推辞。他明白，一旦同伙得知自己从敌军大将的手中得到了黄金，肯定会对他恶语相向。

直到这会儿，数正才迫不得已向家康作了汇报。

然而，数正犯了个错误，他只派了个使者向家康说明情况。而这件事情本该由他亲自去拜谒家康，将事情的来龙去脉说个清楚，这样才能消除家康及其他人的误会。但数正这个人有点喜欢倚老卖老，自认为其家族是德川政权世代的重臣，所以常常不拘小节，忽略基本的礼数。这次，他借口"阵中军务繁忙"，只打发了使者去报告情况。

家康听了汇报后，没有什么特别的反应，说了声：

"是吗？"

然后轻轻地点头：

"黄金不妨收下来嘛。"

这是家康的奇妙之处。家康的性格说不上内向，但也绝不能算作外向。他疑心不重，但并不是说没有猜忌之心，尤其是考虑敌人的谋略时，他常常会疑心重重，反复揣测对方的意图。但对待部下，他好像总是坚持一点似的，从来就没有过猜疑的心理。

"必须信任家臣，若心生怀疑，祸之将至也。"

家康纵观古今之事，得出了这一道理，并以此作为一生行事智慧之所在。家康所做的第一点，就是不怀疑、不猜忌，努力巩固松平家臣的团结。无条件地信任部下，是家康的美德之一。

家康明白，秀吉又想使反间计离间敌人。他的第一步就是收买石川数正。家康对石川数正本人毫不怀疑。数正自己倒开始急得团团转。

虽然得到家康的允许收下这十枚黄金，但如何处置这些黄金颇让他头痛。思前想后，他最后还是决定让仆从当使者去秀吉的大本营，将黄金如数还给秀吉。数正想：

"其实不还也没什么关系，只是三河人心胸狭窄，如果收下来的话……"

数正对这些黄金很是不舍，失去黄金的心痛转而让他对三河人愤愤不平、牢骚不断：

"三河人，小肚量！"

这话成了数正当时的口头禅。

不过，三河人确实心胸狭窄。

去年秀吉与柴田胜家在贱岳附近开战，最后秀吉消灭了胜家，为庆贺秀吉胜利，家康派石川数正当使节前去祝贺。自那以后，秀吉对数正格外亲热，常喊他：

"伯耆，伯耆。"

又比如去年八月，秀吉派津田右马允来远州滨松城还礼时，特地带来名刀"不动国行"送给家康。当着德川家众多部下的面，使者唯独对石川数正一人问长问短。发生诸如此类的事情后，三河武士中就有人说：

"伯耆是不是在与秀吉私通啊？"

人们听到这些流言后，没有一个人否定它，这也许是数正为人无德的缘故吧。他平时举止傲慢，待人刻薄，本来就不大受人喜欢。

上次家康亲自带兵突袭长久手，其他人等留守小牧山时，本多平八郎忠胜提出要攻击秀吉的根据地，数正听后就极力反对。后来数正的反对之声又成了人们的话柄，有人就说：

"伯耆他心黑着呢，他现在在为秀吉着想。"

这些话成了流言，越传越广，几乎人人皆知。确实如数正所说，三河人心眼小、疑心重。但还有一个不容忽视的原因，秀吉善于耍弄阴谋。为对付势力强大的大名，秀吉常常不分敌友，先将他们家老中的重臣一一收买，获取情报；有时通过收买其中一两个，让大名的内部家臣相互猜忌，从而使其分崩离析。而在德川家，秀吉看上了石川数正。秀吉一旦盯上猎物，就会不厌其烦地与之亲近。这次秀吉、家康大军对峙小牧山，秀吉竟然想到跟伯耆讨要马标。

秀吉开这个玩笑，无非是想对敌军宣传自己与数正私交甚密。三河武士自然而然就会怀疑石川数正。

随着时间的流逝，这场战争越发呈持久之态，战线也日渐胶着。秀吉伤透了脑筋：

"好不容易得来的天下，可能就此产生问题。"

秀吉忧虑忡忡。他担心，自己作为天下的新主，若对付不了东海道上一个小小的土豪，那么他很快就会失去人心。

"绝不能成为一潭死水。"

面对镇守阵地的诸多将领，秀吉总不忘鼓舞他们。他对众将们说：

"我马上要发动一场大攻势了。"

于是秀吉又命人在一个叫大浦的新地方修筑新的阵地工事。挖战壕、筑堡垒、修石墙，看起来还真是像模像样的筑城工事。

大家以为等这个大浦阵地完工后，秀吉口口声声宣称的"大攻势"就要开始了吧。没想到,工程一结束,秀吉却收起大军,命令士兵马上撤回阵地。这着实太意外。

原来,秀吉改主意了。

他害怕自己的军队变成一潭死水,与其让诸将士在阵中无所事事,还不如在这段时间内将德川、织田军的小据点全部拿下。

于是,在尾张的西北方、美浓一带以及伊势各地,秀吉派出多路人马四处出击。

在尾张,他们袭击了织田信雄的加贺野井城,连攻三天就将其拿下。接着又攻破了木曾川边的竹鼻城。秀吉的作战风格向来华丽,在攻击加贺野井城时,搞人海战术强攻突进;而攻击竹鼻城时,又改用了引水攻城的战术。他在尾张、美浓、伊势一带,以高薪雇佣了十万名劳力修筑工事。筑成堤坝后,就在木曾川的右岸开了一道口子,河水顿时向竹鼻城内涌去。竹鼻城守将受水围困,不得不投降。秀吉打完这一仗,歇了口气说:

"我回大坂去了。"

说完便拍拍屁股离战场而去。

在秀吉攻城的这段时间内,家康还是继续驻守在小牧山阵地,他的确不能离开阵地。虽然秀吉离开了阵地,但阵地上依然有留守士兵驻守,他们随时监视着家康的行动。家康也只能眼睁睁地看着加贺野井城、竹鼻城一一沦陷,却无法出身营救。如果家康一出阵地,秀吉定会带兵过来袭击。秀吉攻击这些小城的目的,就是引诱家康出来。家康始终没有出动,他一旦出来,肯定会被秀吉歼灭。

秀吉很聪明。他先夺了织田信雄的领地——尾张,接着又增兵伊势,拿下了信雄的好几个城池。

织田信雄当然心痛不已。他与盟友家康共同守备小牧山阵地和清洲城,眼看着给自己提供军粮、军饷的领地和属城一个个被秀吉夺去,内心自然苦不堪言。最后,他向家康哭诉:

"三河君啊,恐怕撑不到这个夏天,我就要身无分文啦。"

信雄这么说,家康也是爱莫能助。家康目前唯一能做到的是守住小牧山阵地,若与秀吉主力军决战,要保证自己不被打败。仅应付这一点已经让家康焦头烂额了，更不要说有工夫去管其他事情。

秀吉有了新的战术思想：各个击破，先擒住家康的盟友织田信雄。

秀吉最初想与家康决战，但是情况很不理想，所以，现在他决定先从家康的同盟者信雄这里下手，吓唬吓唬信雄。他心想：

"只要给他点苦头，三介（信雄）这个傻瓜，肯定会哇哇大哭的。"

于是，秀吉安心地回到大坂，静观事态变化。出阵作战的秀吉军，在五月这一个月内几乎攻下了信雄的全部领地。

八月，秀吉再次来到尾张战场与家康对峙。双方你盯着我、我盯着你，都想伺机而动，却不敢主动出击。十月六日，秀吉又回到大坂。自双方交战以来，已经过去了两百多天，但根据目前的战况，看不出战争结束的任何苗头。

"情况不妙啊！"

秀吉暗暗后悔以家康为敌，更后悔与之开战。当初秀吉就一直认为对家康应施以怀柔政策。因为秀吉明白，不管出于何种原因，与家康和他的三河武士为敌肯定是不利的，现在这种不祥的预感正一步步地靠近。

"家康这家伙，越来越不好对付了。"

秀吉回到大坂，依然挂念尾张的战事，又苦于想不出好办法。

到这个时候，秀吉再也不敢说"灭了家康"这种杀气腾腾的大话了。现在，他提起家康，总是先左右顾盼一番，然后拿出一副安闲之态，由衷地赞美道：

"真是古今之名将啊！"

此刻家康俨然成了他最亲密的朋友。接着，秀吉又絮絮叨叨："我不能错杀这样一位名将，我要生擒他，让他竭尽所能，为天下谋福。"

秀吉估计自己的这番言论一定会传到家康的耳中。假如家康听到，可能会慢慢消释对自己的敌意。秀吉正在考虑与家康和解，他现在必须开创一个和解的新局面，而且和解的方式不能伤害到天下霸主的名誉。

同时，秀吉旗下的众将领，对家康也充满了敬畏之情。他们感叹：

"德川君真行啊。"

事实证明，众将领的这种敬畏心理，后来成了家康巨大的人生财富，在家康统一天下的事业中起了相当大的作用。这时，众将领对家康的看法如同被点燃的烛火，渐渐发亮，慢慢向家康聚拢。旧织田家的众将领只因时局之变而投靠了秀吉，秀吉没有子嗣，他的天下肯定会旁落他人。为了今后的荣华富贵，他们必须先判断出秀吉大业的继任者。于是，不少人猜测：可能是德川君吧。

现在回头想想，秀吉攻陷了织田信雄在尾张、伊势的属城，但对家康的三河势力圈却没有染指，与三河武士的决战也是慎之又慎，直到现在还只是努力维持战线而不敢贸然开战。在这种形势下，双方实力孰弱孰强，在诸将们看来，一目了然。

秀吉开始着手做织田信雄的工作了。

要做工作，首先必须骗过同伙。秀吉幕下中的富田左近将监和津田右马允二人本是信长的近侍，与信雄交情颇深。于是，秀吉唤来二人，当着他们的面，泪光闪闪地诉说：

"我受总见院（信长法名）恩惠之深，岂能言表啊。"

秀吉抹抹眼泪，继续说：

"虽然我杀了明智光秀，已替信长公报仇雪恨，但这区区小事又怎能与总见院的大恩大德相比呢！"

秀吉很会演戏，他只要挤挤眼皮，泪水就能一直往下掉。他一边哭诉往事，一边说：

"对总见院殿下的公子，我又怎会怀有恨意呢？无奈现在三介君（信雄）想法错乱，竟将我秀吉视为仇人，我不得已才拔刀相向，此事绝非我本意。弓箭本是无用之物，我诚心诚意地想与三介君讲和，不知两位是否愿意为我效劳，替我到桑名走一趟呢？"

秀吉的涟涟眼泪骗过了二人，二人感动不已，尤其是富田左近将监，话听到一半就"哇哇哇"地放声痛哭，最后伏地而泣、不能自已。秀吉的要求一提出，他们立即抹着眼泪回答说，一定把秀吉大人的深情厚谊传达给信雄，就是赔了性命，也不辱使命。

这一时期的尾张战场上，双方都只留下留守的武将驻守阵地。家康将小牧山阵地托付给了榊原康政，将清洲城留给了酒井忠次，他本人则回到了三河冈崎城。

织田信雄也回到伊势的居城——长岛城，继续抵抗侵入伊势的秀吉军。

两位使者来到伊势，传达了秀吉的殷殷之情。秀吉的眼泪打动了信雄。

"我岂有不愿意之理啊！"

信雄激动得想要抱住两位使者，欣然接受了秀吉提出来的讲和条件。正如世人评价信雄是"鲁莽糊涂之人"一样，信雄接受休战请求时，居然不跟他的盟友家康商量商量。

闹了半天，家康等于是自讨没趣，白折腾了一场。原先是信雄几次三番恳求他，他才不情愿地接受了这个搅动天下的艰巨任务，发动了对秀吉的战争。而现在，跑来求他的信雄，居然丢下家康，单独与秀吉讲和了。

俗语说：贵人寡情。信雄是织田家的公子，从小到大养尊处优。对他人的情意或受他人恩惠的概念，贵族出身的人一般比较欠缺。可能是因为生长的环境让他们没有机会接触道德情感。即便如此，织田信雄可不是一般的糊涂。最令人奇怪的是，织田信雄的同族织田长益（后称有乐）以及列席的各位重臣，没有一人提出"先与德川君商量后再做决定"的反对意见。

若连重臣们都这样的话，就不能简单地认为是信雄糊涂了。信雄及其手下有自己的打算。他们认为，若与家康商量，万一遭到家康反对的话，那事情就可能半路搁浅，这个大好的机会就会白白地丢失。因此他们才决定不向家康报告这一消息。更何况秀吉提出的议和条件是如此的诱人。

秀吉的条件是：其一，不伤一兵一卒；其二，秀吉无子嗣，信雄之女须送给秀吉作养女；其三，关于领土，目前由秀吉军占领的伊势北部领地皆物归原主，奉还给信雄，而信雄须割让其领地下的尾张犬山城、伊势铃鹿岭等要塞与秀吉；最后向秀吉交付人质，信雄同族织田长益、重臣泷川雄利、佐久间正胜、土方雄久等都将自己的子女作为人质送往大坂城。总之，这些条件都是外交上的惯例。所以说，秀吉提出的条件并不苛刻。

"真是可喜可贺啊。"

连泷川雄利这样的汉子，都由衷地替信雄的这番幸运感到高兴。高兴之余，他也始终没有提及如何对待德川君的话题。

"这就是尾张人的真面目。"

家康的臣仆们得知此事之后，个个义愤填膺。估计在这种情况下，尾张人也只剩任人辱骂的份儿了。自织田信长以来，尾张人处理事务，习惯了以牺牲三河人的利益为前提。如信长时代的近江姊川战役、长篠会战等等，这种例子数不胜数。

"三河人的颜面，随便践踏都无所谓。"

这种想法俨然已经根植于尾张人的思维模式中。尾张人的处事风格，因其居于尾张平原，交通便利，商业发达，遇事待人说好听一点儿，是灵活多变；说得不好听，就是功利主义。这种乡党的通病，就连信长、秀吉也不例外。

天正十二年（1584年）十一月七日，单独议和的密谈举行。密会上，秀吉的使者富田左近将监催促说：

"安排两位主君会面越早越好。"

此后第四天，也就是十一日，双方签署协议。在桑名西郊的矢田河边，秀吉、信雄二人见过面，履行了交换誓纸等手续后，讲和之事正式成立。

而在冈崎城的家康一直被蒙在鼓里。他听说信雄的领地桑名方面的战况不妙，还一心一意地想：

"现在得去支援信雄君了。"

家康急着安排人马，准备再次出征。因为不久前，信雄曾向家康发来求救文书，信上写道：

"桑名告急，我将出兵迎战，乞阁下也施兵援救。"

家康的前哨基地中，离伊势桑名最近的是尾张清洲城。守备此城的是德川家的第一家老酒井忠次。所以，最早获知伊势方面情报的，自然也是清洲城了。忠次听到这件关系到德川家生死存亡的大事，是在十一月九日，即密会后的第三天。

忠次赶紧派人向家康报告。

一开始，家康还不相信。

"是不是弄错了呢？"家康再三询问忠次派来的使者，由于没有得到确切的消息，他最后还是决定按原计划行事，继续进军尾张清洲城。

等家康进入清洲城，织田信雄那边这才派了一位姗姗来迟的使者，向家康解释说：

"为形势所逼，实在是无奈之举啊。"

使者将信雄单独议和之事一一告知，希望能在事后得到家康的谅解。

家康当时应该气愤不已。

"这也算是人！人面兽心的畜生罢了。"即使家康这样怒斥信雄，也不算过分。因为当初是信雄一手将家康拖进了这场极其危险的战争，现在家康凭一人之手好不容易维持着一条强大的阵线，即使待到两军主力决战，家康的阵线也完全不会处于劣势。在这样的大好形势下，信雄居然背信弃义，把家康丢在一边，单独与秀吉握手言和了。

"如果是这样的话，形势不妙啊！"

每当遇上新情况，家康内心就会生出一种恐惧感，这一次也不例外。现实的情况是，家康目前不仅失去了信雄这个盟友，而且信雄与秀吉讲和后，自己就势必站到了秀吉、信雄二人的对立面。从理论上来说应该是这样，说不定秀吉会将这个理论用在实际的外交上。

"形势严峻啊。"

面对织田信雄的中途变节，酒井忠次当然气愤，不过他更担心的是随之带来的后果。照这个局势下去，德川氏只有死路一条了。

"现在唯一能做的，就是加强与关东北条家的联合，除此以外我们已无路可走了。"

酒井忠次建议说。以前与北条氏结盟，都是忠次从中斡旋，直到现在，德川家和北条氏的往来，都还是由忠次负责。然而，北条氏实力微弱，与之结盟，实在不可靠。

"要不主君也和信雄一样，与羽柴秀吉讲和？"

忠次仿佛得了一个妙计，连忙对家康说道。家康咬着指甲，眯起双眼，沉默许久后，坚定地说：

"我不干。"

没有任何理由。在家康的前半生里，常常能看到他绝望般的坚决，这次那种决绝般的坚毅又表露出来了。家康原本精于利害计算，他的头脑里仿佛时常有算盘啪啪作响。但是，当遇到连算盘都计算不了的极端场合时，他就会露出初生牛犊般不经世事的自尊和果敢的勇气。以前，武田信玄的大军通过他的领土，他明知自己毫无胜算，却决然说道："看见敌人从自家院子通过，我岂能视若无睹？"家康一口气跑出了滨松城，在三方原与信玄交战，结果惨败而归，狼狈地逃回了滨松城。虽然弄不清家康这种惊世骇俗的勇气到底从何而来，但有一点不容置疑，那就是家康能在这个乱世享有声望，主要是因为过去他所进行的赌博式——形容它绝望不太准确，也许自暴自弃更为恰当——的行为。现在，这种赌博又摆上了牌桌。

"加强五国的力量，我等秀吉来。"

家康叫嚣道，脸色因惧怕而发黑。但就是在这个时候，家康仍未停止计算。他冒出了一个念头：

"派石川伯耆去做使者。"

忠次主要负责对关东北条家的外交，石川数正则负责对关西羽柴家的外交。数正和秀吉一向交情甚好。

"伯耆可能会替我出出主意。"

家康现在只能指望数正了。于是，他立刻叫来石川数正。

数正到后，家康将基本的策略做了一下说明。

"……你就这么去说。"

大致意思是，自己念及织田信雄旧情，受人之托，因义而战，但现在羽柴家与织田家议和，战事可由此终止……

"以上之事，乃天下万民之幸。你就这样转告！"

听完家康所言，原来就属亲秀吉派的石川数正，对于自己如何扮演好这次的外交角色，心中已有计较。

"遵命！"

石川数正立刻整装出发。

数正先与信雄联系，后去秀吉的住所拜访，分别向他们道了贺词。也仅仅是道了贺词而已。

"我家主人，欣闻两家近日之事，再三言道，可喜可贺，真是天大的喜事啊。"

石川数正叩拜在地，毕恭毕敬地转述了家康的贺词。

信雄得知家康豁朗的态度后，顿时松了口气，秀吉自然也是高兴万分。

"三河君真的替我们高兴吗？"

秀吉追问了好几次。他将家康对议和的态度扩大化，一厢情愿地按自己的想法解释。他说：

"既然这样，为了天下的安宁，三河君也给我送个养子来吧。"

"送养子"一词有点拐弯抹角，说得清楚些就是要家康把亲生儿子送来做人质。

对于这一点，石川数正为自己的疏忽暗暗叫悔。因为这件事，数正事先没有征询家康的意见。

然而，数正毕竟是德川家的家老，既然出使至远方敌国，外交上的事务有全权处理的权力。而且，数正此人常常刚愎自用，现在面对秀吉索要人质，他竟然不请示家康的训令，当场就应诺下来。

"请您收於义丸（后来的结城秀康）为您的养子。"

这件事，数正可能真的做得超越了本分。

冈崎出奔

在德川系世袭的家臣中，有七户名门世家，他们被称为"安祥七谱代"。

其实，这七户只不过是具有代表性的家族而已，如果算上门第稍低的家族，德川系内可能总共有好几千户世袭家臣。"我家可是自安祥以来的旗本"，这是江户时代这些世袭家族引以为豪的资本。

安祥，本书伊始已多次提到，原本只不过是个地名，即三河国碧海郡安祥，也就是现在的爱知县安城市。

然而，对德川家来说，安祥一词不仅是个地名，同时也是一个神圣的词，它象征着名誉、抱负、忠诚等。

从地理上来说，现在的爱知县在古时分为东西两半，西半边是尾张国，东半边就是三河国。三河国多山，尾张则是一望无尽的平原。

三河虽多山，但与尾张接壤的碧海郡却是一派田园风光，郡内河网交织，水量丰富，适于水稻种植。庆长年间检地[1]时，这里每年的大米产量已高达七万八千石，安祥正是这个富饶的水田地带的首府，当然也是从松平氏到家康时代德川家的主要经济基础。

以上介绍的是地理上的安祥，下面再介绍一下历史上的、社会上的安祥。

本书开始时曾经提过，德川氏始祖松平亲氏（德阿弥）、其父长阿弥以及以前的各代祖先，都是云游僧。自松平亲氏定居三河山林中的松平乡后，聚集当地的樵夫、猎人，组织了一支军队，通过战争搏斗，其势力逐渐向水网环绕的山脚地带扩张，这就是松平氏发迹之始。

纵观世界历史，就可知道农耕地带的民族，往往会受到来自不毛之地的游牧民族的袭击、掠夺，甚至被他们征服。比如，仅有五十万人口的蒙古人，在成吉思汗的率领下，踏平了文明世界五分之四的土地。人口六十万的满洲女真族，占领了人口数亿的中国大陆，建立了大清帝国。在日本，松平氏在三河的发迹过程虽然规模上不能与前者相比，但形式上也属于这一类。家康领导下的三河武士秉性勇猛、做事团结，原因可能就在于此。

据说是在文明三年（1471年），即小牧—长久手之战的一百一十三年前。松平氏族最终来到这个广阔的平原是在第三代松平信光攻下碧海郡安祥城，将郡中沃土掠为己有之后。

---

[1] 检地：从日本的中世一直流传至近世，内容包括测量土地面积及产量。——译注

从家康时代上溯一个世纪，即松平氏得到碧海郡安祥城开始，这个家族迎来了大发展。在这以前的松平氏，无论如何美化修饰——将自己说成是源氏后裔——自己家族的由来，实质上只不过是猎民、樵夫的首领，或蛮族酋长、流寇头目罢了。但是，这种出身并不是松平德川氏的耻辱。

这群流寇来到水土丰美的农耕地带，摇身一变就成了手握万顷良田的大名。

"想得到米（俸禄），就到我这儿来。"

他们以此为号召，四处宣扬，吸收、怀柔附近的土豪，聚集有才干的浪人，让他们穿上室町风格的正规武士服装，自己也穿上室町时代正规大名的武家贵族服装，住进特意建造的大屋宇，仪容言行——效仿武家贵族，学得有模有样。他们的所作所为，被当时在京都的武家贵族戏称为"出来星大名"。这一称呼，带有对迅速发迹者的嘲笑，更充满了对冒牌大名的戏谑。

那个时期，就是德川家族常提起的安祥时期。因此，"自安祥以来的旗本"这句话里蕴含了特殊的含义。

石川伯耆数正的家族，就属于"自安祥以来"。

据传，石川数正六代前的祖先政康，一路流浪到三河地区，遂在三河当了德川家的侍卫。这个石川政康，自称原籍关东下野，属下野望族的小山氏。但当时是室町末年的乱世，真伪难辨。可能他是自关东而来的盗贼，或许与家康的祖先一样，是浪迹天涯的乞食僧，其中的缘起无从得知。

石川家族系谱中说："吾家一向念佛。"念佛也分许多门派。如净土宗的佛旨是靠村落贵族进献土地，建造自带土地的佛寺；而像家康祖先德阿弥所属的时宗，采用的是流浪漂泊的修行形式，而这些云游僧人一般被老百姓蔑称为夜道怪[1]。与时宗不同，一向念佛派后来发展成本能寺教团，是一个有组织的佛教团体。与净土宗不同，这个门派不受各大名青睐。

---

[1] 夜道怪：妖怪的一种。夜晚四处游荡，加害于人。又有诱拐儿童之说。——译注

因此，他们手中并无领地，只能以"讲"这种新的形式组织当地的老百姓，从百姓手中，而不是领主手中获取米、盐等，来维持他们寺庙的正常运行。

石川数正的祖先政康，大概就是从一个"讲"组织来到另一个"讲"组织，从遥远的关东来到了三河的碧海郡，并在同郡的小川村定居下来。他在村子里广收门徒，成立了一个类似自卫团的武装团体，并担任首领。所以，石川氏的祖先并不是本地的土豪，而是新兴的小势力。后来，家康的祖先率众由山上打到山下，占领了碧海郡安祥城，政康遂归顺了松平氏。

政康居住的碧海郡小川村，归属于一向宗本证寺[1]的门下。政康因常出入本证寺处理事务，所以有机会周旋于其他同门的"讲"组织之间，有时做他们的保护人。政康由此得势，最后成了拥有武装的一方土豪。

此后，这个家族能人辈出、家运兴隆。到数正祖父清兼时，当上了松平家的家老。自此，石川家自称"源氏"后裔，还编了一本"镇守府将军源义家"子孙的家谱。

石川数正，通称与四郎，家康少时被送至骏府今川氏家当人质，数正和其他几名少年作为家康的玩伴一起跟去骏府，与家康共患难。以上种种缘由，使家康对数正的信赖非一般人能比。可以说，数正不仅仅只是个世代的重臣。

小牧山之役十七年前，即永禄十年（1567年），家康将麾下的士兵分成两大军团，两大军团的首领分别由酒井忠次和石川数正担任，当时他们俩有一个响当当的名号——"总先锋大将"。

由此可见，家康是如何器重数正了。

当然，数正确实不负家康的厚望，他才能超群，打仗十有九胜。外交方面，积极促成了德川家与织田信长的同盟，一时间声名鹊起。如今又负

---

[1] 一向宗本证寺：一向宗是由镰仓时代净土宗僧人一向俊圣创立的佛教门派。本证寺是位于现在爱知县安城市东南部的一座寺庙，所藏的圣德太子画像、善光寺如来画像为镇庙之宝。——译注

责与羽柴秀吉的外交事务，可以说是德川家独当一面的外交大臣。

小牧—长久手一战，表面上确实是家康略占上风，取得了战斗的胜利。但是，见多识广的石川数正始终认为：

"最终结局肯定是我方失败！"

数正判断，对方不仅声势浩大，又有天时之利，而家康只不过是区区一个地方土豪，虽得地势之利，可利用地形诱敌深入，但这只是一时之举，家康最终还是会败在对方手下的。古往今来，无数事例已经证明了数正的推测，所以这并不是数正在长他人志气，灭自己威风，而是据理而论而已。

"主君也应当臣服于秀吉。"

当织田信雄临危变卦，转而与秀吉单独议和时，数正就已经有了这个想法。但家康却不以为然。

"信雄这家伙不与我商量，就私自跟羽柴讲和。我嘴上恭喜他，但绝对不会和秀吉交好。"

家康立场坚定，做好场面上的寒暄后，就毅然撤回大军，回去继续当他的东海小霸王，保持独立于世的傲人姿态。

家康这么做有很多理由，其中最重要的一个理由是他内心充满了恐惧。家康常说：

"秀吉是个叫人捉摸不透的阴谋家。"

"若去秀吉阵中讲和，简直就是自投罗网，肯定会遇害。"

这种猜测、怀疑，始终牢牢地束缚着家康，使他无法解脱。家康是个少有的精打细算者，然而促使他事事计较的原因只是其内心的恐怖。连三河主君都是这样的想法，更不用说一般的三河民众了。他们固执地认为：

"秀吉一定不会放过我们主君！"

除此以外，他们根本想象不出其他任何出路。从这一点可以充分看出，三河人确实心胸狭小，凡事皆以己之心度他人之腹。三河武士皆以为秀吉要杀害家康，因而人人自危，个个担心三河的前途。假使家康被杀，那么，由他一手建立起来的东海小帝国就会轰然坍塌，士卒部将不得不另寻出路。想到包括家康在内的所有三河民众饱尝外人欺压、寄人篱下的痛苦回忆，三河人至今还心有余悸。

在家康成人前的那段岁月里，三河人曾经隶属于他国。这种他国即地狱、他人即恶魔的苦痛经历，每个三河人都亲身体味过。骏河今川氏占领三河时期，三河人每年收获的大米都被搜刮殆尽；隶属于——以同盟的形式——织田氏时，三河武士又常被强募至前线，担任战场上最危险的战斗任务。尽管三河人拼命效劳，家康的长子信康还是被信长夺去了性命。信长杀死信康的理由非常可笑。据说是因为织田家的子嗣个个凡庸，信长担心自己死后的基业可能会被信康取代，才下令杀了信康，以免夜长梦多。故事是真是假，不得而知。但直到现在三河人还坚信这个传闻是真的，所以对信长没什么好感。现在对这位篡夺织田政权的羽柴秀吉，他们当然也不信任。无论他如何甜言蜜语、打动人心，终究是一个奸诈的尾张武士。因此，几乎每一个三河老臣都再三劝说家康：

"主君千万不可上羽柴的当。"

老臣们希望家康保持独立姿态的请求，并非出于三河武士精准的谋划，而是在猜忌心理的作用下才有了这样的判断。他们就像是一群躲进洞穴不肯出来的野兽，对外面的世界充满了恐惧。

石川数正若是明哲保身，就应该人云亦云，跟这个集团的心理保持一致。他应当与三河人同仇敌忾，把这些话常挂在嘴边：

"羽柴秀吉是奸臣。"

"他国皆恶人！"

用这些话来博取三河人的好感。假如他能这样做，不仅能维持自己的声望，还能得到三河民众"果然是伯耆，有骨气"的溢美之词。

但是，数正做不到，因为他明了事实的真相，也熟悉当今局势。除军事之外，数正还时常担任外交工作。他奉家康之命，多次奔赴尾张。秀吉得势后，他也曾出使至北近江的贱岳，与在阵中的秀吉当面会谈。秀吉的大坂城竣工后，数正代表家康去大坂贺落成之礼。可以说，数正是个关西通。

说到数正，不得不提到德川家的另一根顶梁柱——酒井忠次。忠次也兼顾军事与外交事务，但外交上主要负责关东地区。他曾与越后的上杉氏接触，后又担任与小田原的北条氏的沟通事务。那个时代，关东各地的人情、风俗、政治、商业等，与关西地区大不相同。因为外交上的往来关系，酒井忠次对关东人的思维方式很是熟悉，对关东文化知之甚深，甚至喜欢上了关东。他常说：

"对上方人可不能掉以轻心！"

上方一般是指以京都为中心的地区，但在三河，人们将包括尾张在内的西部地区都称作上方。早在信长时代，三河人就不把织田家叫做尾张人，而管他们叫"上方人"。信长控制京都成为中央势力以后，"上方人"这个称谓中，开始包含"中央群体"、"中心人"的含义。"上方人打仗不行"一语在三河已成了流行语。小牧—长久手之战时，三河的武士们也把秀吉的军队叫做"上方人"。

与陌生的上方和上方人打交道、并能理解上方文化的，在三河只有石川伯耆数正一人。

也许石川数正的不幸就在于此，而他自己却并不知道。

德川家每次谈及上方问题，数正就反驳说：

"瓜儿甜不甜，吃了以后再说！"

他的意思是，卖瓜人手里的瓜甜不甜，必须等吃了以后才清楚。秀吉的胸襟到底有多宽广，也只有与秀吉交往过后才能知道。德川家要做的第一步应该是先与秀吉交往，然后再讨论下一步该怎么办。

数正的这种观点确有其道理。可惜，在几乎无人理解此观点的集团里提出这种论调，是要招来杀身之祸的。实际上，从小牧山之战开始，就有人扬言说：

"应该杀了伯耆！"

不过，这些话没有传到数正的耳朵中去。

上文讲到，小牧山之战，家康亲率机动部队远赴长久手作战，而小牧山本阵的留守任务，委托给数正、忠次和本多平八郎三人。当时平八郎提出要去袭击羽柴军的后方，因数正坚决反对而未付诸实施。

此后，三河武士间流言四起：

"伯耆与筑前（秀吉）暗中勾结着哪！"

据说酒井忠次和本多平八郎当时听到数正的反对意见愤慨不已，气得简直口吐白沫。当人生气至极时，确实有吐乳白色的泡沫这回事。但是，此事没有传到数正那儿。

尽管外面谣言纷飞，却从来没人将这些事情告诉他，可能是因为数正本人太过傲慢。数正为人高傲，一副令人望而生畏的伟岸仪表，可以将人压得喘不过气来。数正身上散发着一股凌然不可侵犯的气势，一般人在他面前不怎么敢开口说话。很多人都说：

"怎么回事，在主君面前都敢说的话，一碰到伯耆，就结结巴巴，半天开不了口！"

家康平日里话语不多，但是他具有倾听的艺术，总能认真、耐心地听完对方的诉说。即使是再无知的论调，家康也会坚持听完。他常说，对方的意见可能一无是处，但我还是要听到最后。若不这么做，能提供真正有价值建议的人就会顾虑要不要提出他们的意见。数正就不同了，没等别人说上两句，他立即劈头盖脸地一阵斥责：

"尽说些没见识的！"

"说话动动脑子！"

被骂了个狗血淋头，进言者只得落荒而逃。

众老臣中对数正有好感的，会为他辩解道：

"伯耆以前不是这样的。以前在酒席上，他还会唱唱小曲、跳跳舞，有时会因一丁点儿的小事与别人争个面红耳赤。他也会和身份较低的武士互相扭打取乐。那时候他做事爽快，只要别人的忠告有理，他会立即接受，有则改之，无则加勉，是个挺不错的小伙子。"

那么为什么现在变得听不进别人的话了呢？有人问道。

"那是因为他居高官之位太久了。"

这些老臣辩解道。

然而，同样长期位于权力之巅、手握大权的大臣，并不只有数正一人，酒井忠次也是。可是，忠次与数正恰恰相反。

壮年时，他恃才傲物，就是在家康面前也敢反唇相讥。但是，上了年纪后，忠次个性上的棱角逐渐被磨平，为人变得圆滑、世故。他常说：

"身为老者，我的责任就是选拔勇者、贤人，让怀才之士尽其所能。我能坐上东军团大将的位子，也全靠了手下各部将的辅佐和众人的帮助。"

忠次虚怀若谷的态度，赢得了部下的一致好评。

相比之下，西军团大将石川数正显得非常的孤独无援。虽然他在德川家族中位高权重、煞是风光，有时还代理冈崎城城主一职，镇守德川界内的西部要塞。但他为人刻板严肃，让人难以亲近。此外，常来往于京坂地区的他，见多识广，每当看到三河人的愚昧、保守以及犹如井底之蛙般的无知时，他总忍不住说上几句：

"三河人真是狂妄自大！"

这些话出于数正居安思危的危机意识，但是即使周围有人能理解他的良苦用心，终究闻之不悦。

数正做三河冈崎城的代理城主时，辅佐他的有三个官吏，称作"奉行"，专门替他处理一些行政内务。这三个"奉行"，一个名叫高力清长，人称佛高力，为人敦厚善良；另外一个是天野康景，也是一个笃实、忠诚的实干家。这两个人倒是没有什么问题。唯独最后一个人称"鬼作左"的本多作左卫门重次，正如他的诨号一样，性格暴躁，做事愚忠，遇人皆以忠诚心来判断好坏与否。他将石川数正称为"上方狂"，说看到数正的脸就觉得恶心，几次三番向家康抱怨，说自己在伯耆手下再也待不下去了，闻到他的气息都觉得厌烦。但是，每一次家康都抚慰他说：

"伯耆是德川家的家老，也就是我的代理人，你应该凡事尊重他、听命于他才对！"

与"鬼作左"一起共事的佛高力是一位清廉的内政官，后来成为了武州岩槻城的大名，俸禄两万石。

佛高力晚年回忆石川数正时说：

"石川是个情感迟钝的人。"

情感迟钝，也就是说其性格不易激动。数正本人，从不以他人之乐为乐，也不会对敌人有切齿之恨，更不会因手下的不幸而放声痛哭。佛高力有所不知，壮年时的数正并非寡情之人，只是年老之后，他才逐渐失去原有的活力与激情，慢慢将自己变成了不轻易流露情感的人。虽然个性失去了鲜明的爽快，但智慧并未随之减退。不过，不减退反而是一种不幸。精于计算的狡黠在这个刚刚步入老年的男子脸上时隐时现，而这种老者的智慧在佛高力的眼里，却成了"情感迟钝"的表现。

由于织田信雄私自与敌方讲和，小牧—长久手之战遂不了了之。但是，秀吉与家康之间的僵局还是无法打开。

不管怎么说，家康在两军的战斗中取得了胜利。家康认为，这场战争只不过因为织田信雄抛弃盟友，单独与秀吉议和而宣告结束，而自己根本没有在这场斗争中失利。

另一方面，秀吉派中间人（织田信雄）委婉地向家康索要人质。这就显得非常奇怪了，家康明明是胜利者，秀吉却要求他将人质送至大坂，形式上家康反而成了乞降的战败者。这样的局面真是让人摸不着头脑。

原来，对刚取得天下的秀吉来说，无论如何都要保住自己的面子。他希望家康先向自己低头，自己才可能有台阶下。

"秀吉这么做，是出于台面上的苦衷啊。"

织田信雄的使者泷川雄利，向家康的关西事务代理人石川数正游说。双方谈判的地点，安排在冈崎城。

来游说的泷川雄利也觉得自己现在的这种身份实在有些尴尬。原本雄利在织田家与秀吉是同僚，当初秀吉出来篡夺天下，他还带头大骂秀吉"不忠不义，目无伦理纲常"，成为讨伐秀吉的急先锋。随后又支持主公信雄与家康联手对付秀吉，自己也在战场上奋勇杀敌。可惜天不从人愿，战争还没输，主公信雄的意志先动摇了。信雄误中了秀吉的外交战圈套，主动求和，才造成了现在的这种局面。

像雄利这种素有骨气的人，也只得无奈地说：

"没办法啊，对方目前占了天时地利，我们也只能向他低头了。"

这一天天气寒冷，雄利坐着瑟瑟发抖，但石川数正并没有取出火炉供暖。这倒不是他想故意亏待雄利，确实是没有注意到。

静默了一会儿，数正才缓缓地开口：

"我个人是非常赞成的，但你也知道，三河人非常顽固，仅凭我一个人是说服不了他们的。"

数正知道自己权力有限，所以，就把这个难题踢回给了雄利，让他自己去说服家康。于是，数正将雄利带到滨松城去拜谒家康。

"伯耆未免多此一举！"

面对数正突然带来这么一位使者，家康着实有点措手不及。虽心头不悦，但家康还是将雄利带进了茶室热情招待，并命人及时添炭，驱散屋内的寒气。在一片祥和的暖意中，雄利忐忑不安的心情终于放松下来，于是将此行的目的一一告之家康。

家康热心地倾听完雄利的来意后，对雄利所提的请和条件避而不答。

最后，他回答道：

"让我暂时考虑一下！"

这也许是当时家康最好的一个回答。雄利当然也不敢奢求家康立即作出答复。他退出茶室，准备起身告辞时，突然停住了脚步，双目无限凄楚地凝视着家康，然后，两行泪水濡湿了雄利的面颊，顺着下巴大颗大颗地往下滴。

看到突如其来的这种情形，家康和在场的仆从们都惊呆了。他们静静地看着眼前的雄利，默不作声。雄利已失声痛哭，不能自已了。一阵静默后，雄利止住哭声，伤心地垂下头，像散了架似的跪倒在地。看着这副情景，家康呆住了，他想：

"真是个怪人。"

很早以前他就听说织田家有一位伊势出身的怪人，名叫泷山雄利，很受信长的器重。现在，他终于亲自领教到这位怪人的怪言怪行了。

雄利伏在地上，一边饮泣，一边神情激动地说了一段让人摸不着头脑的话。大意是：

"是战是和，三河殿下（家康）您肯定自有打算，我决不会多插嘴。如果您放弃和谈，选择与秀吉抗争到底，您到时候千万要成全我、召唤我。我虽一无用处，但愿意和三河武士并肩作战，直到弹尽粮绝、刀折枪断。我欲遵守节义，直到身死沙场，马革裹尸！"

奉秀吉之命来劝和的使者，最后却忍不住透露出肺腑之言。此事已堪称一奇，更让人啧啧称奇的是"节义"一词。

"节义"一词是汉语吗？究竟是什么意思？

事情过后，"节义"一词成了滨松城内讨论的话题。有人跑去请教精通汉学的僧侣，这才明白"节义"就是"高风亮节，守护正义"的意思。当时的日本武士只是打仗的粗人，汉学修养并不深，所以很难理解"节义"这种高难度的儒教道德用语。请教僧人的武士听完解释后，震惊于中国人思想的壮烈，惊讶地说：

"持节而死、舍生取义，居然有这样的词啊！"于是对中国人的伟大思想与情操佩服不已。

从中国传来的书籍里，记载了许多关于士大夫的道德礼仪。伊势人泷川雄利，因为饱读汉书，深受汉学的影响，所以在织田家被称为"怪人"。虽说如此，雄利还称不上精通汉学思想的饱学之士。他出身伊势一个叫"木造"的名门之家，少年时落发为僧，整个青年时期都在寺庙中度过，所以有机会读了不少汉书。每天与汉书接触，耳濡目染，自然带了些文人士大夫的习气，因此在当时被视为异类。

此后，泷川雄利在三河武士中名声大振。三河人都由衷地赞美他，说他不像尾张人。在三河武士眼里，尾张人只会因利而动，是个个精于计算的老狐狸。

"所谓节义，不正反映了我们三河武士的高尚情操吗！"

对汉学道德一知半解的三河武士欣喜若狂。他们骄傲地认为，自己虽不曾读过汉书、接受过汉学教育，但他们的行为举止已经合乎了所谓的节义的要求，他们是一群所谓的"节义之士"。泷川雄利留给他们的印象，如同刀琢斧砍后的雕塑一般鲜明。

然而，按"节义"真正的含义来说，雄利算不上是持节之人。照理说，一个节义之士，若不能为主报仇，振兴故国，就应当抛开一切，隐居山林才对。但是，泷川雄利内心矛盾，无法抛却世俗的荣华富贵，最终还是改操易节，臣服于秀吉旗下，年领两万石的俸禄。在后来的关原之战中，泷川雄利加入了石田三成军，驻守伊势口，与家康军作战。失利后，意外地得到了家康的救济，成了家康帐中的幕僚，被赐予常陆片野两万石的领地。到了他的儿子那一代，封地被削减至两千石。该家族一直延续至江户幕府末年。

家康之所以不计前嫌，接纳在关原之战中与他为敌的雄利，可能就是天正十二年的冬日雄利在滨松城那番煽情的表演，深深地打动了家康，家康遂将之视为自己人。家康为人客观，一般不计较对方是本地人还是外地人，只要其与三河人的脾气相投，就会毫无顾忌地赏识对方，德川家的家风也因此日渐成熟。

再说家康与秀吉和谈之事。德川家族内唯一支持议和的是石川数正。关于他，后来还有人发现了一封奇怪的文书，不知道数正本人当时知不知道这封文书的存在。

这份文书其实就是一封信。里面注明写信人是秀吉，而收信人正是石川数正。信中所表示的日期，正是在小牧战役刚刚结束之后。信中写道：

"阁下八日来函，我已于十日在竹鼻表拜读。"从秀吉的措辞可见，此信可能是针对数正秘密来函的一封回信。此信于八日从数正手中寄出，十日即送到秀吉手中。信中还写道：

"阁下非等闲之辈，秀吉景仰已久，此为德川老臣众所周知。今日特送战马盔甲一副，即令共晓，想必不会遭人非议。然阁下来信，若为家康知悉，恐波澜四起，于阁下不利，故请今后勿再作书信。"

纵观全信，可推断是军中文官代写，但信中遣词造句与秀吉平日的书信风格截然不同，且文中语气低微，不像出自秀吉之口，估计是伪造之物。

倘是秀吉请人代书，故意将此信落入三河武士手中，造成德川家内部对立分化，这倒也说得过去。遇到势力强大的大名，先笼络对方家老，挑拨离间，分化实力是秀吉惯用的伎俩。三河武士平日对这一套的戒备心很强。

但是，此信姿态低微，用语粗俗，几乎可以认定为他人蓄意伪造。对方的意图很明显，想让捡到此信的三河武士怀疑石川数正，借此达到整垮数正的目的。引起内讧当然是秀吉所期待的，但从秀吉的立场来说，打击石川数正，反而对他不利。毕竟现在在德川家为他说话的只有石川数正一人，若失去这个有力的支柱，今后自己与德川家交涉可能会难上加难。

所以，从引起的后果来看，此信应该是三河人内部伪造的。写信人故意将信遗失在人来车往的闹市，期待此信得以广泛传阅，制造出"伯耆是内奸"的事实，引起三河武士的公愤，正好借他人之手，打倒石川数正。只不过不知这封信的真正作者是谁。

三河地区本来封闭落后，三河人的乡土意识极为浓厚。在战国时代，与他国武士相比，三河人绝对是一群异类，他们跟镰仓时代的武士一样，对主人忠贞不渝，视金钱和功名如粪土。而另一方面，他们心胸狭窄，缺乏变通，有严重的排外心理。这是集团主义行为的一个通病，好的一面是人多力量大，但它的弊端也不少，比如对内部的姑息及对外部的排斥。

三河人的这种作风，一直延续到了德川幕府的政治体制中。而这在从前尾张人看重利害——另一面，有变通性——的织田政权里是见不到的。

尾张人虽然喜欢使诈，尤其是羽柴秀吉，时常用反间计来离间敌人。但是，他们绝不会对自己人下手，也没有必要对自己人施以恶毒的手段。因为在尾张，追逐权力不是什么秘密，光天化日之下谋权夺利平常无奇。

对于这封伪造的书信，家康没有任何反应。他假装没有看过此信，事实上可能也真的不曾见过此信，仍一如既往地信赖石川数正。

数正曾经对家康说：

"目前，只能暂时向大势力低头！"

他力劝家康送人质到秀吉处。但是，此举遭到德川家老臣的一致反对，就是普通的家臣仆从聚在一起提起这件事时，也纷纷叫嚷道：

"岂有此理！要战胜者送出人质，简直是闻所未闻！"德川势力下的各城——滨松、冈崎、吉田、骏府等——人们激愤不已。可能那封文书就是在这个时候被伪造出来的。三河人认为，要反对秀吉提出的不合理的和解条件，必须先干掉德川家唯一的讲和派石川数正。这封信可能就是在这个非常时期的非常手段，不过多少还是有些阴险。

家康对议和一事，还是不作任何表示，他静静地听着老臣们的讨论，注视着臣子们的反应。

"我们主君从来不明确表达意见。"

本多平八郎后来在提到家康行军打仗、发号施令时这样评价家康。确实，家康自幼沉默寡言，很少在众人面前最先表达自己的意见，遇到不得不表明态度的场合，他也总是含糊其辞，避实就虚。战争场合如此，政治场合更是如此。然而，这正是家康的智慧之所在。家康认为，自己的意见表达得太明确，反而会束缚下属的思维。再者，话越多，所肩负的责任也就越大，引起的纷争也越多。历史上像家康这样言辞不多的政治家并不多见，以心传心与家臣部将交流的主将更是少之又少。平八郎曾经还说：

"刚开始时因不明白主君的真意而苦恼不堪，将自己冥思苦想后得出的最好方法付诸实施时，主君也没说什么，所以就按照自己的那一套去做了。现在回想起来，反而觉得主君的态度是对的，这样可以训练我们的思维能力与判断力。"

总而言之，家康通常寡言少语。这一点也可以从他未给后世留下书信等片言只语这个事实中得到证实。

但是，家康行动果断、神速。

到底该不该与秀吉和解，家康内心的天平其实已经向数正倾斜。他认为，数正说的是对的，但自己也不能忽略三河民众的情绪。因此，他作出了一个不可思议的外交决策：交出人质，但静观其变，暂不对秀吉俯首称臣。

按照当时的外交惯例，送出人质即表示愿意臣服于对方。但是，这个时候，家康却创造了一个特例。他在心中嘀咕：

"喜欢人质，那就送你一个吧，但仅此而已，其他的一概不接受。"

家康很快将自己的决定付诸行动，当然，在口头上他依然没有作任何表示。对于家康这一奇特的外交举动，收到人质的秀吉和家康的家臣部将，都无法解读其真正的用意。历史上的家康留给我们的印象是拖泥带水、做事不够干脆，可能就是因为他一生中做过太多类似这样的事情。

在挑选人质时，他选中了庶子於义丸（即后来的结城秀康），将他送到了大坂城。虽说是人质，实际上已经等同于抛弃。因为家康虽然奉送了人质，但与秀吉的主从关系并没有因为人质的送达而成立。本来，家康应该亲自带着人质到大坂城晋见秀吉，双方的君臣关系也随之成立。但是，家康没有去。他与秀吉的邦交关系仍处于断交的状态，也就是说，家康并未心悦诚服地承认秀吉是天下霸主，自己只不过是将於义丸送至大坂而已。

这一年，於义丸十岁。

他奉命由滨松城出发时，是天正十二年十二月十二日。带领於义丸到大坂的，自然是担任德川家关西事务的石川伯耆数正。按照惯例，数正也将他的儿子胜千代一同带至大坂陪伴於义丸。胜千代后来自称康胜，为丰臣家所器重，最后死于大坂城内。在离别滨松三十年后，也就是大坂冬之阵爆发时，康胜为了保护丰臣秀赖，坚守在大坂城内奋勇还击，在向城外的德川军实施炮击时因火药爆炸而被碎片炸伤，第二年大坂夏之阵时，战死沙场。天正十二年冬季的这个日子里，这位少年幼小的心灵是否预感到，自己离开滨松前往大坂，同时也是改变命运的一次出行。

数正本是个老练的外交家，他按照惯例向秀吉解释说："德川家愿臣服于秀吉。"

这种解释当然不容置疑的，因为没有一个傻瓜会特地远道将人质弃于他国。然而，家康并未对数正言明自己的想法，数正只好根据自己的理解应机而动。对于自己的理解，数正并没有感到有何不对之处。

若说有不对之处的话，那就在于数正本人没有询问清楚家康的真实意图。

假使将这项任务交给一个政治新手，譬如像年轻时候的本多平八郎，他必定会刨根问底，将家康奉送人质的意图问个究竟。倘若还是弄不懂的话，还可以向族中的老者或智者再三请教，最后得出一个较合理的结论。如果数正也能这么做，他必定能弄懂家康的意思。但是，数正身为德川家的两大家老之一，高高在上，且年事已高，平日里对下属们又甚为严厉，所以他不可能像年轻人那样四处奔走求教。另外，他认为这只不过是一次单纯的外交行为，没有必要将其复杂化。既然家康愿意送出人质，即表示愿意向秀吉称臣。

就是这个石川伯耆数正，一年后的一个冬日，他突然逃出三河，奔走到上方投靠了羽柴秀吉。

这次出奔事件，发生在天正十三年十一月十二日的晚上。当时事出突然，毫无预兆。前面提到过，数正身为三河冈崎城的代理城主，像他这种身份的人完全可以率领大批军士，堂堂正正地离开冈崎城。按一般惯例，世上有名望的武士，一旦看透了自己的主人，想另寻出路时，都会率领部下光明正大地离去，以此告知世间自己是堂堂正正的汉子，维护自己视为比生命更珍贵的名誉。但是数正却只是带了妻儿和几名随身侍从，一声不吭地、偷偷摸摸地溜出了冈崎城。

家康在滨松城接到这个急报时，起初还不敢相信。他说：

"此事不足为信。"

他怀疑自己的耳朵是否听错了，一下子无法接受这个事实。家康觉得，不仅石川数正不会这么做，而且本来就不可能有这种事。一般要易主的武士肯定有其易主的缘由，但数正是家康幼年时的玩伴，是同甘共苦过的兄弟，自己对他又器重有加，照理说，是不可能有什么不满的。

家康咬着指甲，面露不满。

但是，家康对数正在三河的处境确实有所不知。数正见多识广，阅历丰厚，在无知的三河武士中，好比鹤立鸡群，因此也就越发凸显了其高高在上的孤立之姿。三河武士就因为看不惯数正这副全知全能的模样，常恶意中伤、无端猜忌他：瞧，那人被秀吉骗得团团转呢！不多久，三河人都认为数正里通秀吉，所以，他们将目光集中在数正身上，无时无刻不监视着数正的一举一动。三河人确实要比他国人更团结，行动更统一，但由此也导致了他们故步自封的作风。他们对外来的事物特别警惕，习惯将身边带有外来气息的人立即判定为叛徒——更恰当地说是怪物——这种强烈的农耕社会思想主宰了他们所有的想象力。这个三河集团，后来掌握天下的大权后，不知天地之大，将整个日本看成是原来的三河世界。他们害怕与外国接触，拒绝一切外来事物，更将天主教视为魔鬼。在世界航海的大时代里，他们制定了拒绝一切外来文化的锁国政策，可能就是这种三河性格在作祟吧！

　　石川数正是德川家族封闭体制下的一个牺牲者。整个德川幕府时代，类似数正这样的牺牲者不胜枚举，只是在规模、形式上有所差别而已。德川幕府用法令谋杀了一颗颗向往外面世界的好奇心，他们将接触外来事物的科学家、思想家或处死，或流放，严格地控制着人们的想象力和好奇心。

　　数正不知道自己在这样一个三河人的世界里会承受怎样的怀疑，无法想象自己继续待在三河会有什么结局。想到自己四面楚歌、朝不保夕的现状，数正再也待不下去了，经过一番考虑后，他决定出奔三河。

　　心意已决，他开始寻找同伴。

　　信州的小笠原贞庆是新来的豪族，一直依附于数正。数正一建议，他立即表示赞成。

　　接着，他又去劝说水野忠重。水野家是家康生母的娘家，忠重是家康的舅父。他家原本在三河地方是数一数二的豪族，比家康的松平家势力强得多。可现在忠重却不得不臣服于德川家，心里自有不满。若转而投靠秀吉，自己肯定会被封个与家康同等地位的独立大名，忠重这么一盘算，就同意了数正的建议。水野家是三河地区的名门望族，所以忠重的这一举动，不能单纯从三河人、三河脾气这种角度去评价。

　　数正最后又去找了一个人，而这次找寻使得他的脱离德川家的逃亡计划不得不提前进行。

　　在三河山区大给[1]住着德川家的一个旁系松平家乘，数正最后找到了他。这个大给松平家因主人家乘年纪尚幼，万事皆仰仗数正的扶持。因此数正以为自己能轻而易举地说服家乘，不料却遭到了拒绝。

　　大给松平家的家老松平近正，是一个典型的三河人，忠诚顽固。当数正所派的使者天野又左卫门实情相告后，立即遭到近正的一阵唾骂："你

1　大给：三河加茂郡，即现在的爱知县丰田市。——译注

们这是背叛主君啊！"

接着，便将使者赶出了松平家。天野赶回冈崎城，将情况报告给数正。数正一听完，立即站起身来：

"不好！走漏风声了……"

数正赶紧带了妻儿仆从，出了城门，越过矢作川向西奔去。当时走得匆忙，连财物、武器都没有时间准备，数正好不容易找到了一副盔甲，牵了三匹战马，慌慌张张地出了城。仆从们连行李都来不及收拾，仅穿着身上的那套衣服跑了。

在冈崎城下最先得到这个密报的，是数正的部下杉浦藤次郎。他接到报告后连夜登城，将来不及逃走的步卒赶入城中，并登上城内的警钟楼敲响警钟，将这个紧急事态通知给城下城外的人们。连续击钟，在当时意味着动员出征打仗。城下的人们听到这紧急的钟声，以为有敌人来袭。他们口中念着"糟啦，有敌情"，立刻牵马出厩，披甲戴盔，全副武装，飞奔至城内集合，严阵以待。

距冈崎城南十五公里处，有一个叫深沟的地方，虽位于山区，但靠近蒲郡[1]，濒临海岸。那里很久以来就住着德川一族的旁系，叫做深沟松平。他们的家督代代被称为大炊助或主殿头。一家三代都战死沙场，可谓是一门忠烈。当时的主殿头是家忠，他喜爱舞文弄墨，所著《家忠日记》流传至今。冈崎城有变的消息传到深沟松平家，是亥时下刻，即午夜十一点。

"是暴动，叛变，还是羽柴这家伙的大军攻来了？"

众人忖度不定、不明所以时，家忠命令几名步卒先去前方打听虚实，自己则披上盔甲，策马赶往冈崎城。从深沟到冈崎，只有一条朝北的道路，而且直到幸田为止都是崎岖不平的山路。家忠一路颠簸，经过幸田时，居住在此地的松平家下属幸田氏看见家忠，立刻跑出屋外，燃起大火把，一路狂奔为家忠带路。家忠一行人刚下幸田坡，看到前方景象壮观，各条大路松明火把川流不息，人头浮动，火把汇聚成一条火龙，向冈崎城流去。幸田氏一见此状，兴奋地向山下大声呼喊：

---

[1] 蒲郡：现日本爱知县东南部城市。——译注

"深沟的主殿头来啦！深沟的主殿头来啦！"

路上那些正往城内赶的武士，听到坡上传来的喊声，纷纷围拢过来，临时做了主殿头的手下，听从他的指挥。等到达冈崎城时，家忠手下已经聚集了五百多名武士。

家忠见众武士士气高涨，军容整齐，顿时觉得这个国家大有希望，心中不无得意地赞叹道：

"真是举世无双的战士、举世无双的国家啊！"

的确，能立刻组成纪律严整、可随时待命出发的军队，除了萨摩的岛津武士团外，再也没有可与三河武士团相比的了。

家忠率众迅速进入冈崎城内，调拨人马分派至各处死守城门。天明时分，守备吉田城（丰桥）的家老酒井忠次，率军赶来支援。此时冈崎城内的兵士越聚越多，人数已经超过五千。

不久，家康也从滨松城匆匆赶来。他将石川留下的烂摊子一一做了处置，把原属于石川数正的八十名骑马武士划归到内藤家长的麾下，又将信州小诸的代城主大久保忠世召来，命他兼任冈崎城代城主。

另一边，秀吉接纳了前来投靠的石川数正。

当时，秀吉正在千方百计改善与家康的外交关系，在这个节骨眼上，数正的到来反而让他感到左右为难。秀吉很明显地表露出了他的不悦和为难。不过，他也不可能冷遇前来投靠的数正，所以还是封给他十万石的俸禄，令他掌管和泉国（大坂府的一部分）。

随后不久，数正又奉命转任信州松本城城主，从此以后再也没有大的动静了。

当了秀吉旗下大名的数正，反而没了能耐，权势、地位也大不如前，这令许多人感到意外。有人说：

"石川伯耆这种人只能在三河发发光，到了大地方连影子都快找不到啦！"

还有些好事者，故意在数正家门前写打油诗：

"昔日家康旧笤帚，来京不值草芥钱！"以此讽刺、挖苦数正。

数正在大坂城不得志，并非他能力有限，而是因为包括数正在内的所有三河人都是不堪移植的树木，只能终老故土，无法在新环境里生存。

数正在上方还时常遭人厌恶，被人讥笑，这大大打击了他一展抱负的积极性。

比如天正十四年，家康归服秀吉后，派使者井伊直政来大坂城拜谒秀吉。

秀吉热情地招待了这位贵宾，当即备置了一桌丰盛的酒席款待对方。这时，秀吉突然灵机一动，想：

"出云守（数正的新官名）与井伊是旧交……"

于是决定请数正来陪酒说话。

不料，酒席上直政对数正置之不理，更不用说开口叙旧了。酒宴撤去，大家入茶亭饮茶聊天，井伊直政依然不拿正眼瞧数正。旁边的一位大名实在看不下去了，殷勤地劝直政说：

"难得有机会，你们正好叙叙旧。"

不料，直政一口回绝：

"不必了！那边坐着的叫数正的人，忘恩负义，不顾德川家世代的恩宠，公然投降到殿下（指秀吉）这儿，像这种不仁不义的卑鄙小人，我无意与之开口说话。"

井伊直政的话，句句毒辣，在座的大名个个听得心惊胆战。连秀吉闻之也脸色大变。因为不是三河人，像秀吉这样八面玲珑、做事周到的人，也无法理解三河人的气质与精神，他还以为自己请来数正陪伴会让直政高兴呢。

尾张人关心个人利益，换句话说就是懂得审时度势，权宜变通。在这种群体意识下生活的尾张人，当然无法理解三河人淳朴的民风。在他们眼里，三河人就是老顽固。不过秀吉没有计较直政的直言不讳，事后反而感叹道：

"三河君手下的忠臣很多啊！"

城乡物语

这个时期——小牧—长久手之战结束后的第二年——家康对秀吉的态度,可以说是外交史上的一道奇观。

秀吉的事业如日中天,势力日益强大,实际上已成为新的天下霸主。可令人匪夷所思的是,家康对秀吉始终不理不睬,无论如何也不肯投降秀吉。当时他的势力范围依旧停留在东海五国,没有机会再去拓展新的领地。因为当时家康周围的版图形势是:东边由关东北条氏霸占;西边自尾张起为秀吉的势力范围;而北方,则是已归附于秀吉的越后上杉氏。

臣服于秀吉的各地大名,依照惯例,纷纷将人质送至大坂城,以示投靠的诚意。家康最后听了织田信雄的劝告,也送了人质给秀吉,也就是他的庶子於义丸。但是,於义丸仿佛成了父亲家康的弃儿,被扔在了大坂城。而家康本人则稳如泰山地坐镇滨松,不照规矩亲至大坂拜谒秀吉。

既然没有去拜见秀吉,于理于情,家康都不算是秀吉旗下的大名,他仍然是堂堂正正的独立势力。

也许,秀吉登上大坂城眺望东方时,心中暗暗佩服道:

"家康果真是胆识过人的英雄啊。"

而实际上,家康并不是胆大略高之人,他根本没有独自一人对抗天下的勇气,他所能依靠的只是手下人的团结,这种行政上的团结才是家康昂然挺立的脊梁。

在天正十三年十月二十八日这天,家康将手下的一些重要将领召集至滨松城。来参加这次集会的诸将既有世袭的三河武士,也有准世袭的远州武士,另外还有骏河武士、甲斐武士、信浓武士等原属武田信玄的遗将。

这一天没有下雨。但远处的海面上乌云密布,天空昏暗,迎面吹来的海风带着一股腥热的躁动。

这是一次全境范围的大会。为了召集分散在东海道各地的头领,报信的使者早在十天前就把消息带到。

三河深沟的领主松平家忠在十七日就收到了由酒井忠次派来的使者的传信。此时家忠刚过而立之年——后来关原之战的前夜，家忠战死在伏见城。

家忠自年轻时起就有记日记的习惯，他的日记后来被通称为《家忠日记》。日记里为后世记录了很多战国时代的风土人情、世事变迁。家忠身为战国乱世里一个偏僻山村的领主，能舞文弄墨、工于笔端，实属难得。关于家康召集开会的前后经过，他在日记里如此记载：

"十七日，使者至，命我速往滨松。此乃酒左（酒井左卫门尉忠次）之命也。是故，当日中午即刻出深沟，午夜丑刻至滨松。"

此后至二十八日，家忠的日记中断了数天。

这段时间里，可能他穿梭于各个房间、密室，忙着密谈与磋商。日本的政治，从来都是在密室中进行，绝不在公开的场所靠演说解决。

与会期间，酒井忠次表现得极为活跃。他一会儿周旋于各个密室，一会儿又在廊檐下与人交头接耳，夜里还去造访诸将的住所，与他们促膝长谈直至深夜。几天来，让他们彻夜不眠的只是一个话题：该如何实施针对秀吉的外交政策？

双方的交战状态业已结束，剩下的只是是否归顺秀吉的问题了。

秀吉那边，也曾通过织田信雄试探过家康的心意，并力劝家康尽快臣服。如果双方无法和解，恐怕难免又兵戎相见。小牧—长久手一战时，家康幸有领土超过百万石的织田信雄的支持，才敢兴师北上，而如今这个盟友已经倒戈相向，一旦开战，只怕势力单薄的家康会招架不住，不用说战胜对方，能打个平手就不错了。其实，家康现在也只能守着与秀吉平分秋色的奢望。

家康被手下诸将称为"殿下"。这个称呼源自室町时代，是家臣对守护大名的尊称。所以三河人家忠进了滨松城，先去找酒井忠次询问这次集会的目的时，劈头就问：

"殿下是怎么想的？"

酒井忠次将对别人说过很多次的内容再向家忠重复了一遍：

"殿下也没说什么，只是说按大家的意思行事，看来这一次得由我们来决定了。"

忠次如此作答。其实，他当然早就领会了家康的意思，只不过现在故意暂且不透露，佯装尊重众将的想法罢了。这又是家康导演的一场戏。从年轻时起直至晚年，家康常以这种手腕来博取众将的信任，偷偷地将自己的意愿柔化成众人的意愿。而天正十三年十月二十八日的滨松会谈，家康将这套把戏耍到了极致。

松平家忠听了忠次的回答，立即反驳道：

"哪有战胜者向战败方投降的，真是滑天下之大稽！"家忠接着说，纵使秀吉独霸天下、权倾朝野，我们德川家也要继续保持独立的姿态。

酒井忠次听了非常高兴，不由得连声叫好：

"说得太好了！说得太好了！"

忠次无意中道出了家康的心意。家康虽然佯装听从大家的意见，其实他早就心意已决，也多次暗示忠次，自己无意归顺秀吉。家忠现在所说的，正好符合家康的心意，无怪乎酒井忠次会拍手叫好。

结果，这就成了此番会谈的结论。

这次商谈是家康一生中最重要的会谈之一。会议上，家康根据自己版图内的三河、远州、骏河、甲斐、信浓五国众武将的共同意见，确立了不归顺秀吉的基本外交政策。家康绕了这么大的一个弯子，命众臣们远道而来，再将他们的意见归纳为自己的对外方针，其实是事出有因。好比是在航海，家康必须装出是由众将把他推上了这场冒险的旅程，他们必须万众一心、团结一致来守护五国的领土。万一秀吉率兵来袭，众将一定要拼死抵抗。

此外，酒井忠次还在诸将中散布言论：

"仅有这个决定恐怕还不够吧！我们要让主君放心，就必须拿出点行动来表明我们的诚意，要不我们都送人质到滨松来吧。"

大家听闻后，便纷纷送出了人质。收到人质后，家康表面上假惺惺地说：

"我岂能向生死与共的大臣们索要人质，我完全相信你们的诚意！"

而事实上，这正是由家康亲手导演的一出好戏，他希望诸将们自动送出人质，借此掌控他们。

　　家康想得非常周到。在天正十三年十月二十八日的滨松城会谈，他也邀请了一直以来的睦邻友好伙伴——关东的北条氏。北条氏当然也派来了使臣参加本次会议。

　　北条氏因祖先早云而兴。早云出生于约一百五十年前的伊势地方，他赤手空拳、白手起家，逐渐迁入关东，后又趁室町末年的动乱时局，扩大在关东的势力范围，最后成为独霸一方的枭雄。可以说，早云是一位充满传奇色彩的人物。现在的北条氏，已经是他的第五代子孙了。

　　北条氏是独霸一方的老大国。他以小田原为主城，势力范围包括相模、伊豆、武藏、上总、安房、上野、下总、常陆、下野及骏河的一部分（即黄濑川以东），总共约二百八十五万石的领地，疆域十分辽阔。家康的势力不到一百四十万石，相比之下，可见北条氏一族的领地之广。

　　但是，北条氏也有旧势力的通病，政权体制老化，士气慵散，再加上他们当前的主人氏政已初显老态，资质平庸，内政外交皆交予老臣们处理。不幸的是，这些老臣又唯唯诺诺，其中少有特别干练的人才。所以虽然是大势力，当初却受尽了织田信长的轻辱、鄙视。

　　对家康来说，北条氏依然是东邻的大势力。本能寺之变后，家康因时局需要，决定联合东方的北条氏，所以将女儿督姬许配给氏政的长子氏直，与北条家结成姻亲。但在北条人的意识中，德川家的地位还是在他们之下的。

　　家康为了能与秀吉抗衡，故而希望进一步加强与东邻北条氏的纽带联系，所以连此番的滨松会谈，都邀请北条氏派遣代表来评定。

　　"请务必来评定滨松会谈。"

　　北条氏接到这个请求时惊讶不已。

　　"要我们去列席他们的会议吗？"

　　北条一族十分不解，他们议论纷纷，作了多种推测。一般来说，会谈商定都是秘密进行的，家康不但邀请北条派使臣来参加他们的会议，还装出一副广纳良言的态度。他说："如果贵国有何高见，欢迎你们在会席上尽情发表。我们希望能借贵国之智慧，解我国之问题。"

家康谦恭、友善的举动，果然讨好了北条家族。他们充满了作为他人后盾的满足感，同时又为盟友的坦诚相见和毫无隔阂的真诚所感动。而对家康来说，这个时候，他必须以诚相待、笃实不欺，才能赢得北条氏的支持。要对抗秀吉的庞大势力，强盛的北条大国是不容忽视的。

在这之前，家康常派使臣出入小田原，所以，对北条氏的外交传统早已一清二楚。

北条氏一向缺乏洞察世局的眼光，缺乏正确分析情势的能力。比如面对新兴的秀吉，北条氏低估了对方的实力，只认为秀吉是小打小闹，成不了什么气候。出使小田原的人回来常常对家康说：

"小田原总翻老皇历。"

三河人对时局的观察已经够迟钝了，连他们都看出北条氏总是慢一拍，足见北条氏的落伍了。

北条氏的君臣上下一致相信：新兴势力秀吉，不久就会覆灭。即使秀吉越过箱根来攻击小田原，只要凭北条氏的威武就可以吓退对方。

家康为北条氏的迟钝、愚昧而暗自庆幸。因为倘若北条氏头脑敏锐，对时局的观察能入木三分的话，他们极有可能与秀吉联手。善图计谋的秀吉也会通过与北条氏的联合，从东西两侧夹攻家康，这么一来，家康连退路都没有了，除非生出双翼，飞过滨松前面的远州海……

一个人的命运，往往是由大大小小各种错综复杂的因素组成的。家康能日益强大，最后甚至君临天下，东边的邻居北条氏的迟钝、愚笨，实在是"功不可没"。

"三河君，为人淳朴。"

北条氏对家康的评价并不差。其实，北条氏没有察觉到这一切只不过是家康导演的一场戏。家康表面上故作老实，事实上对北条氏别有用心。

家康生怕北条氏过高或准确地评价新兴势力秀吉，为了能让这个旧势力安于现状，继续保持后知后觉的迟钝状态，他接二连三地派人送去虚假情报，企图让北条氏轻视秀吉的实力。比如：小牧—长久手一战，秀吉军队犹如妇孺一般，简直是弱不禁风、不堪一击，盟军不费吹灰之力大败关西军。

这样的情报源源不断地送到北条氏的手中。所以，家康击溃秀吉的机动部队，在北条氏看来是理所当然之事。

家康希望以这次滨松会谈的结果作为日后政治、外交的基础，所以在邀请北条氏派使臣来参加会议之前，他先命人到小田原做了细致的准备工作。家康派使者游说北条氏："为了抵御秀吉的侵犯，德川、北条两家更应紧密联系。倘若秀吉军来东袭，我们三河一定能成为北条氏的外围防线。若是能得到北条氏众家老的联名誓约书，有了北条家族做后盾，我们三河武士就能更放心地去攻打秀吉大军了。"

北条氏觉得此话有理，便欣然答应了使臣的要求，由二十位家老共同签署了一份誓约书，由从小田原出发去滨松城参加会谈的使臣亲手呈给家康。这份誓约书措辞严谨，坚定地表达了与德川家同舟共济的愿望和并肩对抗秀吉的决心。北条氏的与会使者一行四人，他们仪容威严，相貌堂堂，一起列席了本次滨松会议。俗话说："穿衣打扮要看小田原人。"在会议上，北条氏家臣装束华丽，彬彬有礼，偌大的会议室里这四人仿佛成了一道别样的风景，与乡土气息浓厚的三河武士相比显得格格不入。

会商时，家康居上座，酒井忠次列次席，他将北条氏二十名家老的联名誓约书展示在众人面前。

"连邻国北条氏都派了使臣来参加会议，看来事态非比寻常啊。"

一时间，紧张的气氛笼罩了整个会场。三河在内的五国首领们，虽然觉得不合常理，但最终还是都自动交了人质给家康，表明他们与秀吉势不两立的坚定立场。

家康静默地安坐在上席直到会谈结束，始终一言不发。这一天他好像感冒了，不时从怀中掏出帕子擤鼻涕。途中又命人送来药箱，自称医术东海第一的家康用药匙给自己配了一服药，然后服了下去。

不多久，下面的讨论终于有了结果。酒井忠次代表众人，向家康报告了大致的意向。家康瞪着他那双大眼睛，不断地点头，最后说：

"既然如此，那就这么决定了！"

家康装作碍于大家的情面，答应做独立于秀吉之外的一方霸主，表示愿意与在座各位生死与共、荣辱一体。

　　这就是家康的处事风格，也是家康的狡猾之处。倘若他再次与秀吉兵戎相见，就有理由将发动战争的责任推诿到众将身上，辩解与秀吉打仗是五国众将的意见，而不是其个人的私欲，自己只不过是顺应民意，执行实施罢了。这样一来，诸将觉得自己才是时局真正的主宰者，而家康却作了自我牺牲，听从了大家的意见。老实说，家康的这种做法着实狡猾，但从团结人心的角度来说，也许这是最佳的选择。比如武田信玄生前从未运用过这种手段，他做事更具有英雄主义的专断倾向，而家康则不行，客观情况决定了他无法实施专制。家康一生缺乏独创才华，这种做法可以算作是他的独创吧！

　　一转眼又到了冬天。

　　这年冬天，四十四岁的家康，身体时常有恙，三天两头因感冒发烧而卧床不起。

　　"我真是老了！"

　　他一个劲地嗟叹。家康一生中，对健康极为用心。因此，从这时起，他开始进行谨慎的自我治疗，比如不近女色，临睡前喝点酒，等等。在这位实用主义者的眼里，酒精不是什么贪恋之物，而是生活中的一种药品。

　　不久，滨松城迎来了新的一年。

　　这一年是天正十四年（1586年），照五行干支来算应该是丙戌年。城下的阴阳师对家康说："今年您的运势很强。"

　　家康和信长一样，对阴阳鬼神卜筮算卦向来不大相信。因为刚过新年，滨松城内一派喜气，所以家康听了之后，也不曾动怒，只是淡然地一笑置之。

　　过完年后，家康的身体日渐痊愈。不但热度消退，五脏六腑也都神清气爽，他自我诊断一番后认为，自己已经恢复健康了。

　　既然身体已痊愈，又很久没有运动，应当外出舒松一下筋骨。家康最常用的保健方法是狩猎。正当他准备去三河一带打猎时，几个不速之客的到来打乱了他的行程。

是织田信雄派来的一个使者团到达了滨松城。家康立刻猜到了他们的来意。

"肯定是来怂恿我投靠那边吧！"

但是，他仍然非常热情地款待了他们。

这批从上方远道而来的使者都是织田信雄的亲信。信雄的叔父长益（后称有乐）带头，另外还有信雄家老土方雄久、泷川雄利等。他们皆受秀吉之托来拜见家康。

泷川雄利先开口说：

"听闻这段时间发生了一件意外的事情。"

他所指的是去年十一月十二日，家康的家老石川伯耆数正出奔投靠秀吉一事。秀吉虽然勉为其难地收留了他，但是心中十分不悦，生怕因此事导致与家康的关系恶化。所以，泷川雄利接着解释道：

"其实，殿下的意思是……"

曾经与秀吉交过战的泷川雄利，居然频繁地将自己在旧织田家的同僚称作"殿下"，听起来实在刺耳。所以，酒井忠次很生气，厉声问道：

"何谓'殿下'？是不是掌握天下者的专称？"

忠次觉得，这个称谓听起来实在不顺耳，明显不将东海的家康和关东的北条放在眼里，全然一副唯我独尊的样子。酒井忠次与泷川雄利在小牧—长久手一战中是战友，有过并肩作战的情谊，所以跟他说话有点直来直去。

雄利后来发了几句牢骚。

"三河人就是一群乡巴佬。"

雄利当场没有回答忠次的问题。其实，自去年七月起，秀吉官任关白一职。关白的敬称是殿下，既然秀吉做了关白，称他为殿下也是自然之事。

秀吉官至关白，当然也传到了偏远的东海乡下。听闻此事后，三河民众无不交口称奇。这在当时确实是一件震动全日本的大事。自古以来，日本朝廷的关白一职都是由贵族藤原氏一家垄断，从来没有见过一位平民能爬到关白的位子。这件事不一定能绝后，但绝对空前。

335

织田信雄的使者泷川雄利，又向家康详细汇报了家康的庶子、送至大坂城的人质於义丸的近况。他说，於义丸非常健康，大坂城里的人们都说他聪明绝顶，连殿下都把他当亲生儿子看待，如此等等。

　　确实，於义丸在大坂城受到了与其他人质相异的优厚待遇。他到大坂城不久，秀吉主动要求当他的义父，替他行了元服之礼，并以自己名字中的"秀"字加上家康名字中的"康"字，赐予他"秀康"这一名字。此外，虽然他还只不过是个十一岁的少年，秀吉却已经为他求得了从五位下侍从的官职。

　　"关于於义丸……"

　　家康说："只要他聪明健康就好了！"

　　家康对於义丸这个话题显得异常冷淡。

　　家康虽然热情款待了使臣团，但只要对方一提及秀吉，他的脸色立即为之一变。既不是愤怒，也不是憎恶，当然也说不上乖戾，算是一种如冰水般的冷漠吧。

　　"看来，我们是没有办法说服他了。"

　　泷川雄利暗自思忖。

　　于是他们回大坂去复命。秀吉并未指责他们没有完成任务，反而一一奖赏了他们，还亲自摆宴为他们洗尘接风。

　　三人见秀吉如此，更是受宠若惊。他们一方面觉得过意不去，另一方面又为秀吉的宽宏大量惊叹不已，发誓甘愿效犬马之劳，赴汤蹈火也在所不辞。

　　织田长益是这次出使滨松的主要代表，也是秀吉旧时的主人。他本是织田信长的幼弟，以前秀吉还是木下藤吉郎、为信长家的下级武士时，长益总把秀吉当作家里的佣人使唤。但现在，秀吉官居日本国关白，一人之下，万人之上，地位十分显赫。所以在礼仪上，长益必须向他跪拜行礼。一开始时他打算在场面上遵守这个国家的礼仪体制，服从秀吉的领导，但内心还是非常轻视秀吉，常常在背后喊秀吉："猴子！那只猴子！"

　　然而，随着与秀吉接触次数的增多，长益很快被秀吉那宽容和虚怀若谷的气度迷住了。他暗下决心：

"为了秀吉,我愿意做任何事情!"并在行动上积极表现,争取一切讨好秀吉、立功领赏的机会。这一次他们没有完成使命,秀吉还是如此礼遇他们,更是让他感激至深。秀吉心情愉悦地听取了他们的汇报,多次微笑点头说:"实在是不容易!不容易啊!你们辛苦了!"毫不吝啬地慰劳、表扬了他们一行人。至于他们没有完成的任务,他连一句埋怨、指责的话都没有,相反非常体恤地说:"没事,我们都知道家康那家伙可不是个简单的人物!"

言下之意仿佛是说,此行失败,本来就是预料中的事,因为对手是家康嘛。秀吉的语气中充满了对家康的敬佩。他还说,家康是个大人物,决不会随意向权势低头,也不会轻易受人笼络。统一天下的大业中,家康是一个不可或缺的人物,倘若能请到家康来京都走走看看的话,京都人不知有多高兴呢!

其实,秀吉早就料到,自己的这番话一定会经这三人之口传入家康的耳中。秀吉期待着这些话能像预料的那样产生效果。

这段时间,秀吉一直跃跃欲试,计划讨伐九州,只是现在还尚未开始行动。当时,九州萨摩的岛津氏势头正盛,已经具备了统一整个九州岛的实力,所以他根本没有把中央地区新兴的秀吉势力放在眼里。秀吉以其精准的胜负估算能力,早已算出自己能轻而易举地战胜岛津氏。但是在此之前,他必须先除掉来自东方(家康)的隐患,以绝后顾之忧。这也是目前秀吉低三下四地极力拉拢家康的最大原因。

家康当然很明白秀吉的处境。正因为深知秀吉的痛处,家康才敢自抬身价,摆出一副傲然不可一世的样子。秀吉自然是委曲求全,百般笼络家康。这样一来,局面一下子变得非常有趣,两人虽互为敌人,却像是配合得天衣无缝的一对舞伴,和着节奏,顺着呼吸,踏出最完美的舞步。不过,领舞的当然是秀吉,家康只能费力地跟着秀吉的舞步。他就像在白刃之上舞蹈,步履维艰,充满杀气。家康的弱小注定了他必须小心翼翼,不然稍有不慎,就可能丧身刀刃之下。

"不管怎么样……"

织田长益在酒宴上对秀吉信誓旦旦：

"我一定替你完成此事！"

事到如今，不只是织田长益，就连泷川雄利和土方雄久也不再认为这是主人拜托之事，而是他们的义务、责任。如果不能把家康拖入秀吉旗下，自己在秀吉新政权里就失去了存在的价值。因此，他们也开始积极主动地促成此事。

正月十四日，他们再度造访家康。同月二十一日，第三次探访。这种频繁接触的外交手法在当时是极少见的。

家康可没什么时间来接见这三个说客。也许他是有意让自己忙碌起来。家康在远州滨松城雇佣劳力，大兴土木，开始改建滨松城。

"真是突然啊！"

滨松城的这次修缮，着实让东海五国的人们又惊讶又紧张。他们猜测，也许是秀吉大军要来进犯了。从东海五国征来的人夫，来来往往，一派忙碌的景象。泥工们一寸一寸地挖深沟渠，木工们一尺一尺地修筑城楼哨台，石匠们也忙着堆砌石墙。整个滨松城喧声震天，热闹得仿佛地动山摇。

这些情况，秀吉派出的细作都一一禀报给了大坂，他们又附了一句评判：

"滨松本来就是个小城，任凭他怎么修缮改建，也无法应付天下大军！"

在整个改建工程中，家康没有平心静气地待在滨松城里坐镇指挥，而是暂时搬到了西边的冈崎城。

在家康滞留冈崎城的元月二十一日，织田长益、泷川雄利、土方雄久等三人来到冈崎城做第三次拜访。

入城后，他们与奉命留守冈崎城的本多作左卫门碰了面。本多冷冷地回答道："我们主君不在！"

本多作左卫门也是个典型的三河汉子，他对外国人本来就没有多少好感，坚持认为外国人等同盗贼。

本多的回答显然惹恼了织田长益，他怒气冲天、盛气凌人地喝道：

"你去对他说，我们来冈崎了！"

作左卫门也毫不示弱地还以颜色：

"我既然不向你领饷，自无须听你差遣！"

扔下这话后，作左卫门即刻掉头离开使者的馆舍。之后，本多作左卫门不但不再露面，还派了将近一百名手持长棒的兵士整日整夜地在馆舍周围监视巡逻，极力引起外国宾客对他们的厌恶之感。

"这就是三河！"

泷川雄利感叹道。他原本就是伊势人，对三河人的脾气一清二楚，所以倒不以此为忤，至于其他两人，除了愤怒之外，肯定还有狼狈不堪和下不了台的感觉。

不管怎么说，这个使者团可真是够倒霉的。他们只是拜托留守冈崎城的武士将他们来访的消息传达给家康，结果这么简单的事情竟费了那么大的周折。

最后，他们好不容易才打听到，家康正在三河的吉良乡放鹰捕鸟，但是家康的回话是：

"我无意接见！"

传话的人还带来了家康的另一道口讯，大意是说，若是对方实在想见面的话，可以亲自到狩猎场去找他。不过他正忙着打猎，没有什么可招待他们的。于是，使臣们便硬着头皮亲自去了猎场。

三河吉良乡位于渥美湾海岸附近，西边是良田沃野，东侧则是丘陵地带，因盛产云母而闻名。吉良地名可能就是源自云母[1]吧。东边丘陵的林子里多山鸡、山鸠等鸟类，是放鹰捕鸟的绝佳之地。家康在山林中接见了三位使臣。林子里连一间会谈的小屋都没有，大家就在草地上铺上席子，周围搭起粗糙的幔帐，坐在马扎上开始商谈。

"真是太冷遇我们了！"

在织田长益面前受到这样失礼的招待，泷川雄利觉得自己很没面子。但因为自己是自愿从大老远的地方跑来，所以不能表现出不满。

家康将一只老鹰放在膝盖上，开门见山地说：

---

[1] 吉良的日语发音是kira，与云母的发音kira的发音一致。——译注

"老鹰的性格是会传染给人的！"

家康这是在提醒三位使臣，自己正在狩猎途中，脾气也变得如老鹰般凶猛、暴躁，所以拒绝会见。但既然你们三位执意要见，如果我出言不逊的话，你们也只好忍耐了。

泷川雄利在冈崎城的余怒未消，一听此话，更是气愤不已，他不甚友善地说：

"那在下就把心里话痛痛快快地掏出来说了！"

他们立刻进入了话题。

家康闻言后，先发制人地回答：

"上京之事，当年总见院（信长）在世时我就曾应邀游览了京都和堺港，所以现在对京都没有什么留恋，也不怎么想去。"

泷川雄利提高了嗓门，恫吓道："这样做对你不利。秀吉多次好心好意劝你上京，你执意回绝。再这样不识好歹的话，万一秀吉一动怒，率领大军前来，定会将三河踏为平地，教你悔不当初！"

"依我看……"泷川雄利环顾四周的山河景色，一阵痛批道，"我听说你在修缮滨松城，但其他地方什么防备都没有，不要怪我把丑话说在前面，到时候德川军肯定不堪一击！"

魔高一尺，道高一丈，家康立即反唇相讥：

"阁下难道忘了长久手一战？"

"倘若关白率兵来攻，我绝不会据城而守。到时候，本人将率领五国的勇士，远赴美浓，半途截击，给他一点颜色看看。关白所率领的军队固然人多势众，但不识地理，不像土生土长的三河武士，对此处地形了如指掌。所以孰胜孰负，打了仗再说！"

家康据理而论，又指着膝上的老鹰，接着说：

"我会像指挥这只老鹰一样指挥所有的三河武士，跟他痛痛快快地决一死战！"

家康的这番话，多少有些做作。但是，这种决绝的态度，对三河五国的军士来说简直就像是喝了烈酒般痛快至极。家康作为五国的统帅，必须以昂然的态度示人，维护一个主将的尊严。自从老部将石川数正投靠秀吉后，家康非常重视三河人的团结。人们常说祸起萧墙，家康担心自己的势力会从内部被分化。

演戏至极致，也许就是本意的流露。家康原本就打算好了要与秀吉抗争到底。但是，他内心又十分矛盾，担心自己的言辞太过激烈，态度表现得太过坚决。所以，他一边将精彩的演技呈现给手下，一边又为秀吉的使者准备了上好的馆舍，派人至海边捕来新鲜的海鲜，命下人全力招待好宾客。只是自此以后，家康再也没有和使节团的使者会面。这种外交态度，堪称外交的艺术。

使者们知难而退，很快回到大坂，随后又马不停蹄地晋见主人织田信雄，向他禀报：

"事情看来希望渺茫。"

"不过，此行只有一事值得欣慰，虽说家康口头上措辞严厉，但接待我们的态度倒还十分热情，也颇尽地主之谊！"

泷川雄利的话音刚落，土方雄久立即反驳道："事情不是那样的！本多作左卫门那些三河人，个个态度冷漠，视我们犹如交战中的敌人！"

"我们即刻进城！"

此时已是深夜，但信雄想，秀吉必定翘首以待地正等着他们的好消息，所以他毫不犹豫地决定立即进城。

信雄一行连夜登上大坂城，请求面见秀吉。

向侍卫讲明来意后，他们就端坐在外面等待秀吉的出现。夜已深沉，秀吉也许正在酣睡，可能不愿放弃大好的睡眠时间出来接见他们；也许秀吉正做好梦却被吵醒，会满心不悦，将他们逐出房间。然而，信雄等人全然不在意，像一群石像般耐心地坐着静候。他们或许是想以在这里静静等候来讨得秀吉的欢心，让秀吉看到众人对他的忠心。

信雄是秀吉旧主人的儿子，但他也同样肃静地在原地等候，借此表达对秀吉的忠心。

其他三人的身份也不一般，织田长益是秀吉旧主人信长的血亲，泷川、土方则是秀吉旧时的同僚。更值得一提的是，就在两年前他们还指责秀吉是织田政权的篡夺者，毫不含糊地对秀吉兴师问罪！而如今，这群人仿佛全然忘记了两年前的往事，深更半夜如临大敌般地进城来，紧张兮兮地等候一个不一定会起床接见他们的人物。他们也许在想：即使秀吉不起来接见也无所谓，可以明日再来一趟。到时候补上"昨夜我们在您的寝室外等候终宵，由于您已酣然入睡，故不敢惊扰"的动听言辞就可以了。现在他们为了能用此话讨好秀吉，呆坐在房间里默默等候。急于表达对秀吉的耿耿忠心之情已不言而喻。

然而，人类最大的悲哀莫过于此。此刻他们对秀吉这般坚贞、忠诚，但谁又会料到，秀吉死后不久，织田信雄、织田长益二人立即改弦更张，转而投靠家康。因而在德川幕府时期，他们都以大名身份独霸一方，享尽荣华富贵。而且信雄还非常长寿，一直活到德川家的第三代将军德川家光时代。泷川雄利一家也成了德川幕府的幕臣之一，他的子孙连亘不辍，直至幕府末期。幕府末年，在那场导致德川幕府瓦解的鸟羽伏见战役中，泷川家的子嗣泷川播磨守具举率领幕府的先头部队向前线开进时，突然听到从萨摩军那里传来的隆隆炮声，播磨守当即抛弃同伴，魂飞魄散地掉转马头逃出了数公里。此次战役中，德川军最先的伤员不是出于敌军之手，而是被泷川的战马踏伤的。

闲语休提，且说信雄等人一动不动地坐在那里。他们心中非常清楚：
"这位新关白是浪人出身。"

严格来讲，秀吉并非出身农家子弟。少年时，他离开家乡独自在外漂泊。在四处流浪的那段日子里，他卖过针线，当过盗贼的小喽啰。可以说，秀吉是从最低贱的阶层满脚是泥地一步步爬上了今天的位置。

像这样出身卑贱之人，也能出人头地、掌控天下，这与日本战国时代特殊的历史背景有关。在将近百年的战国时代里，出身、门第等传统价值观遭到了前所未有的否定。下层社会的小人物平步青云，跃居要职也是平常之事。比如信雄的织田家族兴起于祖父信秀和其父信长时代，他们的祖先本是自越后流浪到尾张的神官。德川家的始祖当初也是四处流浪的乞食僧，属于下层人。因此重视血缘出身的思想在地方上已被打破，讲究能力、才华等新的价值观逐渐被树立起来。像秀吉这样一个出身低微的人能凭着自己的实力，堂堂正正地坐上关白的宝座，是只有在这个时代才可能发生的事情。

信雄一行人自从归顺秀吉之后，逐渐抛弃了门阀观念和主仆名分，心悦诚服地向新兴势力低头。他们所持有的这份忠诚心（对秀吉），虽然孕育自这种新的价值观，但要比德川幕府末期抽象的忠诚心更为真实。后者如鸟羽伏见战役中的泷川播磨守具举是一位接受了儒教熏陶的武将，但却对敌人的炮声闻风丧胆，最后导致德川军大败。战国时代的忠诚心较之更为可靠，将士们绝不会因对方的隆隆炮声而临阵脱逃，有时候他们会舍生忘死实践对主君的承诺。

不管怎样，信雄四人还是默默地在没有生炉火的房间中等候着。信雄是出了名的怕冷，这时他已经开始不断地哆嗦。唯独织田长益颇能苦中作乐，他悠然地抬头凝视着屋内的格子窗，向泷川雄利解释精美的镂空雕刻技艺。

"雕得真是太好了！真是好极了！"

他向对雕刻一无所知的泷川雄利解释凿子、刻刀运用的优劣，讲至兴奋处，还学着运刀的手势、动作，比画起来。长益虽贵为织田信长的幼弟，但他对技艺这一方面的东西十分精通，从木炭的烧制方法到堺港人织锦的过程，他都掌握得一清二楚。所以在茶道方面，他能够被评为利休的七大高徒之一，也是不无道理的。

大约等了半个时辰，他们意外地得知，秀吉竟然起身要接见他们。

实际上，秀吉早就起床了。他将侍臣唤至床边，弄清了事情的来龙去脉后，并未立即出去接见他们，而是盘坐在床上，思考良久。无论何种场合，秀吉决不会心中没数就草率地出去接见部下。所以，这次他就独坐在床上沉思了半天，终于想出了一个好方法。

"哈哈，我真聪明！"

他得意地拍拍大腿，仪容不整地阔步迈出了走廊。秀吉这种天真不拘的性格，甚至到后世依然光芒不减。人们迷恋于他的人格魅力，对他充满了亲切感。从人格魅力来说，家康确实无法与秀吉相比。

从寝室走过檐廊，出现在信雄等人所等候的房间里时，秀吉头发蓬乱，身穿寝衣，衣衫不整，怎么看也不像是一个贵为关白殿下的严肃人物。

"一手提佩刀，一手拽着红腰带，身边有一掌烛小童……"

有些史料上记载了他当时的装束。"一手提佩刀"可以理解，但"一手拽着红腰带"是什么寓意呢？也许他为自己的好主意沾沾自喜，顾不得自己的仪容外表就急匆匆走出了寝室吧。秀吉大声喊道：

"大纳言君（信雄），我有办法啦！"

他不听信雄、长益的报告，自顾自地说：

"不用多久，家康肯定会上京！"

此言一出，信雄等人愣了一下，一时间不知道说什么好，只是目瞪口呆地注视着秀吉。

"办法就是将舍妹嫁与家康为妻！"

在座的四人听到此话，简直吓破了胆。

隐约听说过秀吉有一个同母异父的妹妹，这位妹妹出身贫寒，长大后嫁给了一个平民。秀吉飞黄腾达后，她的那位平民丈夫沾了光，升格成了武士阶级。虽然参加了几次战役，但表现平平，无勇无谋，实在与他的武士身份不相符。因此，秀吉想命妹妹离婚，再嫁与家康做正室夫人。

这可真是一种令人咋舌的办法。

"说穿了，就是送个人质给家康！"

泷川雄利心想。

怂恿自家妹妹离异，已足以令人侧目，更何况秀吉是天下的霸主，竟有意将自己的同胞手足送到只是地方土霸王的家康那里做人质，岂不是自降身份？

"秀吉这么想拉拢家康吗？"

在场所有人都被秀吉的这个"奇思妙想"惊呆了，尽管秀吉就在他们面前，但是他们还是觉得难以置信。

"家康不肯上京，只是怀疑我以上京的借口将他骗来杀掉，只要消除了他的疑云，过不了一天，他就会主动送上门来的。"秀吉补充道。

"没错！这样说来家康原来是担心自己在京都被杀，才不肯上京啊。我怎么没想到这一点！"

雄利有点赞同秀吉的想法了，但又转念一想，秀吉的妹妹不是已经四十四岁了吗？可是个老太婆了呀……

不仅如此，听说她姿色平平，皮肤黝黑粗糙，是个十足的乡下老农妇，家康能接受吗？

秀吉接着又说：

"如果这样，家康还是不来的话，我附上大政所（秀吉的母亲）一起送过去。"

秀吉真是语出惊人。作为关白，他是当今朝廷实际的掌权人，却要将比妹妹更为重要的亲生母亲送给别人当人质，真是有史以来见所未见、闻所未闻的怪论啊。

秀吉特别孝顺母亲，天下无人不知。他肯将母亲送往三河当人质，可见秀吉是破釜沉舟，下定了决心。

家康之死

打完大坂夏之阵，剿灭了丰臣家族后的第二年，即元和二年（1616年）四月十七日，家康离世，享年七十四岁。

直到晚年，家康的身体一直很硬朗。他嘴里常叨念："一定要节制房事！"但五十八岁那年，一个名叫於龟的侍女替他生下了义直（尾张德川家的先祖）；六十岁时，另一位侍女於万为他生下了赖宣（纪州德川家的先祖），家康因而对於万宠爱有加，随后第二年又喜获赖房（水户德川家的先祖）。

但是，家康的自制力非常强。他了解自己对房事的需求较常人强烈，又深知纵欲过度会导致年老体衰，故而用其他的方法来排遣情绪、消耗精力。漫步山野、放鹰打猎、追逐猎物，成了他晚年最大的爱好。

焚灭大坂城后，家康选择在骏府城隐居休养。一个月后，家康提议说：

"身体休养得差不多，该到关东各地放鹰打猎了。"

九月二十九日，家康从骏府出发。一路上他在通衢大道附近的山野里来回穿梭，放鹰打猎。十月十日，他来到江户城，与当代将军秀忠碰了面，吩咐他："不要选错了继承人。"家康指定下任将军为竹千代，即后来的家光。了却继承之事后，他又出了江户城，到各地狩猎游玩。

农历十月下旬，天气已经非常寒冷，但家康仍然冒着寒气，捕鸟不息。整个十一月里，他奔跑在川越、忍、千叶一带的草地上，不知疲倦地放鹰捕鸟，兴致勃勃。一直到十二月十六日，才依依不舍地回到了骏府城。

过了新年，也就是元和二年的正月，因为要应付正月里的各种祭祀活动，家康这才老老实实地待在城里。

可正月还没过二十天，他就憋不住了，急着对身边的人说：

"到骏府附近去放鹰狩猎吧！"

专门在家康身边侍候的侍女阿茶局[1]不情愿了，她咕哝说："天气还这么冷……"

家康获悉后，露出难得一见的不悦之色，遂下令：

"既然阿茶局不愿意，那就不要把整理行装等准备工作交给她了。替我将大内记叫来，让他侍候我出门。"

于是唤来了榊原大内记照久，将出行之事一并交付于他。

家康是功利主义者，有时冷漠得连感情都不愿意浪费。阿茶局侍候家康多年，对家康的习惯、嗜好了如指掌，服侍家康当然更是得心应手。所以，当看到家康这次冷落阿茶局时，人们皆以为怪，纷纷交头接耳议论此事。

阿茶局在家康的内府里负责处理一切大小事务，可以说是家康事实上的妻子。家康死后，虽为侧室，她被破例赐予从一位的官位。

人们推测家康对阿茶局不悦，似乎与阿茶局同名的另一位侧室於阿茶局有关。

---

1 阿茶局：家康的侧室。长于智慧，大坂之阵时曾任和谈使者。后出家，号"云光院"。——译注

"没错！肯定是这个原因！"

城里的老百姓也很关心这件事，纷纷猜测个中原因，最后他们得出这一结论。

家康的六子松平忠辉在大坂夏之阵时，率领大军却不参加战斗，居然还把将军秀忠的旗本武士长坂信时斩了。家康一气之下，将他逐出家门，与他断绝了父子关系。家康早就看出忠辉性格暴躁、蛮横，担心自己死后忠辉可能成为秀忠政权的干扰者，所以执意将他逐出，任凭谁来求情都无济于事。

而忠辉的生母正是於阿茶局。她千思万想，无计可施，最后想到了在家康身边伺候的阿茶局，于是她恳请阿茶局出面说情。阿茶局受人之托，不得已只好硬着头皮劝解家康不要不顾父子之情。家康听后很不高兴，心想：不趁早将忠辉的事做了断，我死了以后，德川家的前程就危险了！

家康心意已决，所以对前来说情的阿茶局不悦，甚至有意疏远、冷落，向众人暗示忠辉的命运已无可挽回。

家康死后不久，家臣们以"家康遗训"为由没收了忠辉的领地，将他流放至伊势朝熊。

家康表示要到骏府附近放鹰时，身体并无大恙。但从他处置忠辉以及带有政治色彩的不悦表现来看，他可能已经预感到自己死期将至，所以急于处理自己的身后事。也许这不过是种偶然，但是一般说来，大病将至或死神来临时，人们通常会有一些异常反应，例如回光返照或焦躁不安等。现在回头想想，觉得当时的家康身上充满了神秘色彩。

正月二十一日一早，家康出了骏府城，一路来到了田中。

田中位于骏府西南十五公里处，靠近藤枝。这里曾经是武田信玄命令手下马场信浓守修筑的一座小城，现在成了家康骏府城的前哨。家康暂驻此城，在附近放鹰、游玩。

几天前，京都的和服商人茶屋四郎次郎到骏府城向家康请安后，便跟随家康一道来狩猎。茶屋四郎次郎的父亲与家康的交情甚好，为家康收集京都的情报立下了不少功劳。而茶屋四郎次郎则在关原之战前夜，替家康探听京都贵族们的动静，打听宫中消息，功劳不小。因此他虽居住在京都，同时又是江户幕府的御用和服商。

茶屋四郎次郎告诉家康：

"最近京都流行一种很稀奇的食物。"

他将这种叫"天妇罗"的美食介绍给家康。家康近来胃口不佳，听后大为动心，说一定要做来尝尝，便命令榊原大内记准备材料，并由茶屋四郎次郎亲自下厨。那时候的大名、富商为了品味茶道，大多懂一点厨艺。

榊原大内记为了做这道"天妇罗"，特意去田中买了两条肥厚新鲜的大鲷鱼和三条鲷。

茶屋四郎次郎在田中城的厨房里，指挥厨师们先将鱼块放入锅中油炸。当时所用的油，有人说是麻油，也有人说是榧油。炸完起锅后，有人说他们当时淋以绿色的韭菜汁佐味，也有人说是大蒜。考虑到京都是"天妇罗"的起源地，用榧油炸制，捣蒜末作为调料的可能性较大。

大概这道"天妇罗"很合家康的胃口，那一餐他吃了很多。天黑不久，他很快就寝入睡。家康在城内的卧室非常简朴，由于当时蜡烛昂贵，家康只在房内点了两支蜡烛，一支插在烛台上，另一支置于鹰笼旁，其他需要照明的地方，皆以油灯代替。

和往常一样，两位侍女为家康捶腰按摩，阿茶局则安坐在侧屋监督，直到家康熟睡，阿茶局才命令侍女退下，自己则在侧屋内假寐，随时听候差遣。

深更二时，家康被一阵腹痛惊醒，连声呼唤侍女。侍女们慌忙入内，发现家康满头大汗。

"大概是吃坏了肚子！"

家康自己诊断了病状。

御医片山宗哲匆忙赶来，替家康号脉。不料家康一把推开了宗哲的手，指示他说：

"不必诊断，我已清楚病因。只是食伤而已，取出万病丹让我服用。"

"又是大御所（家康隐居后的尊称）的自疗法！"

片山宗哲虽为御医，但明显地露出不悦之色。自被从京都召来以后，他打心里看不起东国人，常向东国人炫耀自己在京都时妙手回春的各种光辉事迹，而对东国的东西总是嗤之以鼻。家康的部下和侍女们都对他没有好感，家康也察觉到了这一点。

宗哲以为，家康把他从京都召来替自己看病，实在是多此一举。因为家康总是随身带着一个十层的药箱，里面装满了家康亲自调配的各种药品。而且，他怀里总揣着一本只有医师才会使用的药材书籍《和剂局方》。无论是上阵打仗，还是奔波在旅途之中，此书总是片刻不离，而书上的内容家康几乎可以倒背如流。

可以说，家康的御医只不过是个替家康背负药箱的杂役，如果不能忍受这种埋没职业的侮辱，是无法胜任该职位的。

但家康自己则另有想法。自幼见过许多因庸医误诊而白白送命的惨痛事例，所以家康认为医生是靠不住的。既然靠不住，就产生了自己当医生的念头，凭自己的能力来维护健康。于是，家康四处收集日本各地的医书，命医师一本一本地念给他听。家康学东西不习惯自己阅读，喜欢听人讲述，然后自己揣摩想象。此外，他还学习了制药技术，钻研有关卫生、保健的知识。

作为一名医生，家康是优秀的。在尚无预防医学和保健思想的时代，家康研究出的医学理论，已经具有相当的超前性。同时，他还身体力行，将医学知识活用到自己身上。

家康刚刚成年时，正是梅毒传入日本泛滥猖獗的时期。当时许多行为不检的武将都深受其苦，家康推测这跟他们夜宿妓女有关。所以在家康的一生中，从未碰过什么游女。作为战国时代的武将，能如此洁身自好是极为罕见的。

此外，家康还是东洋世界里最早懂得运动强身道理的第一人。家康一生中始终坚持锻炼，强健体魄。从医学史的角度来看，片山宗哲再权威，也无法超越家康对医学发展的贡献。就拿诊断来说，一个大夫能否成为名医，不仅要看其有没有全面的医学知识和丰富的实践经验，更要看他是否具有一种与生俱来的医学直觉。家康的政治感觉，源于他合理主义的医学知识和良好的医学平衡感以及精准的直觉。假如家康生在医学之家，一定会成为医术高明的名医。

这天夜里，家康腹痛不止。他感觉到：这不大像是普通的吃坏了肚子。

从未曾上吐下泻的病症判断，自己并没有吃伤。此时的腹痛非常特别，有一种不可名状的不快感。家康回过神，冷静地理清思绪，直觉认为死神的脚步可能正在悄悄靠近。想到这里，一种巨大的恐惧感向家康袭来。不过，家康判断：自己还不至于马上死去。

他想，需要他亲自处理的政务堆积如山，最起码得花上好几个月才能处理完。因此，他希望死神能宽限他三四个月。

家康内心怀着巨大的焦虑，再加上腹痛加剧，他毫无心情与御医片山宗哲解释。

宗哲打算替家康把脉，不料被家康推开了手。于是他跪伏在烛台边，很不服气地抬头说："殿下说是吃坏了肚子，恐怕是误诊吧！"

他态度不逊，摆出一副要与家康争个输赢的架势。在宗哲眼里，家康已然不是一位王君，而是与他较量医术高低的同行对手。

"都什么时候了！"家康非常生气，心想：要死的是我，不是你，你居然还有心思与我比能耐。他勃然大怒，厉声斥责道："废话少说，你只管把万病丹拿出来就好了！"

家康平常很少这样大声呵斥，可能这回他忍无可忍才如此一反常态。

第三天，将军秀忠率侍臣来探病时，片山宗哲向秀忠诉苦："大御所在如此紧要关头，还不改固执的恶习，坚持自己开方下药。"

秀忠弄清事情的来龙去脉后，凑近家康的枕边，劝他好好让御医诊断，家康再度怒火中烧，骂道：

"那个假仁假义的东西！哼！"

"我活了七十多年，向来都是健健康康的，这是我素日不相信医生，自己慎重治疗的结果。靠宗哲这种浅薄无知的庸医，我早就命丧黄泉了！"

说完，即刻命宗哲退下，并将他放逐到信州，囚禁在诹访的高岛乡下。家康一生中，很少有如此严厉的人事处置。这次他粗暴地流放宗哲，可见他生命将尽，已经无法控制自己的理智。死亡的脚步离他越来越近了。

且说发病当夜，家康服用了万病丹，病情暂时得以控制。阿茶局请示家康：

"要不要献上八之字药？"

家康摇摇头说："此药不合适。"

八之字药，是家康和他身边的人随便取的一个药名。人称此药为山药丹，是一味补肾良药（强精剂），由于是放在家康自备药箱的第八层，所以，身边的人都管它叫"八之字药"。

家康并不认为自己是吃了鲷鱼做的"天妇罗"而导致急性胃炎发作。他发病后，命令榊原大内记：

"立刻派人通知江户幕府。"

于是一名叫落合小平太的武士，连夜骑马离开骏府，向江户疾奔而去。

"必须要回骏府！"

家康口中不断地念叨着。到了二十四日早上，病况竟突然好转，家康决定"趁这个机会"赶回骏府。但是，家康病体虚弱、体力全无，只得躺在轿子中让人从田中城抬回了骏府城。

家康病倒的消息一传出，江户城和住在江户的诸侯官邸一阵骚动。据当时的记载：

"犹如战事突然爆发一般……"

主人正巧在江户官邸的，老少大名立即备马前往骏府；主人不在江户官邸的，则快马加鞭，赶忙回国报信。一时间，大名们慌了神，武士们四处奔走，送信的疾走如飞，乱成一团。每个人都想早日到达骏府，借探望家康之机，保住自己家族的荣华富贵。整个日本犹如一壶煮开了的热水，沸腾且不安。然而这些诸侯，在二百五十年后，又将德川家族如敝履般丢弃。仔细思量，历史就像一场魔术表演，是真是假，实难看透。

将军秀忠接到消息时，正在书院里与家老们闲谈。乍闻急讯，不禁吃

了一惊,身体不由自主地往后退了几步。他惊慌失措,一时间想不出办法。其中一个家老跑到走廊处大声下达命令:

"将军临时决定去打猎,各武士不必更装,随即集合护驾!"

由于事出意外,怕引起流言,所以暂借打猎之名,紧急召集在场的武士。

秀忠当年三十七岁。他本是平庸之辈,从未领军打仗,更没有尝过胜利的滋味。虽然碌碌无为,但他绝不愚蠢,甚至还有些小聪明。只是人们以为,凭他一己之威,很难君临天下,治理世事。秀忠唯一的可取之处,是他为人处世规规矩矩,性格坦诚直爽。

身居主宰天下大权的将军要职,秀忠却像个儒者般循规蹈矩、品性良好,而且非常惧内,有生之年,从未发生过什么桃色事件。另外,他还有一个最大的特征,就是如敬奉神灵般崇拜、尊敬父亲家康。

有关秀忠的逸事少之又少。《骏河土产》一书中记录了家康与心腹大臣本多正信夜谈的内容。在这次会谈中,家康谈及了秀忠的人品。他说:

"秀忠太老实规矩了,人可不能只有老实啊!"

正信很快将此话透露给秀忠,而且凭着自己的理解劝告秀忠说:

"将军,您不妨有时也说说大话,吹吹牛嘛!"

秀忠没有听从正信的意见。他说:"谎言、大话说出来也得有人相信才行,父亲无论说什么都有人相信,但我要是吹牛说谎,会有人相信吗?"

由此可见,秀忠很有自知之明。不管他治世能力如何,有一点可以确定,他绝不是什么泛泛之辈。

此次赶往骏府,秀忠是乘轿而去的。一路上他催促轿夫轮流更换,加紧赶路,其他的随从也是一路小跑。秀忠出发时身边没有带多少侍卫。侍卫们闻讯后,匆匆集合,拼命追赶先行的秀忠一行。记录这段历史的史官,用"夜以继日"一词描述当时十万火急的情形。

仅在一天之内,秀忠就到达了骏府。他即刻面见家康,发现家康的腹痛似已好转,脸上也有了血色,便欣慰地说:"父亲看来甚好!"他松了一口气,面露喜色地继续道:

"这样儿臣就放心了！"

但家康摇摇头，幽幽地说："我大限将至！"

秀忠听了此话，眼前一黑，整个人差点跌倒在地。他立即命京都所司代[1]板仓胜重派专人迅速赶回京都，把京都所有的名医都找来。那时，江户还不够发达，所有的名医几乎都集中在京都。

家康躺在床上，一边与秀忠交谈。

"我若死了，天下会变成什么样啊？"

家康对这位叫自己无法放心的继承人作最后一次考验。秀忠身体瘦弱，但很容易出汗，尤其是紧张的时候，会大汗淋漓。这时，他已经浑身湿透，不断地掏出纸巾，擦拭脸上直淌的汗水。秀忠听了家康的问话，诚惶诚恐地说：

"父亲您不要说这种不吉祥的话！"

干燥的喉咙里勉强挤出了几个词。若在平日里，家康见到他这副温吞吞的态度，肯定会露出连家臣都难得一见的坏脸色，但此时，家康却满脸微笑地说："不，我说的是假设，你心里怎么想的就怎么说吧！"

秀忠的汗滴得更厉害了，连头发都湿漉漉的。他一边用纸巾擦着汗，一边回答说："我觉得天下可能会大乱！"

秀忠很清楚，单凭自己的分量是难以驾驭天下的。而事实上也的确如此，在一个月前，奥州仙台的伊达政宗蓄谋叛乱的谣言已在江户城内传得人人皆知。政宗当时正好在江户城，根本不可能身在江户而遥控指挥谋反。但是，这个流言确实传到了幕府臣僚和家康的耳中。而家康早就暗中派人监视政宗的一举一动，所以根本没有把这个传闻放在心上。

听了秀忠的回答，家康断定道：

"不会的，天下不会乱的！"

《道斋闻书》[2]一书中，记载了家康的这样一句话：天下大事，皆已安排。

---

1 京都所司代：维持京都治安的官职。——译注
2 《道斋闻书》：即《东照宫御遗训》，禁书，世传为井上正就所书，但史学界认为是伪书。——译注

家康为人谨慎，他早已将各大名封地的分配方法、姻亲关系、继承者的性格、能力及世人的反应等了解得一清二楚。此外，他还暗中做了不少安排，制定了各种保全措施，所以，他说天下不会乱，是有十足把握的。

家康继续阐明他的见解：

"目前从战国时期一直残存下来的不过几人而已，其中萨摩的岛津惟新入道义广倒是个能人，不过他已年过八十，不可能再有什么动作。另外，藤堂高虎虽不是我们德川家世代的家臣，但他对德川家忠心耿耿，有如多年的老部将般可靠。"

"至于奥州的伊达政宗，自少年起他就志在天下，此人目光远大，头脑敏锐，是个不能大意的人物。不过他知晓我们德川家的实力，绝对不会轻举妄动。"

接着，他又提到了福岛正则和加藤嘉明。此二人虽是已故太阁（秀吉）从步卒一手提拔起来的武将，但他们不是独立的大名，不可能像政宗那样有意指天下的野心。而福岛正则个性刚烈、顽固不化，当初家康焚杀丰臣秀赖、灭亡丰臣家族时，他已经心怀不满。家康为了安抚他，把安芸、备后的五十万石广大领地分封给他，但这也同时为他谋反提供了财力保障。家康说：

"正则虽是丰臣家的亲戚，但关原一战时，转而投靠了我们德川军。正则的这一举动改变了丰臣系诸大名的想法。他们认为既然连正则都投靠了德川，那他们也归顺德川军算了。正则在战场上出生入死，为我们德川家立了不少功，所以，正则对我们家是有功的，正如他所说，我还欠他一笔人情呢。我封给他五十万石领地，实在是应该的。但是，我欠他的人情，只限于我这一代，到了大树（即秀忠）你这一代，就可由你自由决定了！希望在你尚未决定前，仍然让正则居住在江户城，千万不要让他返回国内。这件事，你要切记在心，千万严守秘密。"

家康是否真的如此说过，史书上并无详载。但从前后的情形看来，这时他应该对秀忠和其他的近臣做了这些交代。

加藤嘉明当时五十三岁。这位受丰臣家恩眷颇深的武将，在关原一战时转投到德川家旗下，家康对此人评价极高，厚礼善待这位曾经的功臣。

加藤嘉明本人统兵三千，颇有将帅之才，不过他的气量过于狭窄，性格又太直，不可能有问鼎天下的能力。

家康提到此人名字时，秀忠的反应颇为奇怪。因为嘉明本来就不是尾张人，他的父亲加藤孙次郎出身三河，曾到京都臣事于室町将军义昭，后又与儿子嘉明一起投靠了秀吉。严格说来，嘉明应该算是三河人。所以秀忠听到家康评论嘉明心胸狭窄时，就解释说：

"因为嘉明也是三河人嘛！"

秀忠此话之意，并非是说因为他是三河人，就会向德川家尽忠，而是说，三河人的器量都很狭窄，嘉明自然也不例外。由此也证明三河人的短视、狭隘，是连他们自己都承认的事实，那更不用说世人对三河人的评价了。

秀忠接着又说："因为气量小，所以不可能有什么非分之想。"

家康听了，连忙瞪大了眼睛反对："不对！你这种讲法不对！世事是很难预料的。"

"嘉明确实心胸狭窄，但你不能掉以轻心。仔细想想三河人的舞蹈吧！"

那时的三河地区与现在一样，非常流行跳土俗舞。在这个场合，家康引用此例非常贴切，足以说明家康是个不折不扣的三河人。他说：

"只要打节拍的人拍子打得好，声音轻快，就会让人情不自禁地跃跃欲试。那时候，再不会跳舞的人，也会不由自主地忘情起舞。嘉明生于乱世，即使他本人无叛乱之心，如果有人带头，敲响悦耳的太鼓，那他自然就会翩翩起舞，所以千万不能过于大意。"

此刻，家康并不是单纯地在评论嘉明，而是想通过秀忠过低评价嘉明这个例子告诉自己的后继者："嘉明尚且如此，何况别人？绝不能对其他任何人放松警惕。"

家康在和秀忠交谈时，忽然想到平常跟随自己的本多正纯和秀忠的侧近土井利胜，于是就命二人陪侍在旁，叮咛道：

"千万不可与他人言！"

接着，家康就将赏赐部将领地的秘诀传授给他们。

原来，家康对有功劳的世袭家臣只分封了少量的领地，以至于被人指责为吝啬鬼。

比如秀吉在世时，有一次几位大名在伏见城里闲聊，他们谈起秀吉死后天下大权的归属问题，当时大名中被认为最聪明的蒲生氏乡就说：

"不管怎么说，肯定轮不到家康。像他那种吝啬鬼，肯定没有人愿意跟从他。所以，天下霸主必定与他无干。"

此话说得有凭有据，被人们传了好一阵子，最后连家康都听说了。的确，家康的吝啬是出了名的。

当初秀吉灭了关东八州领主小田原北条氏后，把八州二百五十万石的领地全都送给了家康，想借此把家康的老巢从东海地域连根拔掉。家康从未得到过如此广大的领地，理应将大块的土地分封给过去的功臣。然而，最大的功臣酒井忠次（此时已隐居，酒井家的家督之位由他的儿子家次继承）也只不过得到了上州碓冰[1]三万石的领地而已；历代为德川家效忠的大久保忠邻只得到了武州羽生[2]一万石的土地；唯一的谋臣本多正信，也只封到了相模甘绳的一万石，至于其他部将，就可想而知了。

此事传开后，秀吉的近臣都议论纷纷，替忠次他们鸣不平，连秀吉本人也实在看不过去了。有一次，他劝家康说：

"德川君，你至少也得给井伊（直政）、本多（平八郎忠胜）、榊原（康政）等名震天下的将领十万石以上的封地吧！"

家康迫不得已，只好给此三人每人十万石的领地。他原本打算只给他们三万石左右的封地。这样，家康吝啬的恶名，被秀吉身边的大名所知，由此才有了蒲生氏乡的这一说法。

但是，关原一战夺得天下后，家康对协助打赢战争的丰臣系诸侯出手阔绰，赐给他们大量的领地。家康这一明显偏袒、矛盾的作风，被世代家臣大久保彦左卫门骂个不停。

像彦左卫门这样的人，只知道家康吝啬的性格，却不懂得家康其中的政治打算。为了夺取天下，家康自有一套办法，他赐给外来大名大量的领

---

[1] 上州碓冰：即现在群马县。——译注
[2] 武州羽生：即武藏国。埼玉、东京隅田川以西，到神奈川县东北的地区。——译注

地，以扫除他们心中的怨气，达到巩固政权、安定政局的目的。

家康悟到自己死期将近，遂将自己的这套政治理论传授给秀忠及其他近臣，是想化除众将对他的误解，以免他死后引起新的纷争。他说：

"我对待三河、远州、骏河世代武士刻薄是有原因的，倘若将他们分封为大诸侯，他们就会恃强而骄，轻视江户的将军。相反，给他们微薄的俸禄，他们因经济上贫困，就不会图谋不轨，而全心全意尊奉幕府、仰赖江户。德川家的家谱能否继续写下去，全靠这些世代武士的团结了。"

世代大臣的俸禄的确微薄，但比起外来的大名，地位要高得多。外来的大名虽然手头拥有大量的封地，但没有参政议事的权力，德川幕府的政务全都由世代的武士把持，相对来说他们的地位、名誉比较优越、尊贵。

家康唯独对外来诸侯藤堂高虎绝对信任。高虎为人善诈、做事投机，当初他见秀吉衰老，立刻见风使舵，改与最有希望跃登主宰之位的家康亲近。他拼命为家康效力，身兼间谍之职，将丰臣家的内情暗中通报给家康，对家康判断时局贡献不小。而且，他还善于演戏，在家康面前不断且不露痕迹地表现出自己对家康的无比崇拜。家康起先也被弄糊涂了：这个人到底是不是真心的？

家康虽然有些怀疑，但三河武士中没有像高虎这样的政治人才，所以最后还是重用了他。不管高虎是否真的忠诚，至少在这二十年里，他对家康是忠贞不贰的。家康病倒后，高虎立刻从江户飞奔而来，在病室廊下的另一个房间里不眠不休地日夜陪护，晚上也是假寐片刻，只要病房中稍有动静，他就马上跳起来。这一点连看护家康的榊原大内记也佩服地说：

"泉州（高虎）精力太旺盛了，究竟是什么时候睡的觉？"

高虎的这一态度，究竟是出自真心的忠诚还是一种专注的处世手段，可以由他所创的伊势藤堂藩的藩风看出，因为一藩之风决定于藩祖的性格。两百多年后的鸟羽伏见一战中，藤堂藩的武士看见德川军被萨长军打得节节败退，就立刻临阵叛变。他们在丘陵上竖起大炮，猛烈攻击败走的德川军，其势利程度可见一斑。在鸟羽伏见一战中，德川军遭他们炮击而死伤的人数，远比战死于萨长军刀枪下的多得多。

虽然如此，家康仍然非常相信高虎。当高虎靠近他的病床时，家康显得格外精神抖擞，话也不由得多了起来。德川家的诸将，只知道对家康尽忠，却没有一人能和他推心置腹地谈心事。若要勉强找出一个，那就只有本多正信一人了。

家康和高虎聊天，天马行空，无所不谈。军事、筑城，甚至京都朝廷情势及西方诸大名的动静，等等，高虎都能应答自如，极讨家康的欢心。可以这么说，如果高虎出生的环境及条件好的话，他可能会成为家康，而家康的生活背景若与高虎相似的话，他也会变成高虎。

《国师日记》中简略地记载了家康每天的病情变化。

二月三日

御脉复如往常，全府上下皆欣喜若狂。

二月四日

大御所于病榻前召藤堂和泉守高虎、金地院崇传[1]等谈话，并以纳豆汁为膳。

高虎与崇传是家康谋略上的心腹之臣，家康自然与他们有讲不完的话题，最后还赐膳，共餐，可以说是极其优渥的礼遇。

这期间，秀忠把骏府城西边的楼阁作为居所，天天侍候在家康身边。

自二月三日起，家康的病况有所好转。同月六日，崇传即刻写信将家康的近况告知留守江户的本多正信："气色转佳，病况减轻。"接连几天，家康身体渐愈，连他自己都自信地对阿茶局说：

"用不了多久就可望恢复了！"

从家康的病症看起来可能是胃癌，故而临终前会回光返照，好转一段时间。这种情形和现在的胃癌病况十分相似。

同月二十二日，"由气色可见，家康心情烦躁"。

但是，到了次月的十九日又如此记载：

"病体转轻，今早用粥，可下床走动，步履轻盈。"

---

[1] 崇传（1569—1633）：属于禅宗五家之一的临济宗，被誉为黑衣宰相。他帮助幕府京都所司代板仓胜重进行寺社的管理、对基督教的禁止以及后来相当重要的诸多法度的制定。——译注

表面上看，家康的病情有恢复的倾向，实际上这几天他滴水未进，只有今晨才象征性地喝了点稀饭。书上说他"下床走动"，其实是由侍女搀扶着如厕而已。此时的他，面容消瘦，眼眶深陷，和他年轻时相似。但是他的声音依旧洪亮，意识也很清楚，脑力也未见衰竭，说话仍然有条有理，丝毫不狂言乱语。

有一天，他对藤堂高虎说：

"我和你颇为投机，死后不知能否再相聚闲聊？也许不太可能，因为，你我信仰不同！"

高虎听后，立刻跑到另一个房间，拜托家康的顾问——僧人天海为他即刻受戒，皈依了天台宗。

家康本来信奉净土宗，取得天下后，为了符合他的身份，就改信佛教诸宗中最具权威的天台宗。高虎为了成全家康的愿望，毅然退出净土宗而改信天台宗。家康这么做，是出于政治上的考虑，他希望借此牵住高虎的心，让他乖乖地为下一代将军服务。高虎很快懂得了家康的意思，同时也为了后世子孙的安泰兴旺着想，就立即皈依了天台宗。

家康患病已有三个多月。自正月下旬发病后，病况时好时坏，时重时轻。三月二十九日病情急转直下，家康服用了医师给他配的一帖药汤后，没过多久就全部呕吐了出来。家康心中已经有数了，所以在这之后的十几天里，不管医生如何劝解，他都说：

"不必多此一举了！"

此后，家康就不再服用任何药物。与其说家康已经做好了死亡的准备，不如说他本来就是这样一名男子。从年轻时起，他就将自身抽象化，规定自己不做自然人，而做一个客观的法人。任何事情，都屏除自我意识，以客观的眼光观察、判断外界，理清事情的原旨，再决定应付的办法。就连自己的身体，家康也将它当作一个客体来经营管理。他总是将个人情绪放在一边，冷静地下达各种指示。假如说家康深处有什么秘密的话，这可能是他最大的秘密。这个既无飒爽英姿，也无出众外貌，更无傲人才华的寻常男子，最后能独领风骚制霸天下，就是凭这一点。直到生命的最后，他仍然理智地作着判断，当他发现药物对他来说已经无效时，便毅然拒绝服用。

在此后的两天里，家康病情恶化，痛苦难忍，没有会见任何人，只是一动不动地躺在病床上。他有时指示佣人端点水来，自己努力地咽下几口。

到三月底，身体稍微恢复，他才问道：

"有谁来了？"

其实，德川幕府下的三百名诸侯几乎都已赶来，尤其是奥州的伊达政宗晚上也不回自己的住处，与值夜的侍从同住，好像数日不曾饮食，模样消瘦憔悴。

诸大名中被称为堀丹后守的堀直寄也来到城中，直寄的堀家是以前臣事于织田家，被称为"名人久太郎"堀久太郎的旁系。堀家本家被秀吉封在越后后，他家作为家老成了独立的大名。现在的堀直寄是堀家的第二代。他身为丰臣系的大名，早早地就与家康接近，大坂夏之阵后，他光明正大地从家康处领了八万石的土地。在第三代将军家光时代，一家遭幕府灭口。

且说家康将堀直寄唤至枕边。

"丹后守，你来啦！"

不知为何，家康对他的态度异常亲热。堀直寄是外来大名，他很早就来投靠家康，接受家康的恩赐，这是家康对他的欣赏之处。但是，直寄不是独霸一方的大诸侯，家康实在没有必要如此和颜悦色地善待他。所以，这一点似乎有些可疑。

"在病中的这几天，我想出了一个天下最好的阵法。先锋头阵由藤堂高虎担任，第二接应军则让井伊直孝率领。"

听到这些话，堀直寄大吃一惊。井伊是世代大臣，藤堂不过是个外来大名，现在让藤堂担任一般由世代武士担任的先锋，无疑是种厚遇。堀直寄转念一想，家康这是要让世代的亲信和外来的诸侯互相协调，如车子的两个轮子共同运作。事实正如堀直寄所推断的。但家康为何特地唤自己进来说这些话呢？堀直寄怎么也想不明白。

其实，家康是想将自己与藤堂高虎、本多正纯在病房中讨论的秘密，借堀直寄之口，把该公开的内容告诉大家，以免引起诸侯的非议与不满。堀直寄不过是临时选来做传话人而已。不知内情的堀直寄，看到家康亲切地告知他新的阵法，当然感动不已。

家康寻思，仅讲这些与堀直寄没关系的事情可能还不行，于是为了演得更逼真些，他又加上一句："……所以，你就率军在他们两军之间打游击！"

其实，率领轻兵，四处流窜，突袭敌人，在阵地战中是谁都可以胜任的任务。但是，家康讲这些话时有条不紊、考虑周到，可见当时家康的大脑和意识都是非常清醒的。

这一天，家康又把伊达政宗叫到枕边。伊达政宗刚踏入病房，家康就对他说：

"陆奥少将（政宗），你来了！靠近一点，到我的被褥上来！"

家康的这一特别举动不禁让旁边的侍臣们大吃一惊，政宗也犹豫了片刻，才应承说："那么，我就不客气了！"

他靠近了几步，始终还是没有坐在家康的被褥上，只是跪在能看到家康脸庞的床边，毕恭毕敬地叩头行礼。

政宗谋反的流言，在旁的侍臣非常清楚，就连从京都赶来的名医半井驴庵也曾听闻过，所以，大家都紧张地看着这种情形。但是，家康却若无其事地说：

"陆奥少将，辛苦你来看我啊！"

家康接着又说，我的老朋友现在只剩下你一个了，家中的老臣多半都已离世，德川家的将来只能拜托给你了。最后他说：

"从今以后，我就把将军（秀忠）托付给你了！"

政宗立刻说："就是拼了这条老命，我也会鞠躬尽瘁辅佐将军的。"说着说着，政宗不禁老泪纵横。情到深处，语不成句。政宗颤抖着肩膀，哽咽着说道：

"请你别再说这种伤心话了！"

政宗从年少时起直至晚年，从来没有放弃过夺取天下的大志。但是，他情感丰富，这次流泪也是出自真心。他的呜咽失语也不是逢场作戏。但同时，家康丝毫没有提及谋反的传言，这多少让人觉得有些不爽直。

四月四日，家康开始打嗝、多痰、发高烧，旁人都替他难过，但有时还能听到他轻声臆语。

他说话的声音很小，且又含糊不清，只有长期服侍他的榊原大内记一人稍微能听懂。

"你去把所有人都叫进来！"

家康以为自己的大限到了，其实此后他还活了十多天。

诸侯们战战兢兢地挤入隔壁的房间，挤不进去的，就盘坐在走廊上，一个挨一个地围成一堆。

家康也许想和大家辞别。

榊原大内记屈身将耳朵凑近家康的嘴边，听到家康说：

"大内记，把你听到的话，传达给本多正纯和土井利胜二人，再由他们把这些话传达给大家。"想到二人传达遗训的分工，家康还喘着气接着说：

"让大炊头（土井利胜）来担任传达之职。"

平时下达命令时，家康从来不过问细节，而现在连细节部分都亲自做了安排。大坂之阵时，御医板坂卜斋也随军上了战场，他当时这样描述家康的行事风格：

"家康指挥简略，不重细节。"

本多平八郎曾经在秀吉面前谈及家康发号施令的风格时，也作了同样的描述。但这次，家康却指名道姓地选定了为他传话的人选。这个信息预示了伺候家康多年、为德川家出谋划策、殚精竭虑的近臣本多正纯政治生涯的结束，同时也预告了担当秀忠政务大臣、才华横溢的土井利胜光芒四射的未来即将到来。家康一手将秀忠扶上了将军的宝座，临死之前，家康优先考虑的还是秀忠的政权。

这时候，家康到底给诸大名们留下了什么遗言呢，我们无从得知。就连榊原大内记都没有听懂，当然土井利胜也不可能对在座的大名大声演说。在那个时代，日本的政治还没有发表演说的习惯。利胜只是坐在大名们的前面，轻声细语地将家康的遗言传达给众人，由于声音太轻，坐在最前排的人好不容易才听到，且听得云里雾里，完全不懂是什么意思。其实，连替家康传言的土井利胜自己也弄不懂。虽不清楚是什么意思，但碍于礼仪，顾不得说的是什么内容，土井利胜也只得装模作样地将家康的话复述给大家。

后来，德川幕府的史家将家康的遗言做了润色，改编成了一段冠冕堂皇的遗训：

> 天下非一人之天下，乃天下人之天下也。若大树（将军秀忠）倒行逆施，激乱败国，汝等可取而代之，为天下百姓谋福也。

从这段遗训的内容判断，这绝不是家康的思想，至少家康不会那么大胆、慷慨。他临死之前，还在一个劲地想着如何保全德川家，想方设法延续德川血脉。秀吉死前，留下了"天下之政，不能无道，此为丰臣家训"的遗言，德川家的御用史官，根据秀吉的遗言，杜撰出了家康心怀天下的遗训。

这一天，家康并没有辞世。九日，家康上吐下泻。十日清早，家康突然神清气爽，喝了不少粥。同日，家康将福岛正则唤至枕边。对家康来说，福岛正则是个让他头痛不已的麻烦家伙。在关原之战前，家康想通过他人拉拢正则，正则明确地告知家康："如若你能保证对秀赖主君无二心，我才愿意投靠您的帐下。"虽然当时答应了正则的要求，但在大坂之阵时家康还是食言了，战灭了秀赖。正则是唯一一位对秀赖忠心到底的大名。大坂之阵开战前，正则秘密送信给秀赖。双方刚交战，正则又送来米粮暗中支援，还偷偷召唤了一名老臣，将他安插在大坂。大坂冬之阵后，听说家康要填埋大坂城的水渠，在江户的正则气得咬牙切齿。这些情况，家康当然都知道。因此，在发动大坂之阵时，他特别警惕正则，命令他不得随军打仗，让他老老实实地留守江户。此后，还规定正则一直住在江户，禁止其回国。

而福岛正则听说骏府翁（家康）病重，也赶到了骏府，一直待在城内，却不来看望家康。

家康此时唯独不想见的就是正则了。不仅如此，他还对秀忠和其他的近臣说：

"左卫门大夫（正则）与大树意气不投，我死后，要时时注意这个人，若是发现异常，就找个机会适时地将他处置了。"

对权力的树立者来说，这样的话本无可厚非，但后世的人们对家康用心叵测的想法还是敬而远之，这也是家康在后世不受人喜欢的原因之一吧。

福岛正则是年五十五岁。多年的豪饮使他比实际年龄看起来更为苍老，而且经历了大坂之阵前后的惨痛教训后，正则已经失去了昔日的豪放之气。一想到大坂之阵时德川家对他的态度，正则就不由得担心起自己在广岛拥有四十九万八千二百石领地的老家，担心起本家族黑暗的前途。他生性淡泊，又容易看破红尘，所以此刻的他已经没了追求，活在世上仿佛就是在苟延残喘。当正则出现在家康眼前时，家康劈头就说：

"你回一次广岛，怎么样？"

正则听后吓坏了，直到家康赐给他一个茶叶罐做纪念，才稍微松了口气。但家康接下来又将他猛烈地批评了一顿：

"你与我关系可以说是特别亲密。但是，大树（秀忠）与你却关系一般。我死后，允许你回国两三年。你回国后，好好反省反省，如果你对大树有什么不满，想另立旗帜的话，我这里会马上兴兵讨伐你的。"

听到如此严厉的遗言，正则无以作答，只能默默地退出了房间。这位性格粗暴的武士，又怎么奈何得了眼前如此安定的德川幕府呢？正则退出病室后，在廊下抓住本多正纯放声痛哭：

"我正则活了五十多年，从没遇到过这么可怜的境地啊！"他断断续续地念叨，自太阁去世后，自己对德川家一直忠心耿耿，不曾有过二心。家康的这些话太过无情，真是伤透了他的心啊。这个在战场上粉身碎骨都不会退缩的武将，在已经不能动弹的绝对权威——家康面前，在家康毕生的作品——德川幕府面前，却只能像老太婆一样，满嘴牢骚，哭个不停。正则之所以会这样，并不是他落魄胆小，而是在强权面前，自己只能选择这个方法来保护自己。

后来，家康从正纯口中听说了此事，回答道：

"我就是想听左卫门大夫说这样的话，才故意这么说的……好了！"

"全部做好了。"

家康又一次说起了他病中的口头禅，之后，露出了难得的笑颜。

要小心生在战国的武士；要当心，加藤嘉明也可能会跳起舞。家康时断时续地说着。家康做事向来有他——若称他为英雄也可算是英雄——的一套驾驭方法，而这个方法这次用在了正则身上。

十一日起，家康的病情急剧恶化。

"自十一日起，无一日进食。仅饮了些水，估计活不过今明两日。"

僧人崇传写信将家康的病情告知京都所司代板仓胜重。家康晚年，采用了崇传的很多恶谋。

家康在病情恶化前，就指示本多正纯以及天海、崇传两位僧人，务必将他的尸体葬在骏河久能山，而葬礼则须在江户增上寺举行，牌位要奉回三河的大树寺，待一周忌后，再在下野日光山建立一座小庙，以此来镇守关东八州。

家康一直都不太相信三河人的才能，所以连身后之事，都要如慈父叮咛稚子般，殷殷交代给这三人。交代的内容在崇传写给板仓胜重的信中有详细的记载，那封信至今仍保留着。

病情恶化后的一天，家康突然回光返照似的清醒过来，一直陪侍在身旁的榊原大内记发现后，立即靠到他身旁。

"大内记，你自幼童时就侍候在我身旁，忠心耿耿地服侍我，四季的山珍海味，都齐备在我的饭桌上，没有一次疏忽过，我非常高兴！"

榊原大内记听了，非常惊讶，随后鼻子一酸，几近落泪，但还是拼命地忍住了。

"所以……"家康又说，"我死后，希望你仍然像生前一样祭奠我，在我的坟前、神案上供奉四季的美味！"

这就是家康留下的最后一句话。

他到了生命的最后一刻，还在为笃实、忠诚、不知世事的三河人费心，将各种事情都交代妥当后，还不忘给自己找一个死后的祭祀者。

数日后的四月十七日上午十时,家康很安静地走了。

一代枭雄家康一生的作为究竟是什么呢?他创造了一套自己的行为模式,为他赢得了天下,并且把这个原理和方法留给后世的人,直到两百多年后而不辍。他创造了延续将近三个世纪的德川政权,他和他的行为模式是德川幕府不可动摇的神圣存在。

当日天黑之后,家康的遗体就被运出了骏府城。在没有星星的夜晚,送葬的队伍摸黑前行,不多久,他们登上了久能山的杉木立坡。抬棺材的是四个世代家臣:本多正纯、松平正纲、板仓重昌、秋元泰朝,后面跟着的四人是土井利胜、成濑正成、安藤直次、中山信吉。因为是秘密下葬,只有这八个人登上了久能山。而天海、崇传和榊原大内记作为例外,默默地跟在后面。

此夜的久能山上雨气蒙蒙,如雾般飘散在空中。八名世代家臣全身湿透,静静地扛着、守护着这位封他们为大名的男子的灵柩。榊原大内记手执一把长柄大雨伞,遮护着棺材,踉踉跄跄地前进。他们一行慢慢地、无限哀愁地行进……

久能山上有一座武田信玄修建的小城。在家康发迹后,只留下守城人孤独地守候在这里,而从今夜开始,这座山城将成为家康长眠的庙宇。

后记

司马辽太郎

　　我并不是打算写一部英雄传才开始着手创作这部小说的，而是在阅览复杂的人生百态时，不经意地发现，世间居然有家康这样一位与平常人思维迥异的人物。出于对家康的好奇，我开始了这部小说的创作。书稿完成后，对家康的这个印象始终还在我的脑海中盘旋。

　　日本历史上，从来没有诞生过一个中国式或欧洲式的英雄。英雄是神的儿子，是天才，具有强烈的自我意识和超乎常人的精神气概。可惜，日本的地理环境和风土文化，孕育不出创造英雄的社会因子。不过，这也许就是日本社会的独特之处。此书的主人公德川家康虽然改写了历史，但是，如果用中国式或欧洲式的英雄标准来衡量，他与英雄还有相当大的一段距离。当然，他也不像某些中国或欧洲的英雄那样给社会带来过许多灾难。相反，当时的权力阶层认为他值得依赖，并推崇他成为统一全日本的王者。然而，他又是一个难以捉摸、狡猾、懂得抓住机会的人。

　　德川家康死后被人们尊称为"神君"，以"东照大权现"的神号接受着来自四方的朝拜。希望死后化神的奇想最早是由织田信长提出的；丰臣秀吉死前也有这种想法，他特地交代身边的人，在他死后赐给他"丰国大明神"的神号，并将他供奉在阿弥陀峰的庙宇里。前人的想法和做法，家康都一一照做。家康的一生中，没有独创的东西。不相信自己才华的人为数不多，如此这般还能取得成功的人更是少之又少。从这个层面上讲，与其说家康是个天才，毋宁说他是一个怪胎。

　　家康为延续了将近二百七十年的江户时代打下了牢固的基础。他的一生，功过参半。在培育文化和普及教育方面，他的功劳是巨大的，因此才有了后来的文化文政时代（日本历史上以城市文化繁荣为特征的一个时代）。但另一方面，他也导致了日本民族的矮小化、畸形化，形成了与天文、庆长年间（1532—1614）截然不同的民族性格，这一点可以算作是他的过错。室町末期，日本的门户已被大航海时代的潮流敲开，却又被家康重重地关上。德川幕府害怕外来事物，镇压基督教在日本的传播，这虽然有利于培育日本独特的民族文化，但也妨害了日本民族对世界普遍性的理解。直到昭和时代，这一点仍然深深地影响着整个日本社会。这是很不幸的。

这些功过皆源于德川幕府极端地、近乎神经质地保护自我的性格，而这些很大程度上是由家康个人的性格造成的。

考虑到这些因素，我对德川家康这个人物充满了兴趣。我一直想以家康死后德川家对权力的看法为主题写一部小说，并将这部小说命名为《霸王之家》。也许这个题目过于夸张了，家康还算不上是一个霸王，他缺乏霸王的直爽和暴虐。因此，这个题名看起来与实际情况有些相左。不过，当初我打算写这二百七十年的历史时，想不出比这个题目更好的名字来，所以才决定采用它。

将来如果有机会，我或许还会写他死后两百多年的事。现在，请允许此书以他的死亡作为一个结束。

附　录

德川家康年表

天文十一年（1542年）	十二月，松平竹千代（德川家康）在冈崎城诞生。
天文十七年（1548年）	竹千代在家臣松平金田与松平三左卫门的陪伴下，计划被护送至骏河静冈寺。田原城主户田康光将竹千代的行程密报给尾张国守护代织田信秀，信秀派人将竹千代自半途中劫走。竹千代在尾张国度过童年，为日后与织田信长同盟打下了基础。
天文二十一年（1552年）	今川家的太原雪斋率兵在安祥城成功地将信长的异母兄长织田信广捕获，今川氏向织田家提出以人质竹千代为交换条件。
弘治二年（1556年）	今川义元为竹千代行成人礼，并改名为松平元信。
弘治四年（1558年）	松平元信改名为松平元康，回到冈崎城，真正成为一城之主。
永禄三年（1560年）	今川义元在桶狭间被织田信长战灭，元康脱离今川氏。
永禄五年（1562年）	松平元康（德川家康）应信长之邀，前往尾张的清洲缔结盟约。
永禄九年（1566年）	三河爆发一向一揆，家康的部分家臣加入

	了一揆军，最后德川军成功平定乱事，借此统一了三河国。同年，朝廷正式赐予家康正五位下三河守。家康改姓德川。
元龟元年（1570年）	德川家康的根据地由冈崎城改在远州国滨松城。家康协助织田信长，在姊川之战击败了浅井、朝仓的联合军。
元龟三年（1572年）	家康与试图上洛的武田信玄军在滨松城外的三方原交战，大败。史称三方原会战。
天正十年（1582年）	织田和德川联手攻打武田领地。武田胜赖在天目山败战后，与妻子切腹自尽。六月，明智光秀发动本能寺之变，信长自杀身亡。家康当时正在堺港，在服部正成的带领下逃回三河。此外，羽柴秀吉（丰臣秀吉）在山崎之战大败明智光秀。
天正十一年（1583年）	秀吉在贱岳之战大败柴田胜家，与织田信长次男织田信雄维持同盟。
天正十二年（1584年）	德川军与秀吉军在尾张国的小牧和长久手交战。其后秀吉退兵，改为攻打伊势国的织田信雄，信雄向秀吉投降。不久，家康将庶子秀康送往大坂城作为人质。家臣石川数正突然投奔丰臣秀吉。秀吉将妹妹朝日姬嫁给家康作为正室，并将生母大政所送往冈崎城作为人质，家康才决定臣从。
庆长四年（1599年）	九月十五日石田三成与德川家康在关原交战，最后德川军取胜，自此权力落在德川家康手中。
庆长八年（1603年）	家康出任征夷大将军，并创立江户幕府，也称为德川幕府。同年将千姬嫁给丰臣秀赖以示友好。

庆长十年（1605年）	德川家康将征夷大将军之位传给三男秀忠，家康表面上在骏府城隐居，被人称为大御所，但实际上仍然掌握着大权。
庆长十九年（1614年）	德川军在十一月十五日开始攻击大坂，迫使淀君提出交涉，双方达成协议。
庆长二十年（1615年）	家康再次出兵，德川军取得胜利，丰臣秀赖自尽，遗儿国松在战后不久找回，最终被处死，丰臣家正式灭亡，是为大坂之阵。
元和二年（1616年）	三月朝廷赐予家康太政大臣一职。四月十七日，家康在骏府城病逝。

重庆出版社·日本历史小说馆
了解日本的最佳文学读本

《宫本武藏》（已出）
吉川英治 著

日本"百万读者之国民作家"吉川英治历经二十余载的经典力作，宫本武藏——金庸、古龙最推崇的剑道宗师。

小说以日本德川初期的历史为背景，描述了日本家喻户晓的一代剑圣宫本武藏凭着坚忍不拔的毅志，手提孤剑，漂泊天涯，寻求"剑禅合一"之真谛的曲折历程。

全球销量总计超过两亿册。现代人追求人生真道、挑战自我、超越困境的必读书！

《织田信长》（已出）
山冈庄八 著

他，是日本历史上最令人折服的武将，日本战国时期开创统一大局的杰出统帅。有人说他"先破坏再建设"，是"风云儿""革命家"；也有人因他"烧庙杀僧"称他为"第六天魔王"。

日本畅销巨著《德川家康》作者山冈庄八，以文学化的传奇之笔，再现了织田信长从统一尾张到重立将军、控制京畿，最后在事业顶峰遭到部将背叛，梦断本能寺的悲壮一生和狂傲盖世的独特个性。连续再版七十余年，销量超过1000万册。

《丰臣秀吉》（已出）
山冈庄八 著

他，出身寒微，离家流浪、三餐不继之时，却夸口要夺取天下，拯救万民。

他从牵马的低微仆从起家，最终官至"一人之下，万人之上"的"太阁"。

日本畅销巨著《德川家康》作者山冈庄八，以文学化的传奇之笔，再现了丰臣秀吉从一介平民到登上权力巅峰，纵横乱世，波澜起伏的一生。

《武田信玄》（已出）

新田次郎　著

狂飙的日本战国时代，二十岁的少年英豪武田信玄，在家老和百姓的支持下，兵不血刃地放逐了暴虐无道的父亲。年轻的脉搏，充满欲望与野心。自立为甲斐国主的他，努力开疆阔土，往复争战。他的军旗上写着孙子的名言："疾如风，徐如林，侵略如火，不动如山。"旌旗所指，战无不胜。

信玄一生快意恩仇，却在最终的胜利即将唾手可得时，无端地被病魔击倒，只能遗憾地将目光望向咫尺的京都。

《上杉谦信》（已出）

海音寺潮五郎　著

他，虽生于越后国守护代的尊贵之家，却自幼饱受颠沛流离之苦。他，天生一副磊落胸怀，吸引了一批豪杰谋士和他一起打天下，并与一代豪杰武田信玄爆发了日本战国史上最悲壮的战争川中岛之战。他，就是日本历史上少见的军事天才，人称"越后之龙"的上杉谦信。

日本历史小说巨匠海音寺潮五郎以恢弘而不失温婉的文学笔触，勾勒了一代战国名将的传奇人生，文笔洗练，刻画人物细致，战争场面大气。

《丰臣家族》（已出）

司马辽太郎　著

司马辽太郎最优秀的中篇小说。日本战国是成王败寇、英雄辈出的时代。在一次次力量与智慧的角逐中，丰臣秀吉纵横捭阖，力克群雄，从社会底层脱颖而出，登上权力的顶峰，终结了百余年的动乱，统一了日本。但掌权之后如何维护权力，并永世不坠，秀吉却一筹莫展。司马辽太郎以神来之笔，勾勒出一幅权力风暴核心勾心斗角的群像图，将丰臣秀吉及其家族的传奇历史变得生动鲜活。

源义经是日本家喻户晓、最具人气的英雄人物，曾协助其兄源赖朝获得了对整个日本的统治权。

源义经极为坎坷的身世、极高成就的武学、过人的战略机智、场场必胜的战绩及悲凉的人生结局，令闻者无不叹息。

司马辽太郎以文学化的传奇之笔，生动地再现了源义经短暂而华丽的一生，文笔优美，故事精妙，有"司马氏平家物语"之称。

《源义经》（已出）

司马辽太郎　著

他最大的特点，被人们总结为"忍耐"。也许为了能够与众多天才交战，这个既无创造力，又无卓越天资的普通人，只能以"忍耐"来磨炼自己、提升自己。

他，倾心于模仿他人的长处，将武田的兵法、信长的果断和秀吉的策略揽于一身。他，以正直和忠诚征服了信长和秀吉，可秀吉一死，他却骤变为谲诈多端的首领。可见其正直和忠诚绝非真心为之，不过是掩盖锋芒的处事之术。

《德川家康》（已出）

司马辽太郎　著

《傀儡之城》是时下日本最热门的历史小说，也是最具代表性的日本战国时期草根英雄史，迄今为止，累计销售390000册，名列日本文艺类十大畅销书第五位，日本第六届书店图书奖第二名。著名漫画家花咲昭正将其改编成漫画。

小说描写丰臣秀吉进攻北条氏之际，石田三成率领两万人的大军包围忍城，守城的成田长亲虽被视为傀儡，却率领两千名族人殊死战斗，最终以少胜多。

《傀儡之城》（已出）

和田龙　著

《忍者之国》（已出）
和田龙 著

时值战国，织田信长的势力如日中天。伊贺国以拥有武艺高强的忍者而闻名，其统治者十二豪族为了提高本国的知名度，使伊贺忍者的订单和报酬更多，设下连环计谋，诱引织田信长之子信雄攻打伊贺。

十二豪族自信最高境界的忍术是对于人心的透彻分析，然而，事情的发展却出乎他们的意料……

《关原之战》（已出）
司马辽太郎 著

关原之战是德川家康夺取天下最重要的一次战役。

本书认真详尽地从这场大战的起因写到终结，通过对人物行为与心理的细致描写，全景展现了关原之战决战前与决战时复杂的政治与军事状况，刻画了个性丰满的各类登场人物。石田三成与德川家康的性情碰撞，岛左近与本多正信的谋略相当……两大阵营间虚虚实实的交战，令读者读来热血沸腾。

《鞑靼风云录》（已出）
司马辽太郎 著

司马辽太郎长篇小说创作的巅峰收官之作。生于日本平户的武士桂庄助，奉主人之命，将从海上漂流来的满族公主艾比娅送回国。桂庄助随后被任命为日本差官，和清朝的上层有了密切接触，目睹或亲历了一系列历史事件。

司马氏以桂庄助的所见所闻为基础，运用自己多年来积累的知识，又加之对满蒙文化和汉文化的遐想，以前所未有的新颖角度——从一个普通日本人的视角，解读了明末清初的中国历史大变局。

《三国》是吉川英治最耀眼的巅峰杰作，也是日本历史小说中空前的典范大作。

作者用颇具个性的现代手法对中国古典名著《三国演义》进行了全新演绎，简化了战争场面，巧妙地加入原著中所没有的精彩对白，着墨重点在刘、关、张、曹等经典人物的颠覆重塑和故事情节的丰富变幻，在忠于原著的基础上极大成功地脱胎换骨，将乱世群雄以天地为舞台而上演的一出逐鹿天下的人间大戏气势磅礴地书写出来。

《三国》（共五部）（已出）
吉川英治 著

他，出身寒微，个性却奔放不羁，幼年凭借敏锐的眼光，选择奇才织田信长作为自己的主君。在信长统一天下的第一战"进攻美浓"中，他独排众议，担当重任，深得信长器重。此后，追随织田信长南征北战，战功卓著。本能寺之变，信长死于非命，他果断决议，迅捷为主君复仇，力挽狂澜。

日本文学巨擘吉川英治以温婉之笔，鲜活再现在乱世中崛起，历经坎坷迈向权力巅峰的至情至性的丰臣秀吉。

《丰臣秀吉：新书太阁记》（已出）
吉川英治 著

他，是源氏领袖义朝最钟爱的嫡子。十三岁第一次随父出战，便遭遇灭顶惨败。短短数十日，父兄被杀，已身被囚，人生从云端跌落谷底。

依凭伪饰的天真，他博得仇敌平清盛的同情，最终免于一死，被流放至偏僻的伊豆国蛭小岛，遍尝孤寂与冷眼。

忍辱负重二十年，终于如猛虎出柙。一之谷之战、屋岛之战、坛浦海战，三战击溃平家势力，建立镰仓幕府，开启新的时代。

《源赖朝》（已出）
吉川英治 著

《新平家物语·壹》
（已出）

吉川英治　著

吉川英治举世无双的杰作中的杰作，构思长达三年。以华丽的笔触，对日本古典文学双璧之一的《平家物语》进行了改写，讲述了平氏和源氏两大武士集团为夺取天下而展开的政治、军事斗争。在《周刊朝日》上连载长达七年，使其发行量陡涨五倍，突破百万份。

《私本太平记》（即出）　　吉川英治　著

　　吉川英治最后的长篇巨作。以冷静的现代笔触，精妙地改写了日本古代战争题材小说的集大成之作《太平记》，讲述了日本南北朝五十年的动乱历史。